LYNSAY SANDS

Frühstück mit Vampir

Roman

*Ins Deutsche übertragen
von Ralph S*

LYX

LYX in der Bastei Lübbe AG
Dieser Titel ist auch als E-Book erschienen.

Die Originalausgabe erschien 2016 unter dem Titel
»Immortal Nights« bei AVON BOOKS,
an Imprint of HarperCollinsPublishers, New York.
Copyright © 2016 by Lynsay Sands
Published by Arrangement with Lynsay Sands
Dieses Werk wurde vermittelt durch die Literarische Agentur
Thomas Schlück GmbH, 30827 Garbsen

Für die deutschsprachige Ausgabe:
Copyright © 2017 Bastei Lübbe AG, Köln
Textredaktion: Birgit Sarrafian
Umschlaggestaltung: © Birgit Gitschier, Augsburg unter
Verwendung von shutterstock/5 second Studio und
shutterstock/Alex Ghidan
Satz: Greiner & Reichel, Köln
Gesetzt aus der New Caledonia
Druck und Verarbeitung: CPI books GmbH, Leck – Germany
Printed in Germany
ISBN 978-3-7363-0235-8

1 3 5 7 6 4 2

Sie finden uns im Internet unter www.lyx-verlag.de
Bitte beachten Sie auch: www.luebbe.de und www.lesejury.de

Ein verlagsneues Buch kostet in Deutschland und Österreich jeweils überall dasselbe.
Damit die kulturelle Vielfalt erhalten und für die Leser bezahlbar bleibt, gibt es die
gesetzliche Buchpreisbindung. Ob im Internet, in der Großbuchhandlung, beim
lokalen Buchhändler, im Dorf oder in der Großstadt – überall bekommen Sie
Ihre verlagsneuen Bücher zum selben Preis.

1

»Abs!«

Abigail Forsythe hatte eben erst die Country-&-Western-Bar betreten, als sie hörte, wie ihr Name gerufen wurde. Zu wem der tiefe Bariton gehörte, war nicht schwer zu erraten. Mit seinen eins achtundneunzig war Jet schon barfuß ein Riese, aber wenn er dann noch seine Cowboystiefel trug, überragte er so gut wie jeden in dieser Bar um mehr als einen Kopf. Genau genommen überragte er einfach fast jeden um mehr als einen Kopf, überlegte sie.

Sie entdeckte ihren dunkelhaarigen Freund am Ende der Theke, wo er neben zwei freien Hockern stand, und verzog den Mund zu einem von Herzen kommenden Lächeln. Das war das erste Mal seit mindestens drei Monaten, und sofort ging sie zu Jet, weil sie die liebevolle Umarmung kaum erwarten konnte, von der sie wusste, dass sie auf sie wartete.

»Aaaah, mein kleines Mädchen«, brummte Jet zufrieden, als er sie umarmte, kaum dass sie bei ihm angekommen war.

Mehr brauchte er nicht zu sagen, und schon hatte Abigail mit einem Mal einen solchen Kloß im Hals, dass sie keinen Ton herausbekam. Also erwiderte sie einfach schweigend die Umarmung, die wie üblich länger anhielt als es unter guten Freunden vermutlich üblich war. Doch das störte Abigail nicht. Sie ließ den Kopf gegen seine Brust sinken und stieß einen lang gezogenen Seufzer aus.

»Lass dich ansehen«, sagte Jet auf einmal und fasste sie an den Oberarmen, um sie ein Stück weit von sich zu halten.

Abigail legte den Kopf in den Nacken, um ihn anzuschauen. Voller Zuneigung nahmen ihre Augen den vertrauten Anblick in sich auf. Er sah älter aus, aber das tat sie schließlich auch. Zwar hatten sie sich pflichtbewusst jede Woche geschrieben, doch gesehen hatte sie Jet seit drei Jahren nicht mehr. Er war im Ausland im Einsatz gewesen, um bei der Navy Kampfjets zu fliegen, während sie die ganze Zeit in Texas geblieben war, um ihre Mutter bis zu deren Tod zu pflegen.

»Es tat mir so leid, das von deiner Mom zu hören, Abs«, sagte er plötzlich, als wären ihm die gleichen Gedanken durch den Kopf gegangen. »Sie war immer sehr nett zu mir. Ich habe sie immer sehr gemocht, das weißt du.«

Abigail nickte.

»Wäre ich nicht in Übersee gewesen, dann wäre ich bei der Beerdigung an deiner Seite gewesen. Aber die Navy ließ mich erst in der Woche danach nach Hause«, erklärte er bedauernd.

»Ich weiß«, versicherte sie ihm und brachte dabei ein Lächeln zustande.

»Sie war die Beste, Abs.«

»Ja, das war sie«, stimmte sie ihm zu. Ihre Stimme klang erstickt, und Tränen standen ihr in den Augen. Wenn sie nicht bald das Thema wechselten, würde sie noch anfangen zu heulen wie ein kleines Kind. Sie sah zur Theke und zwang sich zu einem Lächeln. »Ich brauche jetzt einen Drink.«

Als sie ihren Blick wieder auf Jet richtete, betrachtete der sie mit einem so sorgenvollen Ausdruck in den Augen, dass sie sich voller Unbehagen abwenden musste. Sie wusste genau, was er sah. Ihre Haut war blass und fleckig, unter den geröteten Augen verliefen dunkle Ringe, und seit dem letzten Mal hatte sie einige Kilo zugenommen. Das alles war die Folge davon, dass sie das ganze letzte Jahr praktisch nicht aus dem Haus gekommen war, während sie kaum etwas anderes getan hatte, als sich um ihre Mutter zu kümmern, die vom Krebs langsam dahingerafft wurde. Abigail hatte schon immer zehn bis zwanzig Pfund zu viel auf die Waage gebracht, sie war stets rundlicher gewesen als das, was gesellschaftlich als Ideal angesehen wurde. Aber in den drei Jahren, seit bei ihrer Mutter Brustkrebs diagnostiziert worden war, hatte sich in Sachen Gewicht bei ihr nichts zum Besseren gewendet. Während andere unter der körperlichen und seelischen Belastung dünn wie ein Strich wurden, hatte Abigail noch einmal gut dreißig Pfund zugelegt und sich von rundlich zu kugelrund entwickelt. Nicht dass sie sich deswegen nicht ohnehin unbehaglich gefühlt hätte, was noch harmlos ausgedrückt war, aber wenn Jethro Lassiter sie jetzt so ansah, dann wurde ihr auf schmerzliche Weise bewusst, wie schlimm sie aussehen musste.

»Dann sollst du auch einen Drink bekommen«, sagte er plötzlich. »Komm, lass dir hochhelfen.«

Als der Mann sie unter den Armen packte und auf den Barhocker setzte, riss Abigail verdutzt die Augen auf und stieß vor Schreck einen spitzen Schrei aus. Er hatte sie hochgehoben, als wäre sie leicht wie eine Feder. Aber das war sie beileibe nicht, und daher zog sie die Nase kraus, als er auf dem Hocker neben ihr Platz nahm.

»Mach nur weiter so, dann handelst du dir bestimmt noch eine Muskelzerrung ein«, spottete sie und drehte sich so, dass sie die Ellbogen auf der Theke aufstützen konnte. »Dann musst du krankfeiern und verlierst gleich wieder diesen neuen Job, den du gerade erst angefangen hast.«

Jet schnaubte nur amüsiert und zog an ihrem Rucksack, den sie noch immer mit sich herumtrug. »Nimm den ab, den können wir zwischen uns stellen.«

Abigail schob die Gurte von den Schultern und ließ Jet den Rucksack an sich nehmen. Sie sah ihm zu, wie er ihn zwischen den beiden Hockern auf den Boden stellte. Im nächsten Moment hob sie den Kopf, als eine gut gelaunte Stimme fragte: »Was soll's denn sein?«

Eine hübsche junge Blondine in einem eng anliegenden T-Shirt mit dem Logo der Bar darauf stand auf ihrer Höhe hinter der Theke und lächelte sie auffordernd an. Oder besser gesagt, sie lächelte Jet an, wie Abigail feststellen musste, denn die leuchtend blauen Augen waren ebenso auf ihn ausgerichtet wie ihr üppig ausgestatteter Busen.

Jet reagierte mit einem matten Lächeln, wandte sich dann aber Abigail zu. »Long Island Iced Tea?«

Abigail schnaubte leise. Das war vor drei Jahren der Drink gewesen, dem sie die Treue gehalten hatte, als Jet seine Abschiedsparty feierte, nach der er losgezogen war, um Pilot bei der Navy zu werden. Bis zum Sonnenaufgang hatten sie ein Glas nach dem anderen gekippt, selbst dann noch, als alle anderen Gäste längst gegangen waren. Am nächsten Morgen hatte sie dafür teuer bezahlt, da sie mit einem mörderischen Kater aufgewacht war. Die Nacht war ihr in guter Erinnerung geblieben, der Tag danach allerdings weniger, hatte sie ihn doch über die Kloschüssel gebeugt verbracht.

»Ach, komm schon«, redete er auf sie ein. »Ich glaube, du brauchst dringend etwas, um locker zu werden. Ein Long Island Iced Tea, und danach wechseln wir zu etwas nicht ganz so Heftigem.«

Sein bettelnder Tonfall rang Abigail ein Lächeln ab, doch dann zuckte sie mit den Schultern. »Ach, was soll's.«

»Eben, was soll's«, stimmte er ihr grinsend zu und wandte sich der Barkeeperin zu: »Einen Long Island Iced Tea für die Dame, ein Bier für mich bitte, Ma'am.«

»Hey!«, protestierte Abigail, aber er winkte ab.

»Ich muss noch fahren«, erklärte Jet, grinste wieder und

fügte hinzu: »Außerdem ist Long Island Iced Tea was für kleine Mädchen.«

Abigail sah ihn finster an. »Soweit ich mich erinnern kann, hat dich der Kleine-Mädchen-Drink beim letzten Mal ganz schön aus den Latschen kippen lassen.«

»Das kann man wohl sagen«, bestätigte er lachend. »Mann, was habe ich das am nächsten Morgen bereut. Am ersten Tag der Grundausbildung sollte man besser keinen Kater haben.«

Wieder lächelte sie flüchtig. »Kann ich mir vorstellen.«

»Nein. Ich bin mir ziemlich sicher, dass du dir das nicht vorstellen kannst«, widersprach er und verzog das Gesicht.

»Na ja, in deinen Briefen hast du das jedenfalls anschaulich geschildert«, sagte sie schmunzelnd. »Es war hart, nicht wahr?«

»Hart trifft das nicht mal ansatzweise.« Mehr als das ließ Jet sich jedoch nicht entlocken, dann drehte er sich zu der Barkeeperin um und dankte ihr für die Drinks, die sie ihnen gerade hinstellte.

Abigail musterte ihn aufmerksam, während er bezahlte. Die Zeit in der Navy hatte ihn verändert. Er war immer schon groß gewesen, dabei aber eher schmal, und es hatte ihm an Muskeln gefehlt, als sie ihn das letzte Mal gesehen hatte. Er war mehr ein Strich in der Landschaft gewesen, aber davon war ihm jetzt nichts mehr anzusehen. Er hatte seine Muskeln trainiert, und jetzt passte seine Statur wesentlich besser zu seiner Größe. Ihr bester Kumpel war ein muskulöser, gut aussehender Typ, der Selbstbewusstsein und sogar ein bisschen Überheblichkeit ausstrahlte. Die Navy hatte bei ihm Wunder gewirkt, worum sie ihn tatsächlich beneidete.

Die Erkrankung und der Tod ihrer Mutter hatten bei ihr das genaue Gegenteil bewirkt, da ihr dadurch jeder Rest von gutem Aussehen und von Selbstbewusstsein genommen worden war und sie sich nur noch wie ein unförmiges Etwas vorkam.

9

Ein deprimierter Seufzer kam ihr über die Lippen. Sie zog das Glas zu sich herüber und nippte daran, während sie sich fragte, was zum Teufel sie eigentlich hier machte. Als Jet ihr geschrieben hatte, dass seine Zeit bei der Navy zu Ende sei und er eine Anstellung in San Antonio annehmen werde, da hatte sich sein Vorschlag gut angehört, dass sie ihn besuchen sollte. In den letzten drei Jahren nach dem Collegeabschluss hatten sie sich zahlreiche Briefe geschrieben, während er in der Navy gewesen war, aber es hatte einfach nie klappen wollen, dass sie beide sich endlich wieder einmal trafen. Ihre Terminpläne hatten schlichtweg nie zusammengepasst. Zunächst war sie ans andere Ende des Landes umgezogen, um dort ihr Medizinstudium zu absolvieren, was ein Treffen unmöglich machte. Theoretisch hätten sie sich sehen können, wenn Jet Urlaub hatte, nachdem sie das Studium abgebrochen hatte, um sich um ihre Mutter zu kümmern. Doch zu der Zeit hatte ihre Mutter bereits das Haus in ihrer Heimatstadt aufgegeben und war nach Austin gezogen, um dort zu sein, wo sie ihre Chemotherapie bekam. Jets Urlaube waren nie lange genug, um neben einem Besuch daheim auch noch nach Austin zu kommen. Ganz abgesehen davon wäre in dem winzigen Apartment ihrer Mutter ohnehin kein Platz für ihn gewesen. Ihre Mutter hatte ihr Bett gehabt, und Abigail war nur die Couch zum Schlafen geblieben. Jet hätte somit auf dem Fußboden übernachten müssen.

Sie hob den Kopf, sah sich im Spiegel hinter der Theke und verzog den Mund. In Wahrheit hätte Jet sie auch unter diesen Umständen besucht und sich damit begnügt, die Nacht in einem Schlafsack auf dem Fußboden zu verbringen. Sie war diejenige gewesen, die immer wieder neue Ausreden gefunden hatte, warum er nicht nach Austin kommen sollte. Sie hatte ihn nicht sehen wollen, oder besser gesagt: Sie hatte nicht gewollt, dass er zu sehen bekam, wie sehr sie sich verändert hatte. Der einzige Grund, wieso sie sich jetzt mit ihm traf ... na ja, sie hatte nichts anderes zu tun gehabt. Ihre Mutter war ihre einzige Verwandte gewesen, und die war nun tot und begraben, und den letzten Monat hatte Abigail damit verbracht, den Nachlass zu regeln. Das hieß in erster Linie, dass sie damit beschäftigt war, die Arztrechnungen zu bezahlen, die die gesamte Lebensversicherung ihrer Mutter und fast das gesamte College-Geld verschlungen hatten, das ihre Mutter über die Jahre hinweg mit eisernem Willen zusammengespart hatte, bevor sie dann erkrankt war.

Abigail stand da mit einem Apartment voller Erinnerungsstücke und Möbel und sehr wenig Geld in der Tasche. Sie wollte diese Woche dazu nutzen, sich Gedanken darüber zu machen, was sie mit dem Rest ihres Lebens anstellen sollte. Ihr Studium konnte sie vergessen, das kostete zu viel Geld. Aber sie hatte keine Ahnung, welchen Job man mit einem abgebrochenen Medizinstudium bekommen konnte. Und sie wusste auch nicht, wo sie leben sollte. Im Moment war ihr Leben ein einziger Trümmerhaufen.

»Also«, sagte Jet, nachdem die Barkeeperin weggegangen war, um sich anderen Gästen zu widmen.

Abigail riss sich vom Anblick ihres alles andere als attraktiven Spiegelbilds los und sah zerknirscht ihren Freund an.

»Wie schlimm ist es?«, fragte er mit ernster Miene.

Sie kniff die Lippen zusammen und konzentrierte sich wieder auf ihr Glas. »Ich werde es überleben.«

»In deinem letzten Brief warst du in Sorge wegen der Behandlungskosten. Hat die Versicherung deiner Mom gereicht, um das alles bezahlen zu können?«

»Größtenteils«, murmelte sie.

»Und der Rest?«, hakte er nach. »Wie viel ist noch offen?«

»Nichts mehr«, versicherte sie ihm und streckte ihren Rücken. Das war immerhin etwas: Sie steckte nicht bis zum Hals in Schulden.

»Hmm«, machte Jet, woraufhin sie ihm einen Seitenblick zuwarf und feststellte, dass er die Augen skeptisch zusammengekniffen hatte. Es überraschte sie nicht, dass er nachhakte: »Wovon hast du das bezahlt?«

Sie wandte den Blick ab, räumte aber schließlich ein: »Von meinem Collegegeld.«

»Oh verdammt, Abs«, knurrte er. »Deine Mutter wäre am Boden zerstört, wenn sie wüsste, dass das Geld draufgegangen ist, das sie sich jahrelang vom Mund abgespart hat.«

»Ja, dann ist es doch gut, dass sie das nicht mehr miterleben muss, oder?«, versuchte sie zu scherzen, wunderte sich aber nicht, dass sie keinen Lacher damit erntete. Es war auch wirklich kein gelungener Witz, denn sie hätte alles dafür gegeben, ihre Mutter wieder bei sich zu haben, ob die nun stinksauer auf sie war oder nicht. Sie würde buchstäblich alles dafür geben, Leib und Seele eingeschlossen. Ihre Mutter fehlte ihr so unglaublich. Es war einfach nicht fair.

»Wie viel ist noch übrig?«, fragte Jet und riss sie aus ihren Überlegungen, bevor sie an der Theke in Tränen ausbrechen konnte.

Sie zögerte, dann aber griff sie in die Hosentasche und zog ein paar Scheine heraus. Elf Zwanziger, ein Zehner, ein bisschen Kleingeld. Sie wusste es auswendig. Immer wieder hatte sie nachgezählt und darauf gehofft, dass sich das Geld klammheimlich wie ein Haufen rammelnder Kaninchen vermehrte, wenn sie es nur lange genug in der Tasche ließ.

»Das ist alles?« Besorgt nahm Jet das Geld und zählte es.

»Hey, wenigstens habe ich keine Schulden, die ich an diese nutzlosen Dreckskerle abbezahlen muss, die meine Mutter umgebracht haben«, konterte sie und gab sich unbeschwert.

Als er sie verdutzt ansah, zuckte sie mit den Schultern und fügte verbittert hinzu: »Es war weniger der Krebs, der sie getötet hat, sondern in erster Linie diese unverschämt teure Chemo. Bei jeder Behandlung sammelte sich im Rippenfell rund um ihre Lungen Wasser an, das die Lungen zusammengepresst hat. Genau genommen ist sie nach der letzten Chemo erstickt.«

»Oh, Schätzchen.« Jet zog sie an sich, um einen Arm um sie zu legen. Dabei wäre sie fast von ihrem Hocker gerutscht und auf seinem Schoß gelandet. »Das tut mir so leid.«

Abigail musste die Tränen zurückhalten, die ihr in die Augen steigen wollten. Erst als sie sich sicher war, ihre Gefühlsregungen unter Kontrolle zu haben, lehnte sie sich zurück und lächelte ihn schief an. »Aber wie gesagt: wenigstens bin ich schuldenfrei.«

»Ja, wenigstens das bist du.« Er hörte sich kein bisschen beruhigter an. Eine Weile saßen sie schweigend nebeneinander und widmeten sich ihren Getränken. Dann stellte Jet sein Bier zurück auf die Theke und fragte: »Wie willst du das Studium abschließen? Verkaufst du die Wohnung deiner Mutter und ...«

»Mom hat das Apartment nicht gekauft, sondern nur gemietet, nachdem sie das Haus verkauft hatte«, fiel Abigail ihm ins Wort. »Das Geld vom Hausverkauf hat sie genommen, um damit alle Ausgaben zu begleichen. Nur deshalb bin ich schuldenfrei.«

Jet kam ein Fluch über die Lippen, den er sich in der Navy angeeignet hatte. So übel hatte er früher nie geflucht, denn daran hätte sie sich erinnert. Seine Mutter hätte ihm sofort den Mund mit Seife ausgewaschen, und ihre Mutter hätte es nicht anders gemacht. Marge Forsythe hatte Jet immer als den Sohn angesehen, den sie nie hatte.

Abigail beobachtete, wie er das Glas ansetzte und einen großen Schluck trank. Nachdem er sein Bier wieder auf die Theke gestellt hatte, fragte er: »Okay, und was passiert jetzt mit dem Apartment und all ihren Sachen?«

»Alles schon erledigt«, versicherte sie ihm. »Ich habe all ihre Sachen in Kartons verpackt und eingelagert. Die Miete für den Lagerraum habe ich für ein halbes Jahr im Voraus bezahlt.«

»Hältst du das für eine gute Idee? Du hättest auch monatlich zahlen und das Geld erst mal für dich gebrauchen können.«

»So viel war es nicht. Damit hätte ich nicht mal die Miete für einen Monat in irgendeiner Absteige bezahlen können«, beteuerte sie und zuckte beiläufig mit den Schultern. »Außerdem wollte ich nicht das Risiko eingehen, all diese Sachen zu verlieren, wenn ich mit einer Monatsmiete in Rückstand gerate. Ich hoffe, dass ich mir in einem halben Jahr diese zusätzliche Ausgabe leisten kann. Oder dass ich dann weiß, wohin mit den Sachen.«

»Schon klar«, sagte er leise und trank noch einen Schluck. Als er das Glas wieder hinstellte, erklärte er: »Gut, du kannst bei mir bleiben, bis du dein Leben wieder im Griff hast.«

Es war ein so großzügiges und so liebes Angebot, dass sie mitten in der Bewegung erstarrte, aber sie hatte nicht die Absicht, sich bei ihrem Freund einzuquartieren und ihn auszunutzen. Sie konnte das vielleicht für eine Woche machen, aber dann würde sie auch wieder gehen, ob sie nun wusste, was sie als Nächstes tun sollte, oder nicht. Bevor sie ihm das jedoch sagen konnte, redete Jet schon weiter: »Wir müssen uns überlegen, wie wir dich wieder ans Studieren kriegen. Du musst deinen Abschluss machen und die Ärztin werden, die du werden wolltest.«

Abigail setzte eine finstere Miene auf. »Ich bin mir nicht sicher, ob ich überhaupt noch Ärztin werden will.«

»Was?«, rief er ungläubig. »Du wolltest schon Ärztin werden, als wir noch zur Grundschule gingen. Du hast von nichts anderem geredet.«

»Ja, aber da wusste ich auch nicht, wie nutzlos Ärzte eigentlich sind«, gab sie wütend zurück.

Ein betrübtes »Abs« war alles, was er erwiderte.

»Ist doch wahr!«, fuhr sie ihn an. »Die konnten für Mom nichts tun. Sie konnten ja nicht mal verhindern, dass sie leidet. Diese verdammten Medikamente haben vielleicht ein kleines bisschen gewirkt, aber sie hatte ständig Schmerzen.«

»Das heißt doch nicht, dass du als Ärztin nicht trotzdem helfen kannst«, protestierte er. »Entscheide dich nur nicht für Onkologie oder wie das Fach heißt.« Als sie nur weiter mürrisch auf ihren Drink starrte, fügte er hinzu: »Abs, du hast nur noch ein Jahr Studium vor …«

»Zwei«, berichtigte sie ihn. »Ich habe abgebrochen, als das dritte Jahr noch nicht mal halb rum war. Ich muss das Jahr komplett wiederholen … vorausgesetzt, sie lassen mich überhaupt weiterstudieren. Also hätte ich noch zwei Jahre Studium vor mir.«

»Okay, dann sind es eben noch zwei Jahre Studium, und dann wärst du Ärztin.«

»Nicht ganz«, stellte sie klar. »Nach den zwei Jahren muss ich erst noch mindestens drei Jahre lang als Assistenzärztin arbeiten, bevor ich meine Zulassung erhalte und mich als approbierte Ärztin bezeichnen kann.«

»Abs«, sagte er mit ernster Miene. »Du kannst sechs Jahre College nicht einfach über den Haufen werfen. Du musst das zum Abschluss bringen und Ärztin werden. Deine Mom hätte es so gewollt.«

Abigail zuckte zusammen und trank noch einen Schluck. »Du bringst meine Mom ins Spiel? Das ist nicht fair.«

15

»Das Leben ist nun mal nicht fair, Schätzchen«, gab er zurück. »Wäre es fair, dann würde deine Mom jetzt hier bei uns sitzen und dir gehörig den Kopf waschen, weil du deinen Abschluss nicht machen willst.«

Sie ließ den Kopf hängen und starrte in ihr Glas. Natürlich hatte er recht. Ihre Mutter war immer stolz darauf gewesen, wie entschlossen sie war, Ärztin zu werden. Deshalb hatte sie sich auch furchtbar aufgeregt, dass Abigail unbedingt eine »Auszeit« vom Studium nehmen wollte, um sich um sie zu kümmern. Einzig das Versprechen, später das Studium fortzusetzen, hatte ihre Mom ein wenig beruhigen können.

»Okay«, sagte Jet plötzlich. »Genug davon. Du hast ein paar harte Jahre hinter dir, und ich sollte es dir nicht noch schwerer machen. Ich möchte dir einen Vorschlag machen.«

Abigail sah ihn fragend an.

»Die ganze nächste Woche wirst du einfach nur mit mir abhängen. Danach überlegen wir uns, wie wir dich an dein Medizinstudium zurückkriegen, aber bis dahin gönnst du dir ein bisschen Ruhe und Spaß. Abgemacht?«

»Abgemacht«, stimmte sie ihm erleichtert zu.

»Gut.« Er hob sein Bierglas und stieß mit ihr an.

»Und wie sieht der Plan für diese Woche aus?«, fragte sie, nachdem sie getrunken hatte. »Übrigens, wie hast du deinen neuen Boss dazu überreden können, dir eine Woche freizugeben, wenn du gerade erst angefangen hast?«

»Gar nicht«, sagte er und begann zu lachen, als er ihren erschrockenen Blick bemerkte. »Ich habe mir gedacht, du begleitest mich bei meiner Arbeit.«

»Du bist Frachtpilot«, betonte sie. »Wie soll ich dich da begleiten?«

»Frachtmaschinen haben Sitzplätze im Cockpit. Du kannst mitfliegen, wenn ich von einem fernen Ziel zum nächsten fliege.«

Das klang gar nicht mal so übel, überlegte sie. »Und dein Boss hätte nichts dagegen?«

»Ich habe keine Ahnung, ob er was dagegen hat oder nicht. Er fliegt ja nicht persönlich mit, woher soll er also wissen, ob du mitkommst.«

»Hmm«, machte Abigail. Sie wollte nicht, dass er Ärger bekam. Andererseits hatte sie auch keine Lust, eine ganze Woche lang allein in seiner Wohnung zu hocken und sich Sorgen über ihre Zukunft zu machen.

»Und zu welchen fernen Zielen wirst du fliegen?«, fragte sie interessiert.

»Also, morgen habe ich einen freien Tag, danach muss ich eine Lieferung nach Quebec bringen.«

»Nach Kanada?« Sie schüttelte ungläubig den Kopf. »Das nennst du fern?«

»Es ist Ausland«, machte er ihr klar.

»Aber nur so gerade eben«, gab sie zurück.

»Die Leute da reden Französisch«, hielt er dagegen.

»Aber nur so gerade eben«, wiederholte sie. »Außerdem haben wir Winter, und da oben wird es saukalt sein.«

»Komm schon, das wird bestimmt Spaß machen«, versicherte er ihr. »Wir waren beide noch nie da, und irgendetwas Interessantes muss es da schließlich auch geben. Außerdem brauchen wir nur einen Tag da zu verbringen, danach muss ich die nächste Fracht nach Chicago bringen.«

»Das wird ja immer besser«, stöhnte sie.

Jet musste über ihre Reaktion lachen und neigte sich zur Seite, um sie mit der Schulter anzustupsen. »Wir werden jede Menge Spaß haben. Wir beide zusammen im Cockpit – wir werden die ganze Zeit nur lachen, so wie früher.«

»Ja«, stimmte sie ihm zu und musste lächeln. Es fehlte ihr, mit Jet zusammen zu lachen. Auf der Highschool und in den ersten vier Jahren auf dem College war er für sie so etwas wie ein männlicher Beste-Freundin-Ersatz oder ein Adoptivbruder gewesen. Was ziemlich schwer zu glauben war, wenn man ihn sich heute so ansah. Niemand würde ihn jetzt noch als Ersatz für eine beste Freundin ansehen. Jet war ein ganzer Mann. Wäre er für sie nicht so sehr wie ein Bruder, hätte sie es vielleicht sogar gewagt, sich in ihn zu verlieben. Der Gedanke allein ließ sie schon lächeln. »Und welche exotischen Ziele erwarten mich nach Chicago?«

»Nach Chicago geht es nach …« Er unterbrach sich, da auf einmal laute Gitarrenklänge ertönten, und holte sein Handy aus der Tasche. Nach einem Blick auf das Display zog er die Augenbrauen hoch. »Mein Boss. Da muss ich rangehen.«

Abigail nickte verständnisvoll; er nahm das Gespräch an und hielt das Handy ans Ohr. Dann stand er auf und entfernte sich ein paar Schritte. »Hey, Bob, was gibt's?«

»Kann ich Ihnen noch was bringen?«, fragte die blonde Barkeeperin, die wie aus dem Nichts aufgetaucht war. Abigail entging nicht, dass die Frau den Blick unverwandt auf Jet gerichtet hielt, während sie mit ihr redete. Angesichts dessen verwunderte es sie überhaupt nicht, dass die Frau gar nicht erst ihre Antwort abwartete, sondern sofort die Frage nachlegte, die sie eigentlich hatte stellen wollen. »Und? Ist Ihr Freund schon vergeben?«

Eigentlich war es eine Beleidigung, dass diese Kellnerin gar nicht erst die Möglichkeit in Betracht zog, Abigail könnte Jets Freundin sein. Aber sie ließ es auf sich beruhen und erwiderte nur: »Soweit ich weiß, trifft er sich momentan mit niemandem.«

»Echt?« Die Blondine lächelte sie strahlend an. »Meinen Sie, ich …«

»Abs, wir müssen los.«

18

Die Barkeeperin und sie drehten sich verwundert zu ihm um, als er mit diesen Worten zurück an die Theke kam.

»Tatsächlich?«, fragte sie, während er sich bückte und ihren Rucksack vom Boden hochnahm.

»Ja.« Er zog sie halb von ihrem Hocker, eilte mit ihr zur Tür und hielt dabei ihren Oberarm fest.

»Warum denn?«, fragte sie verwirrt und musste sich beeilen, um mit seinen ausladenden Schritten mithalten zu können. So war es eigentlich schon immer gewesen. Seine Beine waren schon damals fast doppelt so lang gewesen wie ihre kurzen Stummel, und für jeden seiner Schritte hatte sie zwei machen müssen.

»Ich habe einen Auftrag«, verkündete er grinsend.

»*Jetzt sofort*? Aber ich bin doch gerade erst angekommen. Ich habe ja noch nicht mal deine Wohnung gesehen.«

»Ich weiß, und deswegen hätte ich auch fast abgelehnt. Aber dann hat Bob mir gesagt, wohin die Lieferung geht, und daraufhin habe ich beschlossen, den Job anzunehmen.«

»Und wohin?«, fragte sie neugierig. So wie er strahlte, wusste sie, dass es etwas Gutes sein musste, zumindest etwas Besseres als das eisige Kanada oder Chicago.

»Was hältst du von ein paar Tagen am Strand von Caracas?«

»In Venezuela?«, rief sie erschrocken.

An der Tür blieb er stehen und sah sie verunsichert an. »Was stimmt denn nicht mit Venezuela?«

»Erst letzte Woche habe ich gelesen, dass Venezuela die Kidnapper-Hochburg der Welt oder so was in der Art sein soll.«

»Pah«, machte er, zog die Tür auf und schob Abigail vor sich her nach draußen. »Ich bin ja bei dir. Ich werde schon gut auf dich aufpassen. Außerdem brauchte Bob so dringend einen Pilot für diesen Flug, dass er mich die Quebec-Tour dafür hat eintauschen lassen. Wir bleiben ein paar Tage da unten, dann können wir am Strand rumhängen und uns die Sehenswürdigkeiten ansehen.« Plötzlich blieb er stehen und drehte sich so, dass er ihr mit dem Rucksack helfen konnte. »Auf jeden Fall ist das ferner als Quebec, nicht wahr?«

»Das schon«, musste sie zugeben. Sehenswürdigkeiten zu besichtigen würde ihr gefallen, aber für die Sache mit dem Strand konnte sie sich nicht begeistern. Jedenfalls nicht, solange sie so aussah wie momentan. Trotzdem konnte das Ganze Spaß machen.

»Du hast einen Reisepass, nicht wahr?«, erkundigte er sich in der nächsten Sekunde. »Sag bitte, dass du einen Reisepass hast.«

»Ja, und ich habe ihn sogar dabei«, versicherte sie ihm. Sie war zwar nicht davon ausgegangen, dass sich irgendeine Situation ergeben würde, in der sie ihn tatsächlich gebrauchen konnte. Auf jeden Fall hatte sie den Pass lieber eingesteckt, anstatt ihn im Lagerraum zurückzulassen.

»Gut, sehr gut. Dann sind wir ja bereit«, sagte er erfreut und zurrte einen der Gurte fest, damit ihr Rucksack richtig saß. »Hier, setz den auf.«

Abigail drehte sich zu ihm um und starrte den Helm an, den er ihr hinhielt. Dann wanderte ihr Blick zu dem Motorrad, vor dem er stand, und riss ungläubig die Augen auf. »Du willst, dass ich *auf dem Ding da* mitfahre?«

Sie hatte einen Personenwagen erwartet, vielleicht noch einen Pick-up. Aber ein Motorrad? Was war aus dem guten, alten, etwas tollpatschigen Freund Jethro geworden? Offenbar war er erwachsen geworden und hatte sich in Jet den Abenteurer verwandelt.

»Es wird dir gefallen«, versicherte Jet ihr und setzte ihr den Helm auf. Dann griff er nach seinem eigenen Helm und nahm auf der Maschine Platz. Über die Schulter sah er Abigail an.

»Komm schon. Das ist ein Notfall. Wir müssen so schnell wie möglich zum Hangar.«

»Was denn für ein Notfall?«, fragte sie, während sie zögerlich hinter ihm auf den Sitz kletterte. Er flog Frachtmaschinen! Was für ein Notfall sollte denn von einer Frachtmaschine erledigt werden?

»Keine Ahnung«, räumte er ein und ließ den Motor an. Um das Geräusch zu übertönen, redete er lauter weiter: »Ich vermute, die Lieferung muss zu einer bestimmten Zeit ankommen. Der Kunde hat eigentlich seine eigene Maschine, aber die hat einen Defekt, und die Fracht muss umgehend nach Caracas. Also haben sie sich an uns gewandt. Den Auftrag habe ich auch nur deshalb bekommen, weil es so eilig ist. Normalerweise dürfen nur Kollegen, die schon länger dabei sind, solche Touren übernehmen. Aber keiner von denen war so kurzfristig verfügbar.«

»Oh«, murmelte Abigail und wiederholte die Bemerkung noch einmal etwas lauter, als ihr klar wurde, dass er sie bei diesem Motorenlärm gar nicht hören konnte.

»Leg die Arme um mich und halt dich gut fest«, forderte er sie auf und sah sie dabei über die Schulter an. »Entspann dich, Abs«, redete er grinsend weiter. »Das wird ein richtiges Abenteuer werden.«

2

»Entspann dich, Abs. Das wird ein richtiges Abenteuer werden«, murmelte Abigail leise vor sich hin, während sie in der Dunkelheit nach dem Notsitz suchte, auf den sie sich setzen sollte. Jet hatte allerdings kein Wort davon gesagt, dass es hier so stockfinster sein würde. Aber vielleicht war ihm das in seiner Panik auch bloß durchgegangen. Sonst hätte er ihr bestimmt eine Taschenlampe mitgegeben. So musste sie sich jetzt am Rand des Frachtraums entlangtasten und versuchen, einen Sitz zu finden, den man offenbar herausklappen konnte. Das sollte sie dann auch machen und den Gurt anlegen, wenn Jet die Maschine startete.

Abigail schüttelte den Kopf. So war dieses Abenteuer nun wirklich nicht geplant gewesen. In San Antonio waren sie auf Jets Motorrad so gut durchgekommen, dass sie noch vor den Kunden am Flughafen angekommen waren. Während Jet sich um Flugpläne und anderen Papierkram kümmerte, ließ Abigail ihn das in Ruhe erledigen und tat ansonsten nichts. Außer dass sie ihren Reisepass dem Typen hinhielt, der offenbar etwas zu sagen hatte und der den Pass hatte sehen wollen. Dann machten sie sich auf den Weg zum Hangar, wo die Frachtmaschine stand. Sie stiegen ein, und Abigail setzte sich zu ihm ins Cockpit, wo er damit befasst war, vor dem Start die Checkliste durchzugehen. Sie saß auf dem bequemen Platz des Co-Piloten und gelangte allmählich zu der Überzeugung, dass das Ganze wohl doch noch gut werden würde. Bis die Kunden eintrafen.

Abigail hatte die beiden Männer nur für einen winzigen Augenblick sehen können, als sie aus dem Van ausstiegen, dann waren sie auch schon wieder aus ihrem Blickfeld verschwunden. Auf sie machten die zwei einen etwas zwielichtigen Eindruck. Sie trugen Jeans und T-Shirt, waren beide tätowiert und schauten mürrisch drein, der eine war kahlköpfig, dem anderen hätte ein Besuch beim Friseur gutgetan. Die Typen kamen ihr eher vor wie Mitglieder einer Motorradgang, weniger wie Geschäftsleute. Zum Glück wurde sie von den beiden nicht bemerkt, als sie ankamen, denn wie sich wenig später herausstellen sollte, war ihre Anwesenheit äußerst unerwünscht.

Nachdem Jet mit ihnen geredet hatte, kam er in fast panischer Verfassung ins Cockpit geeilt, um ihr zu sagen, dass er nicht nur die Fracht transportieren würde, sondern die Kunden gleich mit. Als er ihnen gegenüber erwähnt hatte, dass eventuell noch eine Freundin von ihm mitkommen würde, bekam er von den beiden sofort zu hören, dass er sich das abschminken könne. Außer den zweien und der Fracht würde er auf diesem Flug niemanden befördern.

Abigail war über diese Entwicklung besorgt, bedeutete es doch für sie, dass sie das Flugzeug verlassen und sich allein auf den Weg zu Jets Wohnung würde machen müssen. Aber das entsprach so gar nicht Jets Vorstellung.

Es war seine Maschine, und wenn er sie mitnehmen wollte, dann würde er das auch tun. In dem Punkt war er fest entschlossen. Bis dahin klang das alles noch sehr männlich und kühn, bis er dann mit der Sprache herausrückte, dass sie halt im Frachtraum sitzen würde, damit seine beiden Mitreisenden nichts davon bemerkten, dass sie mit an Bord war.

Während Abigail ihn noch ungläubig anstarrte, erklärte er ihr, dass die Tür im hinteren Teil des Cockpits in den Frachtbereich führte. Er würde zusehen, wie die Männer das Frachtgut einluden, und sobald die Luke geschlossen wurde, würde er zweimal gegen den Rumpf der Maschine schlagen als Zeichen für Abigail, dass sie sich in den Frachtraum begeben, sich auf den Klappsitz dort setzen und den Gurt anlegen solle. Nach der Landung würde er dann warten, bis die Männer aus der Maschine stiegen, um ihre Fracht zu entladen. Dann würde er an die Tür zum Frachtraum klopfen, damit Abigail wieder nach vorn kommen und sich im Cockpit verstecken konnte. Wenn die beiden Kunden sich dann davongemacht hatten, würde er sie abholen, um zur Zollkontrolle zu gehen. Sobald da alle Formalitäten erledigt waren, würde ihrem »Abenteuer« nichts mehr im Wege stehen.

Für den Augenblick bestand ihr persönliches Abenteuer allerdings darin, ihren Platz im stockfinsteren Frachtraum zu finden. Sie machte einen weiteren Schritt und stieß dabei mit dem Knie so heftig gegen ein unnachgiebiges Hindernis, dass ihr ein Fluch über die Lippen kam. Hastig hielt sie sich den Mund zu, blieb wie erstarrt stehen und rechnete fest damit, dass jeden Moment die Tür zum Cockpit aufgerissen wurde und die beiden tätowierten Bikertypen mit vorgehaltenen Waffen hereingestürmt kamen.

Als das nicht geschah, atmete sie erleichtert auf und tastete nach dem Gegenstand, der ihrem Knie im Weg gestanden hatte.

Es musste die Fracht sein, da sie eine Plane ertastete. Sie hatten die Kiste viel weiter vorne und näher an den Rand abgestellt als erwartet. Wenn dieser Sitz, auf dem sie den Flug zubringen sollte, sich neben dieser Kiste befand, dann hatte sie überhaupt keine Chance, den Sitz auszuklappen.

Missmutig legte sie die Hände auf die Plane, um zu versuchen, ob sich die Kiste ein Stück weit zur Seite schieben ließ. Ihre Hände berührten aber nicht etwa eine glatte Fläche, vielmehr blieb sie mit den Fingern der rechten Hand an etwas hängen, was sich wie ein Gitterstab anfühlte, während die linke gar keinen Widerstand fand, sondern die Plane durch einen Leerraum drückte, bis sie etwas leicht Nachgebendes ertastete. Im Augenblick dieser Berührung glaubte sie ein Brummen zu hören. Hastig zog sie die Hände zurück und betrachtete mit nachdenklicher Miene das Hindernis, das von der Schwärze des Frachtraums geschluckt wurde. Das hatte sich nicht angefühlt wie eine Palette voller Kartons oder wie eine große Kiste, sondern wie eine Art Käfig. Wenn es sich um einen Käfig handelte, dann war es ein großes Exemplar, das ihr im Stehen bis auf Brusthöhe reichte.

»Sie brauchen da eine Taschenlampe!«

Abigail sah nach vorn, als sie Jets übermäßig lauten Hinweis hörte, und kniete sich sofort hin, da auch schon im nächsten Moment die Tür zum Cockpit aufging. Sie wusste nicht, ob man sie an der Stelle, an der sie in Deckung gegangen war, wirklich nicht sehen konnte, aber die Zeit hätte nicht ausgereicht, um sich nach einem anderen Versteck umzusehen. Also machte sie sich so klein, wie es nur ging, und hoffte, dass weder ihr Hintern noch ihr Rucksack an irgendeiner Stelle herausschauten.

»Können Sie nicht das verdammte Licht einschalten?«, fragte einer der Männer in einem unangenehm fauchenden Tonfall.

»Das ist ein Frachtraum, da gibt es kein Licht«, antwortete Jet, aber sein Tonfall verriet Abigail, dass das gelogen war. »Ich gebe Ihnen eine Taschenlampe. Warten Sie hier, sonst stoßen Sie noch irgendwo gegen.«

Abigail hörte ihn umhergehen, dann zuckte der Lichtkegel einer Taschenlampe nur ein paar Zentimeter entfernt an ihrem Gesicht vorbei. Das kam so unerwartet, dass sie fast vor

Schreck einen leisen Schrei ausgestoßen hätte. Sie konnte sich noch gerade davon abhalten und kniff die Augen zu.

»Hier an der Wand sind noch zwei Taschenlampen, falls Sie welche brauchen.«

Vorsichtig machte sie die Augen wieder einen Spaltbreit auf. Die Lampe war nicht länger auf sie gerichtet. In der Dunkelheit hinter dem Lichtschein konnte sie seine Konturen ausmachen; sie war sich ziemlich sicher, dass er in ihre Richtung schaute. Und genauso ging sie davon aus, dass die Bemerkung über die zusätzlichen Taschenlampen auch ihr gegolten hatte. Natürlich fühlten sich seine Kunden ebenfalls davon angesprochen, da einer von ihnen antwortete: »Eine Lampe reicht uns. Geben Sie das verdammte Ding einfach her und verschwinden Sie, damit ich nach meiner Fracht sehen kann.«

Jet zögerte kurz, dann ging er los und verschwand aus ihrem Blickfeld. Während der Lichtkegel mit ihm mitwanderte, hielt sie sich ihre Situation vor Augen. Sie kauerte zwischen der Wand und dem mit Plane abgedeckten Käfig, den sich der Kunde ansehen wollte. Es gab für sie keine Möglichkeit, diesen Platz zu verlassen, da sie keine Ahnung hatte, wo sie sonst in Deckung hätte gehen können. Jet schien wohl zu hoffen, dass man nicht auf sie aufmerksam wurde, aber sie war sich ziemlich sicher, dass sie jeden Moment entdeckt wurde.

»Gehen Sie in der Zeit Ihre Checkliste durch oder was Sie sonst noch zu tun haben.«

Abigail stockte der Atem, als sie den Befehlston des Mannes vernahm.

»Schon erledigt«, gab Jet lässig zurück. »Damit war ich bereits durch, als Sie hier eintrafen.«

»Na, dann setzen Sie sich halt auf Ihren Platz und beschäftigen Sie sich. Womit, ist mir egal. Ich will auf jeden Fall in Ruhe nach meiner Fracht sehen«, beharrte der Mann.

»Mir wäre es lieber …«

»Ich leiste Ihnen Gesellschaft«, ertönte die Stimme des anderen Mannes.

»Hey, Vorsicht, Kumpel, ich …« Mehr konnte sie von Jets Erwiderung nicht hören, da in diesem Moment die Cockpittür mit einem lauten Klick zufiel. Nach seinen Worten zu urteilen, hatte der andere Mann ihn aus dem Frachtraum gedrängt. Es war kaum vorstellbar, dass Jet so etwas mit sich machen ließ, schließlich war er nicht mehr der Junge, der sich von anderen herumschubsen ließ. Dennoch war sie sich sicher, dass genau das geschehen war. Sie lauschte angestrengt, um etwas von dem mitzubekommen, was im Cockpit geredet wurde, doch im nächsten Augenblick landete etwas auf ihrem Kopf.

Instinktiv fasste sie nach diesem Etwas und stellte mit einer Mischung aus Erstaunen und Erleichterung fest, dass es sich um den Rand der Plane handelte, die der Mann auf der anderen Seite des Käfigs umgeschlagen hatte. Vielleicht würde sie ja doch nicht entdeckt werden. Wenn sie Glück hatte.

Ein Stöhnen aus dem Käfig ließ sie aufhorchen und reflexartig in die Richtung blicken, aus der das Geräusch kam. Aber sie hatte nun mal keinen Röntgenblick und konnte nicht durch die Plane hindurchsehen, um einen Blick auf den Käfig zu erhaschen.

»Ich will nur nach deinem Tropf sehen, Kumpel«, murmelte der Mann. »Wir wollen schließlich nicht, dass du auf dem Flug aufwachst und uns Ärger machst. Oder dass du die Maschine auseinandernimmst, so wie du das mit dem Flugzeug des Docs gemacht hast. Und schon gar nicht, wenn wir bereits in der Luft sind. Wir können ja von Glück sagen, dass wir beim letzten Anlauf nicht schon gestartet waren«, fügte er an.

Die Worte machten Abigail stutzig und ließen sie grübeln, was für eine Fracht das sein mochte. Ein Affe? Sie hatte mal

27

davon gehört, dass die ziemlich heftige Verwüstungen anrichten konnten. Nein, dafür war der Käfig zu groß. Aber vielleicht ein Gorilla.

Sie wurde von einem lauten Geräusch aus ihren Gedanken gerissen, das sie sofort erkannte. Es war das Geräusch, wenn jemand Klebeband von einer Rolle abzog.

»Ich will doch lieber auf Nummer sicher gehen, damit sich der Tropf nicht löst. Nachher wälzt du dich wieder hin und her, und auf einmal ist die Nadel raus. Wir haben heute nicht unseren üblichen Piloten, da können wir uns das nicht leisten, dass du hier anfängst, was von Entführung zu rufen. Sonst müssten wir den armen Kerl nämlich umbringen … oder ihn mit dir zusammen auf die Insel bringen. Der Doc kann ihn doch bestimmt für irgendein Experiment gebrauchen. Armer Mistkerl. Ganz ehrlich, da wäre ich lieber tot«, fügte er mit leiser Stimme an. Dann folgte Stille, die nur von leisem Rascheln unterbrochen wurde. »So, das müsste genügen«, brummte der Mann.

Die nachfolgenden Geräusche mussten damit zu tun haben, dass der Mann den Käfig verließ und sich aufrichtete. Dann war ein Scheppern zu hören, als offenbar die Käfigtür geschlossen wurde. »Genieß den Flug«, meinte der Mann dann spöttisch. »Es wird dein letzter sein. Wenn wir erst mal auf der Insel sind, kommst du da nie wieder weg.«

Abigail spürte, wie die Plane weggezogen wurde, und rührte sich nicht. Angespannt wartete sie darauf, dass der Mann irgendetwas rief, weil er sie entdeckt hatte, aber sie hörte nur das Rascheln der Plane, dann Schritte, die sich schnell entfernten, und schließlich wurde die Cockpittür geöffnet und wieder geschlossen. Dann herrschte die gleiche Finsternis und Stille wie zuvor.

Sie wartete hinter dem Käfig und rührte sich nicht, bis die Motoren auf einmal etwas schneller arbeiteten und die Maschine sich langsam in Bewegung setzte. Erst dann richtete sie sich auf und schaute sich um. Diesmal war sie froh, dass sie in Dunkelheit gehüllt war, hieß das doch, dass der Mann mit der Taschenlampe tatsächlich ins Cockpit zurückgekehrt war. Dessen Worte gingen ihr immer noch durch den Kopf.

Entführung? Alarmglocken schrillten in ihrem Gehirn los, als sie an diese Bemerkung dachte. Und was sollte das heißen, dass er den Piloten würde töten müssen? Oder dass er ihn irgendeinem Arzt für irgendwelche Experimente überlassen würde?

Oh Gott, sie musste Jet warnen. Der hatte ja keine Ahnung, wer da in diesem Moment bei ihm im Cockpit saß. Sie schob die Träger ihres Rucksacks von der Schulter und begann nach dem Handy zu suchen. Sie würde Jet eine Nachricht schicken, damit er unter irgendeinem Vorwand den Start abbrach und dann das Cockpit verließ. Er musste die Polizei rufen, sie befanden sich hier in einer Notlage.

Da sie ihr Handy nicht finden konnte, legte sie den Rucksack leise fluchend wieder hin und richtete sich auf. Die zwei Taschenlampen mussten irgendwo hier dicht vor ihr sein, jedenfalls hatte Jet nicht weit von ihr entfernt gestanden, als er auf diese Taschenlampen zu sprechen gekommen war. Er hatte dem Mann seine Taschenlampe gegeben und zwei weitere erwähnt. Ohne sich von der Stelle zu rühren, streckte sie die Arme aus und ertastete den Abschnitt der Wand, den sie erreichen konnte. Als das zu nichts führte, schob sie mit einem Fuß den Rucksack ein Stück weit nach vorn und machte einen Schritt, dann streckte sie erneut die Hände aus und schien diesmal mehr Glück zu haben. Ihre Finger strichen über ein schmales langes Rohr, das von einer Metallklammer festgehalten wurde. Sie zog daran und atmete erleichtert auf, als der Gegenstand sich mühelos aus der Halterung nehmen ließ. Es dauerte einen Moment, bis sie den Schalter gefunden hatte. Dann schien das Licht in der Dunkelheit förmlich zu explodieren. Nach so langer Zeit in völliger Schwärze tat diese Helligkeit so weh, dass Abigail die Augen zukneifen musste. Sie wartete einen Moment lang, dann öffnete sie die Augen einen winzigen Spaltbreit, bis sie sich schließlich an das Licht gewöhnt hatten.

Froh darüber, nun endlich etwas sehen zu können, richtete sie den Schein der Lampe auf ihren Rucksack, hielt aber inne, als der Lichtstrahl dabei eine Ecke des Käfigs streifte. Die Plane war dunkelbraun, also nichts Besonderes. Aber sie konnte es sich nicht verkneifen, an einer Ecke den schweren Stoff zu fassen und hochzuheben. Was darunter zum Vorschein kam, war eindeutig ein Käfig, doch was ihr den Atem stocken ließ, war der Fuß, den sie genau in dieser Käfigecke entdeckte.

Das war eindeutig nicht der Fuß eines Affen, aber der Mann hatte ja bereits davon geredet, dass jemand was von Entführung rufen könnte, und damit schied ein Affe ohnehin von vornherein aus.

Ihre Neugier wurde jetzt nahezu übermächtig, und sie riss die Plane mit so viel Schwung nach oben, dass die auf dem Käfig landete und die ihr zugewandte Seite ihr freie Sicht darauf bot. Sie ließ den Lichtkegel vom Fuß über ein Bein wandern, weiter über den nackten Hintern und den Rücken sowie den Arm eines vollständig unbekleideten Mannes, der im Käfig auf der Seite lag.

Er war ein auffallend großer Mann, wie ihr Unterbewusstsein registrierte, während sie mit der Taschenlampe alles beleuchtete, was sie von ihrer Position aus erkennen konnte. Er hatte breite Schultern, dazu eine betont schmale Hüfte, und sowohl der Oberarm als auch der Oberschenkel, den sie sah, waren sehr muskulös. Das Gesicht sah sie nicht, da es von ihr abgewandt war, zudem hätten die langen Haare ihr ohnehin die Sicht genommen. Aber sie hatte auch so genug gesehen. Er war ein schlafender Riese, den man unter Medikamente gesetzt hatte und der hilflos wie ein Tier in einen Käfig eingesperrt worden war.

Leise fluchend kniete sie sich hin und zog den Rucksack an sich, um jetzt mithilfe der Taschenlampe weiterzusuchen. Aber auch jetzt konnte sie ihr Telefon nicht finden. Was hatte sie bloß damit angestellt?, überlegte sie fieberhaft. Im nächsten Moment verlor sie das Gleichgewicht und landete auf dem Boden, da das Flugzeug unerwartet stark beschleunigte.

Verdammter Mist! Sie hoben ab! Sie fasste nach den Gitterstäben, um sich festzuhalten, damit sie durch die starke Beschleunigung nicht durch den ganzen Laderaum rutschte. Panik überkam sie, denn wenn das Flugzeug erst einmal in der Luft war, dann waren sie mit den beiden Männern allein, die mit einem in einen Käfig gesperrten Entführungsopfer auf Reisen waren. Und es gab absolut nichts, was sie dagegen unternehmen konnte. Das war gar nicht gut.

Abigail hielt sich weiter an den Gitterstäben fest und wartete ab, bis die Maschine ihren Steigflug beendet und ihre Flughöhe erreicht hatte. Dann erst wagte sie es, sich zu rühren, ließ die Gitterstäbe los und setzte sich auf den Boden. In der Rechten hielt sie nach wie vor die Taschenlampe fest umklammert, die so auf ihren Beinen lag, dass der Lichtkegel immer noch den Mann im Käfig erfasste.

Seine Haut hatte einen olivfarbenen Ton, die feinen Härchen auf dem Rücken waren dunkelbraun oder schwarz, wie ihr beiläufig auffiel. Dann auf einmal wurde ihr bewusst, wie unhöflich es von ihr war, einen wehrlosen Mann so unverhohlen anzustarren.

Sie hielt die Taschenlampe von ihm weg und zog wieder ihren Rucksack zu sich heran, um noch einmal nach dem Handy zu suchen. Wenn sie Jet nur eine SMS schicken konnte, würde der immer noch umkehren und wieder landen können. Und Hilfe holen, bevor es zu spät war. Er konnte doch bestimmt Probleme mit den Turbinen vortäuschen, oder etwas in der Art.

Als auch die dritte Suche kein Handy zutage förderte, musste Abigail sich damit abfinden, dass sie es irgendwo auf dem Weg von der Bar zum Flughafen verloren hatte. Sie saß da und überlegte, was sie tun sollte. Sie hatte keine Ahnung, ob die beiden Männer, die ihre Fracht begleiteten, bewaffnet waren, aber vermutlich war das der Fall. Die Kontrolle beim Betreten des Geländes war ihr nicht sehr gründlich vorgekommen, immerhin war sie von niemandem abgetastet worden, was aber vielleicht auch daran lag, dass sie mit dem Piloten einer der Maschinen angekommen war. Aber da waren auch keine Metalldetektoren gewesen.

Dann fiel ihr ein, was Jet auf dem Weg zum Hangar gesagt hatte, als sich herausstellte, dass sie beide vor den Kunden für diesen Frachtflug eingetroffen waren: Seiner Meinung nach waren sie wohl vom Zoll aufgehalten worden, der sich ihre Fracht genauer ansah. Wie hatten sie einen bewusstlosen Mann in einem Käfig am Zoll vorbeischleusen können? Da konnte nur Bestechung im Spiel gewesen sein. Und wenn jemand gegen Geld wegsah, wie ein Entführungsopfer außer Landes gebracht wurde, dann würde der sich auch nicht um irgendwelche Waffen scheren. Es war also durchaus möglich, dass beide Männer Maschinenpistolen bei sich führten.

Ihr Blick wanderte zum Käfig zurück, und wieder hielt sie die Taschenlampe auf den Bewusstlosen. Der Mann hatte davon geredet, dass sein Opfer zuvor schon einmal aufgewacht war und für Ärger an Bord eines Flugzeugs irgendeines Ty-

pen, den er als »Doc« bezeichnete, gesorgt hatte. Und zwar
für solchen Ärger, dass er ein Flugzeug zumindest fürs Erste flugunfähig gemacht hatte. Deswegen hatte es wohl diesen
Auftrag für einen »Notfall« gegeben. Abgestürzt war die Maschine damals nicht, aber dieser Mann musste aufgewacht sein
und Chaos angerichtet haben, bevor es ihnen gelungen war, ihn
wieder außer Gefecht zu setzen. Was das bedeutete, konnte sie
nicht sagen, da sie nicht wusste, wie schwer ein Flugzeug be-
schädigt sein musste, um nicht abheben zu können.

Was auch immer das für Schäden gewesen sein mochten, sie
wollte nicht, dass er das jetzt hier an Bord wiederholte, solange
sie in der Luft waren. Wenn er so stark war, wie er aussah, dann
würde er allerdings von großem Nutzen sein, nachdem sie wieder festen Boden unter den Füßen hatten.

Bevor sie darüber noch viel länger nachdenken konnte,
stand sie kurzerhand auf, ging zur Vorderseite des Käfigs und
zog die Plane runter. Dann hielt sie die Taschenlampe auf die
Tür im Käfig gerichtet und musste zu ihrem großen Erstaunen feststellen, dass es an dieser Tür überhaupt kein Schloss
gab. Da war nur ein ganz einfacher Riegel vorgeschoben, den
er selbst hätte aufschieben können, wenn er wach gewesen
wäre. Aber er war nun mal nicht wach, und daran würde sich
auch nichts ändern, solange er an den Tropf angeschlossen war.
Wieder richtete sie die Taschenlampe auf ihn, diesmal konnte
sie seine Vorderseite sehen, auch wenn es da nicht viel zu sehen gab. Der Infusionsbeutel hing an den Gitterstäben, die das
Dach seines Käfigs bildeten. Der Schlauch verschwand irgendwo unter seinem Arm, der so vor seiner Brust lag, dass davon
kaum etwas zu erkennen war. Sie fand, dass das geradezu eine
Schande war, denn allem Anschein nach musste er eine gran-
diose Brust haben, auf die sie gern einen Blick geworfen hätte.
Sein Gesicht hätte sie auch gern gesehen, aber das wurde ganz

33

und gar von seinen Haaren bedeckt. Auch lag das eine Bein so nach vorn geschoben, dass der Genitalbereich sich ebenfalls komplett ihren Blicken entzog.

»Dem Himmel sei Dank«, murmelte sie, merkte allerdings selbst, dass das alles andere als überzeugend klang. Es war schon verdammt lange her, seit sie das letzte Mal überhaupt nur das Wort *Date* in den Mund genommen hatte. Wann sie das letzte Mal ein Date gehabt hatte, darüber wollte sie lieber gar nicht erst nachdenken. Offenbar stand es um sie schon so bedenklich, dass es ihr nicht zu peinlich war, das Gehänge eines wehr- und hilflosen Mannes anzustarren.

Vor Abscheu über sich selbst schnalzte sie mit der Zunge. Dann schob sie den Riegel zur Seite, öffnete die Käfigtür und kauerte sich hin, um in den Käfig zu gelangen. Wenn der Mann das letzte Mal für Unruhe gesorgt hatte, als er aufgewacht war, dann konnte er das jetzt noch einmal machen, sobald sie wieder gelandet waren. Sie musste nur die Kanüle herausziehen … und dann darauf hoffen, dass er bis zur Landung wieder bei Bewusstsein war. Bei seinem letzten Versuch war es ihm ja ganz eindeutig nicht gelungen, diesen Leuten zu entkommen, aber da war er auch auf sich allein gestellt gewesen. Diesmal konnten sie und Jet ihm helfen.

Auch wenn Abigail von kleiner Statur war, musste sie trotzdem auf Händen und Knien in den Käfig robben. Da sie auf diese Weise nicht auch noch die Taschenlampe halten konnte, legte sie sie kurzerhand so zur Seite, dass der Lichtschein auf den Mann fiel. Bei ihm angekommen hob sie den Arm hoch, der nicht nur quer über seine Brust lag, sondern auch den anderen Arm verdeckte, an den man ihm den Tropf gelegt hatte. Obwohl *gelegt* die Sache nicht so ganz traf. Abigail fand ihre Vermutung bestätigt, dass einer der beiden Männer mit Klebeband hantiert hatte. Von kurz über dem Ellbogen bis zum

Handgelenk hatte man dickes graues Klebeband um seinen Arm gewickelt.

Das war eindeutig zu viel, fand sie. Und es würde eine verdammt schmerzhafte Aktion werden, wenn man es entfernen wollte. Vermutlich war es am besten, das noch zu machen, solange er nicht bei Bewusstsein war, überlegte sie. Das würde zwar etwas länger dauern, aber es war eindeutig die sanfteste Lösung. Außerdem hatte sie dafür wahrscheinlich noch genügend Zeit. Sie konnten ohnehin gar kein Risiko eingehen, was diese beiden Kunden anging, solange sie noch in der Luft waren. Sie wollten ganz sicher keine Bruchlandung hinlegen, nur weil Jet verletzt oder sogar erschossen werden könnte, wenn er versuchen sollte, die zwei Männer zu überwältigen.

Abigail ließ sich im Schneidersitz neben dem bewusstlosen Mann nieder, zog seinen Arm zu sich heran und machte sich an die Arbeit. Das nahm jedoch viel mehr Zeit in Anspruch als gedacht, da offensichtlich eine ganze Rolle Klebeband um den Arm des Mannes gewickelt worden war. Es dauerte eine Ewigkeit, das Band Stück für Stück zu lösen. Ein Messer wäre jetzt ausgesprochen hilfreich gewesen, sodass Abigail nach einer Weile die Arbeit unterbrach und den Frachtraum auf der Suche danach auf den Kopf stellte. Sie fand jedoch lediglich die dritte Taschenlampe, etwas, das nach einem Fallschirm aussah, und sogar einen Verbandkasten. Von einem Messer war weit und breit nichts zu sehen.

Der Verbandkasten versetzte sie zunächst in Euphorie, da sie davon ausging, dass sich darin auch eine Schere befinden würde. Tatsächlich wurde sie nach dem Öffnen auch fündig, nur war sofort klar, dass ihr dieser Fund nicht weiterhelfen würde. Die Schere war klein und so wirkungslos, dass man mit ihr allenfalls eine Mullbinde oder ein Pflaster durchschneiden konnte. Aber dem stabilen Klebeband war sie auf keinen Fall gewachsen. Abigail stellte den Verbandkasten weg und kehrte in den Käfig zurück, um weiter das Band abzuziehen.

Schließlich hatte sie sich bis zu der letzten, unmittelbar auf der Haut klebenden Lage vorgearbeitet. Das würde mit Schmerzen verbunden sein, da sie ihm unweigerlich sämtliche feinen Härchen auf seinem Arm ausreißen würde.

Vielleicht konnte sie ja ein paar von diesen Härchen retten, wenn sie es langsam anging. Dann fasste sie den Ansatz des Klebebands an seinem Ellbogen und begann zu ziehen. Sie konnte zusehen, wie Haut und Härchen am Band klebten, als sie es hochzog, und wie dann das Band den Halt auf seiner Haut verlor und jedes feine Haar mit sich riss. Sie zuckte leicht zusammen und war froh darüber, dass der Mann noch immer bewusstlos war. Auch der Schlauch seines Tropfs blieb am Band kleben, sodass sie ihn ablösen musste. Abigail hatte nicht vor, die Kanüle zu entfernen, solange sie hier nicht fertig war. Sie ging zwar nicht davon aus, dass der Mann dann sofort aufwachen würde, aber sie wollte auch kein Risiko eingehen.

Auf einmal bemerkte sie aber Flüssigkeit, die unter dem Klebeband austrat. Entweder hatte sich der Schlauch von der Kanüle gelöst, oder die Nadel war aus dem Arm gerutscht. So oder so bekam er nun nicht mehr das Medikament verabreicht, das ihn tief und fest schlafen ließ. Da sie keine Ahnung hatte, wann das Mittel aufhören würde zu wirken, beeilte sie sich, das Klebeband zu entfernen. Nur Augenblicke später schnappte sie erschrocken nach Luft, als der Mann sich in einer zügigen Bewegung streckte und halb aufsetzte. Gleichzeitig bekam er mit der freien Hand ihren Hals zu fassen und drückte zu.

Abigail ließ das Klebeband los und fasste nach seiner Hand, um sie von ihrem Hals zu lösen, damit sie wieder atmen konnte. Aber selbst in seinem noch halb benommenen Zustand war dieser Mann unglaublich stark. Dass er noch unter dem

Einfluss des Medikaments stand, war offensichtlich, denn auch wenn sie krampfhaft versuchte, sich aus seinem Griff zu befreien, nahm sie dennoch den benommenen Ausdruck in seinen schönen schwarzen Augen wahr. Augen, die in diesem Moment so auf ihr Gesicht gerichtet waren, als wäre sie die einzige Frau auf der ganzen Welt. Was sie ja in gewisser Weise auch war, überlegte Abigail. Zumindest wenn man den Frachtraum als die ganze Welt betrachtete.

Gerade glaubte sie schon, jeden Moment wegen Sauerstoffmangels ohnmächtig zu werden und gleich darauf aus dem gleichen Grund sterben zu müssen, da lockerte sich plötzlich der Griff um ihren Hals. Gleich darauf ließ der Mann die Hand einfach sinken und sackte gegen die Gitterstäbe gelehnt in sich zusammen. Sein Körper schien sich auszuruhen, aber seine Augen waren hellwach und auf Abigail gerichtet.

Abigail schnappte hastig nach Luft und betrachtete den Mann argwöhnisch, während sie sich in Richtung Käfigtür zurückzog.

»Wer bist du?«

Seine Frage ließ sie innehalten. Seine Stimme war so rau und so tief, dass es ihr vorkam, als würde sie mitanhören, wie sich Erdplatten aneinanderrieben. Ihre Atmung hatte sie wieder unter Kontrolle gebracht, sie schluckte und flüsterte: »Abs.«

Er zog die Augenbrauen zusammen und fragte verständnislos: »Was für Apps?«

»Nein, nein, das ist mein Name«, erklärte sie, als sie das Missverständnis begriff. »Eigentlich heiße ich Abigail, aber meine Freunde sagen Abs zu mir. Oder Abbey. Aber meistens Abs. Jedenfalls nennt Jethro mich so. Von meinen Freunden habe ich in der letzten Zeit nicht mehr viel zu sehen bekommen. Jethro ist der erste, mit dem ich mich seit dem Tod meiner Mom treffe, deshalb …«

»Wer ist dieser Jethro?«

Abigail verzog den Mund, als sie von dem Mann unterbrochen wurde. »Er ist ein Freund von mir«, antwortete sie und sah zur Cockpittür, da sie fürchtete, man könnte sie beide da vorn hören. Andererseits konnte sie auch keine Stimmen aus dem Cockpit vernehmen, von daher war zu hoffen, dass es umgekehrt nicht anders war.

»Bist du mit ihm zusammen?«, fragte er und lenkte ihre Aufmerksamkeit auf sich zurück.

»Oh Gott, nein«, sagte sie mit Nachdruck und rümpfte die Nase bei dem bloßen Gedanken daran. »Er ist mein bester Freund seit ich denken kann. Er ist so was wie ein Bruder für mich. Etwas anderes könnte ich mir niemals vorstellen. Das wäre ja …«

»Gehörst du zu den Kidnappern?«

Abigail zog die Augenbrauen hoch, als sie seinen gequälten Tonfall wahrnahm, der sich in seiner Miene widerspiegelte. Er war beunruhigt, dass sie etwas mit den Männern zu tun haben könnte, die ihn in diesen Käfig gesteckt hatten. Er musste außer sich vor Wut sein, dass er in eine solche Situation geraten war. Vermutlich konnte sie von Glück reden, dass er sie nicht erwürgt hatte.

»Nein«, versicherte sie ihm hastig. »Ich will dich vor ihnen retten.«

Als er zweifelnd eine Augenbraue hochzog, bedachte sie ihn mit einem verärgerten Blick. »Was denn? Ich habe die Kanüle rausgezogen, oder etwa nicht? Jedenfalls war ich damit beschäftigt. Ich hatte gehofft, das Klebeband von deinem Arm abmachen zu können, bevor du aufwachst, damit du nicht …«

Weiter kam sie nicht, da er nach dem Klebeband griff und sich sämtliche Reste mit einem Ruck vom Arm riss. Wie befürchtet brachte er sich damit um fast alle Haare auf dem Unterarm. Doch damit nicht genug, sah es so aus, als hätte er sich auf der gesamten Länge seines Arms einen breiten Streifen Haut abgerissen. Abigail verzog den Mund, als sie das rohe Fleisch sah, was dem Mann aber keinerlei Schmerzen zu bereiten schien. Stattdessen warf er ein wenig verärgert das Klebeband weg und setzte sich aufrecht hin.

Was zur Folge hatte, dass er völlig unbedeckt vor ihr saß, und das betraf nicht nur seine beeindruckend breite Brust, sondern auch den gesamten Lendenbereich. Es dauerte einen Moment, ehe Abigail begriff, dass sie seine Kronjuwelen unverhohlen anstarrte, und sie zwang sich, den Blick wieder auf sein Gesicht zu richten.

Er war ein gut aussehender Mann, wie ihr jetzt bewusst wurde. Er hatte eine gerade, scharf konturierte Nase, hohe Wangen und volle Lippen, die für einen Mann fast schon etwas zu sinnlich wirkten. Seine Augen waren von einem perfekten Mitternachtsschwarz mit ein paar silbernen Sprenkeln, die im Schein der Taschenlampe zu glühen schienen. Sogar seine Bartstoppeln verliehen diesem Mann etwas Attraktives, obwohl Gesichtsbehaarung gar nicht so sehr Abigails Sache war. Sie konnte sich nicht daran erinnern, jemals einen so attraktiven Mann gesehen zu haben, weder in einem Film noch in einer Zeitschrift. Die hübsche blonde Barkeeperin in der Countrybar, in der sich Abigail mit Jet getroffen hatte, hätte Jet vermutlich in Grund und Boden gerannt, wenn er zwischen ihr und diesem Mann im Weg gestanden hätte. So sehr war sie davon überzeugt, dass sie heilfroh war, sich nicht mehr in dieser Bar zu befinden.

»Wo sind wir?«

Abigail betrachtete seine Lippen, während er redete, und verspürte den völlig verrückten Drang, mit ihrer Zunge darüberzustreichen. Verdammt, was war dieser Kerl verlockend, dachte sie und seufzte leise. Dass sie diesen Typ allein deshalb schon bespringen wollte, weil er sich in ihrer unmittelbaren Nähe aufhielt, war ein sicheres Zeichen dafür, dass sie durch die Krankheit ihrer Mutter bedingt schon zu lange nicht mehr unter Leute gekommen war.

»Irgendwo über dem Meer, würde ich sagen«, antwortete sie schließlich. »Gestartet sind wir erst vor …« Sie schaute auf ihre Armbanduhr und stellte überrascht fest, wie viel Zeit seit dem Start vergangen war. Sie waren schon seit fast zwei Stunden unterwegs. Hatte sie tatsächlich die ganze Zeit über versucht, ihn vom Klebeband zu befreien? *Lieber Himmel*, dachte sie. »Zwei Stunden. Wir müssen die USA längst verlassen haben und irgendwo in der Nähe von Havanna oder Cancun sein, je nachdem, welche Route Jet fliegt«, fügte sie noch an.

Er reagierte nicht mit ungläubigem Staunen, und er fragte auch nicht, woher sie das so genau wissen konnte. Trotzdem setzte sie zu einer Erklärung an: »Ein Flug von San Antonio nach Caracas. Die Cayman-Inseln liegen ziemlich genau auf der Mitte der Strecke, und ich bin mir ziemlich sicher, dass Havanna und Cancun von da ungefähr eine halbe Flugstunde entfernt sind. Ich war schon immer gut in Geografie«, fügte sie hinzu, weil sein starrer, forschender Blick sie nervös machte. Wenn sie nervös war, plapperte sie unkontrolliert drauflos, und genau deshalb redete sie auch jetzt einfach weiter: »Die meisten Kinder in meiner Klasse haben Geografie gehasst, aber ich wollte immer reisen. Deshalb habe ich mir immer Landkarten und Atlanten und so was alles angesehen und mir dabei gemerkt, wo welche Orte liegen.«

Als er keinerlei Regung zeigte, begann sich Abigail Sorgen zu machen, das Medikament könnte ihm Schaden zugefügt haben. Nichtsdestotrotz plapperte sie immer weiter: »Meine Mom wollte auch immer reisen. Sie wollte so gern diese Ferienanlagen auf St. Lucia oder auf den Cayman-Inseln besuchen. Ich hatte ihr versprochen, dass wir das machen, sobald es ihr wieder besser geht. Um sie während der Chemo auf andere Gedanken zu bringen, haben wir uns mit diesen Ferienanlagen beschäftigt. Wir haben nachgesehen, wie lange ein Flug dorthin dauert, was es da für Tiere gibt, was man alles besichtigen kann und so weiter …«

Noch immer keine Reaktion. Atmete er überhaupt noch, fragte sie sich insgeheim.

»Wie heißt du?«, wollte sie wissen und wechselte damit abrupt das Thema. Auf diese Weise konnte sie am besten feststellen, ob er noch lebte und atmete. Nicht dass er nur noch eine Leiche war, die mit toten Augen in ihre Richtung starrte. Außerdem mochte sie ihn in ihrem Kopf nicht ständig nur als den Kerl oder den Typen bezeichnen, daher wollte sie seinen Namen erfahren. Sie tippte auf einen richtig sexy Namen wie …

»Tomasso Notte.«

Ja, das war ein sexy Name, fand Abigail. Zumindest, wenn er auf die Art und Weise ausgesprochen wurde, wie er es soeben getan hatte. Und es war eine große Erleichterung, dass er immer noch lebte. Sie betrachtete ihn und überlegte, was für ein Akzent das wohl war. Als sie glaubte, ihn erkannt zu haben, fragte sie: »Italiener?«

Tomasso nickte, äußerte sich aber nicht weiter. Er war wohl nicht der gesprächige Typ.

Außerdem wünschte sie, er würde aufhören, sie so anzustarren. Es kam ihr so vor, als hätte er den Blick nicht ein einziges Mal von ihrem Gesicht abgewandt, seit er die Augen aufgemacht hatte. Andererseits war das gar nicht so verwunderlich, da es in dem dunklen Frachtraum kaum etwas anderes gab, was er sich stattdessen hätte ansehen können. Dennoch fühlte sie sich schon ein wenig unbehaglich, so seinem Blick

41

ausgesetzt zu sein. Der war so auf sie konzentriert, als wollte er versuchen, mit den Augen ein Loch in ihren Kopf zu brennen.

Vielleicht konnte er aber auch nicht allzu viel erkennen, kam es ihr plötzlich in den Sinn, als ihr auffiel, dass der Schein der Taschenlampe genau auf ihn gerichtet war, während sie so gut wie gar nichts davon abbekam. Somit musste sie für ihn nichts als ein Schatten in der Dunkelheit sein. Diese Überlegung beruhigte sie ein wenig, und Abigail wollte sich gerade ein wenig entspannen, als er unvermittelt verkündete: »Ich habe Hunger.«

Es war weniger das, was er sagte, als vielmehr sein starrer Blick, der sie nervös machte. Sie hatte das seltsame Gefühl, dass er sie als seine nächste Mahlzeit in Erwägung zog. Sie ermahnte sich und hielt sich vor Augen, dass das doch ein sehr abwegiger Gedanke war, und zog sich aus dem Käfig zurück. »Ich habe einen Schokoriegel in meinem Rucksack«, sagte sie. »Ich hole ihn schnell.«

Diesmal war sie froh darüber, dass er sich nicht rührte und nichts sagte. Als sie den Käfig verlassen hatte, richtete sie sich auf, drückte den Rücken durch und lief um den Käfig herum zu ihrem Rucksack. Sie hatte zwar die Taschenlampe bei Tomasso zurückgelassen, aber da die genau in die richtige Richtung schien, hatte Abigail genug Licht, um den Rucksack zu sehen. Sie hob ihn hoch und richtete sich auf, dann durchsuchte sie im Dunkeln den Inhalt, da sie dort, wo sie stand, nicht mehr vom Lichtkegel der Taschenlampe erfasst wurde. Sie hatte soeben den erwähnten Schokoriegel ertastet, da spürte sie, wie Wärme auf ihren Rücken abstrahlte und ein warmer Atemhauch über ihre Haare strich.

Sie musste sich nicht umsehen, um zu wissen, dass der Mann hinter ihr stand. Das verriet ihr allein schon die Gänsehaut, die in ihrem Nacken begann und sich hinunterzog bis zu den Fersen.

»Es ist ein Oh-Henry-Riegel«, redete sie nervös drauflos. »Ich mag Nüsse.« Ihre Worte gingen in ein erschrockenes Quieken über, als er die Arme um ihre Taille schob und sie an sich drückte. Die Hitze seines Körpers schien in sie hineinzuströmen und jede Stelle zu erwärmen, an der sie beide sich berührten: am Rücken, an ihrem Po und an den Beinen.

»Ich ...« Weiter kam sie nicht, da er mit einer Hand nach ihrem Kinn fasste, damit er ihren Kopf leicht anheben und zu sich hindrehen konnte, um sie zu küssen.

Abigail riss ungläubig die Augen auf, als er seine Lippen auf ihre drückte. Solche Dinge widerfuhren ihr einfach nicht. Große, gut aussehende und zudem auch noch nackte Männer küssten sie nun mal nicht aus heiterem Himmel. Und er war zudem noch ein verdammt guter Küsser, dachte sie beiläufig, während sie genüsslich die Augen schloss und ihr Körper auf diese zärtliche Geste reagierte.

Als ihr bewusst wurde, was sie da eigentlich tat, zwang sie sich, die Augen wieder aufzumachen. Gleichzeitig versuchte sie, gegen die Erregung anzukämpfen, die er in ihr zum Leben erweckte. Aber jetzt ließ er auch noch seine Hände wandern und legte sie auf ihre Brüste, um sie durch die Kleidung hindurch zu streicheln.

Abigail stöhnte auf, als er ihre Brüste massierte und knetete, und ehe sie sich versah, erwiderte sie seinen Kuss. Das hatte sie gar nicht gewollt. Vielmehr hatte sie sich gegen die Empfindungen wehren wollen, die er in ihr auslöste – ein Unterfangen so sinnlos wie der Versuch, die Sonne am Aufgehen zu hindern. Dieser Mann sprach etwas in ihr an, was viel zu lange verleugnet worden war. Allein die Tatsache, dass er ein wildfremder Mann war und dass ihre Mutter jetzt womöglich vom Himmel aus zusah, was sie hier unten trieb, veranlasste sie dazu, den Kuss zu unterbrechen. »Ich dachte, du hast Hunger.«

»Mm-hmm«, murmelte er und strich die Haare zur Seite, damit er ihr einen Kuss auf den Hals geben und dann mit der Zunge über die empfindliche Stelle streichen konnte. Abigail war von dem wohligen Gefühl so abgelenkt, dass sie fast nicht mitbekommen hätte, wie er die Hand von ihrer Brust nahm und über ihren Bauch nach unten gleiten ließ. Aber nur fast. Als sie es dann doch noch merkte, ließ sie den Rucksack fallen und versuchte, ihn von seinem Vorhaben abzuhalten.

»Tomasso, ich glaube nicht, dass wir …« Weiter kam sie nicht, da sie heftig nach Luft schnappen musste, als er seine Finger zwischen ihre Oberschenkel schob und sich dort alles anfühlte wie flüssige Lava. *Oh Gott,* sie stand ja regelrecht in Flammen, schoss es ihr durch den Kopf, während die Kombination aus seinen Händen überall an ihrem Leib und aus seinen Küssen auf ihren Hals sie wahnsinnig machte.

»Das ist doch völlig verrückt«, keuchte sie angestrengt, da er sie durch den Stoff ihrer eng anliegenden Jeans zu massieren begonnen hatte. »Wir sind in einem Frachtraum … auf dem Weg nach Venezuela … mit Kidnappern im … Dingsda …«

»Im Cockpit«, half er ihr aus und küsste sie weiter auf den Hals.

»Ja«, hauchte Abigail, war sich jedoch nicht sicher, ob sich ihre Antwort überhaupt auf das bezog, was er zu ihr gesagt hatte.

Die Hand, mit der sie nach seiner gefasst hatte, um ihn zurückzuhalten, trieb ihn jetzt zum Weitermachen an, und ihr Körper bewegte sich wie aus eigenem Antrieb. Er drückte sich gegen die Hand auf ihrer Brust, rieb sich an der anderen Hand zwischen ihren Schenkeln. Abigail wusste ohne den Hauch eines Zweifels, dass nicht nur ihr gefiel, was sich hier abspielte. Den Beweis für seine Erregung konnte sie deutlich spüren, da der sich gegen ihr Kreuz presste. Sie war so verdammt klein geraten, dass er sie würde hochheben müssen, wenn er sie …

»Oh, mein Gott«, stieß Abigail aus, als vor ihrem geistigen Auge ein Bild davon entstand, wie er ihr Jeans und Slip auszog, sie zu sich umdrehte und sie gegen die Wand drückte und ein Stück weit hochschob, damit er mühelos in sie eindringen konnte. Dieses Bild kam ihr so echt vor, und es wirkte so verdammt erregend, dass sie über die letzte Schwelle trat, auf die er sie von der ersten Sekunde an hatte zusteuern lassen. Nur wie aus weiter Ferne nahm sie einen Stich und ein leichtes Ziehen an ihrem Hals wahr.

Abigail stieß einen spitzen Schrei aus, als sie in seinen Armen zusammensank. Im gleichen Moment ging die Taschenlampe aus, und sie wurde von Finsternis umhüllt und geschluckt.

3

Das Erste, was Abigail wahrnahm, war etwas sehr Schweres, das auf ihrem Rücken lag und ihr das Durchatmen unmöglich machte. Beunruhigt über diese Feststellung bewegte sie sich ein wenig und hielt gleich wieder inne, als ein Atemzug über ihr Ohr strich. Das Schwere war Tomasso, wie sie erst jetzt begriff. Jener Tomasso, der vor ein paar Minuten noch ein Wildfremder gewesen war, an dem sie sich gerieben hatte. Zumindest hoffte sie, dass das erst ein paar Minuten her war, aber sie konnte ebenso gut stundenlang bewusstlos auf dem Boden gelegen haben.

Dieser Gedanke veranlasste sie, sich nicht zu rühren und nur intensiv zu lauschen. Zu ihrer großen Erleichterung konnte sie die Triebwerke des Flugzeugs immer noch hören, und sie spürte auch die Vibrationen, die sich auf ihren Körper übertrugen. Sie befanden sich immer noch in der Luft. *Gott sei Dank!* Sie hatten immer noch Zeit, um sich bereit zu machen. Sie musste bloß noch irgendwie Herkules von ihrem Rücken bugsieren und …

Wenn sie es sich recht überlegte, hatte sie keine Ahnung, was sie tun sollte. Sie wusste nicht, wie sie aus dieser Situation herauskommen sollten. Sollten sie noch vor der Landung das Cockpit stürmen und über die beiden Kunden herfallen, die da vorn bei Jet saßen?

Das schien ihr etwas zu riskant. Jet könnte bei dem Handgemenge verletzt werden, und dann würden sie womöglich abstürzen.

46

Vielleicht sollten sie warten, bis die Maschine gelandet war, und die beiden Männer attackieren, sobald die das Cockpit verließen, um ihre »Fracht« zu entladen. Aber das war ebenfalls riskant, da die zwei bewaffnet sein konnten.

Vielleicht war es sinnvoller, bis nach der Landung zu warten und dann ins Cockpit zu stürmen, sobald Jet ihnen signalisierte, dass die Luft rein war. Dann konnten sie mit Jet aus der Maschine entwischen und zum Flughafengebäude rennen, wo ihnen bestimmt jemand helfen würde. Sie dachte einen Moment lang nach und fand dann Berge von Löchern in ihrem großen Plan. Was, wenn Jet vor Verlassen des Cockpits klopfte und von Bord ging, noch bevor sie ihm sagen konnte, was sie vorhatte? Sie wollte ihn nicht der Willkür seiner Entführer überlassen. Aber da war natürlich auch noch die Möglichkeit, gesetzt den Fall, sie würden Jet noch zeitig erwischen und mit ihm die Flucht antreten, dass sie dann auf dem Weg zum Flughafengebäude hinterrücks von den beiden Kunden erschossen wurden.

»Du riechst gut.«

Abigail drehte den Kopf ein Stück weit zur Seite und versuchte den Mann anzusehen. Trotz ihrer Atemprobleme hatte sie es tatsächlich geschafft zu vergessen, dass er auch noch da war. Jetzt allerdings erinnerte sie sich an ihn – und auch daran, wie sie beide in diese prekäre Lage geraten waren. Oder zumindest daran, was sie beide getan hatten, bevor sie von der Wucht ihres ersten Orgasmus nach einer halben Ewigkeit so überwältigt worden war, dass sie das Bewusstsein verloren hatte.

Es war verdammt gut gewesen, aber es hätte niemals dazu kommen dürfen. Sie besaß genug Selbstachtung, um es gar nicht erst so weit kommen zu lassen. Jedenfalls sollte sie so viel Selbstachtung besitzen. Das war zumindest das, was ihre Mutter jetzt zu ihr gesagt hätte.

Bei diesem Gedanken verzog sie den Mund und wollte Tomasso bitten, sie aufstehen zu lassen. Doch genau in diesem Moment bewegte er sich und stand auf, sodass sie von seinem Gewicht befreit wurde. Seltsam war nur, dass ihr sofort seine Wärme fehlte und sie es bedauerte, dass es für sie beide überhaupt notwendig war, sich von der Stelle zu rühren.

Sie stemmte sich vom Boden hoch, um sich aufzurichten, dann schnappte sie erschrocken nach Luft, als sie an der Taille gefasst und hingestellt wurde, so als würde sie gar nichts wiegen. Diesmal verkniff sie sich die Bemerkung, dass er sich noch eine Zerrung zuziehen würde, wenn er so weitermachte, eine Bemerkung, die ihr Jet gegenüber ohne zu zögern über die Lippen gekommen wäre. Tomasso hatte sie noch nicht genauer in Augenschein nehmen können, er wusste also gar nicht, wie viel sie in Wahrheit auf den Rippen hatte. Daran wollte sie so schnell auch nichts ändern. Natürlich wusste sie, dass er sie früher oder später zu sehen bekommen würde, aber das wollte sie so lange wie möglich hinauszögern. Abigail war nicht versessen darauf, Zeuge seiner Enttäuschung zu werden, die zweifellos eintreten würde, wenn er erst einmal sah, wie kugelrund sie war.

»Alles in Ordnung?«, fragte er mit polternder Stimme.

»Ja«, murmelte Abigail verkrampft und bückte sich, um ihren Rucksack aufzuheben. Der hatte unter ihnen beiden gelegen und war so zusammengedrückt worden, dass der Schokoriegel ziemlich darunter gelitten hatte. Trotzdem bot sie ihn Tomasso an.

»Danke«, sagte er leise und nahm den Riegel an sich. Dann legte er den Arm um ihre Taille und zog sie an sich. Noch bevor sie ein »Gern geschehen« herausbringen konnte, drückte er seine Lippen auf ihre und gab ihr einen intensiven Zungenkuss. Es war ein wundervoller Kuss, dennoch kam er so unverhofft, dass es einen Moment dauerte, ehe sie darauf reagieren

48

konnte. Dann jedoch ließ er seine Hände nach unten gleiten und umfasste ihren Po, um sie gegen sich zu drücken. Als sich ihr Körper ganz an seinen schmiegte, erwiderte sie den Kuss.

So wie zuvor, als er sie berührt hatte, steigerte sich ihre Erregung innerhalb kürzester Zeit, und sie fürchtete bereits, ein weiteres Mal auf dem Boden zu landen und in die nächste Ohnmacht zu fallen. Plötzlich unterbrach er den Kuss und ließ sie los.

»Später«, versprach er ihr, drehte sich um und verschwand in der Dunkelheit.

Abigail sah ihm hinterher, während sie sich nur langsam von der überfallartigen Leidenschaft erholte. Verdammt, sie beide waren ja so was wie ein brennendes Streichholz und ein Stapel trockenes Brennholz. Kaum hatte er sie berührt, ging sie auch schon in Flammen auf, die jeden ihrer Vorsätze, sich anständig zu benehmen, in Rauch aufgehen ließen.

Kopfschüttelnd strengte sie ihre Augen an und versuchte, Tomasso in der Dunkelheit ausfindig zu machen. Er war nicht in den Käfig zurückgekehrt, wo sich die immer noch eingeschaltete Taschenlampe befand, und er hielt sich auch nicht irgendwo auf, wo ihn der Lichtschein erfassen konnte. Allerdings musste sie zugeben, dass das in dem riesigen Frachtraum auch nur ein kleiner Bereich war.

Fast wäre sie um den Käfig herumgegangen, um die Lampe an sich zu nehmen, doch dann fiel ihr ein, dass eine zweite Lampe immer noch an der Wand festgemacht war. Sie tastete sich dort entlang, wurde fündig, zog sie aus der Halterung und schaltete sie ein. Den Lichtkegel ließ sie durch den Frachtraum wandern, bis er auf Tomasso fiel.

Der hatte den Fallschirm entdeckt, den er interessiert betrachtete. Abigail fragte sich, was er jetzt wohl dachte. Vermutlich würde es ihm gelingen, den Frachtraum zu verlassen und sich mit einem Fallschirm vor seinen Entführern in Sicherheit zu bringen, aber das würde sie und Jet in eine schwierige Lage bringen. Die beiden Männer würden feststellen, dass er verschwunden war, sie würden sie dort antreffen und natürlich den Schluss ziehen, dass sie Tomasso befreit hatte. Und dann würden sie sie und Jet umbringen. Oder zu dieser Insel bringen, von der der eine geredet hatte. Keine dieser Alternativen war allzu verlockend, daher war Abigail über alle Maßen erleichtert, als er sich vom Fallschirm abwandte und weiterging.

Ein paar Schritte weiter blieb er erneut stehen, diesmal sah er sich eine Reihe von Schaltern und Tasten an der Wand im hinteren Teil des Frachtraums an. Abigail hatte keine Ahnung, welchen Zweck die erfüllten. Ob Tomasso mit ihnen etwas anzufangen wusste, konnte sie nicht sagen, da er nichts dazu sagte, sondern sich umdrehte und zu ihr zurückkam. »Wie lange sind wir schon in der Luft?«

Sie sah auf ihre Armbanduhr und stutzte. Sie beide waren länger bewusstlos gewesen, als sie vermutet hätte. Jedenfalls ging sie davon aus, dass Tomasso nicht vor ihr aufgewacht war, sonst hätte er wohl nicht wie tot auf ihr gelegen. Natürlich hatte er auch allen Grund gehabt, ohnmächtig zu werden, immerhin litt er zweifellos noch unter den Nachwirkungen der verabreichten Betäubungsmittel.

»Etwas mehr als vier Stunden«, antwortete sie. Ihrer Schätzung zufolge würden sie wohl in weniger als einer Stunde in Caracas landen.

»Kannst du den Verbandkasten an dich nehmen?«, fragte er.

»Ja, sicher«, sagte sie und ging dorthin, wo der Kasten an der Wand befestigt war. Mit einem Mal fürchtete sie, dass ihm nun doch der Arm zu schaffen machte, von dem er sich mit dem Klebeband die Haut abgerissen hatte. Es dauerte eine Weile, um den Verbandkasten aus der Halterung zu ziehen, aber

50

nachdem sie es geschafft hatte, lief sie damit schnell zurück zu Tomasso.

»Da sind genügend Mullbinden und auch ein paar Salben drin«, erklärte sie. »Ich kann dir deinen Arm verbinden, wenn du ...« Sie brach mitten im Satz ab, als ihr auffiel, dass er in der Zwischenzeit den Rucksack angelegt hatte. »Tomasso, was gibt da...«

Weiter kam sie nicht, da sie nur noch einen überraschten Laut herausbrachte, als er einen Arm um ihre Taille legte, um sie an sich zu drücken und dann auf seine Hüfte zu schieben, als wäre sie ein kleines Kind.

»Schling die Arme und Beine um mich«, forderte er sie auf, während er nach hinten in Richtung Ladeluke ging. »Und halt den Verbandkasten gut fest.«

»Wa...«, begann sie beunruhigt, kam aber auch diesmal nicht weit, da er einen der Schalter betätigte, die er sich zuvor angesehen hatte. Die Ladeluke setzte sich in Bewegung und öffnete sich langsam wie das Maul einer riesigen Kreatur. Voller Entsetzen starrte sie auf die Luke, die immer weiter aufschwang. »Aber Jet ist noch ...«, setzte sie zu einem Protest an. Doch es war bereits zu spät. In dem Moment, als sie den Namen ihres Freundes aussprach, machte Tomasso einen Schritt in die Leere vor sich, und bereits im nächsten Moment befanden sie sich beide in der Luft. Von panischer Angst ergriffen drückte sie die Hände gegen seine Brust und wollte sich von ihm wegdrehen. Doch gleich darauf stöhnte sie vor Schmerz auf, da sie mit irgendetwas Hartem zusammenprallte, und dann wurde ihr schwarz vor Augen.

Tomasso bekam den Verbandkasten noch eben zu fassen, bevor dieser Abigail aus der Hand rutschen konnte. Dann sah er besorgt nach oben zu dem Flugzeug, aus dem er soeben gesprungen war. Insgeheim rechnete er damit, dass die Maschine kehrtmachen und nach ihnen beiden suchen würde, doch nichts dergleichen geschah. Das machte ihn stutzig. Wenn seine Entführer mitbekommen hatten, dass er entkommen war, würden sie auf der Stelle umkehren wollen, um nach ihm zu suchen. Er hatte nicht den geringsten Zweifel daran, dass sie den Piloten zwingen würden, die Gegend nach ihm abzusuchen. Dass die Ladeluke geöffnet worden war, mussten sie gemerkt haben, und spätestens dann würden sie in den Frachtraum stürmen, um nachzusehen, was passiert war. Tomasso war sich sicher, dass im Cockpit irgendein Licht angehen oder ein Signal ertönen würde, um dem Piloten mitzuteilen, dass die Ladeluke geöffnet wurde. Sollte ein solcher Hinweis nicht erfolgt sein, dann müsste so etwas unbedingt nachgerüstet werden.

Aber vielleicht wollten sie sich gar nicht die Mühe machen, sie vom Flugzeug aus zu suchen und einzufangen. Wie sollten sie das auch anstellen? Unter ihnen hindurchfliegen, damit sie beide auf dem Dach landeten und unter Androhung von Waffengewalt ins Flugzeug zurückkehrten? Das würde einiges an Flugkunst erfordern, weshalb eher davon auszugehen war, dass sie den nächstgelegenen Flughafen ansteuerten, um dort zu landen und sich ein Boot zu beschaffen, mit dem sie die Gegend vom Wasser aus nach ihnen absuchen konnten.

Das war schon wahrscheinlicher, fand Tomasso und sah Abigail sorgenvoll an. Sie hing schlaff in seinen Armen, den Kopf nach hinten gebeugt, weshalb er in erster Linie ihr Kinn und ihren Hals vor Augen hatte. Ihm entgingen nicht die beiden winzigen Einstiche am Hals, wo er sie zuvor gebissen hatte. Es war unvermeidbar gewesen. Tomasso schätzte, dass er seit einigen Tagen nichts mehr getrunken hatte, aber er musste bei Kräften sein, wenn diese Flucht erfolgreich verlaufen sollte.

Er nahm den Arm ein Stück weit nach oben und drückte damit ihren Kopf ein wenig hoch, doch der hing immer noch so weit nach hinten verdreht, dass Abigails Verletzung sich außerhalb seines Blickfelds befand. Dabei musste er diese Stelle im Auge behalten, um sich ein Bild davon zu machen, wie schwerwiegend die Wunde war. Diese verrückte Frau hatte genau in dem Moment versucht, sich aus seinem Arm zu befreien, als er mit ihr aus der Maschine gesprungen war. Hätte er sie nicht so fest an sich gedrückt, wäre sie vermutlich aus seinem Griff gerutscht. Dazu war es zwar nicht gekommen, stattdessen hatte sie sich den Kopf an der Ladeluke angeschlagen und daraufhin das Bewusstsein verloren. Das war eindeutig nicht Teil seines Plans gewesen.

Tomasso wollte unbedingt die Kopfverletzung sehen, um sich zu vergewissern, dass mit ihr alles in Ordnung war. Doch im Augenblick gab es Wichtigeres, um das er sich kümmern musste, beispielsweise die Tatsache, dass sie mit schätzungsweise zweihundert Meilen in der Stunde auf die Erde zurasten.

Er schob den Schultergurt des Verbandkastens an seinem Arm nach oben, damit er wenigstens eine Hand frei hatte, dann sah er nach unten und versuchte sich zu orientieren. Er musste sich einen Eindruck davon verschaffen, wo sie sich befanden und wann er den Ausziehschirm aktivieren sollte, damit sich der Hauptfallschirm öffnete. Er war noch nie zuvor mit einem Fallschirm abgesprungen, aber er hatte mal den Verstand eines begeisterten Fallschirmspringers gelesen. Nur aus diesem Grund wusste Tomasso überhaupt, dass die Reißleine in den Achtzigern aus der Mode gekommen war und dass moderne Fallschirme einen Ausziehschirm besaßen, der auf dem Rücken ein Stück über dem Gesäß in einer Tasche steckte. Den musste man mit Schwung über seinen Kopf werfen. Sobald er vom Luftstrom erfasst wurde, brachte das den Fallschirm dazu, sich zu öffnen. Zumindest in der Theorie.

53

Das Problem war nur, dass Tomasso keine Ahnung hatte, wann der Moment hierfür gekommen war. Der Typ, den er gelesen hatte, musste wohl dreimal hintereinander »eintausend« gezählt haben, bloß wusste Tomasso nicht, aus welcher Höhe er abgesprungen war. Doch selbst wenn er es gewusst hätte, wäre es ihm keine Hilfe gewesen, da er nichts dazu sagen konnte, auf welcher Höhe sich die Frachtmaschine befunden hatte. Er wusste nur eines: dass sie in einem Höllentempo auf die Erde zurasten.

Sie hatten auch nicht die richtige Haltung, überlegte Tomasso. Er hätte Arme und Beine ausbreiten müssen, damit der Luftwiderstand seinen Sturz in die Tiefe abbremsen konnte. Da er jedoch die bewusstlose Abigail festhalten musste, war es ihm ein Rätsel, wie er da noch die Arme ausbreiten sollte. Daher war es vermutlich keine schlechte Idee, wenn er den Ausziehschirm lieber früher als womöglich zu spät hochwarf.

Sein Blick wanderte wieder über die Dunkelheit unter ihm. Allmählich konnte er vereinzelte Lichter ausmachen, vermutlich Dörfer oder Ferienanlagen auf den Inseln unter ihnen. Er hoffte, dass es ihm mit geöffnetem Fallschirm irgendwie gelingen würde, sie beide in die Richtung eines dieser Lichter zu lenken. Wie er das allerdings anstellen sollte, war ihm momentan noch ein Rätsel.

»Man lernt halt nie aus«, murmelte er und zog den Ausziehschirm aus der Tasche, dann schleuderte er ihn mit viel Schwung nach oben. Irgendetwas musste er richtig gemacht haben, da er im nächsten Moment spüren konnte, wie der Fallschirm aus der Umhüllung gezogen wurde. Als die Luft ihn erfasste und aufblähte, gab es einen brutalen Ruck, der den Sturzflug in einen Sinkflug verwandelte. Tomasso hielt Abigail instinktiv noch fester an sich gedrückt, damit sie ihm nicht aus dem Arm rutschen konnte.

Nachdem sie nun der Erde mehr oder weniger gemächlich entgegenschwebten, konnte Tomasso sich etwas eingehender mit Abigails Kopfverletzung befassen. Sie war beim Abbremsen durch den Fallschirm trotz allem ein Stück weit nach unten gerutscht, aber der Kopf hing immer noch nach hinten. Mit der freien Hand drückt er ihren Kopf nach vorn und sah, wie Blut aus der Wunde trat. Die Menge an Blut machte ihm weniger Sorgen, weil er wusste, dass Kopfverletzungen oft ungewöhnlich stark bluteten. Aber das Blut nahm ihm die Sicht auf die eigentliche Verletzung, und genau die musste er sehen können, wenn er sich ein Urteil erlauben wollte, wie ernst es war. Er ging nicht davon aus, dass sie sich den Kopf wirklich schwer angeschlagen hatte, aber alles war so schnell gegangen, dass er sich nicht sicher sein konnte. Er musste das Blut irgendwie wegwischen.

Von diesem Gedanken getrieben griff er nach dem Verbandkasten, der an seinem Arm hin und her baumelte. Irgendwas musste ja da drin zu finden sein, womit er das Blut wegwischen konnte. Dann aber hielt er gerade noch inne, da ihm bewusst wurde, wie unüberlegt das war. Er konnte den Verbandkasten jetzt nicht aufmachen, da der Sog der Luft alles herausreißen und umherwirbeln würde. Trotzdem nahm ihm das Blut die Sicht auf die Wunde, und er wollte unbedingt wissen, wie schwer Abigail sich verletzt hatte. Das Blut lief jetzt auch noch in Richtung ihrer Augen übers Gesicht, und er hatte nicht mal einen Hemdsärmel, mit dem er es hätte abwischen können.

Einen winzigen Moment lang zögerte er, dann aber beugte er sich vor und begann kurzerhand das Blut abzulecken. Gleich darauf drückte er den Mund auf die Wunde, fing behutsam an, so viel Blut wie möglich aufzusaugen und nahm den Kopf wieder nach hinten. Zwar trat gleich wieder neues Blut aus der Wunde, aber Tomasso blieb immer noch Zeit genug, um sich einen Eindruck zu verschaffen. Es war nicht mehr als eine kleine, bereits dunkel verfärbte Beule, auf der die Haut minimal aufgeplatzt war. Eine harmlose Verletzung also, zumindest sah sie harmlos aus. Beruhigt würde er aber erst dann sein, wenn sie wieder zu Bewusstsein kam und er mit Sicherheit sagen konnte, dass mit ihr alles in Ordnung war.

Er nahm den Blick von der blutigen Wunde und betrachtete Abigails Gesicht. Es war rundlich und mit hohen Wangenknochen, ihr Haar wies einen bezaubernden Kastanienton auf, der durch hellere rötlich braune Strähnen an Tiefe gewann. Aber es waren vor allem ihre Lippen, die seinen Blick wie magisch anzogen. Sie bildeten einen verlockenden Schmollmund, der einfach zum Küssen einlud. Sogar jetzt, als sie bewusstlos in seinen Armen hing, genügte der Anblick ihrer Lippen, um bei ihm den Wunsch nach dem nächsten Kuss zu wecken.

Er widerstand der Versuchung und ließ den Blick stattdessen zu ihren Augen weiterwandern. Die waren natürlich geschlossen, aber er erinnerte sich nur zu lebhaft an das leuchtende Grün, das gefunkelt hatte, als sie mit ihm geredet hatte. Ihm war auch aufgefallen, dass ihre Augen ein wenig gerötet waren, so als hätte sie seit einer Weile nicht mehr genug Schlaf bekommen. Doch diese Rötung hatte das Grün nur noch leuchtender gemacht, was man von den Schatten unter den Augen nicht sagen konnte.

Er fragte sich, von welchen Sorgen sie geplagt wurde, dass sie so mitgenommen wirkte. Mit dem Daumen strich er über ihre Wange, was sich so gut anfühlte, dass er es gleich noch einmal wiederholen musste. Abigails Teint war perfekt, wenngleich ein bisschen blass, was ein weiterer Beweis dafür war, dass das Leben es in letzter Zeit nicht gut mit ihr gemeint hatte. Doch das tat ihrer Schönheit keinerlei Abbruch. Tomasso fand diese Frau einfach wunderbar.

Abigail, ging es ihm durch den Kopf. Sein Verstand war von den Medikamenten, die ihn tief und fest hatten schlafen lassen, noch immer ein wenig benebelt gewesen, als er endlich aufgewacht war. Das war auch der einzige Grund, wieso Tomasso sie in diesem Moment beinahe erwürgt hatte. Als er wach geworden war, hatte er sich in einem Käfig wiedergefunden, und sie hatte sich über ihn gebeugt und irgendetwas gemacht, was ihm Schmerzen bereitete. Sofort war er davon ausgegangen, dass sie zu seinen Entführern gehörte. Aber dann hatte die Vernunft in ihm Oberhand gewonnen und ihn aufgefordert, in ihren Geist vorzudringen, um sich zu vergewissern, ob sie wirklich zu dieser Bande gehörte.

Aber anstatt hierauf eine Antwort zu bekommen, hatte er feststellen müssen, dass er sie gar nicht lesen konnte, so sehr er sich auch bemühte. Deshalb hatte er auch aufgehört, sie zu würgen, und war in diesem Käfig gegen die Gitterstäbe nach hinten gesunken. Seine Gedanken hatten sich überschlagen, denn ein Mensch, den ein Unsterblicher nicht lesen konnte, erfüllte damit die erste Voraussetzung zum Lebensgefährten. Von allen Frauen, denen er bislang begegnet war, war Abigail die einzige, die er nicht lesen konnte. Diese Erkenntnis war ihm wieder und wieder durch den Kopf gegangen, begleitet von dem Gedanken, dass es mal wieder typisch für ihn war, dass er endlich seiner Lebensgefährtin begegnete und die sich als seine Widersacherin entpuppte.

Es war eine gewisse Erleichterung gewesen, als sie ihm versichert hatte, dass sie doch nicht zu seinen Entführern gehörte. Dennoch hatte Tomasso ihr das nicht vorbehaltlos glauben wollen, zumindest bis zu dem Moment, als sie angefangen hatte, auf ihn einzureden. Fünf Minuten übernervöses Gerede waren genug gewesen, um ihn davon zu überzeugen, dass sie schlichtweg nicht der Typ war, um sich mit Leuten wie seinen Entfüh-

57

rern einzulassen. Es mochte ein Fehler sein, so schnell zu dieser Überzeugung zu gelangen, aber er war sich ziemlich sicher, dass Abigail so süß und unschuldig war, wie sie auf ihn wirkte. Sie musste eine von diesen gutherzigen Sterblichen sein, die von anderen schamlos ausgenutzt wurden. Natürlich konnte er sich auch irren, immerhin kannte er sie ja erst seit ein paar Stunden. Seine Einschätzung mochte zum Teil auch dem dringenden Wunsch entspringen, dass sie das war, was er sich wünschte. Er konnte nur hoffen, dass er richtig lag. Falls ja, würde er diese Frau in Zukunft vor ihrer eigenen Gutherzigkeit genauso beschützen müssen wie vor dem Rest der Welt.

Nachdem dieser Entschluss feststand, war Tomassos nächste Entscheidung die gewesen, die Flucht anzutreten. Er war sich ziemlich sicher, dass keiner von ihnen je wieder in Freiheit gelangen würde, wenn sie sich zum Zeitpunkt der Landung immer noch in der Maschine befanden. Also hatte sein nächster Schritt darin bestanden, mit Abigail zusammen aus dem Flugzeug und damit seinen Entführern zu entkommen.

Dieses Vorhaben hatte er erfolgreich in die Tat umgesetzt, überlegte er und sah wieder nach unten. Das nächste Problem bestand darin, dass sie wahrscheinlich im Ozean landen würden und nicht an Land und in der Nähe eines dieser Lichter, die er von hier oben ausmachen konnte. Das hieß, er würde noch eine lange Strecke schwimmen müssen, bis er festen Boden unter den Füßen hatte. Und das auch nur mit einem Arm, da er mit dem anderen Abigail hinter sich herziehen musste. Tomasso würde das hinkriegen. Er musste es einfach hinkriegen.

Es würde nicht leicht für ihn werden, und vor allem bereitete ihm ihre Kopfwunde Sorgen. Das Blut, das immer noch austrat, konnte Haie und andere Raubtiere anziehen, und spätestens dann würde das Ganze eine sehr riskante Angelegenheit.

Er presste die Lippen zusammen und betrachtete weiter das

immer näher kommende Wasser, während er sich überlegte, wie er am besten vorgehen sollte. Sobald sie tief genug waren, würde er den Fallschirm von den Schultern streifen, um sich mit Abigail ins Wasser fallen zu lassen. Von ihrem Gewicht befreit würde der Fallschirm erst noch ein Stück weitertreiben, ehe auch er im Ozean landete. Auf diese Weise konnte sich keiner von ihnen in den dünnen Schnüren verheddern.

Hätte er ein Messer zur Hand gehabt, wäre es ihm möglich gewesen, ein paar der Schnüre abzutrennen und sie so um Abigail zu wickeln, dass er sie sich auf den Rücken binden konnte. So hätte er beide Arme zum Schwimmen frei gehabt. Dummerweise trug er etwas so Praktisches wie ein Messer nicht bei sich. Er hatte ja nicht mal ein Stück Stoff am Leib, um ein Messer oder irgendetwas anderes bei sich tragen zu können. Plötzlich fiel ihm auf, dass das Wasser bereits bedrohlich näher gekommen war, während er über seine nächsten Schritte nachgedacht hatte. Bei dieser Fallgeschwindigkeit war es nur eine Frage von Sekunden, bis sie das Wasser erreichten.

Wie es schien, hatte es sich erst einmal ausgeplant. Außerdem war er so in Gedanken gewesen, dass er es nicht mehr geschafft hatte, die Flugrichtung zu beeinflussen – aber vermutlich wäre er dazu ohnehin nicht in der Lage gewesen.

Er versuchte einzuschätzen, wie weit vom nächsten Strand entfernt sie im Wasser landen würden. Dass der Mond schien, machte es für ihn etwas einfacher, denn die Inseln waren im Wasser die dunkleren Flächen, die zum Teil von den Lichtern der Gebäude markiert wurden. Tomasso betrachtete das Gebiet unter ihnen und überschlug, wie weit entfernt sie von der nächsten Landmasse landen würden. Missmutig verzog er den Mund, als ihm klar wurde, dass noch eine lange strapaziöse Nacht vor ihm lag.

4

Abigail wachte stöhnend auf. Ihr Kopf dröhnte und wummerte wie eine Basstrommel. Bumm, bumm, bumm! Als sie die Augen aufschlug, musste sie sie gleich wieder zukneifen, weil sie von der Sonne geblendet wurde. Sie verfluchte sich dafür, dass sie die Vorhänge im Wohnzimmer nicht zugezogen hatte, bevor sie sich auf der Couch schlafen gelegt hatte. Eigentlich war das etwas, was sie so gut wie nie vergaß, wenn ihre Mutter eine von ihren gelegentlichen unruhigen Nächten hatte und Abigail sich noch spät am Abend um sie kümmern musste.

Diese Nächte begannen sich in letzter Zeit zu häufen, überlegte sie und zog auf einmal verwirrt die Augenbrauen zusammen, da sich ihr Gedächtnis regte und sie behutsam daran erinnerte, dass Mom seit einer Weile keine unruhigen Nächte mehr hatte und es für Abigail nicht länger ein Zuhause und erst recht kein Wohnzimmer mehr gab. Zwar besaß sie immer noch eine Couch und Vorhänge, aber die befanden sich in einem Lagerhaus in Austin.

Sie dagegen war in San Antonio bei Jet zu Besuch. Nein, das stimmte ja gar nicht. Sie war mit ihm nach Venezuela unterwegs, aber sie musste sich im Frachtraum verstecken und …

»Oh verdammt!«, ächzte sie und setzte sich abrupt auf. Dabei zwang sie sich, die Augen aufzumachen, auch wenn der grelle Sonnenschein furchtbare Schmerzen durch ihren Schädel jagte.

Ihr Blick wanderte über einen langen Sandstrand und über das kristallklare, leuchtend blaue Wasser. Einen Moment lang saß sie nur da und ließ die atemberaubende Schönheit der Landschaft auf sich wirken. Erst dann schenkte sie ihrer unmittelbaren Umgebung Beachtung und stellte fest, dass sie im Schatten einer von vielen Palmen saß, die den Strand säumten. Und Tomasso Notte lag neben ihr und schlief fest.

Er war noch immer so nackt wie vor ein paar Stunden, bemerkte sie, während sie nach einem Moskito schlug, der sich eben an ihr gütlich tun wollte. Ihr Blick wanderte dabei weiter interessiert über Tomassos Körper. Da sie jetzt nicht länger auf eine Taschenlampe angewiesen war, konnte sie ihn sich in aller Ruhe ansehen. Er war perfekt, eigentlich schon zu perfekt. Allem Anschein nach war er ein Gesundheitsfanatiker, der vermutlich auch noch den halben Tag im Fitnesscenter verbrachte, um solche Muskeln aufzubauen.

Diese Erkenntnis hatte etwas extrem Entmutigendes. Jemand, der so viel Zeit und Mühe in seinen Körper investierte, konnte gar nicht von einer Frau beeindruckt sein, die so aus dem Leim gegangen war wie sie. Abigail war fest davon überzeugt, dass dem so war, und das brach ihr fast schon das Herz. Nach allem, was sich im Flugzeug ereignet hatte …

Abigail biss sich auf die Lippe und rang mit ihrem Körper, da der prompt auf die Erinnerungen reagierte, die ihr durch den Kopf gingen. Wie seine Hände sie berührt hatten, wie er sie geküsst hatte, dazu ihr Aufschrei, als sie zum Höhepunkt gekommen war … Oh Gott, ihre Nippel richteten sich bei dem bloßen Gedanken daran schon wieder auf. Und zwischen ihren Schenkeln fühlte sie sich auch schon feucht an! Was war denn bloß los mit ihr? So was hatte noch nie ein Mann bei ihr ausgelöst, und der hier musste sie dafür nicht mal anfassen, und trotzdem verging sie vor Verlangen nach ihm.

Aber vielleicht war das ja gar nicht so schlecht, hatte sie doch ernsthafte Zweifel daran, dass er noch etwas von ihr würde wissen wollen, wenn er erst einmal bei Tageslicht zu sehen bekam, was ihm im Dunkeln des Frachtraums verborgen geblieben war. Zweifelsohne würde sie sich von da an mit ihrer Fantasie und ihren Erinnerungen begnügen müssen.

Der Gedanke deprimierte sie, und sie beschloss aufzustehen. Sofort musste sie sich gegen einen Schwarm hungriger Moskitos zur Wehr setzen, die unablässig um ihren Kopf herumschwirrten. Da sie die gierigen Blutsauger nicht vertreiben konnte, verließ sie den Schatten und ging in Richtung Wasser.

Sie wurde ohnehin schon von einem halben Dutzend Moskitostichen geplagt, die ihr zugefügt worden sein mussten, als sie dagelegen und fest geschlafen hatte, ohne mit einem Insektenschutzmittel eingerieben zu sein. Sie hatte Hunger und Durst, aber sie wusste auch, dass sie nichts zu essen und zu trinken bei sich hatten. Außer dem Verbandkasten war da nichts, und der würde wohl kaum etwas anderes als Pflaster und Mullbinden zu bieten haben. Vor ihr befand sich der Ozean, dessen Wasser sie nicht trinken konnte. Aber sie konnte sich Wasser auf die Haut spritzen, um das Jucken zu lindern und ihrem Körper weiszumachen, dass der gar nicht so ausgetrocknet war, wie sie selbst das empfand.

Sie war nur ein paar Schritte in der Sonne unterwegs, als sie abrupt stehen blieb und fast umgekehrt wäre. Der Sand war von der sengenden Sonne aufgeheizt worden und fühlte sich unter ihren Füßen unerträglich heiß an. Aber dann sah sie nach vorn zum kristallklaren blauen Wasser und beschloss, doch nicht kehrtzumachen, sondern sich in das kühle Nass zu stürzen, das Linderung versprach.

Sie stöhnte erleichtert auf, als sie zunächst einen Fuß ins Wasser eintauchte. Der Sand war kühl, und das Wasser tat ihr auf der Haut gut. Ihr war egal, dass ihre Jeans dabei klatschnass wurde, als sie bis zu den Knien im Wasser stand. Sie beugte sich vor und spritzte sich Wasser auf die Arme, ins Gesicht, an den Hals und auch in den Ausschnitt ihres Tanktops, das sofort durchtränkt war und auf der Haut klebte, was Abigail aber nicht kümmerte.

Ihr war heiß, und das Wasser erfrischte sie. Außerdem trug sie viel zu viel am Leib. Jeans, Tanktop und eine dünne Bluse waren gerade richtig, wenn man in einem klimatisierten Bus unterwegs war oder man sich an einem kühlen Abend in San Antonio aufhielt. Aber das war eindeutig zu viel für einen heißen Sandstrand in der Karibik. Es mussten weit über dreißig Grad sein, vermutete sie und fragte sich, wie spät es eigentlich war.

Sie richtete sich auf, schirmte mit einer Hand die Augen vor der Helligkeit ab und sah hinauf zum Himmel. Die Sonne stand ein Stück weit seitlich von ihr, sie war entweder im Auf- oder im Untergehen begriffen. Ob es das eine oder das andere war, konnte sie nicht sagen, da sie in diesem Moment keine Ahnung hatte, ob sie nach Osten oder nach Westen sah. Da beides möglich war, konnte es gut eine Stunde vor Mittag sein, ebenso gut aber auch eine Stunde danach. Wenn sie noch eine Weile wartete, würde sie es so oder so herausfinden. Sicher war in diesem Augenblick nur, dass die Sonne weiterwandern würde, und damit wurde letztlich auch klar, ob es später Vormittag oder früher Nachmittag war.

Abigail nahm die Hand runter und stutzte, als sie von etwas an ihrem Handgelenk geblendet wurde. Es war … ihre Armbanduhr, wie sie ungläubig feststellen musste. Sie hatte völlig vergessen, dass sie die trug, was wohl daran lag, dass sie normalerweise darauf verzichtete. Es war ein Geschenk von ihrer Mutter zum Schulabschluss gewesen, damit sie beim Medizinstudium immer wusste, wie spät es war. Nachdem sie das Studium abgebrochen hatte, war es für sie seltsam deprimierend gewesen, weiterhin diese Uhr zu tragen.

Abgesehen davon war es auch nicht nötig gewesen, denn in der Wohnung ihrer Mutter hatte es von Uhren gewimmelt, und die einzigen Termine, die sie im Auge behalten mussten, waren Moms Arztbesuche gewesen.

Sie verzog den Mund, drehte den Arm zu sich und stellte fest, dass ihre Uhr den Absprung aus der Frachtmaschine überlebt hatte. Wenn die angezeigte Zeit zutraf, dann war es jetzt kurz nach ein Uhr nachmittags.

Seufzend ließ Abigail den Arm sinken und suchte das Wasser bis zum Horizont ab. Auf einmal entdeckte sie rechts von sich in einiger Entfernung ein Boot. Aufgeregt begann sie zu winken, obwohl sie wusste, dass die Leute auf dem Boot sie vermutlich gar nicht sehen konnten. Schließlich hüpfte sie auch noch auf der Stelle und begann laut zu rufen, um auf sich aufmerksam zu machen. Es blieb aber bei einem einzigen »Hey!«, da sie im nächsten Moment von hinten gepackt und aus dem Wasser geschleift und dann über den Strand bis hinter die Baumreihe getragen wurde.

»Tomasso!«, rief sie entsetzt, während er langsamer wurde, als sie sich im Schutz der Bäume befanden und weder vom Wasser noch vom Strand aus zu sehen waren. »Was machst du denn? Wir brauchen Hilfe!«

»Das könnten Jake und Sully sein«, antwortete er mürrisch und setzte sie ab. Mit einer Hand hielt er sie fest, damit sie nicht wieder loslaufen konnte. Er spähte um den Stamm der Palme herum in die Richtung, aus der sie gekommen waren.

»Jake und Sully?«, wiederholte sie verständnislos.

»Meine Entführer«, machte er ihr klar. »Wenn ich wach gewesen bin, habe ich gehört, wie sie sich gegenseitig mit diesen Namen angeredet haben.«

»Oh«, murmelte sie und legte die Stirn in Falten. Ihr war nicht in den Sinn gekommen, dass seine Entführer sich auf die

64

Suche nach ihm begeben könnten, dabei war das eigentlich doch ganz logisch. Sie kannten in etwa die Stelle, an der Tomasso mit ihr aus der Maschine gesprungen war. Also mussten sie sich nur ein Boot beschaffen, und schon konnten sie die Gegend nach ihnen absuchen. Trotzdem …

»Aber wenn es nicht deine Entführer waren?«, hielt sie dagegen. »Wir haben weder Wasser noch etwas zu essen. Und du hast nicht mal was anzuziehen. Wir brauchen unbedingt Hilfe, Tomasso.«

»*Si*«, räumte er betreten ein, schüttelte aber dennoch den Kopf. »Wäre das Boot voll mit Passagieren gewesen, hätten wir es auf uns aufmerksam machen können. Aber in diesem Boot sind nur zwei Männer zu sehen, und damit ist es durchaus möglich, dass es sich um die beiden handelt.«

»Zwei Männer? Das konntest du erkennen?«, fragte sie argwöhnisch. Sie hatte gerade mal eben das Boot sehen können, und trotzdem behauptete er, zwei Männer auf diesem Boot gesehen zu haben?

Etwas an ihrem Tonfall veranlasste ihn, sich zu ihr umzudrehen. Als er ihre Miene sah, stutzte er, straffte die Schultern und erklärte ernst: »Ich habe ein sehr gutes Sehvermögen.«

Abigail musste sich auf die Lippe beißen und wegdrehen, um nicht zu lachen. Dabei ging es weniger um das, was er sagte, als vielmehr um seine Haltung. Es war verdammt schwer, würdevoll zu erscheinen, wenn man splitternackt in der Gegend herumstand. Dass er genau das versuchte, fand sie zum Brüllen.

»Was ist?«, fragte Tomasso genauso argwöhnisch.

»Gar nichts«, antwortete sie hastig, sah ihn an und drehte sich gleich wieder weg. Dann räusperte sie sich und deutete mit einer vagen Geste auf seine untere Körperhälfte. »Vielleicht solltest du mal was dagegen unternehmen.«

Nach kurzem Schweigen zuckte er mit den Schultern. »Ich

kann mich nur entschuldigen, aber an meiner Erektion kann ich nichts ändern. Es ist deine Anwesenheit, die diese Reaktion bei mir auslöst.«

»*Erektion*?«, krächzte Abigail und wirbelte herum, um das zu betrachten, was sie bislang so geflissentlich vermieden hatte. Ihr Blick fiel auf … oh ja, das war allerdings eine Erektion! »Himmel!«, rief sie und schaute Tomasso ins Gesicht. »Du hast eine Erektion!«

»Was du nicht sagst«, gab er trocken zurück.

»Ja, aber … ich meine, du willst mir erzählen, dass *ich* der Grund dafür bin?«, fragte sie in der festen Überzeugung, dass sie etwas falsch verstanden hatte.

»Siehst du irgendeine andere Frau, die der Grund dafür sein könnte?«, konterte er mit einer Gegenfrage.

»Alsooooo …«, sagte sie und zog das Wort in die Länge, während sie sich gründlich umsah, ob nicht doch irgendwo eine junge Bo Derek zu entdecken war, die ihre Oberweite zur Schau stellte. Aber da war niemand, weder eine vollbusige Blondine noch irgendein anderes weibliches Wesen. Verständnislos fuhr sie fort: »Aber es ist helllichter Tag und überhaupt. Du kannst jetzt sehen, wie ich aussehe.« Sie schüttelte den Kopf und fügte entschieden hinzu: »Diesen Ständer kannst du nicht meinetwegen haben.«

Tomasso widersprach nicht, er beschwichtigte nicht ihre Unsicherheit, er beteuerte nicht, dass er sie für attraktiv hielt. Stattdessen machte er einen Schritt auf sie zu, fasste sie an der Taille und hob sie hoch, um sie zu küssen. Es war kein Freutmich-dich-zu-sehen-Kuss, sondern es war ein richtiges Übersie-Herfallen, das ausdrücken sollte: »Diese Erektion ist ganz allein deine Schuld, und damit ich jetzt auch was damit anfangen kann, möchte ich dir am liebsten sofort die Kleider vom Leib reißen.«

Eines musste Abigail ihm lassen, er konnte unglaublich gut küssen. Drei Sekunden, nachdem er seine Lippen auf ihre gedrückt hatte, zitterte sie am ganzen Körper, keuchte und stöhnte und war kurz davor, sich selbst die Kleider vom Leib zu reißen.

»Abigail«, raunte er ihr zu, nachdem er seine Lippen von ihren gelöst hatte und sie quer über die Wange küsste.

»Ja?«, keuchte sie und drehte den Kopf zur Seite, damit er leichter an sie herankam.

»Wir können das nicht machen«, hauchte er ihr ins Ohr, dann nippte er an ihrem Ohrläppchen.

»Nein«, stimmte sie ihm zu und stöhnte wieder leise auf.

»Das Boot könnte an diesem Strand anlegen, und dann würden uns die Entführer *in flagrante delicto* vorfinden.«

»Delicto«, wiederholte sie. »Du bist delicto. Das heißt Delikatesse, oder?«, fügte sie an, ehe sie ihn sanft in die Schulter biss.

Tomasso lachte los, dann plötzlich drehte er sie in seinen Armen um. »Wir werden uns weiter vom Strand entfernen müssen, dann ist das Risiko geringer, dass sie uns finden, nachdem wir ohnmächtig geworden sind.«

»Ohnmächtig?« Sie drückte sich von ihm weg, um ihn ansehen zu können. »Ich weiß, ich bin ohnmächtig geworden, als du … ich meine, als wir …« Ihr war bewusst, dass sie einen roten Kopf bekam. Sie zog die Nase kraus und machte eine fahrige Handbewegung für das, was sie eigentlich hatte sagen wollen. »Das heißt nicht, dass wir diesmal wieder ohnmächtig werden. Vermutlich hatte das mit der Höhe zu tun, auf der das Flugzeug unterwegs war. Außerdem hatte bei dir gerade erst die Wirkung der Medikamente nachgelassen, mit denen sie dich vollgepumpt hatten.«

»Es hatte nichts mit der Flughöhe zu tun«, versicherte er ihr und schaute über ihre Schulter, um sehen zu können, wohin er sie trug. »Wir werden wieder ohnmächtig werden.«

Abigail verzog nachdenklich den Mund. Warum sie ohnmächtig werden sollten, dafür lieferte er ihr keine Erklärung, aber er klang sehr überzeugt davon, dass es so sein würde.

Sie ließ ihren Blick schweifen, während er sich mit ihr tiefer in den Dschungel zurückzog. Ihre Gedanken überschlugen sich. Sie war noch nie bewusstlos geworden, wenn sie mit einem Mann rumgemacht hatte, aber mit Tomasso im Flugzeug war genau das passiert. Jetzt waren sie nicht mehr in dieser Frachtmaschine, sondern mitten im Dschungel, wo es Schlangen und Krabbeltiere gab, von denen sie gebissen werden konnten, wenn sie reglos auf dem Boden lagen. Hier ohnmächtig zu werden hielt sie für keine gute Idee. Überhaupt war es eigentlich keine gute Idee, mit Tomasso rumzumachen. Sie kannte ihn doch gar nicht näher, und auch wenn er gesagt hatte, sie sei attraktiv, wusste sie genau, dass Kerle dauergeile Drecksäcke waren, die notfalls auch beim Anblick eines warmen Apfelkuchens einen Ständer kriegen konnten. Das hieß aber noch lange nicht, dass sie deswegen auch an einer Beziehung interessiert waren. Und nur weil Tomasso sie vögeln wollte, musste er nicht zwangsläufig auch eine Beziehung mit ihr anfangen wollen. Ganz egal, was im Flugzeug passiert war, Abigail war nun mal keine Frau, die wahllos mit jedem hinreißenden Kerl schlief, nur weil der nackt durch den Dschungel spazierte und ihr Blut mit einem Kuss in Wallung versetzen konnte.

»Lass mich runter«, forderte sie ihn auf und strampelte mit den Füßen.

»Wieso?«, fragte er und blieb stehen.

»Weil ich das nicht will«, erwiderte sie und stemmte sich mit beiden Händen gegen seine Brust. »Lass mich runter.«

Tomasso zögerte, setzte sie dann aber doch behutsam ab und

ging einen Schritt nach hinten. Er betrachtete sie verständnislos, was sie ihm nicht mal zum Vorwurf machen konnte. Ihre Nippel standen noch steil aufgerichtet, und vermutlich wies ihre Jeans einen großen Fleck zwischen ihren Schenkeln auf, weil er bei ihr eine solche Erregung hervorgerufen hatte. Sie hatte auf ihn in jeder Hinsicht wie eine Frau reagiert, die Sex haben wollte.

Sie drehte den Kopf zur Seite, um seinem Blick auszuweichen, als sie zugab: »Ich fühle mich zu dir hingezogen.«

»*Si*.« Es war nichts weiter als eine Bestätigung dafür, dass er es wusste. Mit Selbstverliebtheit oder Arroganz hatte das nichts zu tun.

»Aber ich bin keine von diesen Frauen, die ...« Abigail brach mitten im Satz ab. Sie befanden sich nicht mehr in den Fünfzigerjahren oder so, und sie wollte auch nicht als jemand rüberkommen, der mit jungfräulichem Entsetzen »So eine bin ich nicht!« schrie. Schließlich war sie auch keine Jungfrau mehr. Nein, sie war eine Frau, die gerade erst ihre Mutter verloren hatte, deren Gefühle verwundbar waren und die einfach nur Angst hatte, von diesem heißen Typen abserviert zu werden, wenn eine hübschere Frau auftauchte und er das Interesse an ihr verlor.

Na ja, zumindest waren das die Dinge, die ihr Verstand dazu zu sagen hatte. Was die Region zwischen ihren Schenkeln anging, so sah die Sache schon ganz anders, denn die schrie ihr zu, diesen Mann zu genießen, solange sie die Gelegenheit dazu hatte. Diese Region wollte ihr weismachen, dass es sämtlichen Herzschmerz wert war, der wahrscheinlich folgen würde. Sie sollte es genießen und ihn bespringen, und zwar auf der Stelle, flehte die Region sie an.

Diese Region verstand es nicht, sich so gewählt auszudrücken wie ihr Verstand.

»Okay.«

Abigail stutzte und sah, dass Tomasso sich weggedreht hatte und in Richtung Strand zurückging.

»Okay?«, fragte sie unschlüssig und folgte ihm.

»*Si*.«

Sie biss sich auf die Lippe, dann hakte sie nach: »Du bist mir nicht böse?«

»*Si* und nein«, antwortete er und ging weiter.

»Was soll das heißen?«, wunderte sie sich. »*Si*, du bist mir böse, und nein, du bist mir nicht böse?«

Er drehte sich um und schaute sie amüsiert an. »Ihr Frauen redet gern, wie?«

»Ich fürchte, ja«, gab sie zu.

Er nickte. »Dann werde ich es dir sagen. Es ist *si*, weil ich nichts lieber möchte, als dich von jedem Stückchen Stoff zu befreien, dich in den Sand zu legen und über jeden Zentimeter deiner Haut zu lecken, ehe ich meinen vor Verlangen pulsierenden *pene* in deinem Körper versenke.«

»Himmel«, murmelte sie und fächelte sich mit einer Hand Luft zu. Dieser Mann redete nicht allzu oft, aber wenn er erst mal loslegte … *pene* war wohl Italienisch für Penis, oder?, überlegte sie und kam zu dem Schluss, dass das einfach so sein musste.

»Es ist aber auch nein«, fuhr er fort. »Denn ich kann es verstehen, wenn es dir zu schnell geht und du dir mehr Zeit nehmen möchtest. Solange wir meinen Entführern aus dem Weg gehen müssen, haben wir diese Zeit zur Verfügung … diese Zeit und mehr Zeit, als du dir vorstellen kannst. Deshalb werde ich geduldig sein und warten, bis du dich bereit dazu fühlst, dass ich dir mit meinem Mund, meinen Händen und meinem ganzen Körper Lust bereite, bis du meinen Namen hinausschreist und in deinem Kopf ganze Sterne explodieren.«

»Himmel«, wiederholte Abigail und musste sich jetzt mit

beiden Händen Luft zufächeln. Dieser Mann war … längst wieder unterwegs in Richtung Strand. Sie schnalzte mit der Zunge und eilte ihm hinterher. »Du willst wirklich warten, bis ich so weit bin?«

»Sí.«

Offenbar war der gesprächige Tomasso irgendwo untergetaucht, überlegte Abigail ein wenig gereizt. Sie hatte auf eine ausführlichere Ansprache gehofft. Dass sie hinreißend und einzigartig und sexy war und dass sie es wert war, dass er auf sie wartete. Irgendwas in dieser Art. Aber wie es schien, würde er nicht versuchen, so lange auf sie einzureden, bis sie ihn an ihre Wäsche ließ. Das war wirklich eine Schande, denn sehr lange hätte er dafür gar nicht auf sie einreden müssen. Doch schon im nächsten Moment verdrehte sie die Augen darüber, dass sie so etwas überhaupt dachte. Sie hatte doch selbst erst gerade eben die Notbremse gezogen, damit es nicht zu Sex kam. Er befolgte lediglich ihre Wünsche, und als Dank dafür wollte sie jetzt Sex mit ihm?

Ja, das wollte sie, musste Abigail zugeben, wenn auch nur sich selbst gegenüber. Sie musste auch feststellen, dass sie ihm auf den Hintern starrte, während er vor ihr herging. Am liebsten hätte sie auf der Stelle zugegriffen und seine Pobacken gedrückt. Was zum Teufel war bloß in sie gefahren?

»Das Boot ist weg.«

Abigail hob den Kopf und sah hinaus aufs Wasser. Sie standen am Rand der Baumlinie und hatten völlig freie Sicht auf den Ozean. Es stimmte, das Boot war tatsächlich nicht mehr zu sehen. Sie schaute wieder Tomasso an, der sich in diesem Moment bückte, um etwas aufzuheben. Wie magisch angezogen wanderte ihr Blick abermals zu seinem nackten Hintern.

»Und was machen wir jetzt?«, fragte sie ein wenig gedankenverloren.

»Jetzt sehe ich mir deine Wunde an«, erklärte er, richtete sich auf und fasste nach ihrer Hand, um mit ihr den Weg zurückzugehen, den sie soeben gekommen waren. Diesmal führte er sie aber noch tiefer in den Dschungel hinein.

Vermutlich fürchtete er, das Boot könnte erneut auftauchen, überlegte Abigail, während sie ihm ruhig und gelassen folgte. Nachdenklich nahm sie die freie Hand hoch, um nach der Wunde zu tasten, von der er gesprochen hatte. Sie hatte keine Ahnung, was er damit eigentlich meinte, doch dann berührten ihre Finger eine Mullbinde, die um ihren Kopf gewickelt war. Mit einem Mal kehrte die Erinnerung zurück, dass sie sich den Kopf heftig angestoßen hatte, als Tomasso mit ihr aus dem Flugzeug gesprungen war. Es war das Letzte, woran sie sich erinnern konnte, bevor sie hier am Strand wieder aufgewacht war.

»Wie sind wir hierhergekommen?«, fragte sie interessiert, während sie weitergingen. »Sind wir mit dem Fallschirm hier gelandet?«

»Nein, wir sind im Ozean gelandet und mussten die ganze Nacht schwimmen.«

Was nichts anderes hieß, als dass er die ganze Nacht geschwommen war und sie hinter sich hergeschleppt hatte, da sie bewusstlos gewesen war. Wenn er dafür die ganze Nacht gebraucht hatte, dann mussten sie weit weg vom Land runtergekommen sein, auch wenn Tomasso das nicht ausdrücklich gesagt hatte. Jetzt fragte sie sich natürlich sofort, wie weit er sie hinter sich her durchs Wasser gezogen hatte. Das konnte keine Leichtigkeit gewesen sein.

Ihr wurde schlagartig bewusst, dass er ihr das Leben gerettet hatte. Und verarztet hatte er sie auch noch, wie der Verband um ihren Kopf bewies. Der fühlte sich nach Mullbinde an, was sie wiederum an den Verbandkasten erinnerte, den sie festgehalten hatte, als Tomasso mit ihr aus der Ladeluke ge-

sprungen war. Den hatte sie wohl kaum noch festhalten können, nachdem sie bewusstlos geworden war. Also musste Tomasso den auch noch an sich genommen haben und mit ihr
und mit dem Kasten Richtung Land geschwommen sein. Ihr
schlechtes Gewissen regte sich, denn bei dieser Flucht war sie
ihm nicht gerade eine große Hilfe gewesen. Allerdings musste sie zu ihrer Verteidigung sagen, dass sie das Ganze nicht gewollt hatte, weil es ihr widerstrebte, Jet allein in der Gewalt der
Entführer zurückzulassen.

»Hier ist es gut.« Abrupt blieb Tomasso stehen, drehte sich
zu ihr um und deutete auf eine Stelle auf dem Boden.

Abigail verstand das als Aufforderung, sich hinzusetzen. Als
sie dann jedoch vor ihm saß, musste sie feststellen, dass sich
sein Gehänge genau vor ihrem Gesicht befand und bei jeder
Bewegung leicht hin und her baumelte.

»Also wirklich, Tomasso. Wir müssen dir irgendwas zum Anziehen besorgen«, murmelte sie und wandte den Blick ab. Zwar
hatte seine Erektion mittlerweile nachgelassen, aber der Anblick war immer noch imposant und irritierend.

»Hier«, sagte er und hielt ihr hin, was er kurz zuvor aufgehoben hatte.

Es war der Verbandkasten, erkannte Abigail, als sie das rote
Päckchen entgegennahm. Das hatte er also an sich genommen. Sie hatte davon nichts mitbekommen, weil sie von seinem nackten Hintern abgelenkt gewesen war. Er hatte einen
hübschen Po, fand sie. Seine Brust sah auch gut aus, und die
Arme … und die Beine … und …

Sie musste den Kopf über sich selbst schütteln. Sie setzte der
Aufzählung aller wohlgefälligen Körperpartien ein Ende und
zwang sich, den Blick von seinem Hintern abzuwenden, den
sie eben wieder anstarrte, da Tomasso sich erneut in Richtung
Dschungel begab. Er schien ständig irgendwo hinzulaufen, fiel

73

ihr auf. Nur gut, dass er immer wieder zu ihr zurückkam … bislang jedenfalls.

Tomasso blieb nicht lange weg, vielleicht fünf oder zehn Minuten. Als er schließlich wieder auftauchte, sah Abigail ihn verdutzt an, da etwas Grünes seinen Lendenbereich bedeckte. Er hatte sich aus Blättern einen Lendenschurz gebastelt, der von einer Ranke oder etwas Ähnlichem um seine Taille festgehalten wurde. Allerdings hatte der Mann keine Vorstellung von den Dimensionen seiner Genitalien, da die Blätter längst nicht alles bedeckten.

»So besser?«, fragte er beim Näherkommen.

»Du brauchst größere Blätter«, kommentierte sie, woraufhin er verwundert an sich hinabsah. Sie hatte ihre Zweifel, dass er aus diesem Blickwinkel das Problem überhaupt erkennen konnte. Es überraschte sie daher auch nicht, dass er antwortete: »Ist schon okay so.«

»Gut«, murmelte sie und musste sich damit abfinden, auch weiterhin den Blick nicht auf die gefährlichen Zonen zu richten, jedenfalls dann nicht, wenn er es mitbekommen konnte. Es gefiel ihr einfach zu gut, ihn unentwegt anzusehen, aber er sollte trotzdem nichts davon merken, dass sie ihn in Gedanken immer wieder verschlang. Also durfte sie nur dann einen Blick riskieren, wenn er woanders hinsah.

»Wie schlimm ist es?«, fragte Abigail, nachdem Tomasso sich vor ihr im Schneidersitz niedergelassen hatte und den Verband abnahm.

»Nicht sehr schlimm«, versicherte er ihr. »Tut es weh?«

»Im Moment nicht«, antwortete sie überrascht, da ihr genau das erst jetzt bewusst wurde. »Aber es hat wehgetan, als ich aufgewacht bin.«

Er reagierte mit einem unbestimmten Brummen, während er den Verband achtlos in den Sand warf. Dann drückte er ihren Kopf nach unten, um sich die Verletzung genauer anzusehen.

Abigail ließ das geduldig über sich ergehen. Als ihr Blick jedoch auf den abgelösten Verband fiel und sie das getrocknete Blut bemerkte, riss sie erschrocken die Augen auf. »Es hat geblutet?«

»*Si*. Warum hätte ich dir sonst einen Verband anlegen sollen?«, erwiderte er ruhig und tastete behutsam die Wunde ab.

»Ja, aber …«, begann sie und verstummte dann mitten im Satz. Eigentlich hatte er völlig recht. Warum hätte sie sonst einen Verband tragen müssen? Ihr war bloß nicht klar gewesen, dass sie geblutet hatte, und nur deshalb war sie verdutzt gewesen. Seufzend wartete sie, während er den Verbandkasten an sich nahm und aufmachte. Als sie sah, dass er eine antiseptische Salbe herausholte, verzog sie vor Unbehagen den Mund. »Ist es so schlimm?«, fragte sie besorgt, als er etwas von der kühlen Salbe auf der Wunde verteilte.

»Nein. Wir sind hier im Dschungel.«

Mehr sagte er nicht, aber das war glücklicherweise auch nicht nötig. Sie waren hier im Dschungel. In der schwülen Luft konnte es jederzeit zu einer Entzündung kommen, und die Salbe war nur eine Vorsichtsmaßnahme. Es beruhigte sie ungemein, dass er sich damit begnügte, ihr eine Mullbinde um den Kopf zu wickeln, und auf Gaze verzichtete. Das musste doch bedeuten, dass die Wunde verheilte. Oder etwa nicht?

Sie hoffte es zumindest, aber sie wünschte auch, sie hätte einen Spiegel zur Hand, um sich selbst ein Bild davon zu machen.

»Warte hier und ruh dich aus.«

Mit diesen Worten aus ihren Gedanken gerissen, richtete Abigail ihren Blick auf Tomasso und sah, wie er gleich wieder im Dschungel verschwand. Die Hälfte der Zeit schien er mit Herumlaufen zu verbringen, überlegte sie und sah dabei zu, wie seine Pobacken im Grün zwischen den Bäumen verschwanden. Denn diese waren zu ihrer Genugtuung nicht mit Blättern bedeckt.

Die Augen über sich selbst verdrehend schaute sie nach unten. Sie saß im weichen Sand, der sich zwischen den Wurzeln eines Baums angesammelt hatte. Wirklich ein perfektes Bett, fand sie und merkte erst jetzt, wie müde sie eigentlich war. Sie waren noch gar nicht so lange wach, und trotzdem war sie schon wieder hundemüde. Es musste wohl an der Hitze liegen. Oder an dem emotionalen Auf und Ab, das sie seit dem Aufwachen durchgemacht hatte. Ganz gleich, was der Grund hierfür war, der Gedanke, sich hinzulegen und ein paar Minuten lang auszuruhen, war mehr als verlockend, auch wenn sie zuvor wegen der Schlangen und Käfer besorgt gewesen war. Sie sah sich ihre unmittelbare Umgebung genauer an, um sicher zu sein, dass sich da nichts aufhielt, was ihr hätte zu nahe kommen können. Dann legte sie sich der Länge nach hin, rollte sich auf die Seite und machte die Augen zu. Sie würde nur ein wenig dösen. Bis Tomasso wieder da war. Dann würden sie sich zweifellos auf die Suche nach der Zivilisation begeben. Sie benötigten ein Telefon, damit sie Jet anrufen und sich vergewissern konnte, dass mit ihm alles in Ordnung war. Und damit Tomasso anrufen konnte … wen immer er auch anrufen musste.

Tomasso verlangsamte den Schritt, als er aus dem Dschungel auf die kleine Lichtung zurückkehrte, wo Abigail auf ihn wartete. Sie lag zusammengerollt an dem Baum, an dem er sie zurückgelassen hatte, und schlief tief und fest.

Er betrachtete ihre blasse Haut und die dunklen Schatten unter ihren Augen. Nachdem er mit ihr aus dem Flugzeug abgesprungen war, war sie noch eine ganze Weile bewusstlos geblieben. Weder als er mit ihr zu dieser Insel geschwommen, noch als er sie an Land getragen und im ersten Licht des neuen Tages unter den Palmen hingelegt hatte, war von ihr auch nur die kleinste Regung gekommen. Aber Bewusstlosigkeit und Schlaf waren zwei verschiedene Dinge, und es war nicht zu übersehen, dass Abigail sich erholen musste.

Er legte die Kokosnüsse zur Seite und betrachtete wieder Abigail, während er sich die Situation vor Augen hielt, in der sie beide sich befanden. Sie mussten zurück in die Zivilisation und ein Telefon ausfindig machen. Er musste seine Familie anrufen, um sie wissen zu lassen, dass es ihm gut ging und dass sie in Caracas nach den anderen verschwundenen Unsterblichen suchen mussten. Und er wollte unbedingt herausfinden, ob seinem Bruder die Flucht gelungen war. Dante war zwar nicht mit derselben Maschine in einem zweiten Käfig transportiert worden, was die Vermutung nahelegte, dass er ihnen tatsächlich entkommen war. Aber Tomasso brauchte Gewissheit, dass es so war.

All das würde aber erst einmal warten müssen. Abigail hatte sich verletzt und brauchte Ruhe, also sollte sie auch Ruhe haben.

Aber sie musste auch etwas essen und trinken, und genau diesem Zweck sollten die Kokosnüsse dienen. Sie konnte das Wasser trinken und das weiße Fruchtfleisch essen, aber Fisch wäre zweifellos nahrhafter gewesen Er würde sich etwas überlegen müssen, wenn er Fische fangen wollte. Vielleicht konnte er ja aus irgendetwas einen Speer zurechtbasteln, überlegte Tomasso, als er sich umdrehte und in Richtung Strand die Lichtung verließ.

Abigail wachte auf, da ihr irgendein köstlicher Geruch in die Nase stieg. Sie unterdrückte ein Gähnen, setzte sich auf und sah sich um, konnte aber außer Bäumen nichts entdecken. Neugierig geworden stand sie auf und ging um den Baum herum, an dem sie geschlafen hatte. Verdutzt blieb sie gleich wieder stehen, als sie Tomasso am Strand entdeckte, wo er im Schatten einer großen Palme etwas über einem offenen Feuer wendete.

Mit knurrendem Magen machte sie sich auf den Weg, schaute dabei aber zum Himmel. Die Sonne versank bald hinter dem Horizont, und es begann dunkel zu werden. Sie musste einige Stunden geschlafen haben, überlegte sie missmutig.

»Warum hast du mich nicht geweckt?«, fragte sie und stellte sich zu ihm.

Tomasso drehte sich überrascht zu ihr um, dann lächelte er sie an, als würde er einen niedlichen jungen Hund betrachten. »Du hast dich ausruhen müssen«, war das Einzige, was er dazu sagte.

Abigail musterte ihn, wobei ihr nicht entging, dass ihm deutlich anzusehen war, wie lange es her war, seit er sich das letzte Mal rasiert hatte. Sein Lächeln machte sie ein wenig misstrauisch, daher ging sie einfach an ihm vorbei zum Strand. Die See war ganz ruhig, nicht mal der Hauch einer Brise sorgte für leichte Wellen. Die Oberfläche war so eben, dass sie sich einigermaßen gut ihr Spiegelbild ansehen konnte, nachdem sie ein paar Schritte weit hineingegangen war. Bei ihrem Anblick musste sie erschrocken aufstöhnen, da ihre Haare in alle Richtungen abstanden. Sie sah aus wie ein Clown.

Leise murmelnd ging sie zurück zum Strand, zog alles bis auf Slip und BH aus, und ging wieder ins Wasser. Ihre Unterwäsche war im Grunde genommen nichts anderes als eine Art Bikini, sagte sie sich. So wie sie im Moment aussah, würde sie jedenfalls nicht zu Tomasso und seinem Feuer zurückkehren.

Während sie geschlafen hatte, war es kühler geworden, aber

das Wasser lag noch ein paar Grad darunter. Ihr lief ein Schauer über den Rücken, als sie Schritt für Schritt weiterging und ihr das Wasser immer höher reichte. Dadurch ließ sie sich aber nicht von ihrem Vorhaben abbringen. Sie hatte es schon immer gemocht schwimmen zu gehen. Ihre Mutter hatte schon früh darauf bestanden, dass sie als Kind Schwimmstunden nahm, und sie war immer eine gute Schwimmerin gewesen. Als sie bis zur Taille vom Ozean umgeben war, tauchte sie unter und stieß sich ab, um erst zwei oder drei Meter weiter wieder aufzutauchen.

Nachdem sie Boden unter den Füßen hatte, drehte sie sich um und sah in Richtung Ufer. Dabei musste sie mit Erstaunen feststellen, dass Tomasso ihr gefolgt war und ebenfalls bereits hüfttief im Wasser stand. Während sie zusah, tauchte er unter und kam direkt vor ihr wieder an die Oberfläche.

»Geh niemals allein schwimmen«, ermahnte er sie, wobei sein Blick nicht auf ihrem Gesicht ruhte, sondern ein Stück tiefer hängen geblieben war.

Sie sah nach unten und bemerkte, dass ihr schlichter weißer BH nicht mehr viel verdeckte, wenn er erst einmal nass war. Er war jetzt so gut wie durchsichtig und ließ deutlich ihre Nippel durchscheinen. Sie konnte dabei zusehen, wie sie sich versteiften. Ob das am kalten Wasser oder an Tomassos Nähe lag, wusste sie nicht, aber es war auch egal. Tatsache war, dass sie gegen den Stoff des BHs drückten.

Vor Verlegenheit stöhnte sie leise auf und wandte sich ab, um noch ein Stück weiter zu schwimmen. Dabei entging ihr nicht, dass Tomasso ihr folgte und schließlich neben ihr war. Es schien ihm ernst damit zu sein, sie nicht allein schwimmen zu lassen.

Weit wollte sie ohnehin nicht hinausschwimmen, da sie nicht in Form war und schnell ermüden würde. Also brach sie nach ein paar Metern ab. Sofort war Tomasso neben ihr, nur etwa einen halben Meter von ihr entfernt. Also nahe genug, um die Arme nach ihm auszustrecken und ihn zu berühren, aber auch nicht so dicht bei ihr, dass sie sich unbehaglich fühlte.

»Hunger?«, fragte er plötzlich.

Sie musste an das köstliche Aroma denken, das sie aufgeweckt hatte. Sie nickte und sah in Richtung Ufer. Von hier aus war das Feuer kaum zu erkennen. Tomasso hatte es sehr klein gehalten, wohl um Jake und Sully nicht auf sich aufmerksam zu machen, falls die immer noch auf der Suche nach ihm waren.

Dem Gedanken an Tomassos Entführer folgte unweigerlich der Gedanke an Jet, der Abigail mit großer Besorgnis erfüllte. Tomasso hatte sie auf seiner Flucht mitgenommen und Jet in der Gesellschaft von zwei üblen Typen zurückgelassen. Deshalb hatte sie sich in letzter Sekunde noch von Tomasso losreißen wollen, was dann zu ihrer Kopfverletzung geführt hatte.

»Was werden die beiden mit Jet machen?«, fragte sie beunruhigt.

»Mit welchem Jet? Meinst du das Flugzeug?«, gab er verständnislos zurück.

»Nein, ich meine Jet. Meinen Freund Jet. Jethro«, fügte sie erklärend hinzu und benutzte seinen richtigen Namen. »Er war der Pilot des Flugzeugs, in dem du transportiert wurdest.«

Er verzog ganz leicht den Mund und knurrte: »Ist das der Jet, von dem du im Schlaf redest?«

Als sie das hörte, zog sie die Augenbrauen hoch. Sie hatte im Schlaf Jets Namen gesagt? Das beruhigte sie ein wenig, bedeutete es doch, dass sie sehr wohl an ihn gedacht hatte. Also musste sie kein schlechtes Gewissen haben, nur weil sie jetzt erst auf ihn zu sprechen kam. Natürlich hätte er ihr als Erstes in den Sinn kommen müssen, als sie aufgewacht war, doch Abigail beschloss, dafür ihre Kopfverletzung verantwortlich zu machen. Ganz sicher war das der Grund, warum sie völlig durcheinander gewesen war, was die Erklärung und gleichzeitig auch Entschuldigung für ihr Verhalten sein musste. Denn es war so gar nicht ihre Art, einen Freund zu vergessen, der in Schwierigkeiten steckte. Vielmehr kam sie dann vor lauter Sorge gar nicht mehr zur Ruhe. Auf dem College hatte sie darauf bestanden, dass ihre Freundinnen nach einem gemeinsamen Abend bei ihr anriefen, sobald sie zu Hause angekommen waren. Sie hatte einfach wissen müssen, dass keiner von ihnen etwas passiert war. Dass sie sich also bis jetzt keine Sorgen um Jet gemacht hatte, war alles andere als normal.

»Was ist dieser Jet für dich?«

Abigails Gedankengang wurde unterbrochen, und sie sah Tomasso verwundert an. Er klang ein wenig gereizt. Fast schon so, als wäre er eifersüchtig, was natürlich Blödsinn war. Sie war keine Frau, die Männer eifersüchtig machen konnte. Außerdem hatten sie das Thema bereits im Flugzeug abgehakt, als er hatte wissen wollen, ob zwischen ihr und Jet etwas lief, was sie verneint hatte. Allerdings hatte Tomasso da wohl noch unter dem Einfluss des Betäubungsmittels gestanden, das gerade erst an Wirkung verlor. Womöglich konnte er sich deshalb nicht an seine Frage und ihre Antwort erinnern, was durchaus verständlich war.

»Er ist ein guter Freund, wir sind zusammen aufgewachsen«, erklärte sie noch einmal geduldig. »Er ist schon immer mein bester Freund gewesen, er ist so was wie ein Bruder für mich. Aber zwischen Jet und mir läuft *nichts*.«

»Hmm«, machte er, klang aber nach wie vor ziemlich missmutig. Dann fragte er: »Was ist Jet überhaupt für ein Name?«

»Eigentlich heißt er Jethro«, erklärte sie, obwohl sie ihm den Namen erst vor ein paar Minuten gesagt hatte. »Aber er wollte immer Jetpilot werden, also habe ich seinen Namen auf Jet verkürzt, und daran hat sich bis heute nichts geändert.«

Tomasso reagierte mit einem undefinierbaren Brummen, aber der misstrauische Ausdruck ließ ein wenig nach. »Dann ist dieser Jet, dieser Freund von dir, der Pilot dieser Maschine gewesen?«

»Ja.« Reflexartig sah sie zum Himmel, als könnte er in dieser Sekunde dort oben vorbeifliegen. Natürlich war das nicht der Fall, was Abigail mit einem leisen Seufzer kommentierte.

»Dann arbeitet er mit den Entführern zusammen?«, hakte Tomasso misstrauisch nach.

»Nein!«, erwiderte sie mit Nachdruck. »Er war Kampfpilot bei der Navy, sein Dienst endete vor ein paar Wochen. Ein Freund von ihm, der einen Monat zuvor die Navy verlassen hatte, wusste von dieser freien Stelle bei einem Frachtunternehmen und vereinbarte für Jet einen Vorstellungstermin. Jet bekam die Stelle, und vor einer Woche hat er bei der Firma angefangen. Dieses Unternehmen ist seriös. Ich bin mir sicher, dass die nichts mit dem Transport eines Entführungsopfers zu tun haben wollen.«

»Und wieso war ich dann in diesem Flugzeug?«, wollte Tomasso wissen.

»Nach allem, was ich mitbekommen habe von dem, was der Typ vor sich hingeredet hat, der dir das Paketband um den Arm gewickelt hat, musst du dich wohl irgendwie befreit und deren Flugzeug demoliert haben.«

Tomasso nickte bedächtig.

»Und deshalb haben sie auf die Schnelle eine Ersatzmaschine gebraucht. Jet bekam nur mitgeteilt, dass es sich um einen Notfall handele und er sofort zum Flughafen kommen müsse.«

»Vermutlich wäre ihnen sonst das Medikament ausgegangen, mit dem sie mich ruhiggestellt haben«, überlegte er.

»Das kann sein, aber das weiß ich nicht«, sagte Abigail. »Ich weiß nur, dass ich gerade in San Antonio angekommen war und mich wie geplant mit Jet getroffen hatte. Er sollte eigentlich ein paar Tage frei haben, aber dann kam dieser Anruf von seinem Boss. Jet wollte erst ablehnen, aber dann meinte er, wenn ich mitkäme, könnten wir ein paar Tage Urlaub in Caracas machen.«

»Und wieso warst du im Frachtraum und nicht vorne im Cockpit?«, fragte er und kniff die Augen ein wenig zusammen.

Als sie das Misstrauen in seinen Augen bemerkte, versteifte sie sich unwillkürlich, musste aber gleich wieder die Füße bewegen, da sie sofort zu sinken begann. Es fühlte sich ungewohnt anstrengend an, was sie als Zeichen dafür nahm, dass ihre Kräfte nachließen. Sie drehte sich um und schwamm in Richtung Strand davon. Als sie nahe genug am Ufer war, legte sie den Rest der Strecke gehend zurück und setzte sich neben ihre Kleidung, die sie dort zurückgelassen hatte.

»Ich war im Frachtraum, weil diese beiden Kunden mich nicht auf dem Flug dabeihaben wollten«, erklärte sie mit leiser Stimme, nachdem Tomasso neben ihr Platz genommen hatte. »Jet sagte, ich sollte mich im Frachtraum verstecken, damit die beiden nicht mitbekamen, dass er mich trotz ihres Verbots auf diesen Flug mitgenommen hatte.«

»Dann warst du ein blinder Passagier«, murmelte Tomasso in einem Tonfall, als hätte sie soeben bestätigt, was er sich schon die ganze Zeit über gedacht hatte.

»Eigentlich nicht«, widersprach sie. »Jet war der Pilot, er wusste, dass ich an Bord bin.«

»Aber Jake und Sully wussten es nicht«, betonte er.

Abigail zuckte mit den Schultern. Ob sie deswegen ein blinder Passagier war oder nicht, kümmerte sie nicht im Geringsten. Wichtig war nur, dass es Jet gut ging. Sie griff nach einer

Muschel, die halb im Sand vergraben war, warf sie ins Wasser und fragte: »Was werden die mit ihm anstellen?«

Tomasso schwieg eine Weile. Dann schüttelte er den Kopf und sagte: »Vermutlich geht es ihm gut.«

Es klang bloß nicht so, als würde er seinen eigenen Worten Glauben schenken. Abigail verzog den Mund. »Er ist ein wirklich guter Mensch, Tomasso. Ich wäre am Boden zerstört, wenn ihm etwas zustoßen würde, nur weil ich mit dir zusammen aus dem Flugzeug gesprungen bin.«

»Ich habe dir keine große Wahl gelassen«, erwiderte Tomasso betrübt und blickte zum Horizont. »Ich hätte erst alle Zusammenhänge kennen müssen, bevor ich dich packe und mit dir aus der Maschine springe. Ich hatte angenommen, dass du ein blinder Passagier bist und …« Er zuckte mit den Schultern und ließ den Satz unvollendet.

Abigail zog missbilligend die Mundwinkel nach unten. »Du weißt, wie man Leute nennt, die sich nur auf Vermutungen verlassen, nicht wahr?«

»Idioten«, murmelte er.

»Ja, das auch«, stimmte sie ihm zu.

»Komm mit«, sagte Tomasso auf einmal, nahm ihren Kleiderberg an sich und stand auf. Er fasste sie an der Hand und zog sie hoch. »Der Fisch dürfte jetzt gar sein. Wir werden erst einmal essen, danach gehen wir los.«

»In der Nacht?«, fragte sie erschrocken.

»In der Nacht ist es besser«, versicherte er ihr. »Dann gibt es keine Sonne.«

Abigail dachte über seine Worte nach und kam zu dem Schluss, dass es eine gute Idee war, der Sonne und der tagsüber herrschenden Hitze aus dem Weg zu gehen. So liefen sie nicht Gefahr, zu dehydrieren, und das war schon mal eine gute Sache. Außerdem hatte sie bis vor Kurzem noch geschla-

fen, da sollte sie ausgeruht genug sein, um zu Fuß zügig voran-
zukommen. Jedoch glaubte sie nicht, dass Tomasso auch nur
für ein paar Minuten die Augen zugemacht hatte, während sie
im Reich der Träume unterwegs gewesen war. Immerhin war
er in der Zwischenzeit damit beschäftigt gewesen, Fische zu
fangen, ein Feuer zu entfachen und den Fisch zuzubereiten.

Daher würden sie vermutlich nicht allzu lange laufen, dachte
sie hoffnungsvoll. Ein, zwei Stunden, und dann eine Pause …
Nicht dass sie die Rückkehr in die Zivilisation unnötig hinauszögern wollte. Ganz im Gegenteil, denn je eher sie ein Telefon
fanden, desto schneller würde sie wissen, wie es Jet ging. Es
war bloß so, dass sie sich schon lange nicht mehr körperlich so
sehr betätigt hatte wie seit dem Sprung aus dem Flugzeug, deshalb war sie sich nicht sicher, ob sie es schaffen würde, sich länger als ein oder zwei Stunden auf den Beinen zu halten.

Aber sie war sich ziemlich sicher, dass es dazu nicht kommen würde, denn viel länger würde Tomasso wohl kaum mehr
durchhalten.

5

»Aber klar doch, nach einer Stunde fällt er vor Müdigkeit um«, murmelte Abigail, die in der Dunkelheit mit glasigem Blick auf ihre Füße starrte. Das Wasser aus der Kokosnuss war lecker und erfrischend gewesen, obwohl es nicht gekühlt war, und der Fisch hatte köstlich geschmeckt. Nach dem Essen waren sie dann losmarschiert, und das war gefühlt vor inzwischen vier oder fünf Stunden gewesen. Sie hätte sich am liebsten einfach zu Boden sinken lassen. Das Einzige, was sie jetzt noch auf den Beinen hielt, waren die Sorge um Jet und die Tatsache, dass Tomasso trotz fehlenden Schlafs noch immer keine Anzeichen von Müdigkeit aufwies.

»Was?«

Diese Frage ließ Abigail den Kopf heben. Sie sah, dass Tomasso wieder einmal stehen geblieben war. So wie Jet hatte er viel längere Beine als sie und machte entsprechend große Schritte, mit denen sie nicht mithalten konnte. Immer wieder hielt er an und wartete auf sie, um sie beim Weitergehen erneut hinter sich zu lassen. Sie wunderte sich über seine fragende Miene und erwiderte müde. »Was was?«

»Deine Äußerung«, sagte er.

Deine Äußerung, höhnte sie in Gedanken. Nicht *Du hast doch gerade irgendwas gesagt*, nur *Deine Äußerung*. Der Mann neigte dazu, sich so knapp und einsilbig zu artikulieren, wie es nur eben ging, überlegte sie ermattet und winkte ab. »Ich führe schon Selbstgespräche.«

Entgegen ihrer Erwartung machte Tomasso jedoch keine

Anstalten weiterzugehen, sondern musterte sie besorgt. »Du bist erschöpft.«

»Wir laufen jetzt schon seit Stunden, Tomasso. Natürlich bin ich erschöpft.«

Trotz der Dunkelheit konnte sie sehen, wie er die Augenbrauen hochzog. Dem Mondschein sei Dank, dachte sie, als er dann auch noch den Kopf schüttelte. »Eine.«

»Eine was?«, fragte sie und hoffte, dass er damit sagen wollte, dass sie nur noch eine Stunde weitergehen würden. Aber selbst das kam ihr im Augenblick noch viel zu lang vor, weil sie schon jetzt fast im Stehen einschlief.

»Wir sind jetzt eine Stunde unterwegs«, erklärte er.

»Das ist unmöglich!« Abigail nahm den Arm hoch und drückte auf ihre Armbanduhr, damit das Zifferblatt beleuchtet wurde. Sie hatte gedacht, dass ihre Uhr noch ging, als sie früher am Tag draufgeschaut hatte. Aber als sie jetzt sah, dass seit Beginn ihres Fußmarschs eine Stunde und ein paar Minuten vergangen sein sollten, schüttelte sie den Kopf und tippte mit den Fingern gegen das Glas. »Das Ding muss kaputt sein. Ich bin mir sicher, dass wir seit einer Ewigkeit unterwegs sind.«

Sie sah wieder zu Tomasso hin und war auf einen ungeduldigen oder gereizten Gesichtsausdruck gefasst. Tatsächlich jedoch entdeckte sie eine Mischung aus Belustigung, Mitgefühl und Zuneigung.

Anstatt ihr wegen ihrer Langsamkeit Vorhaltungen zu machen, sagte er: »Du hast eine Menge durchgemacht. Du bist erschöpft, und deshalb werden wir eine Rast einlegen.«

Abigail sank vor Erleichterung in sich zusammen. Sie war tatsächlich erschöpft, und es konnte ihr nur recht sein, die Schuld dafür sämtlichen widrigen Umständen zuzuschreiben, anstatt einzugestehen, dass sie einfach nicht in Form war. Dass sie deswegen eine Rast einlegen mussten, war ihr dagegen gar nicht recht. So sehr sich ihr Körper auch dafür begeistern konnte, machte ihr schlechtes Gewissen ihr zu schaffen. Denn dadurch würde es umso länger dauern, ehe sie erfuhr, was aus Jet geworden war. Und umso später würde sie dafür sorgen können, dass er Hilfe bekam.

Falls er überhaupt Hilfe braucht, warf der erschöpfte Teil ihres Verstands ein, um ihre Schuldgefühle zu lindern. Vielleicht war mit Jet alles in Ordnung, und sie machte sich völlig unnötig Sorgen.

Oder – hielt ihr schlechtes Gewissen dagegen – Jet wird in diesen Minuten auf jene Insel gebracht, von der der Mann geredet hatte. Diese Insel, auf der »der Doc« Experimente durchführte, bei denen man sich wünschen würde, lieber tot als dem ausgesetzt zu sein.

Abigail wusste, dass Jet möglicherweise auch längst tot sein konnte. Einer der beiden Männer hatte diese Möglichkeit in Betracht gezogen, doch damit wollte sie sich lieber nicht befassen. Sie würde es nicht ertragen, so kurz nach dem Tod ihrer Mutter auch noch Jet zu verlieren. Nein, das würde sie wirklich nicht ertragen.

»Eine Stunde«, verkündete sie mit Nachdruck und ging die letzten Meter, bis sie bei Tomasso angekommen war. »Wir machen eine Stunde Pause, und dann gehen wir weiter.«

Tomasso gab einen Laut von sich, der Zustimmung bedeuten mochte, und nahm ihren Arm, um sie zu den Palmen zu führen. An der vordersten Baumreihe angekommen, ging er mit ihr erst noch einige Meter in den Dschungel hinein, dann wischte er an einer Stelle Blätter und Kleinzeug zur Seite, damit sie beide sich in den Sand setzen konnten. Tomasso lehnte sich gegen den Stamm gleich hinter ihm, legte einen Arm um Abigails Schultern und zog sie an sich, damit sie den Kopf auf seine Brust legen konnte.

Abigail sträubte sich nicht dagegen, konnte sich aber auch nicht wirklich entspannen. Das war in seinen Armen schlichtweg unmöglich. Es fühlte sich einfach zu gut an, und ihr war nur zu deutlich bewusst, wie sich seine nackte Haut an ihrer Wange anfühlte. Und dann war da auch noch sein Duft. Tomasso duftete einfach wunderbar. Sein natürliches Aroma wurde weder von einem Eau de Cologne noch von parfümiertem Shampoo überdeckt, weshalb er nach Wind und Meer und Sonne roch. Seine Haut fühlte sich etwas kühler an als ihre. Wie erwartet bedeckte der Lendenschurz aus Blättern aus Tomassos Blickwinkel alles, was er bedecken sollte, stellte sie ein wenig enttäuscht fest.

»Du schläfst nicht.«

Abigail verzog den Mund und lehnte sich so weit zurück, wie es ihr in dieser Haltung möglich war, um ihn anzusehen. »Wie bist du eigentlich in diesen Käfig geraten?«

Das hatte sie sich bereits gefragt, seit sie begonnen hatte, das Klebeband von seinem Arm abzulösen. Aber es hatte sich ständig so viel ereignet, dass sich bis jetzt keine Gelegenheit für eine Antwort ergeben hatte.

Tomasso zog sie wieder an sich und drückte ihren Kopf sanft gegen seine Schulter, dann antwortete er: »Mein Bruder und ich wurden mit Betäubungspfeilen außer Gefecht gesetzt, als wir eine Bar in San Antonio verließen. Später sind wir beide jeder nackt in einem Käfig aufgewacht.«

»Dann haben sie deinen Bruder auch in ihrer Gewalt?«, rief Abigail erschrocken, befreite sich aus seiner Umarmung und sah ihn bestürzt an.

»Sie *hatten* ihn«, stellte er klar und drückte sie erneut an sich. »Er konnte entkommen.«

»Was?«, entrüstete sich Abigail und setzte sich abermals kerzengerade hin. »Er ist entkommen und hat dich zurückgelassen? Dein eigener Bruder?«

89

Diesmal zog er sie nicht wieder an sich, sondern erklärte geduldig: »Er hatte keine andere Wahl. Sie hätten ihn sonst wieder in ihre Gewalt gebracht und erneut in den Käfig gesteckt. Einer von uns musste in Freiheit gelangen, um Kontakt aufzunehmen mit … mit unseren Leuten.«

Sie sah ihn verständnislos an. »Unsere Leute? Und wer sind diese Leute?«

»Die sind der Grund, wieso wir in Texas waren«, erwiderte er und erntete von Abigail prompt einen mürrischen Blick.

»Jetzt bin ich genau so schlau wie vorher«, sagte sie. »Wer …«

»Eine Organisation, die dem Verschwinden mehrerer junger … Männer auf den Grund gehen will, die alle zuletzt in der einen oder anderen Bar in San Antonio gesehen wurden.«

»Oh. Also so was wie das FBI«, folgerte Abigail und ließ sich beruhigt gegen ihn sinken. Sie war sich ziemlich sicher, dass das FBI bei Entführungen eingeschaltet wurde. Aber …

»Heißt das, ihr wart nicht die ersten Entführungsopfer? Die beiden Männer haben noch andere Leute entführt?«

»Sogar etliche«, bestätigte Tomasso.

»Das ist ja furchtbar«, meinte Abigail entsetzt. Zahlreiche junge Männer so wie Tomasso, alle nackt in einen Käfig gesperrt und per Flugzeug nach Venezuela geschafft. Das war bestimmt irgendein Sexring, überlegte sie, während ihre Finger über Tomassos Brust strichen. Schöne, sexy junge Männer wie Tomasso mit seinem Sexappeal und seinem Astralkörper und seinem …

Ihr fiel auf, dass sie an nichts anderes als an Sex denken konnte, wenn sie so an Tomasso geschmiegt dalag. Kopfschüttelnd richtete sie sich auf.

Kaum war sie ein wenig auf Abstand zu ihm gegangen, konnte sie gleich wieder klarer denken. Dabei fiel ihr ein, dass der Mann im Frachtraum von einem »Doc« und von Experimenten gesprochen hatte. Vielleicht war es ja doch kein Sex-ring.

»Dann habt ihr also fürs FBI gearbeitet und versucht, die Entführer zu schnappen, aber dabei seid ihr selbst entführt worden«, folgerte Abigail.

Nach kurzem Zögern sagte Tomasso: »*Si*. Wir hatten uns freiwillig dafür gemeldet.«

Sie dachte über seine Worte nach, fragte sich, wofür sie sich freiwillig gemeldet hatten, und glaubte dann die Antwort zu kennen. »Ihr habt euch freiwillig gemeldet, um den Köder zu spielen? Um entführt zu werden? Seid ihr denn verrückt?«

»Wir gingen nicht davon aus, dass uns jemand entführen würde«, stellte Tomasso klar. »Bis zu dem Zeitpunkt hatten sie immer nur Leute entführt, die allein unterwegs waren. Aber wir waren zu zweit. Wir wollten uns nur umsehen, ob uns irgendetwas Verdächtiges auffiel.«

Abigail sah ihn mit leicht zusammengekniffenen Augen an. Sie hatte nicht das Gefühl, dass Tomasso ihr die ganze Wahrheit sagte. Vermutlich hatte er sehr wohl gewusst, dass das Risiko bestand entführt zu werden, zumindest für einen der beiden, und trotzdem hatten sie sich freiwillig gemeldet. Sie ließ es aber auf sich beruhen und sagte: »Und es hat funktioniert. Man hat euch beide entführt.«

»*Si*.«

»Und dein Bruder konnte entkommen«, murmelte sie.

»*Si*, und von dir weiß ich, dass man mich nach Caracas bringen wollte. Dort müssen die anderen sein«, fügte er nachdenklich hinzu. »Ich muss diese Information unbedingt durchgeben an … die Organisation, damit man die Stadt durchsucht und …«

»Nicht Caracas«, unterbrach Abigail ihn.

»Was?«

»Dein eigentliches Ziel war nicht Caracas«, erklärte sie.

»Was?«, wiederholte er. »Aber im Flugzeug hast du mir gesagt, dass wir nach Caracas fliegen.«

»Das stimmt«, versicherte Abigail ihm. »Aber der Typ, der das Klebeband um deinen Arm gewickelt hat, sprach von einer Insel. Sinngemäß hat er zu dir gesagt, dass du den Flug genießen sollst, weil es dein letzter sein würde. Wenn du erst mal auf der Insel wärst, kämst du nie wieder von da weg.« Sie unterbrach sich kurz und versuchte sich daran zu erinnern, ob das so stimmte. Schließlich zuckte sie hilflos mit den Schultern. »Das war so in etwa, was er gesagt hat. Und er sprach von irgendwelchen Experimenten und jemandem namens ›Doc‹. Caracas war jedenfalls nicht das Ziel, sondern diese Insel. Vermutlich hat in Caracas ein Boot auf euch gewartet.«

»Oder ein anderes Flugzeug«, gab Tomasso missmutig zu bedenken. »Es kann sein, dass Caracas nur ein Zwischenstopp war und sie eigentlich nach Brasilien oder Argentinien wollten.«

»Das könnte sein«, räumte sie ein. »Aber das möchte ich bezweifeln. Die Insel liegt vermutlich irgendwo vor der Küste von Venezuela. Sonst hätten sie sich von Jet auch direkt bis nach Brasilien oder Argentinien fliegen lassen können.«

»Stimmt auch wieder.« Dieses Argument ließ ihn erleichtert aufatmen. »Dann müssen wir nur nach einer Insel suchen, zu der sie mich am ehesten bringen wollten.«

Abigail schnaubte belustigt. »Sonst nichts? Weißt du, dass die Küste Venezuelas rund 1750 Meilen lang ist? Und dass es über siebzig Inseln gibt?« Als sie seine bestürzte Miene sah, fügte sie rasch hinzu: »Aber der Flughafen sollte uns helfen, das Gebiet ein wenig einzugrenzen.«

»Ich verstehe nicht«, sagte er.

»Na ja, es gibt in Venezuela nur zwei internationale Flughäfen: Simón Bólivar in Caracas und La Chinita in Maracaibo.

Jedenfalls kenne ich sonst keinen«, fügte sie an. Zwar war Geografie ihre Stärke, und sie hatte zusammen mit ihrer Mom viel recherchiert, um sie auf andere Gedanken zu bringen, doch Venezuela war als mögliches Reiseziel nicht mehr in Betracht gekommen, nachdem sie herausgefunden hatten, dass Entführungen dort auf der Tagesordnung standen. Demnach wurden pro Tag ungefähr fünf Entführungen bei der Polizei angezeigt, wobei man sich in den meisten Fällen gar nicht an die Polizei wandte. Offenbar gab es im Land eine Spezialeinheit, die sich ausschließlich um die Befreiung von Entführungsopfern kümmerte. Himmel, welches andere Land hatte so etwas vorzuweisen? Abigail und ihre Mom hatten jedenfalls sehr schnell jegliches Interesse an diesem Land verloren und sich somit auch nicht weiter mit dem Thema beschäftigt.

»Ich verstehe nicht, was die beiden internationalen Flughäfen damit zu tun haben sollen«, sagte Tomasso ungeduldig.

»Oh, stimmt«, erwiderte Abigail, die für einen Moment die Unterhaltung vergessen hatte. »Siehst du, die Insel liegt wahrscheinlich näher bei Caracas als bei Maracaibo. Sonst hätten sie sich von Jet nach La Chinita bringen lassen.«

»*Si*, ich verstehe«, meinte Tomasso. »Also sollten wir die Suche auf eine Insel an der östlichen Küste von Venezuela konzentrieren.«

»Ich würde das jedenfalls vorschlagen«, sagte sie. »Und dabei auch auf die kleineren Inseln achten. Natürlich könnte dieser ›Doc‹ auch auf einer bewohnten Insel zu finden sein, aber die Bemerkung, dass du nie wieder die Insel verlassen würdest, klingt für mich danach, dass sich auf der Insel niemand aufhält, der dich entdecken und dir zur Flucht verhelfen könnte.«

»Du hast recht.« Tomasso lächelte sie an und drückte sie kurz so fest an sich, dass ihr die Luft wegblieb. »Danke, du bist ein Genie.«

Sofort bekam sie einen roten Kopf und konnte sich nur mit Mühe ein »Ach, das war doch gar nichts« verkneifen. Himmel, was war sie doch jämmerlich! Er machte ihr ein Kompliment, und sie schmolz direkt dahin? Mannomann, wie tief war ihr Selbstwertgefühl in diesem letzten Jahr eigentlich gesunken? Und wieso überhaupt? Sie hatte ihr Studium abgebrochen, aber doch nur, um sich um ihre kranke Mutter zu kümmern, nicht etwa, weil der Stoff sie überfordert hätte. Sie hatte dieses Studium geliebt. Sie war dabei aufgeblüht, hatte sich stark und schlau und wichtig gefühlt. Sie würde eine Ärztin sein.

Und jetzt, ein Jahr später, kam sie sich vor wie eine plumpe, unförmige Verliererin. Dabei gab es dazu gar keine Veranlassung, sagte sie sich energisch. Sie war noch genauso schlau wie vor einem Jahr, und sie konnte ihr Studium immer noch abschließen. Sie würde sich in diesen zwei letzten Jahren vielleicht etwas mehr anstrengen müssen als bisher, aber das würde alles kein Problem sein. Und was ihr Gewicht anging ... nun wenn schon, dann hatte sie sich eben noch mal dreißig Pfund zu ihrem ohnehin schon stattlichen Gewicht angefuttert. Tomasso schien das nicht zu stören, warum machte sie selbst also ein Drama daraus? Ihre Gesundheit sollte für sie mehr Grund zur Sorge sein. Dass sie gerade mal eine Stunde gegangen war und das Gefühl hatte, tot umfallen zu müssen, war bestimmt kein gutes Zeichen, zumal sie kein hohes Tempo gegangen waren.

Zugegeben, auf Sand war das Gehen anstrengender als auf festem Untergrund, außerdem war sie mit einer Kopfverletzung und vermutlich auch noch mit einer Gehirnerschütterung unterwegs. So etwas zehrte natürlich an den Kräften. Vielleicht sollte sie ja gar nicht so streng mit sich ins Gericht gehen und alles auf die Goldwaage legen, was sie tat oder nicht tat und was sie konnte oder nicht konnte. Tomasso mochte ja ein zweiter Herkules sein, der Kraft und Durchhaltevermögen ohne Ende besaß, aber sie war nicht Wonder Woman, und das war auch nicht weiter schlimm.

»Komm jetzt«, sagte sie abrupt und stand auf.

»Wohin willst du?«, fragte Tomasso überrascht und erhob sich ebenfalls.

»Ich habe mich lange genug ausgeruht. Wir können weitergehen«, verkündete sie und marschierte zurück zum Strand.

»Bist du sicher? Wir haben nicht lange Rast gemacht.«

»Hundertprozentig sicher«, antwortete sie ohne einen Blick nach hinten. »Aber diesmal sollten wir näher am Wasser gehen, da ist der Sand fester, und ich laufe mich nicht so schnell müde. Außerdem ist es angenehmer, da barfuß zu laufen«, fügte sie hinzu, hielt inne und drehte sich erst jetzt zu Tomasso um. »Da fällt mir ein: Was ist eigentlich mit meinen Schuhen passiert?«

»Oh.« Er zuckte flüchtig mit den Schultern. »Ich bin mir nicht sicher. Ein Schuh war verschwunden, als ich mit dir aus dem Wasser gestiegen bin. Entweder hast du ihn beim Absprung verloren oder später, als dieser Hai zudringlich wurde.«

»Ein Hai?«, kreischte sie entsetzt.

»Nur ein ganz kleiner«, beschwichtigte er sie. »Aber er wollte ständig an deinen Füßen knabbern, also musste ich ihm eine reinhauen, damit er das Weite sucht. Vermutlich hat er dir den Schuh vom Fuß gezogen.«

Als Abigail dastand und ihn nur fassungslos anstarrte, nahm Tomasso sie an der Hand und zog sie weiter. »Diesmal werde ich deine Hand halten, damit ich weiß, dass du neben mir bist und nicht irgendwo weit hinter mir. Bislang warst du jedes Mal weit zurückgefallen, wenn ich mich nach dir umgedreht habe. Ich muss daran denken, dass du kürzere Beine hast als ich und dass du deswegen auch kleinere Schritte machst. Darauf muss ich mich einstellen.«

Abigail war fest davon überzeugt, dass Tomasso im Moment

einfach nur drauflosredete, was bislang nicht seine Art gewesen war. Sie vermutete, dass er sie mit seinem Gerede besänftigen und ablenken wollte – nämlich von der Tatsache, dass ein Hai an ihren Füßen genippt hatte.

»Lieber Gott«, murmelte sie, froh darüber, dass sie diesen Teil ihres Abenteuers nicht bei Bewusstsein erlebt hatte. Kopfschüttelnd fragte sie: »Was hast du mit meinem anderen Schuh gemacht?«

»Den habe ich dir ausgezogen, um deinen Fuß zu untersuchen. Ich musste schließlich wissen, ob der Hai dich beim Nippen womöglich gebissen hatte«, räumte er leise ein und fügte hastig hinzu: »Hat er aber nicht. Deine Füße sind völlig unversehrt geblieben.«

»Himmel«, murmelte sie und schaute nach unten, konnte in der Dunkelheit ihre Füße aber kaum erkennen. Allerdings waren ihr bei Licht keinerlei Verletzungen aufgefallen, also musste es wohl stimmen, dass sie dem Hai noch mal entkommen war.

»Dein Schuh müsste noch an der Palme liegen, unter der wir uns ausgeruht haben«, meinte Tomasso und fragte nach einer kurzen Pause: »Soll ich zurückgehen und ihn holen?«

Abigail musste kichern, als sie diesen Vorschlag hörte. Er konnte wohl kaum den ganzen Weg zurücklaufen wollen, nur um einen einzelnen Schuh zu holen, mit dem sie ohnehin nichts mehr anfangen konnte. Aber offenbar war das sein Ernst, da er anfügte: »Lange würde das nicht dauern. Ich kann sehr schnell rennen, und während du auf mich wartest, kannst du dich noch ein wenig ausruhen.«

»Nein«, sagte sie entschieden und ging weiter. »Ich glaube, ich komme auch ohne den einzelnen Schuh zurecht.«

Tomasso reagierte mit einem leisen Brummen und ging ebenfalls weiter.

Eine Weile gingen sie schweigend nebeneinander her, bis

Abigail zu der Ansicht gelangte, dass mit einer Unterhaltung die Zeit schneller vergehen würde. In der Hoffnung, von dem Kribbeln abgelenkt zu werden, das ihren Arm erfasste, kaum dass er ihre Hand genommen hatte, fragte sie: »Wie ist dein Bruder eigentlich so?«

»So wie ich.«

Seine knappe Antwort ließ sie grinsen. »Du meinst, er ist groß, hinreißend, sexy und heldenhaft?«, zog sie ihn auf.

»Du hältst mich für hinreißend und heldenhaft?«, hakte er interessiert nach.

»Du hast sexy vergessen«, korrigierte sie ihn.

Er zuckte lässig mit den Schultern. »Natürlich findest du mich sexy. Wir sind Lebensgefährten. Mich interessiert mehr das mit dem hinreißend und heldenhaft.«

Abigail blieb stehen und zog an seiner Hand, bis er ebenfalls anhielt. Verwundert betrachtete sie ihn und fragte schließlich: »Lebensgefährten?«

Tomasso schürzte die Lippen, dann drehte er sich weg und ging weiter, wobei er sie hinter sich her zog. »Meine Frage zuerst.«

Sie runzelte die Stirn, hielt es aber für eine faire Forderung und überlegte sekundenlang, wie seine Frage noch mal lautete. Das mit den Lebensgefährten hatte sie völlig aus dem Konzept gebracht. Das war so … Abigail wusste nicht mal, wie sie es bezeichnen sollte. Es war nicht so, als hätte er sie zu seiner Freundin erklärt, was sie erst recht umgehauen hätte, schließlich kannten sie sich erst seit ein paar Stunden. Aber der Begriff *Lebensgefährte* klang irgendwie … wichtig. Oder offiziell. Warum, konnte sie sich nicht erklären.

»Also?«, fragte Tomasso.

Abigail verzog den Mund. »Genau. Hinreißend und heldenhaft.«

»*Si*. Und?«

»Dass du hinreißend bist, muss dir ja wohl klar sein«, sagte sie ein wenig aufgebracht. »Du hast einen unglaublichen Körper, und dein Gesicht ist der Traum eines jeden Künstlers. Für einen Mann ist es fast schon zu schön.«

»Danke«, erwiderte er todernst. »Ich finde deinen Körper und dein Gesicht auch reizend.«

Abigail schnaubte ungläubig. Sie fand an ihrem Körper nichts reizend und konnte sich nicht vorstellen, dass er sie so wahrnehmen sollte.

»Was bedeutet dieses Schnauben?«, fragte Tomasso und blieb wieder stehen, um sie anzusehen. »Bist du nicht meiner Ansicht?«

Abigail zuckte mit den Schultern, sagte sich dann aber, dass sie ebenso gut auch mit der Sprache herausrücken konnte. »Ich bin zu füllig. Ich wünschte, ich wäre schlanker. So wie diese Models für Bademoden. Du weißt schon, kleine feste Brüste, flacher Bauch, schmale Hüften.«

»Jungs haben schmale Hüften«, erwiderte er nachdrücklich. »Frauen haben Kurven. So hat es die Natur vorgesehen.«

»Mag sein, aber ich habe einige Kurven zu viel«, stellte sie klar.

»Ich mag deine Kurven«, versicherte Tomasso ihr und machte einen Schritt auf sie zu. »Und deine Brüste sind perfekt. Jedes Mal, wenn ich sie sehe, möchte ich dir deine Sachen von Leib reißen und deine Brüste küssen.«

Abigail schluckte. Seine Hände wanderten hoch zu ihrer Taille und von dort noch weiter nach oben, bis seine Daumen ganz leicht über ihre Brüste strichen. Es war eine ganz harmlose Berührung, da seine Daumen nicht mal in die Nähe ihrer Nippel kamen. Aber diese Berührung genügte, um ihr eine Gänsehaut über den Rücken zu jagen. Seine Bemerkung tat natürlich ein Übriges, da nun vor ihrem geistigen Auge ein Film ablief, in dem er ihr die Kleider auszog und …

»Du zitterst ja«, sagte er mit rauer, belegter Stimme. »Und du guckst so …« Tomasso kniff für einen Moment die Augen zu. »Du musst aufhören mich so anzusehen, Abigail, sonst …«

»Was sonst?«, flüsterte sie und kam ebenfalls etwas näher.

Tomasso zögerte und schüttelte flüchtig den Kopf. »Wir sollten das nicht machen. Nicht hier und nicht jetzt.«

Vermutlich hatte er recht, musste Abigail sich eingestehen. Sie sollten weitergehen, damit sie sich nach Jets Befinden erkundigen und Tomasso sich bei seinen Leuten melden konnte. Aber sie zitterte und bebte am ganzen Leib … vor Verlangen nach ihm.

Trotzdem versuchte sie dagegen anzukämpfen und ging leise seufzend einen Schritt nach hinten. Um sich von ihren Empfindungen abzulenken, fragte sie: »Was hat das mit den Lebensgefährten zu bedeuten?«

Tomasso stöhnte auf, als hätte sie ihn darum gebeten, sie zu lieben, und brummte dann: »Eine Lebensgefährtin ist alles.«

Abigail sah ihn mit großen Augen fragend an, und dann veränderte er die Position seiner Hände. Eine legte er an ihren Rücken, um sie zu sich zu ziehen, die andere umfasste ihren Hinterkopf und drückte ihren Kopf in eine leicht schräge Haltung, während Tomasso sich vorbeugte.

So wie jeder Kuss von diesem Mann war auch dieser wie eine Naturgewalt der Leidenschaft und des Verlangens. Abigail hatte nicht die geringste Chance, ihm zu widerstehen. Aber das wollte sie auch gar nicht.

Als er auf einmal die Hände an ihre Hüften legte, um sie hochzuheben, damit er sich nicht so weit zu ihr herunterbeugen musste, da legte sie nicht bloß die Arme um seine Schultern, sondern schlang auch die Beine um seine Taille, damit er nicht ihr gesamtes Gewicht stemmen musste. Dadurch drückte sie genau mit der richtigen Körperpartie gegen seinen Lendenschurz aus Grünzeug, und Tomasso atmete keuchend aus, als er die Hände zu ihrem Po wandern ließ, damit er sie fester gegen sich drücken konnte.

Abigail schnappte nach Luft und veränderte ein wenig die Haltung ihrer Beine, damit sie noch etwas tiefer rutschte und dabei an seinem Schaft entlangglitt.

»*Dio*!«, rief Tomasso angestrengt aus, unterbrach den Kuss und sank auf die Knie. »*Ti voglio*.«

Sie hatte keine Ahnung, was das bedeuten sollte, doch es war ihr auch egal. Stattdessen schob sie die Finger in seine Haare und zog ihn zu sich heran, um ihn weiter zu küssen. Diesmal brachte sie sofort ihre Zunge ins Spiel, was Tomasso augenblicklich reagieren ließ. Im nächsten Moment vollzogen ihre Zungen einen wilden Tanz, der einem Duell gleichkam.

Sie spürte den kalten nassen Sand im Rücken und dann die kühle Brise auf ihrem Bauch, als Tomasso ihr Tanktop hochschob. Gleich darauf strich Nachtluft über ihre Brüste. Abigail unterbrach den Kuss und schaute an sich hinab, dabei sah sie, dass ihre Bluse offenstand, das Tanktop bis unters Kinn hochgeschoben war und Tomasso ihren BH runtergezogen hatte, um an ihre Brüste heranzukommen. Die wurden von dem schlichten weißen Baumwollstoff des BHs zusammengedrückt, und Tomasso beugte sich eben über sie, um die Lippen um einen steil aufgerichteten, rosigen Nippel zu schließen.

»Aaah!«, stieß Abigail aus, ließ den Kopf in den Sand sinken und drückte den Rücken durch, damit Tomasso sich intensiver ihrem Nippel widmen konnte.

Ein Bein zwischen ihre Schenkel geschoben, drückte er den Oberschenkel fest gegen sie. Abigail warf den Kopf hin und her und stöhnte laut, da er ihre Brüste zu kneten und zu massieren begann, während er mit der Zunge von einem Nippel zum anderen wechselte. Gerade als sie glaubte, dieses Spiel nicht noch eine Sekunde länger zu ertragen, ließ er von ihren Brüsten ab und küsste sie wieder so leidenschaftlich auf den Mund, dass sie von ihrem Verlangen nach ihm schier überwältigt wurde.

Sie bewegte die Hüften, damit sie sich an seinem Oberschenkel reiben konnte, und unterbrach den Kuss, weil sie wieder laut keuchend den Kopf hin und her zu werfen begann. »Bitte, Tomasso!«

»*Si, bella*«, murmelte er und wanderte mit seinen Küssen an ihrem Hals entlang, während seine Hände über ihren Bauch nach unten glitten. Plötzlich merkte sie, wie ihre Jeans den Halt verlor und über die Hüften bis unterhalb des Pos heruntergezogen wurde. Dann schob Tomasso eine Hand zwischen ihre Schenkel, um das zu bedecken, was er gerade eben vom Stoff befreit hatte.

»Oh Gott!«, rief sie und drückte die Hüfte gegen seine Hand. Ein Gefühl von etwas sehr Spitzem schabte kurz über ihren Hals, dann spürte sie plötzlich nicht mehr Tomassos Gewicht auf sich ruhen.

Verwirrt schlug sie die Augen auf und sah, dass er über sie gebeugt kauerte. Seine Hand befand sich immer noch zwischen ihren Schenkeln und bewegte sich über ihre feuchte Haut. Aber jetzt betrachtete er sie unter halb geschlossenen Lidern hindurch, die Lippen presste er fest zusammen, während er sie verwöhnte.

»Tomasso?«, keuchte sie unschlüssig, während sie ihre Hüften in dem Takt bewegte, den seine Finger vorgaben.

»Genieß es, *bella*. Du bist so wunderschön. Ich will dir zusehen, wie du zu deiner Lust findest.«

Das waren zwar alles schöne Worte, aber Abigail war sich nur zu sehr der Tatsache bewusst, wie genau sie dalag: das Tanktop hochgeschoben, die Brüste aus dem BH gedrückt und die Hose bis unter den Hintern gezogen. Sie lag völlig ungeschützt da, sodass er jeden Rettungsring, jeden Quadratzentimeter Cellulitis und ihren Bauch sehen konnte, ihren Schwabbelbauch. Alles konnte er so sehen, absolut alles.

Nein, nein, nein!, schrie ihr Verstand sie an, und sie hörte auf, die Hüften zu bewegen. Ihre Hände flogen hin und her, da sie in wilder Hektik versuchte, alles zu bedecken, was er an ihr zur Schau gestellt hatte. Sie hatte bloß nicht genügend Hände dafür, und nicht genügend große Hände, und …

»Abigail, hör auf. Du bist wunderschön«, raunte Tomasso ihr zu, bekam ihre Hand zu fassen und zog sie zu sich heran, nur um sie dann unter dem Lendenschurz auf seine Erektion zu legen. »Du kannst ertasten, wie schön ich dich finde.«

Mit ungläubiger Miene kam sie seiner Aufforderung nach und konnte nur staunen, wie hart und groß sich seine Erektion anfühlte. Danach zu urteilen musste er sie wohl für Aphrodite halten. Dieser Mann konnte nur blind sein, entschied sie und war ihm zugleich dankbar dafür. Sie hielt seine Erektion fester umschlossen und bewegte ihre Hand am Schaft auf und ab.

Tomasso schrie leise auf und drückte ihr die Hüften entgegen, aber seltsamerweise zuckten auch ihre Hüften, als sie eine plötzliche Woge der Lust verspürte. Sie wiederholte ihre Handbewegung, das Ergebnis war das Gleiche. Ein intensives, lustvolles Pulsieren, so als hätte er sie gestreichelt – nur dass er seine Hand überhaupt nicht bewegt hatte.

»Nein. *Dio. Smettila, mi stai uccidendo*«, stöhnte er auf, griff nach ihrer Hand und versuchte sie zu stoppen.

Was er soeben gesagt hatte, wusste sie nicht, aber auf keinen Fall wollte sie jetzt noch von ihm ablassen. Stattdessen hielt sie ihn noch fester umschlossen und bewegte ihre Hand in einem gleichbleibenden Tempo auf und ab. Innerhalb von Sekunden wand sie sich im Sand vor Lust, die in Windeseile ein solches Ausmaß annahm, dass sie dem nicht lange gewachsen sein würde.

Oh Gott, das war so ... der Gedanke ging in einem erschrockenen Aufschrei unter, und Abigail drückte den Rücken mit solcher Gewalt durch, dass sie sich wunderte, dass ihre Wirbelsäule das überhaupt noch mitmachte. Dieser Ansturm unglaublich intensiver Lust wurde dadurch verstärkt, dass Tomasso einen Finger in sie hineingleiten ließ. Sterne explodierten hinter ihren zugekniffenen Augenlidern, und aus ihrem Aufschrei wurde ein lang gezogener Lustschrei, als sie vor Ekstase förmlich explodierte. Ihre Stimme verstummte erst, als sich ein Gefühl der Bewusstlosigkeit bei ihr einzustellen begann.

6

Abigail wachte als Erste wieder auf. Die Morgensonne brannte ihr ins Gesicht und blendete sie, als sie die Augen aufmachte. Sie nahm einen Arm hoch, um ihn schützend vor die Augen zu halten. Dann lag sie eine Minute lang völlig reglos da, während ihr Verstand nach und nach zu erfassen begann, was ihre Sinne wahrnahmen.

Warmes Wasser wurde in kleinen flachen Wellen gegen ihren rechten Arm und ihre Hüfte gespült. Der Sand fühlte sich fest und kühl an, etwas Pieksiges rieb über die Haut auf ihrem Oberschenkel, und etwas Schweres lag auf ihrem Bauch und ihren Beinen und wärmte sie. Abigail hatte Durst, höllischen Durst. Sie hatte einen schweren Fall von Trockenheit in Mund und Kehle zu beklagen, und sie hätte eine Zahnbürste gut gebrauchen können, ebenso sehr wie ein großes Glas Wasser. Auch gegen Buttermilchbiskuits, Waffeln mit Sahne und eine Portion über Apfelholz geräuchertem Speck hätte sie nichts einzuwenden gehabt. Allein beim Gedanken an all die köstlichen Dinge lief ihr schon das Wasser im Mund zusammen. Doch dann kehrte die Erinnerung zurück, und ihr fiel ein, dass sie sich mit Kokosnüssen und Kokosnusswasser würde begnügen müssen. Schließlich war es nicht so, als würde sich das nächste Restaurant gleich um die Ecke befinden.

Sie nahm den Arm runter und öffnete die Augen einen Spaltbreit, um zum Himmel zu sehen. Die Sonne stand schon fast genau über ihnen. So viel also zu einer Stunde Rast. Ihrer Schätzung nach hatten sie mehr als acht Stunden geschlafen, da es nach kurz vor Mittag aussah. Ihr fiel die Uhr ein, die sie am Handgelenk trug. Ein Blick aufs Ziffernblatt bestätigte ihre Vermutung. Elf Uhr. Sie hatten nicht nur den Rest der Nacht verschlafen, sondern auch noch fast den halben Tag. Was war sie doch für eine jämmerliche Freundin für Jet! Der einzige Trost war der, dass es Tomasso anscheinend nicht anders ergangen war. Sie hob den Kopf und sah an sich hinab.

Was sie aus dieser Perspektive sehen konnte, war alles andere als schön. Was nicht für Tomasso galt. Er war so hinreißend wie immer, selbst wenn sie wie jetzt nur die Oberseite seines Kopfs und die breiten Schultern ausmachen konnte. Es ging vielmehr um ihren eigenen Anblick. Ihre Haut war so blass wie der Bauch eines toten Fischs, und all die Speckröllchen und Fettpolster waren einfach nur deprimierend. Selbst ihre Brüste, die sie normalerweise für ganz okay hielt, hätten in diesem Augenblick keinen Blumentopf gewinnen können. Da Tomasso sie praktisch aus dem BH gequetscht hatte, wirkten sie wie die hervorquellenden Glubschaugen einer Zeichentrickfigur.

Sie verzog den Mund und machte sich daran, ihre Brüste so gut es ging wieder in die Körbchen zu verfrachten. Dann zog sie das Tanktop nach unten. Solange der Mann nicht aufwachte oder sich wenigstens zur Seite rollte, konnte sie nichts daran ändern, dass sie mit runtergelassener Jeans und nacktem Hintern dalag. Das andere Problem war, dass sie ihn dafür nicht aufwecken wollte, weil sonst sein erster Blick auf die Region gefallen wäre, die sie mit ihrer Jeans wieder bedecken wollte. Das wäre einfach zu peinlich.

Ach, wirklich?, spottete eine Stimme irgendwo in Abigails Kopf. *Jetzt spielst du die Züchtige? Nach allem, was letzte Nacht passiert ist?*

Abigail kam zu dem Schluss, dass diese Stimme in ihrem Kopf einfach nur eine dumme Zicke war. Dann überlegte sie, wie sie sich am besten aus dieser Situation befreien sollte. Vielleicht konnte sie ja unter ihm hindurch zur Seite rutschen. Wenn sie das langsam anstellte, würde er sicher nicht aufwachen.

Sie stützte sich mit den Händen auf dem Untergrund ab, wobei sie bei der einen nassen Sand unter den Fingern verspürte, während die andere Mühe hatte, im lockeren Sand Halt zu finden. Dann versuchte sie sich zur Seite zu schlängeln, doch kaum hatte sie angefangen, die Hüften zu bewegen, murmelte Tomasso verschlafen vor sich hin. Dabei begann er zu schmatzen, als würde er von Pfannkuchen zum Frühstück träumen. Dann auf einmal drehte er den Kopf so, dass er seinen Mund gegen ihre Oberschenkel drückte. Das einzig Gute daran war, dass sie jetzt wusste, was sich gleich nach dem Aufwachen so rau auf ihrem Bein angefühlt hatte: Es waren Tomassos Bartstoppeln, die sie nun auf der Innenseite ihres Oberschenkels kratzten.

Aber klar doch, das würde kein bisschen peinlich werden, ging es Abigail sarkastisch durch den Kopf, wobei sich ihr die Frage stellte, warum sie beide nach dem Sex ohnmächtig wurden. Und dabei war es ja nicht mal richtiger Sex gewesen, denn eigentlich hatten sie ja nur ein bisschen rumgemacht.

Ein flüchtiges Lächeln schlich sich auf Abigails Lippen. Rumgemacht war nicht einmal ansatzweise die treffende Bezeichnung für eine Erfahrung, die ihr ganzes Weltbild zum Erschüttern gebracht hatte. Es war einfach … wow! Tomassos Fummelei hatte auf sie eine Wirkung, als hätte sie mit einem halben Dutzend Männer gleichzeitig eine Orgie gefeiert. Himmel!

Heute Morgen war sie davon immer noch feucht, allerdings musste man berücksichtigen, dass sie mit einer Seite im Wasser lag und diese Feuchtigkeit möglicherweise darauf zurückzuführen war. Immerhin war ihre Jeans von den Wellen mit Wasser durchtränkt.

Doch letzte Nacht, als Abigails Orgasmus wie Wellenberge über ihr zusammengeschlagen war, hatte das vor ihrem geistigen Auge ein gewaltiges Feuerwerk entfacht. Dieser Mann wusste offenbar genau, was er tun musste, und wenn dieses Petting schon eine solche Wirkung auf sie hatte, dann konnte sie es nicht erwarten, das Gesamtpaket zu erleben.

Nur nicht in diesem Moment, dachte Abigail, als sie merkte, dass sie mal musste. Es half nichts, sie musste sich von Tomasso befreien, aufstehen und sich ein Fleckchen suchen, wo sie völlig ungestört war.

Ihr Blick wanderte dorthin, wo der Strand endete und der Dschungel begann, und wieder zurück zu Tomasso. Ihr erster Versuch, sich unter ihm wegzudrücken, hatte dazu geführt, dass sein Kopf zwischen ihre Schenkel gerutscht war. Das war schon mal etwas, sagte sie sich und setzte sich vorsichtig hin. Als sie schließlich aufrecht dasaß, atmete sie erleichtert auf. Sie hatte ihn nicht geweckt. Noch nicht jedenfalls.

Behutsam schob sie eine Hand unter seinen Kopf, legte sie an seine Wange und hob sein Gesicht an. Sie hatte gerade einmal gut einen Zentimeter geschafft und wollte seinen Kopf zur Seite bewegen … da schlug er abrupt die Augen auf. Abigail erstarrte mitten in der Bewegung und lächelte ihn zaghaft an.

»Ich muss aufstehen«, erklärte sie verlegen.

Er zog eine Augenbraue hoch, vielleicht waren es auch beide, doch sie konnte momentan nur eine sehen. Dann rollte er sich zur Seite und war noch vor ihr auf den Beinen.

Abigail atmete erleichtert aus und versuchte aufzustehen, doch das erwies sich als einigermaßen schwierig, wenn einem die Jeans auf den Oberschenkeln hing. Sie mühte sich immer noch ab, als Tomasso sich vorbeugte, sie an der Taille fasste und hochhob.

»Danke, ich …«, war alles, was sie hervorbrachte, da sie vor

Verlegenheit gleich wieder verstummte. Offenbar war Tomasso der Ansicht, dass er noch nicht genug für sie getan hatte, denn er zog ihr nun auch noch den Slip und die Jeans hoch – und machte dann zu allem Überfluss noch den Reißverschluss und den Knopf zu, als wäre sie ein kleines Kind, dem man beim Anziehen helfen musste. Als er fertig war, wollte er sich aufrichten, verharrte aber auf der Höhe ihres Kopfes und gab ihr einen Kuss auf die Stirn.

»Du siehst *bella* aus«, verkündete er.

Abigail reagierte mit einem flüchtigen Lächeln und ging davon aus, dass der Mann es einfach nur nett meinte, dann lief sie an ihm vorbei in Richtung Dschungel. »Ich muss wohin.«

Offenbar begriff Tomasso sofort, was sie damit meinte, da er keine Fragen stellte, sondern sie einfach laufen ließ.

Tomasso folgte Abigail den Strand hinauf bis zur Baumlinie. Sobald er den Schatten erreicht hatte, blieb er stehen. Zwar wollte er ihr ihre Privatsphäre lassen, aber er musste dringend raus aus der Sonne. Gegen den Stamm einer großen Palme gelehnt sah er hinaus auf den Ozean und rieb sich mit einer Hand gedankenverloren über den Bauch.

Heute Morgen fühlte er sich noch elender als am Tag davor. Was ihm fehlte, wusste er genau, doch bedauerlicherweise konnte er kaum etwas dagegen ausrichten. Er brauchte Blut. Gestern hatte er deswegen leichte Magenkrämpfe gehabt, aber heute waren die um ein Vielfaches stärker, und die Schmerzen hatten sich in seinem Körper ausgebreitet. Mittlerweile jedes Organ wurde von den Nanos attackiert, die ihm seine Kraft und Schnelligkeit verliehen und die jetzt Blut brauchten, um selbst weiterexistieren zu können.

So idyllisch und erfreulich seine kleine *avventura* mit Abigail bislang gewesen war, musste Tomasso dennoch in die Zivilisation zurückkehren und nach einer Quelle suchen, die ihm Blut spenden konnte. Wenn ihm das nicht gelang, lief er früher oder später Gefahr, die Kontrolle zu verlieren und Abigail anzugreifen. Das wollte er unbedingt vermeiden. Er war schon bedenklich kurz davor gewesen, genau das zu tun, als er sie letzte Nacht geliebt hatte. Es war in dem Moment gewesen, als sie den Kuss unterbrochen hatte, um voller Verlangen seinen Namen hinauszuschreien. Um dieses Verlangen stillen zu können, hatte er ihren Hals geküsst, während er damit beschäftigt gewesen war, ihre Jeans zu öffnen und nach unten zu schieben. Da er seine Nase gegen ihren Hals gedrückt hatte, war es für ihn ein Leichtes gewesen, den Geruch ihres Blutes durch die Haut hindurch wahrzunehmen. Zudem hatte er ihren Puls an Lippen und Zunge fühlen können. Sofort waren seine Fangzähne herausgeglitten und über ihre Haut geschabt. Gerade als er ohne nachzudenken diese Fangzähne in ihren Hals drücken wollte, war ihm in letzter Sekunde bewusst geworden, was er da eigentlich im Begriff war zu tun. Sofort hatte er von ihr abgelassen und für einen möglichst großen Abstand zwischen Abigails Schlagader und seinen Zähnen gesorgt. Danach hatte er sich darauf beschränkt, sie nur noch zu streicheln. Kein Küssen und kein Lecken mehr, und er hatte sich sogar davon abgehalten, sie so zu lieben, wie er es eigentlich gern getan hätte, weil er fürchtete, sie im Eifer des Gefechts doch noch zu beißen, falls er ihrem Hals dabei zu nahe kam.

Zum Glück hatte sich Abigail nicht daran gestört, abgesehen von einem kurzen Moment der Verwunderung. Nachdem er aber ihre Hand genommen und so platziert hatte, dass sie sich persönlich davon überzeugen konnte, wie viel Vergnügen es ihm machte, ihr Lust zu bereiten, schien sie sich an dem spontan geänderten Kurswechsel nicht zu stören.

Tomasso merkte, wie sein Schwanz sich zu versteifen begann

bei dem bloßen Gedanken daran, wie gut sich ihre zarte Haut angefühlt hatte, als sich ihre Hand um ihn gelegt und begonnen hatte, am Schaft auf und ab zu gleiten. Daran sollte er sich lieber gleich gewöhnen, denn als seine Lebensgefährtin würde sein Körper immer wieder so auf Abigail reagieren. Wenn er sie berührte, wenn er von ihr kostete, wenn er sie liebte … Himmel, er musste ja nur an sie denken oder sie ansehen, und schon wurde er gleich wieder in diesen Zustand versetzt. Ja, es gab keinen Zweifel mehr, er war tatsächlich seiner Lebensgefährtin begegnet.

Jetzt musste er nur noch dafür sorgen, dass sie ihm nicht wieder entwischte. Dabei ging ihm der zynische Gedanke durch den Kopf, dass er das wahrscheinlich nicht würde verhindern können, falls ihm die Kontrolle entgleiten und er über sie herfallen sollte.

Seufzend stieß er sich vom Baumstamm ab und ging in Richtung Wasser. Es war schlecht für ihn, wenn er sich in der Sonne aufhielt, weil es nicht nur die Notwendigkeit erhöhte, Blut zu sich zu nehmen, sondern auch das Risiko, die Selbstbeherrschung zu verlieren. Dennoch musste er ins Wasser, um sich und sein Verlangen abzukühlen. Sie mussten so schnell wie möglich in die Zivilisation vordringen, doch diese langwierige Strandwanderung hatte sie bislang ihrem Ziel kein Stück näher gebracht.

Das war nicht Abigails Schuld. Zugegeben, sie war gestern Abend schnell müde geworden, aber nach der kurzen Verschnaufpause war sie tatsächlich zum Weitergehen bereit gewesen. Dass dieses Vorhaben letztlich gescheitert war, verdankte er ganz allein seinem Unvermögen, die Finger von dieser Frau zu lassen.

Vielleicht sollte er eine von diesen Ranken ganz fest um seinen Penis wickeln, damit jegliche Erektion ihm schon im Ansatz solche Schmerzen bereiten würde, dass er darüber jegliche Lust an einer Erregung verlieren würde. Diese Idee hatte etwas an sich. Zumindest war sie einen Versuch wert, denn allein die Androhung solcher Schmerzen mochte schon Grund genug sein, einen Bogen um Abigail zu machen. Tomasso beschloss, es auf diese Weise zu versuchen, und begann zu schwimmen.

»Das heißt, du hast dein Medizinstudium abgebrochen, um dich um deine Mutter kümmern zu können.«

Tomasso hatte das zwar als Feststellung und nicht als Frage formuliert, dennoch nickte Abigail bestätigend.

»Ich kann mir vorstellen, dass das für dich verdammt schwer war«, fügte er ernst hinzu.

»Worauf beziehst du dich?«, gab sie zurück. »Dass ich das Studium abgebrochen habe? Das war wirklich nicht leicht für mich. Aber mitzuerleben, wie meine Mutter immer mehr dahinsiecht …« Sie schüttelte betrübt den Kopf. »Niemand sollte so leiden müssen, und kein Kind sollte so etwas miterleben müssen.«

»Es tut mir leid«, murmelte Tomasso und fasste nach ihrer Hand, um sie kurz zu drücken.

Abigail sah überrascht auf, als sie diese Geste der Zuneigung wahrnahm. Dabei sollte es sie doch gar nicht überraschen. Immerhin hatte er am Abend zuvor die ganze Zeit über ihre Hand gehalten, als sie am Strand entlanggegangen waren. Und später am Abend hatte er an dem gleichen Strand noch ganz andere Dinge mit ihr gemacht. Aber das war gestern gewesen. Heute dagegen …

Tomasso ließ ihre Hand wieder los, als würde die Berührung ihn versengen. Heute dagegen, sie musste sich einen Seufzer verkneifen, als sie den Gedanken fortführte, schien Tomasso darauf aus zu sein, möglichst jeden körperlichen Kontakt zu vermeiden. Zumindest verhielt er sich so, seit sie sich für ihr Geschäft zurückgezogen hatte. Zuvor hatte er ihr noch beim Aufstehen geholfen, ihre Jeans hochgezogen und sogar den Reißverschluss und den Knopf zugemacht. Aber seitdem hatte er sie nicht mehr angefasst.

Als Abigail von ihrem kurzen Abstecher in den Dschungel zurückgekehrt war, hatte sie gesehen, dass er schwimmen gegangen war, und kurzerhand war sie ihm gefolgt. Kaum hatte sie sich aber in BH und Slip ins Wasser gestürzt, kehrte er zurück an den Strand und erklärte, er wolle sich auf die Suche nach einem Stück Holz machen, das er als Speer gebrauchen konnte. Das war derselbe Mann, der ihr nur einen Tag zuvor einen Vortrag gehalten hatte, dass sie nicht allein ins Wasser gehen sollte. Auf einmal gab es daran nichts mehr auszusetzen.

Sie verließ das Wasser kurze Zeit später und wollte ihre Unterwäsche von der Sonne trocknen lassen, ehe sie Jeans und Tanktop wieder anzog. So konnten auch diese Teile trocken werden, nachdem sie mit ihnen am Leib die Nacht von Wellen umspült verbracht hatte. Doch Tomasso bestand darauf, dass sie sich sofort komplett anzog, ihre Sachen würden auch so trocken werden. Außerdem waren sie so besser für den Fall der Fälle gewappnet. Also hatte sie ihre feuchte Kleidung wieder angezogen.

Offenbar hatte er im Dschungel nichts gefunden, was als Speer hätte dienen können. Stattdessen hatte er ein halbes Dutzend Kokosnüsse mitgebracht, die ihr Frühstück darstellten. Abigail machte das nichts aus. Fisch wäre zwar auch lecker gewesen, aber sie mochte Kokosnüsse. Und wenn Hunger und Durst erst mal groß genug waren, dann war eine Kokosnuss so etwas wie Manna vom Himmel. Allerdings drängte Tomasso sie, sich mit dem Essen zu beeilen, damit sie sich auf den Weg machen konnten. Das wiederum wunderte Abigail, da er noch am Tag zuvor erklärt hatte, nachts weiterzugehen wäre besser als tagsüber. Sie sprach ihn aber nicht darauf an, sondern aß und trank zügig, stand auf und schloss sich Tomasso an, als der erklärte, es sei Zeit aufzubrechen.

Seitdem gingen sie am Rand des Dschungels entlang und kämpften sich durch den lockeren Sand, damit sie im Schatten bleiben konnten. Dabei unterhielten sie sich die ganze Zeit über. Genauer gesagt stellte Tomasso eine knapp formulierte Frage nach der anderen, während Abigail ausführlich antwortete und ihm aus ihrem Leben erzählte. Er selbst redete kaum, sondern hörte nur zu. Sein Gesicht hatte einen grimmigen Ausdruck angenommen und war so blass, dass sie sich allmählich Sorgen machte, ob er ernsthaft erkrankt war.

»Und dein Vater?«, fragte er plötzlich.

Abigail warf ihm einen erneuten Blick zu und stellte fest, dass er ihr noch bleicher vorkam als zuvor. Außerdem wirkte sein Gesicht angespannt und verkniffen, so als habe er Schmerzen.

»Du erwähnst ihn nie«, fügte Tomasso an, da sie nicht sofort antwortete.

»Ach, der hat in meinem Leben nie eine Rolle gespielt«, antwortete sie beiläufig und fragte besorgt: »Ist mit dir alles in Ordnung?«

»Ja«, gab er kurz angebunden zurück. »Und wieso hat er in deinem Leben nie eine Rolle gespielt?«

Sie zögerte, da sie sich sicher war, dass diese plötzliche Gereiztheit ein klares Zeichen dafür war, dass es Tomasso gar nicht gut ging. Dennoch erklärte sie: »Er war Moms Schwarm auf der Highschool. Sie wurde von ihm schwanger, er bestand auf einer Abtreibung, und sie weigerte sich. Sie wollte mich

113

zur Welt bringen, also hat er mit ihr Schluss gemacht, ist aufs College gegangen und danach nach Kalifornien gezogen. Seitdem haben wir nie wieder etwas von ihm gesehen oder gehört.«

»Nie wieder?« Diese Vorstellung schien ihn zu schockieren.

Nach kurzem Zögern gab sie zu: »Na ja, nach Moms Tod habe ich von ihm eine Karte bekommen. Seine Eltern, die bei uns in der Nähe wohnen, hatten das von Mom mitbekommen und ihn wissen lassen, dass sie gestorben war. Offenbar hatten sie ihm auch erzählt, dass ich Medizin studiere, was zu dem Zeitpunkt gar nicht mehr stimmte, weil ich das Studium längst abgebrochen hatte«, sagte sie verbittert. »Er wollte zur Beerdigung kommen und mich kennenlernen.«

»Und?«

»Und ich habe ihm ausgerichtet, dass er nicht willkommen sei.« Sie schürzte die Lippen. »Für mich ist der Mann ein Fremder, der sein Sperma gespendet hat, mit dem ich gezeugt wurde. Er war mein Leben lang nicht für mich da, und ich hatte kein Interesse daran, ihn jetzt auf einmal in mein Leben zu lassen. Außerdem ...« Sie verzog die Mundwinkel. »... außerdem hätte sich Mom im Grab umgedreht, wenn er zur Beerdigung gekommen wäre, nachdem er uns all die Jahre komplett ignoriert hat. Sie hat das so zwar nie gesagt, aber ich weiß, wie schwer sie es hatte, mich ganz allein und vor allem ohne finanzielle Unterstützung großzuziehen.« Sie zuckte mit den Schultern. »Er hatte es einfach nicht verdient, dabei sein zu dürfen. Diese Beerdigung war für mich schon schwer genug, da hätte ich mich nicht auch noch mit ihm befassen können.«

»Kann ich mir gut vorstellen«, erwiderte Tomasso leise.

Abigail verfiel in Schweigen und wunderte sich, warum sie Tomasso soeben etwas erzählt hatte, was niemand sonst von ihr je zu hören bekommen hatte. Nicht einmal Jet wusste, dass ihr

Vater sich bei ihr gemeldet hatte, und dabei erzählte sie ihm in ihren Briefen sonst alles, was in ihrem Leben passierte. Das jedoch hatte sie ihm verschwiegen. Es war eigenartig, fand sie, und beschloss, das Thema zu wechseln. »Dein Akzent ist ziemlich gut herauszuhören, du bist eindeutig in Italien aufgewachsen. Wie alt warst du, als du mit deinen Eltern nach Amerika gekommen bist?«

»Bin ich nicht.«

Abigail stutzte. »Was bist du nicht?«

»Ich bin nicht nach Amerika gekommen, um hier zu leben«, führte er aus. »Mein Zuhause ist immer noch in Italien.«

»Tatsächlich?«, fragte sie erstaunt.

»*Si.*«

»Oh.« Abigail sah ihn vor sich und fragte sich, was das zu bedeuten hatte. Da er ihr erzählt hatte, dass man ihn in einer Bar in San Antonio entführt hatte, war sie davon ausgegangen, dass er auch dort lebte. Aber wenn er immer noch in Italien zu Hause war … war er dann nur wegen dieser Entführungsfälle nach San Antonio gekommen?

»Aber ich besuche hin und wieder Verwandte in Kalifornien, New York und Toronto«, setzte Tomasso erklärend hinzu.

Ihr entging nicht, dass er bei seiner Aufzählung kein Wort von San Antonio gesagt hatte. Also war er wohl nur wegen der Vorfälle in der Stadt gewesen, überlegte sie. Aber …

»Augenblick mal«, hakte sie nach. »Wenn du in Italien lebst, wie kann es dann sein, dass du in diese Entführungsgeschichte hineingeraten bist?«

»Mein Bruder und ich haben uns freiwillig gemeldet«, sagte er.

»Ja, ich weiß. Das hast du mir schon gesagt«, machte sie ihm klar. »Aber wieso? Warum kommt ihr von Italien her und …«

»Wir waren gerade in Kanada«, unterbrach Tomasso sie.

115

»Okay«, konterte sie gedehnt. »Warum kommt ihr von Kanada her? Wie habt ihr in Kanada überhaupt von Entführungen in Texas erfahren?«

Tomasso runzelte die Stirn und erwiderte mit leiser Stimme: »Das ist kompliziert.«

»Ja, das würde ich auch so sagen. Das FBI zieht bei seinen Fällen normalerweise keine Außenstehenden hinzu. Jedenfalls kann ich mir das nicht vorstellen, und ich … oh!«, rief sie erschrocken, als sie über den großen Stamm einer umgestürzten Palme im Sand stolperte und fast hingefallen wäre.

Zum Glück reagierte Tomasso schnell genug, bekam ihren Arm zu fassen und zog sie an seine Brust, bevor sie im Sand landen konnte. Als sie gegen ihn gedrückt dastand, rührte sie sich nicht mehr. Auch Tomasso blieb wie erstarrt stehen, während sie sein Herz hören konnte, das so raste, als wären sie um ihr Leben gerannt.

Sie hob den Kopf und sah ihn unschlüssig an, während sein Blick zu ihr wanderte. Sie schloss die Augen, da er den Kopf senkte und seine Lippen sich den ihren näherten. Es fühlte sich an wie Sonnenschein nach einem langen Winter oder wie eine kühle Brise an einem brütend heißen Tag. Seit dem Morgen war er so sehr auf Abstand zu ihr gegangen, dass Abigail nicht mehr gewusst hatte, was sie tun oder denken sollte. Sie war in Sorge gewesen, dass sie irgendetwas falsch gemacht oder ihn mit einer unüberlegten Bemerkung beleidigt haben könnte. Oder dass sie es ihm zu leicht gemacht hatte und es ihn störte, dass sie sich ihm so bereitwillig hingegeben hatte, obwohl sie ihn doch so gut wie gar nicht kannte.

Abigail hatte sich das Hirn zermartert, um herauszufinden, was diesen Wandel ausgelöst haben mochte. Da war diese Rückkehr zur Leidenschaft des Vortags eine große Erleichterung für sie. Er wollte sie immer noch. Das wusste sie auch ohne ein Wort von ihm, denn sie konnte den Beweis dafür spüren, da der energisch gegen ihren Bauch drückte. Sie konnte einfach nicht widerstehen und strich sanft mit den Fingern über das Beweisstück, das von seinem Blätterlendenschurz nur unzureichend bedeckt wurde.

Ihre Berührung entlockte Tomasso ein tiefes Knurren, das in ihrem Körper widerhallte. Dann plötzlich packte er sie und trug sie zur nächsten Palme. Abigail spürte, wie er sie mit dem Rücken gegen den Stamm drückte. Als er sich dann ein kleines Stück zurücklehnte, machte sie beunruhigt die Augen auf, aber er tat das nur, um ihr das Tanktop hochziehen zu können. Sie hob die Arme hoch, damit er es ihr komplett ausziehen konnte, und gleich darauf landete es im Sand. Im nächsten Moment folgte ihr BH.

Tomasso beugte den Kopf vor, um das zu erkunden, was er soeben vom Stoff befreit hatte. Mit Lippen und Zunge widmete er sich ihren Brüsten, knetete sie sanft und begann an den Nippeln zu saugen. Mit den Küssen wanderte er langsam nach oben bis zu ihrem Hals, woraufhin Abigail leise stöhnend den Kopf in den Nacken legte, damit Tomasso genügend Bewegungsfreiheit hatte.

Völlig unerwartet unterbrach er seine Liebkosungen, sie spürte, wie etwas gegen ihre Haut drückte, und gleich darauf machte Tomasso einen solchen Satz nach hinten, als würde sie in Flammen stehen. Da er sie nicht länger gegen den Stamm drückte, verlor sie den Halt und landete auf dem Po.

»Wir sollten uns ausruhen und etwas essen.«

Völlig fassungslos über ihre unsanfte Landung und seine schroffe Bemerkung riss sie die Augen auf und sah Tomasso gerade noch zwischen den Bäumen verschwinden, die Fäuste geballt, den Rücken stocksteif durchgedrückt. Es sah für sie so aus, als wäre er wütend, nur konnte sie sich nicht erklären, welchen Grund er dafür haben sollte. Sie wusste ja nicht einmal, was hier gerade eben passiert war.

Er hatte sie geküsst, sie hatte darauf reagiert, und dann hatte er sie wie eine Aussätzige von sich gestoßen. War ihre Reaktion zu schnell gekommen? Hatten sie ihn mit ihrer Begierde erschreckt? Hätte sie die tugendhafte Jungfrau mimen und sich erst einmal gegen sein Vorgehen zur Wehr setzen sollen? Was zum Teufel war bloß mit ihm los? Gestern hatte er die Finger nicht von ihr lassen können, und heute spielte er den Unnahbaren? Dann wieder fiel er über sie her, nur um zwei Minuten später vor ihr zu fliehen? Was sollte das alles?

Kopfschüttelnd stand sie auf und klopfte den Sand von ihrem Po. Glücklicherweise hatte sie sich bei der Landung auf dem Boden nicht verletzt, jedenfalls nicht körperlich. Emotional sah es ganz anders aus, denn sie war verwirrt, verletzt und völlig ratlos. Sie wusste nicht, was sich verändert hatte. Außer dass sie den ganzen Tag unterwegs gewesen waren und der Zivilisation einen Tagesmarsch näher gekommen waren.

Vielleicht lag es ja daran, ging es ihr durch den Kopf. Sie waren der Zivilisation einen Tagesmarsch näher gekommen.

Womöglich hatten sie noch einen Tagesmarsch vor sich, und dann waren sie wieder unter Menschen. Zumindest hoffte sie das, denn viel länger wollte sie nicht mehr unterwegs sein. Ein oder zwei Tage waren vertretbar, aber noch eine Woche? Oder sogar zwei? Nein, das würde sie nicht aushalten. Abigail brauchte saubere Kleidung, etwas Richtiges zu essen und ein ausgiebiges Schaumbad, um sich von all dem Sand und Schmutz zu befreien. Und sie musste ihre Haare waschen, damit sie nicht länger das Gefühl hatte, Stroh auf dem Kopf zu haben. In der Natur unterwegs zu sein war schön und gut, aber nach der zehnten oder zwanzigsten Kokosnuss wurde es dann doch langweilig.

Seufzend sah Abigail zu den Bäumen. In Wahrheit machte sie sich nur was vor, denn sie liebte Fisch und Kokosnuss, und sie hätte das alles – den Strand, den Sand, das Wasser, das Fehlen jeglicher Annehmlichkeiten, einfach alles – auch weiterhin genossen, wenn Tomasso sich nicht so seltsam aufgeführt hätte. Aber je näher sie der Zivilisation kamen, umso mehr nahm sein Interesse an ihr ab.

Es war genau das, was sie von Anfang an befürchtet hatte, überlegte sie betrübt. So viel zu seinem Theater, sie sei seine Lebensgefährtin, und eine Lebensgefährtin bedeute einfach »alles«.

Abgesehen davon hatte er ihr diesen Unsinn bis jetzt noch nicht richtig erklärt, denn etwas anderes als Unsinn konnte es ja wohl kaum sein. Ein paar Schmeicheleien, um sie rumzukriegen. Dabei hatte er sie ja nicht mal rumgekriegt. Obwohl … na ja, in gewisser Weise schon, musste Abigail einräumen. Aber es war kein richtiger Sex gewesen, vermutlich weil er nicht wollte, dass sie schwanger wurde. Was durchaus hätte passieren können, wie ihr zu ihrem Leidwesen bewusst wurde. Dafür sollte sie ihm wohl dankbar sein, dass zumindest er daran gedacht hatte, während es ihr nicht einmal in den Sinn gekommen war.

Sie drehte sich zum Meer um und schaute missmutig in die Ferne. Wenn Tomasso so tun wollte, als wäre zwischen ihnen nichts vorgefallen, dann war das eben so. Das konnte sie auch. Sie würde ihm so viel Freiraum geben, wie er haben wollte, und so tun, als wollte sie nicht von ihm geküsst und angefasst werden.

Sie würde so tun, als sei es ihr ganz egal, dass er das Interesse an ihr verloren hatte. Und sie würde auch so tun, als würde das nicht wie verrückt wehtun.

»*Idiota. Stupido. Imbecile*«, murmelte Tomasso und schlug den Kopf immer wieder gegen den Stamm einer Palme.

Er konnte es nicht fassen, was er da gerade eben getan hatte. Den ganzen Tag über war es ihm so gut gelungen, auf Abstand zu bleiben und sich dem Verlangen zu widersetzen, Abigail zu berühren und zu küssen. Dann stolperte sie über einen dämlichen Baumstamm, und ehe er sich's versah, hielt er sie gegen eine Palme gedrückt in den Armen, den Mund an ihrem Hals, die Fangzähne ausgefahren, um sie in ihre Schlagader zu bohren. Um ein Haar hätte er sie gebissen. *Schon wieder!*

»*Animale*«, schimpfte er voller Abscheu. Er hatte keine Kontrolle über sich, er war keinen Deut besser als irgendeine wilde Bestie. Und dabei konnte er die ganze Zeit über an nichts anderes denken, als seinen Schwanz in ihre nasse Hitze eintauchen zu lassen. Aber kaum war er ihrem Hals nahe genug, da kamen seine Fangzähne zum Vorschein, und die wollte er auch in sie eintauchen lassen. Er brauchte dringend Blut. Nur dann würde er in der Lage sein, Abigail zu lieben, ohne gleichzeitig von ihr trinken zu wollen. Und er wollte Abigail so unbedingt lieben.

Wenn er ein oder zwei Wochen damit verbrachte, sie zu lieben und mit ihr das zu teilen, was Lebensgefährten miteinander verband, dann würde er ihr, davon war Tomasso zumindest überzeugt, die Wahrheit über sich anvertrauen können, ohne dass sie in Panik geriet und wegrannte. Zumindest hoffte er, dass es so kommen würde. Er hoffte, sie mit Lebensgefährtensex so an sich zu binden, dass sie leichter akzeptieren konnte, was er war. Oder sie würde dann zumindest darüber hinwegsehen, um den unglaublichen Sex zwischen Lebensgefährten genießen zu können.

Abigail war eine sehr sinnliche Frau, und Tomasso war sich sicher, dass sie sich nicht mehr von ihm würde abwenden können, wenn sie erst einmal die ganze Bandbreite der Lust kennengelernt hatte, die sie mit ihm erleben konnte – ganz gleich, wie entsetzt oder entrüstet sie sein würde, wenn sie erst einmal erfuhr, was er in Wirklichkeit war. Um das erreichen zu können, musste er aber erst einmal so schnell wie möglich zurück in die Zivilisation. Dann hätte er zwar zunächst ein paar Telefonate zu erledigen, doch das würde nicht viel Zeit in Anspruch nehmen. Anschließend konnte er sich dann ganz auf Abigail konzentrieren, um ihr auf jede erdenkliche Weise Lust zu schenken und sie mit Sex an sich zu binden.

Er atmete konzentriert, dann schob er den behelfsmäßigen Lendenschurz zur Seite und untersuchte sich selbst. Seine Idee mit dem Wickel aus einer Ranke hatte er noch nicht umgesetzt, seit ihm das zum ersten Mal durch den Kopf gegangen war. Stattdessen hatte er erst einmal versucht, einfach auf Abstand zu Abigail zu bleiben. Das hatte aber nicht so funktioniert wie geplant, also wurde es Zeit für drastischere Maßnahmen. Wenn sich sein Schwanz nicht benehmen wollte, würde er ihn eben festbinden. Allerdings war er sich nicht sicher, ob diese zusätzlichen Schmerzen tatsächlich Wirkung zeigen würden. Immerhin konnten die quälenden Krämpfe, die ihn plagten, weil die Nanos kein Blut bekamen, seiner Libido auch nichts anhaben. Dennoch war es einen Versuch wert.

Er ließ den Lendenschurz los und drang tiefer in den Dschungel vor, um nach Ranken suchen, die genau die richtige Größe hatten und den Zweck erfüllen konnten, den er damit verfolgte.

7

Abigail streckte den Arm aus, um den Wasserstrahl der Dusche zu testen. Sie seufzte zufrieden, als sie feststellte, dass das Wasser warm genug war. Nachdem sie sich in den letzten Tagen damit hatte begnügen müssen, kurz im Ozean zu baden, kam es ihr inzwischen so vor, als sei eine Ewigkeit vergangen, seit sie das letzte Mal richtig sauber gewesen war. Sie konnte es nicht erwarten, sich endlich einzuseifen und Shampoo in ihren Haaren zu verreiben. Vielleicht würde sie der Dusche noch ein schönes, langes Schaumbad folgen lassen. Abigail liebte Schaumbäder und hätte sich auch gleich für eines entschieden, aber sie fürchtete, dass sich das Wasser braun verfärben würde, wenn sie nicht zuerst unter der Dusche den Schmutz und Sand der letzten Tage abspülte.

Sie zog ihr Tanktop über den Kopf und warf es zur Seite, dann zog sie BH, Jeans und Slip aus, um sich unter den heißen Wasserstrahl stellen zu können. Sie zog die Tür hinter sich zu und blieb einfach so stehen, während warmes Wasser über Kopf und Schultern strömte. Vielleicht bekam sie deshalb nichts davon mit, dass die Tür zur Duschkabine wieder aufging, und vielleicht bemerkte sie deshalb Tomasso erst, als der seine Brust gegen ihren Rücken drückte.

Erschrocken schnappte sie nach Luft und versuchte sich umzudrehen, doch er schob seine Hände bereits von hinten um ihre Taille, um sie festzuhalten.

»Ich werde dir den Rücken schrubben«, raunte er ihr zu, während seine Hände nach oben zu ihren Brüsten wanderten.

In einer Hand hielt er ein Stück Seife, das er über ihre Haut rieb.

»Das ist aber nicht mein Rücken«, keuchte Abigail und wand sich ungewollt in seinen Armen, als er eine Brust nach der anderen einrieb.

»*Si*«, murmelte er.

»Nein«, beharrte sie stöhnend und drückte sich gegen ihn, als er die Seife runternahm und mit der anderen Hand den Schaum auf ihren Brüsten zu verreiben begann.

»Tomasso«, hauchte sie und stellte sich auf die Zehenspitzen, da er die Seife einfach fallen ließ und seine Finger zwischen ihre Beine schob. »Was hast du vor … ich verstehe nicht, ich dachte, dass du …«

»Ich weiß«, antwortete er betreten, aber mit sanfter, schmeichelnder Stimme. »Ich verspreche, ich werde es dir erklären. Später.«

»Später«, stimmte sie ihm leise stöhnend zu und rieb sich an seiner Hand. »Oh Gott.«

»*Si*«, murmelte Tomasso und hörte sich an, als müsste er diese eine Silbe unter großen Anstrengungen herauspressen. Plötzlich nahm er seine Hand weg und drehte Abigail unter dem Wasserstrahl so herum, dass sie auf den Mund küssen konnte.

Sie erwiderte den Kuss bereitwillig, erleichtert darüber, dass er wieder ganz er selbst war. Sie hatte keine Ahnung, warum er sich während der letzten Tage auf dem Weg zurück in die Zivilisation so seltsam verhalten hatte. Er hatte zwar gesagt, er würde es ihr später erklären, doch wenn es nach ihr ging, konnte er sich damit auch gern noch Zeit lassen – vor allem, wenn er das mit ihr machte, was er jetzt gerade machte, überlegte sie versonnen, während seine Hand wieder zwischen ihre Schenkel glitt.

Da sie ihm mit dem gleichen Vergnügen Lust bereiten woll-te, streckte sie die Hand aus und legte sie um seine Erektion, die zwischen ihnen zum Leben erwacht war. Sie konnte die Finger aber nur einmal über seinen Schaft gleiten lassen, da unterbrach er den Kuss, griff nach ihrer Hand und raunte ihr zu: »*Dio*, Abigail, du machst mich ganz verrückt nach dir!«

Im nächsten Moment umfasste er ihre Beine, schob sie an der Wand der Duschkabine ein Stück nach oben, kam nä-her und ließ sie wieder nach unten sinken. Als er dabei in sie eindrang, schnappte sie verdutzt nach Luft, so gut fühlte es sich an. Es war das erste Mal, dass sie ihn in sich spürte. Sie stöhnte laut und gedehnt auf, als sich ihr Körper ganz auf ihn einstellte.

»Tomasso!«, rief sie und klammerte sich an seinen Schultern fest, während er sie wieder und wieder leicht anhob, um sie gleich darauf auf sich herabsinken zu lassen.

»Oh Gott, Abigail«, brachte er irgendwie heraus. »Du bist so eng.«

»Ja«, keuchte sie und bohrte die Fingernägel in seinen Rü-cken. »Bitte.«

»Du bringst mich noch um«, hauchte er mit erstickter Stim-me – und dann auf einmal war er verschwunden.

Erschrocken wachte Abigail auf und sah verständnislos auf die Krabbe, die sich auf ihrem Weg über den Sand in die-sem Moment genau vor ihrem Gesicht befand. Sekundenlang schwankte sie zwischen Schlafen und Wachen, bis ihr Verstand das Ganze auf die Reihe brachte und ihr klar wurde, dass sie geträumt hatte. Sie kniff die Augen zu und stöhnte frustriert auf. Sie waren noch gar nicht zurück in der Zivilisation. Es gab keine Dusche, keine Seife, und es gab auch keinen leiden-schaftlichen Tomasso. Sie lag in ihrer schmutzigen Kleidung unter einer Palme im Sand, während der distanzierte Tomasso irgendwo ein Stück weiter hinter ihr schlief.

Leise seufzend schlug sie erneut die Augen auf und setzte sich hin, damit sie sich besser umsehen konnte. Nach ihrer Schätzung musste es früher Nachmittag sein. Diesmal machte sie sich gar nicht erst die Mühe, auf ihre Armbanduhr zu sehen, weil ihr die Uhrzeit eigentlich ziemlich egal war. Solange sie nicht zurück unter Menschen waren, besaß Zeit praktisch keine Bedeutung, sagte sie sich und hielt Ausschau nach Tomasso. Der befand sich noch immer genau an der Stelle, an der sie ihn zuletzt gesehen hatte, als sie am Morgen eingeschlafen war – in drei oder vier Metern Entfernung und mit dem Rücken zu ihr. Und das, nachdem er schon zwei- oder dreimal ohnmächtig geworden und auf ihr liegend eingeschlafen war. Anscheinend ertrug er es jetzt nicht mal mehr, in ihrer unmittelbaren Nähe zu schlafen. Stattdessen hatte er beschlossen, sich möglichst weit von ihr entfernt hinzulegen. Das schmerzte noch mehr als sein distanziertes Auftreten am gestrigen Tag.

Abigail kniff die Lippen zusammen, stand auf und ging zwischen den Bäumen hindurch in Richtung Strand. Sie waren den ganzen Nachmittag bis tief in die Nacht am Strand entlanggegangen und hatten erst Rast gemacht, als die Sonne am Morgen über den Horizont kam. Abigail hatte fest damit gerechnet, auf diesem Marsch tot umzufallen, doch sie hatte sich nicht ein einziges Mal darüber beklagt und auch nicht darum gebeten, eine Pause zu machen. Der neue, distanzierte Tomasso sorgte dafür, dass sie sich so mies fühlte, dass sie nur noch zurück in die Zivilisation wollte, damit sie Ruhe vor diesem Mann hatte.

Na ja, und sie wollte natürlich auch wissen, ob es Jet gut ging und er sich nicht mehr in der Gewalt der Entführer befand. Sie hätte ihre eigene Ruhe und Sicherheit sofort eingetauscht gegen die Gewissheit, dass Jet in Sicherheit war. Aber lieber war es ihr natürlich, beides zu haben.

Vor allem, wenn sie jetzt auch noch Sexträume hatte, in denen Tomasso eine Rolle spielte, ging es Abigail durch den Kopf. Sie wusste nicht, was sie tun sollte, falls diese Träume immer noch auftreten würden, wenn er sich schon gar nicht mehr in ihrem Leben befand. Es waren heiße und fesselnde Träume, solange sie sie erlebte, doch wenn sie dann aufwachte und …

Kopfschüttelnd sah sie in Richtung der Bäume und fragte sich, wie lange es wohl noch dauern würde, bis Tomasso endlich aufwachte.

Tomasso blieb auch noch liegen, nachdem Abigail sich auf den Weg zum Strand gemacht hatte. Er musste warten, bis seine Erektion vollständig abgeklungen war, ehe er auch nur ans Aufstehen denken konnte. Er war sich nämlich sicher, dass er vor Schmerzen aufschreien würde, sollte er es dennoch versuchen. Genau genommen wunderte es ihn, dass er nicht schreiend aufgewacht war, als die Schmerzen, die von seinem Schwanz ausgingen, ihn aus dem Traum geholt hatten. Es war kein Scherz gewesen, als er gesagt hatte, sie würde ihn noch umbringen. Es war lediglich so, dass er Abigail in seinem Traum für so unglaublich eng gehalten hatte, wo es doch in Wahrheit an den Ranken lag, die so straff um seinen Schwanz gewickelt waren.

Leise ächzend machte er wieder die Augen zu und wartete einfach ab.

Den Trick mit der Ranke um seinen Schwanz hatte er für eine gute Idee gehalten, als sie ihm zum ersten Mal durch den Kopf gegangen war. Dummerweise war ihm nicht in den Sinn gekommen, vor dem Einschlafen die Ranke abzuwickeln. Das wäre nämlich ein verdammt guter Gedanke gewesen, da geteilte Träume ein weiteres Indiz dafür waren, dass man seiner Lebensgefährtin begegnet war.

Allerdings durfte er nicht vergessen, dass diese Träume vor

der letzten Nacht noch gar nicht aufgetreten waren. Daher war das für ihn auch kein Thema gewesen. Er fragte sich, wieso sie zuvor noch keine geteilten Träume erlebt hatten. Eine mögliche Erklärung fiel ihm auf Anhieb ein: Vielleicht hatte er ein oder zwei von diesen Träumen gehabt, aber er erinnerte sich einfach nicht daran, weil er nicht aus dem Schlaf gerissen worden war und er sich später nach dem Aufwachen bloß nicht daran erinnerte.

Eine weitere mögliche Erklärung bestand darin, dass sie bei den anderen Gelegenheiten jedes Mal nach geteilter Lust zunächst ohnmächtig geworden und diese Ohnmacht in Schlaf übergegangen war. Vielleicht traten bei dieser Kombination keine geteilten Träume auf.

Er würde jemanden dazu befragen müssen, nahm er sich vor. Das konnte er machen, sobald sie zurück in der Zivilisation waren. Jetzt aber musste er erst einmal aufstehen. Die Erektion war komplett abgeklungen, von dem Gefühl von Enge um seinen Penis war nun nichts mehr zu spüren. Die Schmerzen an sich hatten ein wenig, aber noch nicht ganz nachgelassen, was bedeuten musste, dass er sich mit der Ranke selbst eine Verletzung zugefügt hatte. Die würde so lange nicht verheilen, bis er endlich Blut zu trinken bekam, damit die Nanos mit ihren Reparaturarbeiten beginnen konnten.

Da aber sein ganzer restlicher Körper ohnehin unter dem Mangel an Blut litt, sagte sich Tomasso, dass es kein allzu großes Drama sein würde, dem Ganzen noch eine schmerzende Körperpartie hinzuzufügen. Zumindest dachte er das bis zu dem Moment, da er versuchte sich zu bewegen.

Oh ja, Penisschmerzen übertrafen locker alles bisher Dagewesene, wie er ächzend einsehen musste.

Das einzig Gute daran war, dass er jetzt wohl die Ranke entfernen konnte.

»Tomasso, bleib stehen«, herrschte Abigail ihn an und fasste ihn am Arm, damit er nicht weiter so humpelte. »Bleib stehen. Du musst dich ausruhen.«

»Mir geht's gut«, presste er heraus. »Wirklich.«

Sie schnaubte ungläubig. »Sieh dich doch nur an, du kannst ja nicht mal gerade laufen. Und deine Beine stehen so weit auseinander, dass dazwischen Platz für einen Bullen wäre. Was zum Teufel ist mit dir …«

»Abigail«, fuhr er sie an, damit sie den Mund hielt. »Mir wird's wieder gut gehen, sobald wir wieder unter Menschen sind.«

Sie sah ihn schweigend an und schürzte die Lippen. Gestern war sie ja schon der Meinung gewesen, dass er möglicherweise Schmerzen hatte, und sie hatte sich da auch schon gefragt, ob das seine distanzierte Art erklären könnte. Aber er hatte ihr versichert, dass mit ihm alles in Ordnung sei. Das tat er auch jetzt, nur konnte sie ihm diese Behauptung nicht mehr abkaufen. Der Mann hatte eindeutig Schmerzen. Sein Gesicht wies eine kränkliche Blässe auf, Schweiß stand ihm auf der Stirn, und seine breitbeinige Gangart war alles andere als normal. Erklären konnte sie sich das nur mit irgendeiner Entzündung oder womöglich mit einer Eiterbeule an einer peinlichen Stelle, vielleicht ganz oben am Oberschenkel oder an den Eiern.

Aber egal, was es war, es bereitete ihm ganz erhebliches Unbehagen, das er offenbar zu ignorieren versuchte – nur würde sie da nicht mitspielen. Wenn es eine Entzündung war, die sich im Verlauf der letzten Tage ausgeweitet hatte, dann musste er unbedingt behandelt werden. In einem heißen, schwülen Dschungel konnte so etwas sehr schnell tödlich enden. Es konnte sich Dschungelfäule bilden, sofern das nicht schon längst geschehen war.

»Ich will es sehen«, erklärte sie schließlich.

»Nein«, brummte Tomasso.

Sie kniff die Augen ein wenig zusammen. »Ich verfüge über gewisse medizinische Kenntnisse, Tomasso. Also lass es mich sehen. Vielleicht kann ich dir ja helfen.«

»Nein, es ist alles in Ordnung. Ich …« Er ging mitten im Satz zu einem Fluch über, da Abigail sich völlig unerwartet vor ihn hinkniete und die Blätter seines Lendenschurzes zur Seite schob.

»Mein Gott«, flüsterte sie, als sie seinen ramponierten Penis sah. Sie hatte mit einer Eiterbeule gerechnet oder mit einer Entzündung, aber das … Abigail schüttelte fassungslos den Kopf. So etwas hatte sie … »War das ein Krebs?«, murmelte sie vor sich hin.

»Ich habe keinen Krebs, ich bin gesund«, beharrte er fast beleidigt.

Abigail sah ihn verwundert an, dann aber verstand sie. »Ich meinte damit nicht, ob das eine Krebserkrankung ist, sondern …« Abermals schaute sie auf seinen Penis und zuckte zusammen. »Das sieht so aus, als wäre ein großer Krebs auf die Idee gekommen, deinen Penis einige Dutzend Mal mit seinen Scheren zu attackieren, während du dagelegen und geschlafen hast. So was habe ich ja noch nie gesehen.« Fasziniert legte sie den Kopf mal auf die eine, mal auf die andere Seite, um sich die Schnitte und Hautabschürfungen genauer anzusehen.

Tomasso kniff seufzend die Augen zu. Das war nicht die Art von Faszination für seinen Penis, die er bei Abigail hatte hervorrufen wollen.

»Tja«, sagte sie. »Da muss ein Antiseptikum drauf.«

Er riss die Augen auf und erwiderte gedehnt: »Es ist alles in Ordnung, Abigail.«

»Und eine antibakterielle Salbe«, fuhr sie fort, ohne auf seine Bemerkung einzugehen.

»Hör auf«, flehte er sie an.

»Am besten sollten wir auch noch einen Verband anlegen, um weitere Infektionen zu verhindern«, sagte sie mehr zu sich selbst. Irritiert sah sie sich um. »Wo ist denn der Verbandkasten hin? Oh, da ist er ja«, antwortete sie prompt auf ihre eigene Frage, als sie sah, dass der Verbandkasten an einem Gurt aus geflochtenen Ranken hing, den er über die Schulter geworfen hatte. So konnte er den Kasten mitschleifen.

Sie richtete sich auf, griff nach dem Tragegurt und wollte ihn von seiner Schulter nehmen, doch Tomasso bekam ihn im letzten Moment zu fassen. »Nicht, Abigail.«

»Stell dich nicht an, als wärst du ein Baby«, wies sie ihn zurecht und zog den Gurt aus seinem Griff, dann kniete sie sich hin und öffnete den Verbandkasten. »Das muss behandelt werden. Oder willst du vielleicht, dass dein Penis abfällt?«

»Das wäre ein Glücksfall«, murmelte er. Im Augenblick wäre er sogar heilfroh darüber, weil dann wenigstens die Schmerzen nachlassen würden. Und dann wäre er vielleicht auch wieder in der Lage, einen klaren Gedanken zu fassen.

»Betrachte mich einfach als Ärztin«, schlug Abigail ihm vor, während sie verschiedene Tuben und Läppchen aus dem Verbandkasten holte.

Tomasso sah auf ihren Kopf hinunter und zog eine Augenbraue hoch. Ärztin? Obwohl sein Penis vor Schmerzen pochte, kam ihm beim Wort *Ärztin* unwillkürlich ein anderes Wort in den Sinn: *Doktorspiele*. Die würde er gern mit dieser Frau veranstalten. Es war ziemlich irritierend, dass sie in diesem Moment in der gleichen Position vor ihm kniete, die sie einnehmen würde, wenn sie ihm einen blasen wollte.

Erstaunlicherweise genügte dieser Gedanke trotz der Schmerzen, um seinen armen Penis reagieren zu lassen, der prompt anschwoll. Das verstärkte die Schmerzen nur noch zusätzlich, da die mit Schnitten und Abschürfungen malträtierte Haut sich zu dehnen begann und an einigen Stellen sogar aufriss. Tomasso unterdrückte ein lautes Stöhnen und kniff die Augen zu.

»Wow, das muss ja ordentlich wehtun.«

Abigails leise Äußerung bewirkte, dass er wieder die Augen aufmachte und sah, dass sie seinen Penis ganz genau inspizierte, während der allmählich größer wurde. Zum Glück fasste sie ihn nicht an. *Noch* nicht, jedenfalls. Die Vorstellung, sie könnte ihn auch noch berühren, ließ ihn nur noch schneller anschwellen.

»Abigail, bitte«, stöhnte Tomasso gequält. »Lass es einfach bleiben.«

»Das geht nicht, tut mir leid«, entgegnete sie entschieden. »So etwas muss versorgt werden, sonst kann sich ein tropisches Geschwür bilden, auch besser unter der Bezeichnung Dschungelfäule bekannt. Diese Bezeichnung ist kein Zufall, musst du wissen. Tropische Geschwüre können sehr tief ins Gewebe vordringen und sogar Knochen angreifen. Dir könnte tatsächlich dein Penis abfallen, wenn ich nicht …«

Abigail unterbrach sich und sah ihn betreten an, als er vor Schreck und Schmerzen laut aufschrie. Sie hatte das Antiseptikum aufgetragen, was sich für Tomasso so anfühlte, als würde sie flüssiges Feuer über seinen wunden Schwanz gießen. Solche Schmerzen hatte er noch nie erlebt. Selbst als ihm vor Jahren fast der Arm an der Schulter abgetrennt worden wäre, konnten die Schmerzen es nicht mit dem aufnehmen, was ihre Behandlung bei ihm auslöste.

»Oh ja, das muss verdammt wehtun«, redete sie leise vor sich hin und wiederholte die Prozedur.

Sie wollte ihn bestrafen.

Der Gedanke schoss durch Tomassos Gehirn, daraufhin machte er die Augen auf und sah sich das behelfsmäßige Lager

131

an, das Abigail in den Stunden eingerichtet hatte, seit sie damit begonnen hatte, seinen verletzten Penis zu »versorgen«. Sie hatte bergeweise Palmwedel herbeigeschafft, um für ihn eine Unterlage zu schaffen, die frei von Sand war. Dann bestand sie darauf, dass er sich hinlegte, weil sich dadurch das Risiko verringerte, dass Sand in die wunden Stellen geriet. Tomasso war von den Schmerzen, die sie ihm mit ihrer »Fürsorge« um seinen verletzten Penis bereitet hatte, so erschlagen und am Ende seiner Kräfte, dass er sich bereitwillig auf diesem Lager hinlegte. Allerdings entpuppte es sich schnell als das unbequemste Bett, auf dem er je gelegen hatte. Die Palmwedel waren gar nicht so schlecht, auch wenn sie zum Teil an seiner Haut kleben blieben. Es waren die Stiele, die dieses »Bett« so unerträglich machten, da sie hart und kantig waren und ihm in die Haut stachen.

Außerdem hatte Abigail ihre Jeans und die Bluse um eine Kokosnuss gewickelt, damit er eine Art Kissen hatte. Der Gedanke war wirklich süß, aber der Stoff reichte nicht, um die harte Kokosnuss erträglich zu machen. Ebenso gut hätte sie ihm auch einen Stein unter den Kopf schieben können.

Nachdem sie ihn zu ihrer Zufriedenheit ins Bett verfrachtet hatte, war Abigail losgezogen, um in der Umgebung von den Palmen gefallene Kokosnüsse einzusammeln, damit er etwas zu essen und zu trinken hatte. Dummerweise waren drei der vier Kokosnüsse beim Aufprall aufgeplatzt, und Käfer hatten sich über den Inhalt hergemacht. Mit dem Aufbrechen der vierten Kokosnuss hatte er erhebliche Mühe. Es wäre von Nutzen gewesen, wenn Abigail ihn hätte aufstehen lassen, damit er einen Stein suchen konnte, mit dem sich die Kokosnuss aufschlagen ließ. Doch Abigail hatte beide Male interveniert, als er versucht hatte, sein Krankenbett zu verlassen.

Tomasso fand, dass die Frau, die stöhnend und seufzend in

seinen Armen gelegen hatte, ein reizender Engel war, als Ärztin jedoch eine Nervensäge. Da ihm ein Stein verwehrt blieb, musste er sich auf seine eigenen Kräfte verlassen. Das endete jedoch in einer großen Schweinerei, da die Kokosnuss zwischen seinen Händen in tausend Stücke zerplatzt und das Wasser in alle Richtungen gespritzt war. Das meiste davon war ausgerechnet auf seinem Körper gelandet, sodass er jetzt überall klebte – und auch noch Ameisen anlockte.

Während er damit beschäftigt gewesen war, hatte es Abigail geschafft, mithilfe der Schere aus dem Verbandkasten und einem Stück Ast einen einfachen Speer zu basteln, mit dem sie auf die Jagd gegangen war. Dann war es ihr auch noch gelungen, damit einen Fisch zu fangen, der jetzt über dem von ihr selbst entfachten Lagerfeuer garte. Während Tomasso noch gezwungen gewesen war, für seinen Fang zwei Hölzer aneinanderzureiben, um ein Feuer zu entfachen, war Abigail im Verbandkasten auf ein Päckchen wasserunempfindlicher Streichhölzer gestoßen, die ihr gute Dienste geleistet hatten. Jetzt saß sie nur mit Tanktop und Slip bekleidet am Rand des Dschungels und passte auf den Fisch über dem Lagerfeuer auf. Tomasso konnte von seinem Krankenbett aus riechen, dass der Fisch anzubrennen begann, doch Abigail reagierte nicht.

Ja, sie wollte ihn ganz eindeutig bestrafen, überlegte er seufzend und sah nach unten zu seinem Penis, der dick verbunden zwischen seinen Beinen aufragte. Nur tat er das diesmal nicht, weil er erregt war, sondern weil Abigail ihn in Gaze gewickelt, dann eine metallene Schiene daran gelegt und das Ganze noch einmal dick mit Gaze verbunden hatte. Die Schiene sollte ihn angeblich vor Stößen schützen, aber vor allem sorgte sie dafür, dass es aussah, als hätte er einen Walpenis. Okay, ganz *so* schlimm war es nicht. Ein Walpenis war zweieinhalb Meter lang oder so, deshalb war Pferdepenis wohl zutreffender. In jedem Fall kam er ihm mindestens doppelt so groß vor und auffallend schwer.

Tomasso hatte keine Ahnung, was er tun sollte, wenn er mal musste. Es war eine alles andere als erfreuliche Aussicht, dafür den Verband und die Schiene zu entfernen, wenn er wusste, dass sie beides anschließend wieder anlegen würde. Tomasso war auch so schon extrem frustriert. Er hatte Schmerzen und fühlte sich in seiner Haut unwohl, weshalb es für ihn eine Qual war, dann auch noch nutzlos rumzuliegen und sich zu erholen. Er musste bloß ein wenig Blut zu sich nehmen, dann wäre er wieder ganz der Alte. Die Krämpfe würden verschwinden, sein Penis würde wieder seinen Normalzustand annehmen, und Tomasso könnte wie gewohnt stark und frei von Schmerzen sein. Doch Abigail wollte nicht auf seinen Vorschlag eingehen, dass sie doch weitergehen sollten. Sie verlangte von ihm, dass er für den Rest des Tages liegen blieb und sich erholte. Ob sie sich am nächsten Tag auf den Weg machen würden, hing ganz davon ab, wie sie am Morgen seinen Zustand einschätzen würde.

Als er es aufgegeben hatte, sie freundlich zu bitten, war er dazu übergegangen, mit aller Macht darauf zu drängen, dass sie weitermarschieren sollten. *Von mir aus* hatte Abigail nur gesagt und sich einfach am Strand hingesetzt. Er solle ruhig ohne sie losgehen, denn sie würde sich nicht von der Stelle rühren. Er konnte sie wohl kaum mitten im Nirgendwo und ganz auf sich allein gestellt zurücklassen, also hatte er nachgegeben und sich mit einem Ruhetag einverstanden erklärt. Es war nur zu hoffen, dass er sich am nächsten Tag nicht noch elender fühlen würde als jetzt, auch wenn es kaum vorstellbar war, dass es eine Steigerung für seinen momentanen Zustand geben konnte.

Er verzog missmutig das Gesicht und sah wieder zu Abigail, die ganz im Gegensatz zu ihm völlig in ihrem Element zu sein schien. Ihre Laune hatte sich deutlich gebessert, seit sie damit begonnen hatte, sich um ihn zu kümmern. Sie hatte sich regelrecht in einen kleinen Hochleistungsdynamo verwandelt, der den Ton angab, dabei unaufhörlich herumwuselte und tausend Dinge gleichzeitig tun wollte. Sie war die geborene Ärztin, überlegte er mit einem Anflug von Ironie und beschloss, wenn das hier hinter ihnen lag und alles wieder in geordneten Bahnen verlief, dafür zu sorgen, dass sie ihr Medizinstudium abschließen und Ärztin werden konnte, so wie es ihre Bestimmung war. Er würde das sogar dann für sie arrangieren, wenn sie nicht damit einverstanden war, seine Lebensgefährtin zu werden. Das hatte sie sich verdient.

Abigails Kinn rutschte von der Hand, auf die sie sich aufgestützt hatte. Dadurch wurde sie aus dem Schlaf gerissen und stutzte, als sie etwas Angebranntes roch. *Verdammt, der Fisch,* ging es ihr durch den Kopf. Hastig nahm sie den Fisch aus dem Feuer, der jetzt ein wenig zu sehr durch war, nachdem sie über dem Garen eingenickt war.

»Verdammt«, murmelte sie, seufzte schwer und zuckte mit den Schultern. Der Fisch war zum Glück nicht angebrannt oder verkohlt, jedenfalls nicht an allen Stellen. Sie würden irgendwie damit klarkommen müssen.

Sie stand auf, schob Sand über das Feuer, um es zu ersticken, und ging mit dem aufgespießten Fisch zu Tomasso.

»Das Essen ist fertig. Ich fürchte, ich bin zwischendurch eingeschlafen, deshalb ist der Fisch etwas knuspriger als gewollt. Iss einfach nichts von den schwarzen Stellen, aber der Rest sollte gut sein«, verkündete sie gut gelaunt und hielt ihm den Spieß hin.

Tomasso musterte den Fisch skeptisch und sah dann zu Abigail. »Isst du nichts davon?«

»Ich habe eigentlich keinen Hunger. Aber ich bin hundemüde und werde ein Nickerchen machen«, sagte sie und versuchte, ein Gähnen zu unterdrücken.

»Du musst was essen«, beharrte er, als sie sich nicht weit von ihm entfernt in den Sand setzte. »Und du brauchst Flüssigkeit.«

»Später«, gab sie zurück, kämpfte gegen eine erneute Gähnattacke an, ließ sich auf die Seite sinken und rollte sich schlaftrunken zusammen. Sie waren noch nicht lange auf, und doch war sie völlig erschöpft. Sie hörte Tomasso noch etwas sagen, aber das war nichts weiter als ein Gemurmel irgendwo im Hintergrund, während der Schlaf sie übermannte.

Tomasso sah auf Abigails Rücken und legte die Stirn in Falten. Er war sich ziemlich sicher, dass sie mitten in seinen Ausführungen zum Thema Essen und Trinken eingeschlafen war. Vermutlich hing ihre Erschöpfung eben damit zusammen, dass sie zu wenig gegessen und getrunken hatte, überlegte er ein wenig verärgert. Es würde ihr besser gehen, wenn sie etwas zu sich nähme.

Sein Blick fiel auf den Spieß, den er noch immer in der Hand hielt. Er hob ihn ein wenig an, damit er sich aufsetzen konnte. Nachdem ihm das gelungen war, ohne dass von seinen Lenden ausgehend schreckliche Schmerzen durch seinen Körper rasten, atmete er erleichtert auf. Das anschließende Aufstehen verlief dagegen nicht ganz so schmerzfrei. Verband und Schiene rutschten bei jeder Bewegung ein wenig hin und her, und er musste die Luft anhalten, als er von den Schmerzen förmlich überrollt wurde. Angesichts der schlechten Verfassung, in der sich sein Körper insgesamt befand, wunderte es ihn nicht, dass ihm die Schmerzen im Lendenbereich noch solche Probleme bereiteten. Dennoch war das alles nichts im Vergleich zu dem, was die Verletzungen an seinem Penis anging. Der Unterschied war sogar so immens, dass er die anderen Schmerzen völlig vergaß, sobald dieser eine einsetzte.

Es dauerte eine Weile, bis Tomasso es schaffte, aufzustehen und in geduckter Haltung zu Abigail zu gehen, um sein Anhängsel möglichst nicht zu strapazieren. Und so war es eine große Erleichterung, als er es endlich bis zu Abigail geschafft hatte.

»Abigail«, sagte er und stieß ihre Schulter an, nachdem er sich neben ihr hingekauert hatte.

Sie murmelte etwas Unverständliches, rührte sich aber nicht.

Irritiert stieß er sie wieder an. »Du musst was essen.«

Wieder kam eine genuschelte Antwort, also unternahm Tomasso einen erneuten Versuch. Diesmal streckte er den Arm aus, um ihr die Haare aus dem Gesicht zu streichen. Er hielt inne, als er merkte, welche Wärme ihre Stirn ausstrahlte. Er war kein Fachmann, was Sterbliche anbelangte, aber sie kam ihm etwas zu warm vor. Nicht bedrohlich, aber immerhin so, dass er leichtes Fieber vermutete.

»Abigail«, sprach er voller Sorge und versuchte, sie zu sich umzudrehen.

»Lass mich«, grummelte sie und stieß ihn blindlings von sich. Dabei schlug sie mit einer Hand gegen seinen mumifizierten Penis.

Tomasso wimmerte nur, weil die Schmerzen ihm den Atem raubten, er ließ den Fisch fallen und sank wie gelähmt nach hinten. Er wusste nicht, wie lange er rücklings dalag, die Beine bis zu seinem Penis angewinkelt und in die Höhe gestreckt, ohne auch nur in dessen Nähe zu kommen. Die ganze Zeit über hatte er die Augen fest zugekniffen und sah Sterne explodieren. Als die Schmerzen irgendwann abebbten und er sich wieder in der Lage sah, die Augen zu öffnen, musste er feststellen, dass die Nacht bereits hereingebrochen war. Abigail schlief immer noch fest, und der Fisch am Spieß lag halb im Sand begraben da.

Tomasso setzte die Füße behutsam auf den Sand, und nachdem ihm das ohne weitere Schmerzen gelungen war, atmete er erleichtert auf. Dann aber schloss er wieder die Augen und begann zu überlegen, wann genau sein Leben so völlig aus den Fugen geraten war. Er hatte es schon für eine üble Situation gehalten, als er nackt in diesem Käfig aufgewacht war, aus dem es kein Entrinnen gab. Aber dann in diesem Käfig zu liegen und Abigail vor sich zu haben, die nicht nur eine von den Guten war, die ihn zu retten versuchte, sondern die auch noch seine Lebensgefährtin war, das war ihm wie ein Geschenk Gottes vorgekommen, durch das alles wieder ins Lot gerückt würde. Wieso nur war danach alles so den Bach runtergegangen?

Ein leises Motorengeräusch lenkte Tomasso von seinen Gedanken ab, er versteifte sich und drehte den Kopf langsam zur Seite, um zwischen den Bäumen hindurch aufs Meer zu sehen. Er kniff leicht die Augen zusammen, als er ein Boot sah, das sich der Küste näherte. Unwillkürlich musste er an Jake und Sully denken, die ihn in den Käfig gesperrt hatten. Aber auf dem Boot befanden sich mindestens vier oder fünf Männer. Die meisten von ihnen hatten lange, dünne Stöcke, bei denen es sich vermutlich um Angelruten handelte.

Der Motor wurde abgestellt, das Boot kam fast genau vor der Stelle zum Stillstand, an der Abigail für sie das Lager eingerichtet hatte. Lautes Gelächter drang an seine Ohren. Ein gechartertes Fischerboot, vermutete Tomasso, der die Männer dabei beobachtete, wie sie die Leinen auswarfen und sich mit einer Flasche Bier auf ein möglicherweise langes Warten einrichteten. Durch den stundenlangen Marsch, den er Abigail gestern Nachmittag bis in die Nacht hinein zugemutet hatte, waren sie der Zivilisation eindeutig näher gekommen. Und jetzt hatte das

138

Glück dafür gesorgt, dass die Zivilisation auch noch zu ihnen kam, indem es diese Angler dazu veranlasst hatte, genau an dieser Stelle vor Anker zu gehen. Mit einem Mal war ihre Lage nicht mehr so hoffnungslos, sagte er sich und rollte sich vorsichtig zur Seite, um sich auf Händen und Knien aufzustützen.

Der weiße Verband um seinen Penis wirkte wie ein Leuchtfeuer, als Tomasso sich hingestellt hatte. Er schien in der Dunkelheit förmlich zu leuchten. Er zog an seinem behelfsmäßigen Lendenschurz, um den Verband zu bedecken, dann verließ er den Schutz der Bäume. Jeder Schritt tat ihm höllisch weh, aber da er wusste, dass er das nicht mehr lange würde aushalten müssen, konnte Tomasso den Schmerz ignorieren, als er den Strand überquerte und ins Wasser ging.

Er rechnete damit, dass die Schnittwunden und Abschürfungen an seinem Penis durch das Salzwasser noch stärker gereizt würden, doch zu seiner Verwunderung entpuppte sich das Wasser als angenehm kühlend. Er konnte es sich nur so erklären, dass der Gazestoff das Salz aus dem Wasser filterte und so verhinderte, dass es mit der verletzten Haut in Berührung kam. Erleichtert machte er sich auf den Weg zum Boot, das gut eine Viertelmeile vor der Küste lag.

Die Männer mussten ihre Angeln dort ausgeworfen haben, wo sich das Riff befand. Dabei waren sie so mit Lachen und Trinken beschäftigt, dass sie Tomasso erst bemerkten, als der sich bereits an Bord hochzog.

»Was ist denn jetzt los? Leute, seht mal, Tarzan persönlich stattet uns einen Besuch ab!«, rief der Mann, der als Erster auf ihn aufmerksam wurde, als Tomasso über die Reling kletterte.

Der wartete gar nicht erst die Reaktionen der anderen ab, sondern drang nacheinander in den Verstand jedes Einzelnen ein und stellte die Männer ruhig, die aus Detroit stammten und Angelurlaub in Punta Cana machten.

Jetzt wusste er endlich, wohin es sie nach ihrem Absprung aus der Frachtmaschine verschlagen hatte: Punta Cana an der Spitze der Dominikanischen Republik. Etwas mehr als eine Flugstunde von Caracas. Als er die Männer noch etwas eingehender las, stellte sich bei ihm die Vermutung ein, dass er und Abigail ganz in der Nähe eines Dorfs namens Boca de Yuma an Land gespült worden waren. Wären sie in die entgegengesetzte Richtung gegangen, wären sie wohl schon nach kürzester Zeit auf erste Ansiedlungen gestoßen. So waren sie aber in der falschen Richtung unterwegs gewesen und befanden sich inzwischen noch gut eine Stunde vom nächsten Dorf entfernt, das den Namen El Cabo trug. Die Angler hatten sich in Punta Cana einquartiert, das weiter Richtung Norden lag.

Tomasso verzog missmutig den Mund, las aber weiter jeden einzelnen Verstand und fand dabei heraus, dass das Boot tatsächlich gechartert war. Nachdem die Gruppe die ganze letzte Woche auf hoher See gefischt hatte, wollten sie den letzten gemeinsamen Abend dafür nutzen, um zu »chillen« und mit Angeln »Jagd« auf Fische zu machen. Was wohl nichts anderes hieß, als dass man die Angeln an der Reling befestigte und sich sinnlos betrank, während man darauf wartete, dass sich einer der Fische erbarmte und einen Köder schluckte.

Nachdem er sich alle wichtigen Informationen aus dem Verstand der Männer geholt hatte, befasste er sich mit seiner eigenen Einkaufsliste, auf der unter anderem Kleidung, Essen, Transportmittel und Blut standen, allerdings nicht unbedingt in dieser Reihenfolge.

8

Abigail drehte sich auf den Rücken und zuckte zusammen, als sie merkte, dass sie leichte Kopfschmerzen hatte. Sie hob die Hand, weil sie über ihre Stirn reiben und den Schmerz so ein wenig lindern wollte, stutzte jedoch, als etwas Weiches sie daran hinderte.

Sie machte die Augen auf und stellte verwundert fest, dass eine Decke aus seidigem Stoff auf ihr lag. Sie setzte sich auf und schaute sich irritiert um. Wie das sein konnte, wusste sie beim besten Willen nicht, auf jeden Fall lag sie auf einem Himmelbett aus Bambus, an dem ringsum ein dünnes Moskitonetz herabhing. Dahinter befand sich ein Raum, der aus mehr Fenstern als Wänden bestand. Die Wände waren ebenso weiß gekalkt wie die Decke, an der sich ein Bambusventilator gemächlich drehte und die angenehm gekühlte Luft im Raum verteilte.

Von einem lustvollen Laut untermalt atmete sie auf, dann schlug sie die Decke zur Seite und schwang die Beine über die Bettkante. Kalte Fliesen berührten ihre warme Haut, als sie die Füße auf dem Boden aufsetzte. Lächelnd stand sie auf und ging zu den großen gläsernen Schiebetüren. Ihr Blick wanderte voller Ehrfurcht über Tische, Stühle, Sessel und über einen großen Pool in einem Innenhof, der von Palmen und blühenden Büschen gesäumt wurde.

»Ja, ja, ja«, frohlockte Abigail leise vor sich hin, als sie sich von der Terrasse abwandte, um den Rest des Anwesens zu erkunden.

Die nächste Tür, die sie öffnete, führte in ein großzügig bemessenes Badezimmer mit großer Badewanne, riesiger Duschkabine, zwei Waschbecken und Toilette. Das hier war ein Wirklichkeit gewordener Traum, dachte Abigail, als sie ein paar Schritte in das Zimmer tat. Dieser Gedanke ließ sie dann jedoch innehalten, als sie die Worte richtig begriff.

Ein Wirklichkeit gewordener Traum …

Sie träumte wieder, wurde ihr voller Enttäuschung bewusst. Was auch sonst? Sie war am Strand eingeschlafen. Wie sollten da schon die Chancen stehen, dass sie hier in diesem prachtvollen … Was-auch-immer wieder aufwachte?

Null, lautete die Antwort auf ihre eigene Frage. Sie war verdammt noch mal arm wie eine Kirchenmaus, und Tomasso war sogar ohne einen Fetzen am Leib und somit ohne Bargeld, Kreditkarten und sogar ohne einen Ausweis unterwegs. Und selbst wenn er über etwas Geld verfügt hätte, war das hier immer noch mindestens ein Fünf-Sterne-Resort, und sie konnte sich nicht vorstellen, dass er sich im Gegensatz zu ihr einen solchen Luxus leisten konnte. Nein, sich an einem solchen Ort ein Quartier zu nehmen, war nur in einem Traum möglich.

Abigail schaute zwischen Badewanne und Duschkabine hin und her, dann lächelte sie auf einmal vergnügt. Wenn das hier ein Traum war, dann würde sie alles aus ihm herausholen. Sie würde es sich gut gehen lassen, bevor sie hungrig, durstig und in verdreckter Kleidung am Strand aufwachte. Die Vorstellung trieb sie zur Eile an. Sie lief zur Wanne, drückte den Stöpsel in den Ausguss und drehte beide Hähne auf.

Es würde eine Weile dauern, bis die Wanne gefüllt war, daher wandte sich Abigail zunächst einmal der langen Reihe von Fläschchen auf der Waschbeckenablage zu. Sie fand das Fläschchen mit Schaumbad, kippte den Inhalt in die Wanne, die allmählich volllief. Einen Moment lang wartete sie, um einzuschätzen, wie viel Zeit ihr blieb, bis die Wanne gefüllt sein würde. Jedenfalls Zeit genug, schätzte sie und stellte sich wieder vor die Waschbecken, um nach Shampoo und Conditioner zu suchen. Mit beiden Fläschchen ging sie rüber zur Duschkabine. Wäre das hier die Realität, wäre sie in Sorge gewesen, dass es sich auf die Wassertemperatur in der Wanne auswirken würde, wenn sie auch noch die Wasserhähne in der Dusche aufdrehte. Aber da das hier ein Traum war, kümmerte es sie nicht. Und wäre das hier wirklich ein Luxushotel, würde so etwas auch kein Problem darstellen, richtig?

Kaum schoss das Wasser aus dem Duschkopf, fühlte es sich auch schon angenehm und verlockend warm an. Sie fasste nach dem Saum ihres Tanktops, um es auszuziehen, griff dabei aber ins Leere. Verwundert stellte sie fest, dass sie ihr Tanktop gar nicht anhatte ... und auch nicht ihre Jeans, den Slip und den BH. Sie war bereits splitternackt, was sie nun doch ein bisschen wunderte.

Beim letzten Traum war sie angezogen gewesen und hatte erst einmal ihre Sachen ablegen müssen, aber nackt zu sein ersparte ihr sogar im Traum diese Arbeit. Sie stellte sich unter den warmen Wasserstrahl und zog die Tür hinter sich zu.

Insgeheim rechnete sie damit, dass Tomasso so wie beim letzten Traum auch jetzt wieder bei ihr auftauchte. Genau genommen freute sie sich schon darauf, noch einmal zu erleben, wie er seinen Körper gegen ihren presste und wie seine Hände über ihren Körper wanderten. Doch als sie einige Minuten später die Haare gewaschen und die Haut vom gröbsten Dreck befreit hatte, war von Tomasso immer noch nichts zu sehen. Wie es schien, ging es diesmal mehr um Reinlichkeit als um sexuelle Belohnung.

Sauber zu sein war gut, sagte sie sich, drehte die Wasserhähne zu und ging zur Wanne. Allem Anschein nach war es ihr unangenehm, so lange Zeit nicht gründlich gebadet zu haben. Im Ozean zu baden war zwar schön, dennoch vermutete sie, dass das Meeressalz in Verbindung mit der Tatsache, dass sie kein richtiges Trinkwasser hatten, dafür verantwortlich war, dass ihre Haut immer mehr austrocknete. Seit gestern hatten einige Stellen hartnäckig gejuckt, und als sie den Fisch zubereitet hatte, waren ihr Anzeichen eines Ausschlags aufgefallen.

Als sie in die Wanne stieg, knurrte auf einmal ihr Magen. Sie erinnerte sich daran, dass sie zu müde zum Essen gewesen war, als sie sich schlafen gelegt hatte. Das würde sie ganz sicher noch bereuen, wenn sie wieder wach wurde und ihr dann der Magen richtig wehtat. Aber vielleicht konnte sie sich ja dazu bringen, ein Buffet mit all ihren Lieblingsspeisen zu erträumen, anstatt nur ein Schaumbad zu nehmen. Wie das funktionieren sollte, wusste sie allerdings nicht. Womöglich folgte das Essen ja, sobald sie die Badewanne wieder verließ. Obwohl in einem richtig guten Traum alles auf einmal da sein würde. Ihr Lieblingsessen und ein Schaumbad klangen zumindest in diesem Moment noch viel besser als jeder erotische Traum. Im besten Traum überhaupt hätte es natürlich etwas zu essen und ein Schaumbad *und* Tomasso gegeben, sagte sie sich amüsiert und ging langsam in die Hocke. Oh Gott, die Temperatur war genau richtig, fand sie und ließ ein leises Stöhnen hören, während ringsum der Seifenschaum aufstieg, bis ihr Kopf nur noch von der Nasenspitze an aufwärts zu sehen war.

Lächelnd beugte sich Abigail zur Seite und drehte die Wasserhähne zu, dann lehnte sie sich nach hinten, während der Schaum sich um sie herum verteilte. Sie hatte eben erst die Augen zugemacht, da hörte sie Tomasso mit seiner tiefen Stimme ihren Namen rufen. Sie machte die Augen wieder auf, blieb aber entspannt liegen und sah nur in Richtung Tür, als diese aufging und Tomasso einen Blick ins Badezimmer warf. Sofort entdeckte er sie und riss die Augen weit auf, in deren Iris die silbernen Sprenkel fast zu leuchten schienen.

»Ich war in Sorge, weil du nicht im Bett lagst«, sagte er sanft brummend.

Abigail musterte ihn aufmerksam. Ein Hemd trug er noch immer nicht, aber seine langen Haare wirkten so, als hätten sie von einer Begegnung mit Shampoo und warmem Wasser ganz erheblich profitiert. Er war auch rasiert, der dunkle Hauch langer Borsten war verschwunden, der sie so gar nicht gestört hatte. Vielmehr sah er mit diesem Schatten eines Barts überraschend gut aus, auch wenn die Borsten sie ein bisschen gepiekst hatten.

Leider trug er auch nicht mehr den Lendenschurz aus Blättern, sondern eng sitzende Shorts, die er in der Realität gar nicht hätte tragen können – zumindest dann nicht, wenn sich sein Penis immer noch in der Verfassung befand, in der sie ihn zuletzt gesehen hatte. Der reale Tomasso hätte es in diesen Shorts vor Schmerzen gar nicht aushalten können.

»Ich bringe dir Obst«, sagte er plötzlich und drückte die Tür ganz auf, sodass sie den großen Teller sehen konnte, den er in der anderen Hand hielt. Dieser war zur Hälfte mit Erdbeeren, Trauben, Melonenstücken und Ananasscheiben und zur Hälfte mit verschiedenen Sorten Käse und Kräcker belegt. Abigail setzte sich interessiert auf, wobei ihr Magen vernehmlich knurrte.

Tomasso grinste, als er ihre Reaktion sah, und brachte ihr den Teller. »Ich habe Essen bestellt, aber bis die Küche das aufs Zimmer liefern kann, dauert es noch eine Weile. Der Obstteller soll uns die Wartezeit verkürzen.«

»Das ist ja fantastisch«, meinte Abigail begeistert und wollte ein Stück Käse nehmen, hielt dann aber inne, als sie sah, dass ihre Hand voller Seifenschaum war.

145

»Wenn du gestattest«, sagte Tomasso leise, nahm das Stück Käse und legte es auf ihre Lippen.

Abigail errötete, machte den Mund auf und ließ zu, dass er ihr den Käse auf die Zunge platzierte. Er beobachtete aufmerksam ihre Lippen, während sie kaute, und kaum hatte sie geschluckt, bot er ihr ein Stück Erdbeere an und strich mit der saftigen Frucht über ihre Unterlippe. Dann beugte er sich vor, leckte den Erdbeersaft ab und richtete sich wieder auf, nachdem er ihr die Frucht in den vor Unglauben weit offen stehenden Mund geschoben hatte.

Als Abigail dann den Mund noch immer nicht zubekam, sondern ihn mit großen Augen anstarrte, legte er einen Finger unter ihr Kinn und drückte es nach oben. »Kauen«, wies er sie in einem sexy Tonfall an und stellte den Teller am Fuß der Badewanne auf der marmornen Umrandung ab. »Ich hole dann den Champagner.«

»Champagner«, murmelte sie und sah ihm zu, wie er das Badezimmer verließ. Sie hatte noch nie Champagner getrunken. Wie würde das wohl in ihrem Traum funktionieren? Würde sie einfach träumen, dass sie noch nie etwas Besseres probiert hatte? Sie würde es bald herausfinden.

Sofern sie nicht zu früh aus ihrem Traum gerissen wurde, wie es beim letzten Mal der Fall gewesen war. Abigail legte die Stirn in Falten und hoffte, dass das nicht passieren würde. Das hier machte ihr Spaß. Essen, ein Schaumbad, Tomasso – Himmel, es würde ihr nichts ausmachen, für alle Zeit diesen Traum weiterzuträumen. Sie sah zur Tür, wo Tomasso eben wieder auftauchte und mit zwei Gläsern Champagner hereinkam.

Nachdem er ihr ein Glas gegeben hatte, setzte er sich auf den Wannenrand und lächelte flüchtig, als sie die Nase krauszog, kaum dass die Kohlensäure begonnen hatte, ihr in der Nase zu kribbeln. Nachdem sie neugierig einen Schluck getrunken hatte, nahm er eine Traube vom Teller und hielt sie ihr an die Lippen, bis sie den Mund aufmachte. Er legte sie ihr auf die Zunge, dann griff er nach einem Stück Ananas, mit dem er jedoch wie zuvor mit der Erdbeere über ihre Lippen strich.

Abigail ließ ihn gewähren, schloss die Augen und reckte ihm den Kopf entgegen, als er sich vorbeugte, um den Saft abzulecken.

»Sehr schön«, meinte Tomasso leise. »Aber die Erdbeere war süßer.«

»Dich nackt hier in der Wanne zu haben wäre noch viel süßer«, flüsterte sie ihm forsch zu. Als sie die Augen aufmachte, war er verschwunden, und einen Moment lang glaubte sie, dass sich der erste Traum wiederholte und sie gleich aufwachen und sich weit weg von jeder Zivilisation am Strand wiederfinden würde, wo sie vor diesem Traum eingeschlafen war. Dann jedoch wurde ihr bewusst, dass Tomasso aufgestanden war und sich offenbar in Windeseile ausgezogen hatte. Er war bereits nackt und hob ein Bein an, um am anderen Ende in die Wanne zu steigen.

Aus diesem Blickwinkel hatte Abigail eine verdammt gute Sicht auf seinen schon halb erigierten Penis. Nicht nur, dass da nicht der kleinste Kratzer zu sehen war, von denen er in der Realität mehr als genug hatte, es gab auch nicht eine einzige Narbe zu entdecken, die er von diesen Verletzungen auf jeden Fall zurückbehalten würde. Der Traum-Tomasso hatte einen makellosen Körper.

»Das ist eine große Wanne«, stellte Tomasso fest, als er sich ihr gegenüber hinsetzte und seine Beine links und rechts von ihr ausstreckte.

»Ja«, stimmte sie ihm zu und war mit einem Mal verlegen. Offenbar kannte ihre Kühnheit selbst in ihren Träumen noch Grenzen.

»Du bist bloß viel zu weit weg«, beklagte er sich. »Komm, setz dich näher zu mir. Ich werde dich weiter füttern.«

Abigail spürte, wie ihr Gesicht rot anlief. Sie wusste, mit dem heißen Wasser hatte das nichts zu tun. Und auch die Hitze zwischen ihren Schenkeln hatte nichts mit der Wassertemperatur zu tun, was genauso für ihre plötzliche Kurzatmigkeit galt.

»Komm her«, lockte Tomasso sie und nahm ihr das Champagnerglas aus der Hand, damit er sie zu sich heranziehen konnte.

Abigail schluckte, ließ ihn aber gewähren, bis sie schließlich mit dem Rücken zu ihm zwischen seinen Beinen saß. Noch bevor sie sich gegen ihn sinken lassen konnte, hatte er ihre Finger schon wieder losgelassen und seine Hand um ihre Taille geschoben, um sie fest an sich zu drücken. Dadurch geriet seine Erektion zwischen ihren Po und seinen Bauch, während sie den Rücken an seine Brust schmiegte. Er ließ die Hand auf ihrer Taille ruhen, wobei seine Finger sich auf ihrem Bauch auf und ab bewegten und jedes Mal ein bisschen tiefer rutschten.

»Dein Champagner«, murmelte Tomasso und lenkte sie von dem Spiel seiner Finger ab, indem er den anderen Arm um ihre Schulter legte und ihr das Glas hinhielt.

»Danke«, flüsterte Abigail, nahm das Glas an sich, trank aber nicht wieder davon. Der Champagner schmeckte wirklich gut, aber seit dem ersten Schluck hatte sie das Gefühl, dass ihr Hals kratzte. Und er hatte auch ein leichtes Pochen verstärkt, das ihr zu Beginn ihres Traums aufgefallen war, das sie aber zu ignorieren versucht hatte. Als seine Finger dann vor ihrem Mund auftauchten, um ihr erneut eine Traube anzubieten, ließ sie ihn wieder gewähren.

Diesmal ließ er aber die Traube nicht einfach auf ihrer Zunge landen, sondern er legte sie ihr sorgfältig auf die Zunge und zog seine Finger so langsam zurück, dass sie sie noch ein Stück weit im Mund hatte, als sie die Lippen zusammendrückte.

Überrascht riss sie die Augen auf, als sie sich selbst im Spiegel an der Wand gegenüber entdeckte. Schock war noch die harmloseste Bezeichnung für die Reaktion auf diesen Anblick. Der Spiegel war ihr zuvor gar nicht aufgefallen, und als sie dorthin sah, war der Anblick ihrer beider nackten Körper, umgeben von Seifenblasen, einfach nichts, womit sie jemals gerechnet hätte.

Dadurch, dass er zu ihr in die Wanne gestiegen war und sie sich zu ihm gesetzt hatte, war die ursprünglich gleichmäßige Lage Schaum auf dem Wasser in Bewegung geraten. Ein Teil war auf die Marmorumrandung der Wanne geschwappt, noch mehr Schaum war jedoch über den Wannenrand gerutscht und auf dem gefliesten Boden gelandet. Dementsprechend war nun der Blick freigelegt auf ihre blassen Schultern bis zum Ansatz ihrer Brüste. Der Kontrast ihrer Blässe zu Tomassos olivfarbenem Teint hatte etwas Faszinierendes, und als sich ihre Blicke im Spiegel trafen, wurde ihre ganze Aufmerksamkeit auf die silbernen Sprenkel in seinen Augen gelenkt, die viel intensiver als zuvor wirkten und den Eindruck erweckten, als würden sie den natürlichen dunklen Farbton seiner Augen völlig in den Hintergrund drängen.

Als sich ihre Blicke trafen, zog Tomasso langsam seine Finger aus ihrem Mund. Abigail hatte keine Ahnung, welcher Instinkt bewirkte, dass sie daraufhin an diesen Fingern zu saugen begann, aber auf jeden Fall tat sie es, und sie erschrak nicht wenig, als diese Aktion ihren eigenen Körper vor Erregung kribbeln ließ. Ungläubig riss sie die Augen auf, während Tomasso die seinen für einen Moment schloss, dann leise stöhnte und den Kopf vorbeugte, bis sein Mund dicht an ihrem Ohr war.

»Ah, Dio mio, Abigail, du machst mich noch verrückt.« Seine Stimme war wie ein tiefes Poltern, und sein Atem elektrisierte die empfindliche Haut unterhalb ihres Ohrs. Dann knabberte er sanft an ihrem Ohrläppchen und klagte: »Dabei hatte ich so viel geplant.«

»Geplant?«, hauchte sie angestrengt, während sie den Kopf reflexartig schräg legte, da er seine Lippen an ihrem Hals entlang nach unten wandern ließ. Im Spiegel sah sie, wie Tomasso seine Hand von ihrem Bauch nahm und sie auf ihre Brust legte. Gleichzeitig fühlte sie, was sie sehen konnte, was ihren Körper scheinbar gleich doppelt heftig reagieren ließ.

Auch Tomasso schaute auf einmal in den Spiegel und sah sich dabei zu, wie seine Finger sie streichelten und massierten. Dann antwortete er leise: »Ich meinte das, was ich mit dir vorhatte.«

»Und was war das?«, fragte sie wie außer Atem, während sie ihren Po fester gegen ihn presste und den Rücken durchdrückte, als er mit der freien Hand an ihre andere Brust fasste. Abigail stöhnte auf und sah zu, wie er mit ihrem Körper spielte, wie er an ihren Nippeln zupfte und sie sanft kniff. Es war so unglaublich erotisch, zusehen zu können, was er alles mit ihr anstellte. Allerdings war es aus ihrer Sicht auch nur deshalb so erotisch, weil der Schaum glücklicherweise die Bereiche verdeckte, mit denen sie gar nicht zufrieden war. So war wenigstens nur das zu sehen, wozu sie auch stehen konnte.

Anstatt ihre Frage zu beantworten, nahm Tomasso seine Hand von einer Brust und legte sie an ihr Kinn, das er mit Daumen und Zeigefinger umfasste. Er drehte ihren Kopf zur Seite und hob ihn gleichzeitig ein wenig an, damit er sie auf den Mund küssen konnte. Die andere Hand hielt weiter ihre Brust umfasst und drückte sie dabei so fest, dass es fast schon wehtat. Abigail stöhnte lustvoll auf und drehte sich insgesamt mehr zu ihm um, damit sie den Kuss mit der gleichen Inbrunst erwidern konnte.

Auf einmal bemerkte sie etwas Kaltes an Schulter und Brust

und schnappte verdutzt nach Luft. Sie hatte keine Ahnung, was das gerade eben gewesen sein sollte. Erst als Tomasso den Kuss unterbrach, konnte sie sich umsehen. Dabei stellte sie erstaunt fest, dass sie immer noch das Champagnerglas in der Hand hielt. Offenbar hatte sie auch nicht mehr darauf geachtet, ob sie es gerade hielt oder nicht, und hatte dabei den Inhalt über sich gekippt.

»*Perfetto*«, murmelte Tomasso und hob sie im nächsten Moment hoch, um sie so zu sich zu drehen, dass er den verschütteten Champagner von ihrer Haut ablecken konnte. Einen Tropfen erwischte er gerade noch, der sich an ihrem Nippel gesammelt hatte, und dann nutzte er die Gelegenheit, um genüsslich an ihrem rosigen Nippel zu saugen. Von dort folgte seine Zungenspitze dem Pfad, den die köstliche Flüssigkeit von der Schulter aus genommen hatte. Dort angekommen gab er Abigail einen Kuss auf den Mund und positionierte sie im Wasser so, dass sie rittlings auf ihm saß.

Abigail keuchte leise, als sie über seine Erektion glitt. Nur beiläufig nahm sie wahr, dass er ihr das Glas aus den zitternden Fingern nahm. Nachdem sie die Hand frei hatte, vergrub sie sie in Tomassos Haaren, während sie seine Küsse erwiderte.

Ihre Hüfte bewegte sich wie aus eigenem Antrieb, sie glitt über seinen harten Schaft, der unter ihr praktisch gefangen war, solange sie so auf Tomasso saß. Jede Bewegung steigerte ihre Erregung um ein Vielfaches, anstatt allmählich an Intensität zu gewinnen. Bevor ihr das jedoch außer Kontrolle geraten konnte, hob Tomasso sie aus dem Wasser, bis sich ihre Brüste vor seinem Gesicht befanden. Er schloss die Lippen um einen Nippel und begann intensiv daran zu saugen.

Die Folge davon war eine fast schon schmerzhafte Lust, die Abigail einen spitzen Schrei entlockte, während sie sich in seine Schultern krallte und die Augen zukniff. Sie spürte, wie er sich mit ihr im Wasser bewegte und stutzte, als sie im nächsten Moment etwas Kaltes unter sich fühlte.

Als sie die Augen aufmachte, sah sie, dass er sie auf die Marmorumrandung am hinteren Ende der Wanne gesetzt hatte. Von dort konnte sie ihr Spiegelbild nicht mehr sehen, worüber sie auch froh war, weil hier kein Schaum war, der unvorteilhafte Stellen kaschieren konnte. Sie wusste bloß nicht, warum sie dort saß. Sie warf Tomasso einen verwunderten Blick zu, gerade als der vor ihr in Position ging. Noch während sie ihn anschaute, ließ er seine Hände über die Innenseite ihrer Oberschenkel gleiten, bevor er damit begann, sie weit auseinanderzudrücken und seinen Kopf dazwischen zu vergraben.

Abigail schrie auf, als sie seine Zunge auf ihrem glühenden Fleisch spürte. Wenn der erste Aufschrei noch darauf zurückzuführen war, dass diese Berührung so unverhofft kam, war jeder weitere, zum Teil erstickte Aufschrei nichts als die unverstellte Reaktion auf das, was Tomasso mit dem Spiel von Lippen, Zähnen und Zunge bewirkte. Abigail krallte ihre Finger in seine Haare und hielt sich fest, während er sie beinahe um den Verstand brachte, indem er sie jedes Mal bis an den Rand des Höhepunkts brachte, sich dann zurücknahm, nur um sie erneut bis kurz vor den Orgasmus zu treiben. Sie versuchte, seinen Kopf wegzuschieben, damit sie die Beine zusammenpressen und dieser Qual ein Ende bereiten konnte. Dabei drückte sie ihren Rücken so heftig gegen die Wand, dass sie fast fürchtete, die Wand könnte unter dem Druck nachgeben. Allerdings blieben alle ihre Versuche, Tomasso wegzudrücken, erfolglos.

Sie bekam Angst, dass ihr Körper mit einem Herzinfarkt reagieren könnte, wenn Tomasso nicht endlich aufhörte, da hob er auf einmal den Kopf und zog sie vom Rand zurück in die Wanne, wo sie abermals rittlings auf seinem Schoß landete. Diesmal jedoch kniete er in der Wanne, seine Erektion ragte halb aus dem Wasser. Anstatt Abigail wie zuvor so auf sich zu setzen, dass seine Erektion zwischen ihnen beiden gefangen war, dirigierte er sie jetzt genau auf die Spitze, ließ sie kurz in dieser Position verharren und zog sie dann so an sich, dass ihr Po gegen seine Oberschenkel klatschte. Wieder hielt er sie kurz fest, schob sie hoch und ließ sie erneut langsam auf sich gleiten.

Mehr als das war nicht nötig. Abigail hörte Tomassos Aufschrei, noch bevor ihr selbst ein ähnlicher Laut über die Lippen kommen konnte. Sie machte die Augen auf, um ihn anzusehen, da schrie sie ebenfalls vor Lust auf, und im nächsten Moment wurde sie von völliger Finsternis umschlossen.

Als Tomasso aufwachte, lag er verdreht auf dem Wannenboden, und Abigails Fuß drückte ihm ins Gesicht. Er betrachtete die süßen kleinen Zehen und dachte, dass es ein guter Gedanke von ihm gewesen war, noch schnell vor dem Abschluss ihrer leidenschaftlichen Begegnung den Stöpsel aus dem Abfluss zu ziehen. Er hob den Kopf, um einen Eindruck davon zu bekommen, in welcher Position sie sich eigentlich befanden.

Erinnern konnte er sich noch daran, dass er im ablaufenden Wasser gekniet und Abigail auf seinem Schoß gesessen hatte. Danach musste er wohl nach hinten gekippt und auf die Seite gerutscht sein, wobei er irgendwie noch seine Beine ausgestreckt haben musste, um auf dem Rücken liegend in der Wanne aufwachen zu können. Abigail schien es genauso ergangen zu sein, denn auch wenn sie sich noch halbwegs auf seinem Schoß befand, lag sie mit dem Rücken auf seinen Beinen, während sich ihre Füße links und rechts von seinem Kopf befanden.

Es war so, als hätten sie eine missratene Runde Twister gespielt, überlegte Tomasso und erinnerte sich an das eine Mal, als seine Cousine Zanipolo sie zu einer Partie überredet hatte. Damals hatte er das für ein dummes Spiel gehalten, aber wer wollte sich auch gemeinsam mit dem Bruder und drei anderen männlichen Verwandten die Gliedmaßen verdrehen, während Zanipolo in sicherer Entfernung danebenstand und ihnen Farben und Körperteile zurief? Mit Abigail könnte das gleiche Spiel viel interessanter sein, überlegte er und musste lächeln.

Diese Möglichkeit konnte er später immer noch aufgreifen, jetzt war er zuerst einmal damit beschäftigt, sich aus dem Gewirr aus Armen und Beinen zu befreien und Abigail aus der Wanne zu schaffen. Das erwies sich als gar nicht mal so schwierig, und er schaffte es sogar, ohne Abigail aufzuwecken, was seiner Meinung nach eine bemerkenswerte Leistung war. Bis er neben der Wanne stand und sich vorbeugte, um Abigail hochzuheben, und dabei bemerkte, welche Hitze sie ausstrahlte.

Mit ihr im Arm richtete er sich auf und betrachtete besorgt ihr blasses Gesicht. Am Abend zuvor, als sie sich noch am Strand aufgehalten hatten, war er schon der Meinung gewesen, dass sie sich etwas zu warm anfühlte. Dass sie nicht aufgewacht war, als er sie abgeholt und zum Boot gebracht hatte, war ihm durchaus etwas seltsam vorgekommen. Aber nachdem er vom Hotel aus die Hauptzentrale der Vollstrecker angerufen hatte und in ihr Zimmer zurückgekehrt war, da hatte er sie wohlbehalten in der Badewanne angetroffen, und es schien ihr wieder deutlich besser zu gehen.

Nachdenklich trug er sie zurück ins Schlafzimmer und legte sie aufs Bett, dann hielt er den Handrücken an ihre Stirn.

Das fühlte sich eindeutig nach Fieber an. Vermutlich war seine behutsame Art gar nicht der Grund dafür, wieso sie nicht aufgewacht war, als er sie aus der Wanne gehoben und zum Bett getragen hatte. Der Grund war vielmehr der, dass sie krank war. Er musste einen Arzt kommen lassen.

Tomasso beugte sich über Abigail und legte Bettdecke und Tagesdecke über sie, dann ging er um das Bett herum zum Telefon, das auf seinem Nachttisch stand. Nach einem kurzen Blick auf die Beschriftung neben den Tasten wählte er die Eins für den Empfang und wartete … und wartete. Mürrisch legte er auf und versuchte es noch einmal, doch auch jetzt meldete sich niemand. Fluchend legte er das Telefon aus der Hand und ging frustriert im Zimmer auf und ab, wobei er immer wieder Abigails blasses Gesicht betrachtete. Schließlich stürmte er aus dem Zimmer und machte sich auf den Weg zum Empfang. Vermutlich würde er auf diese Weise eher einen Arzt anfordern können.

Als Abigail aufwachte, lag sie wieder im Himmelbett, und sie war auch wieder allein. Gerade überlegte sie, ob sie eine Wiederholung ihres jüngsten Traums erleben würde, da begann ihr Magen so heftig zu rebellieren, dass sie sich die Hand vor den Mund halten musste, während sie aus dem Bett sprang und in Richtung Badezimmer rannte. Der Boden schwankte unter ihren Füßen, und sie schaffte es gerade noch rechtzeitig, den Kopf über die Toilettenschüssel zu halten.

Was dann folgte, waren endlos qualvolle Stunden. Zumindest kam es ihr so vor, wenngleich nur ein paar Minuten nötig waren, um den spärlichen Mageninhalt zu erbrechen, bis sie nur noch würgen musste.

Als der Würgereiz schließlich nachließ, sackte Abigail in sich zusammen und ließ erschöpft den Kopf auf ihren Arm sinken, der auf der Klobrille lag. Sie fühlte sich elend. Es kam ihr vor, als würde sie glühen, während ihr gleichzeitig eisige Schauer über den Rücken liefen. Ihr war übel, ihr dröhnte der Kopf, hinter den Augen lauerten stechende Schmerzen, und jedes Gelenk tat ihr weh. Abigail hatte sich nicht mehr so elend gefühlt, seit … nein, genau genommen konnte sie sich nicht daran erinnern, dass sie sich jemals so mies gefühlt hatte. Sie dachte kurz nach, dann schüttelte sie den Kopf. Nein. Ein paarmal hatte sie die Grippe gehabt, natürlich diverse Erkältungen und einmal auch eine Blinddarmentzündung, aber sie war sich ziemlich sicher, so etwas wie das hier noch nie mitgemacht zu haben. Außerdem war sie sich sicher, dass dies hier kein Traum war. Dafür waren die Schmerzen viel zu intensiv, der Geschmack nach Erbrochenem hielt sich beharrlich in ihrem Mund, und ihre Zähne begannen zu klappern. Sie träumte nicht, sie war wach – und noch dazu sterbenskrank.

Seltsam war nur, dass sie das nicht so sehr störte wie die Erkenntnis, dass ihr erstes Aufwachen in diesem Zimmer ebenfalls kein Traum gewesen war. Es musste real gewesen sein, denn im Erbrochenen hatte sie Überreste der Dinge wiedererkennen können, die Tomasso ihr in den Mund geschoben hatte.

Sie sollte wirklich gründlicher kauen, wenn das Essen noch so gut zu identifizieren war, überlegte sie und seufzte leise. Dann hob sie den Kopf und wollte aufstehen, hielt jedoch gleich wieder inne, als sich ihr Magen bedrohlich zusammenzog. Wenn ihr Magen noch hierbleiben wollte, warum sollte sie sich über diesen Wunsch hinwegsetzen?

Wieder legte sie den Kopf auf ihren Arm, rümpfte dann aber die Nase und machte den Rücken gerade, damit sie sich gegen die Wand hinter ihr lehnen konnte. Sie schloss die Augen und dachte an das Intermezzo mit Tomasso, das sie für einen Traum gehalten hatte, und versuchte herauszufinden, warum es ihr so viel ausmachte, dass das alles tatsächlich so passiert war. Es war schließlich nicht das erste Mal, dass sie mit Tomasso intim geworden war … und das zweite Mal auch nicht.

Aber es war das erste Mal gewesen, dass sie richtigen Sex miteinander hatten, ging es ihr durch den Kopf.

Ganz so, wie sie es erwartet hatte, war der Sex mit ihm unglaublich gut gewesen. Fast schon außerirdisch gut. Der beste Sex, den sie jemals gehabt hatte. Und dabei auch noch peinlich schnell vorbei, wie ihr auf einmal bewusst wurde. Für das Vorspiel hatte das nicht gegolten, aber Tomasso war eben erst in sie eingedrungen, da hatten sie beide sich die Lunge aus dem Hals geschrien und waren ohnmächtig geworden.

War es dann überhaupt von Bedeutung, dass es so kurz gewesen war, wenn sie es doch genossen hatten, fragte sich Abigail. Denn das hatten sie. Sie auf jeden Fall. Und letzte Nacht, als sie von ihrem Orgasmus übermannt worden war, da hatte sie Sterne gesehen und … *Fangzähne?*, flüsterte sie verwirrt, als ihr diese Erinnerung durch den Kopf ging. Abigail hatte einen Schrei aus Leidenschaft ausstoßen wollen, als ihr Körper den Höhepunkt erreichte. Doch Tomasso war ihr mit seinem Schrei zuvorgekommen, und sie schlug die Augen auf, um ihn anzusehen. Sein ganzer Leib war steif und starr gewesen. Den Rücken weit durchgedrückt, den Kopf in den Nacken gelegt, hatte er den Mund weit aufgerissen … sodass sie Fangzähne hatte erkennen können. Tomasso hatte wie ein großer, sexy und ziemlich nackter Vampir ausgesehen, der im Begriff war, jemanden in den Hals zu beißen.

Sie schüttelte den Kopf. Das konnte nicht wirklich geschehen sein, es musste Teil eines Traums gewesen sein. Das *Ganze* konnte einfach nichts anderes als ein Traum gewesen sein, denn Tomassos Penis war völlig unversehrt gewesen, obwohl er in Wahrheit ziemlich übel zugerichtet war. Das hatte Abigail mit eigenen Augen gesehen, immerhin hatte sie selbst das Antiseptikum aufgetragen und ein Antibiotikum eingerieben. Der Penis, mit dem sie das gemacht hatte, war definitiv nicht der aus ihrem Traum, denn der war perfekt gewesen.

»Eindeutig ein Traum«, murmelte sie und lachte kurz auf.

Sie musste erneut den Kopf schütteln, weil sie sich nur etwas eingebildet hatte. Doch dann fiel ihr Blick wieder auf die Reste aus ihrem Magen, die in der Toilette schwammen. Es waren die Dinge, mit denen der Traum-Tomasso sie gefüttert hatte.

Abigail saß stumm da, während ihr Gehirn versuchte, sich einen Reim auf diese Widersprüche zu machen.

Das Essen, das sie erbrochen hatte, war das Essen aus ihrem Traum. Wenn das Essen real war, dann musste auch der Traum real sein. Aber Tomassos Penis hatte in diesem Traum völlig unversehrt ausgesehen, während der reale Penis ziemlich lädiert war. Folglich war das sexuelle Intermezzo nur ein Traum gewesen.

Abigail betrachtete die beiden widersprüchlichen Schlussfolgerungen, als sich eine leise Stimme in ihrem Kopf zu Wort meldete: *Aber Verletzungen sollen bei Vampiren doch so schnell verheilen, oder nicht?*

Seufzend kniff sie die Augen zu. Natürlich war das so, zumindest in allen Filmen und Serien mit Vampiren, die sie gesehen hatte. Mit ein bisschen Blut heilte bei ihnen so gut wie alles, und das im Handumdrehen. Kaum hatte Abigail sich das vor Augen geführt, meldete sich die Stimme in ihrem Kopf erneut zu Wort. *Außerdem hat er Fangzähne*, machte sie ihr klar. *Du hast sie selbst gesehen.*

Allmählich ging ihr diese Stimme auf den Geist.

Könnte es sein, dass er dich gebissen hat, als du geschlafen hast? Vielleicht geht es ihm ja deshalb wieder so gut, während du dich so elend fühlst, kam gleich darauf die Erklärung.

Abigail stutzte und versuchte zu verstehen, was ihr Unterbewusstsein ihr sagen wollte. »Was?«, murmelte sie verwirrt. »Mir soll es so schlecht sein, weil ich mich in einen Vampir verwandele?«

Oha, daran habe ich ja noch gar nicht gedacht, erwiderte die Stimme. *Ich dachte bloß, wir sind wegen des Blutverlusts so schlapp. Aber dass wir uns in Vampirella verwandeln, ergibt eigentlich mehr Sinn. Das würde auch erklären, wieso du so schrecklich kotzen musstest.*

Ungläubig riss sie die Augen auf. Es ergab tatsächlich mehr Sinn. Blutverlust würde ihr Übelkeit und Schwindel bereiten, vielleicht wurde man davon auch kurzatmig und müde, auf jeden Fall aber blass. Es wäre aber kein Grund für Fieber und Erbrechen.

Zumindest würde es mehr Sinn ergeben, wenn Tomasso sie tatsächlich gebissen haben sollte, schoss es ihr durch den Kopf, und sofort stand sie auf. Ihr Magen protestierte zwar und begann sich erneut umzudrehen, doch Abigail ging darüber hinweg, richtete sich auf und schwankte zum Tresen mit den beiden Waschbecken. Sie beugte sich vor, hob das Kinn an und begutachtete ihren Hals.

Es verschlug ihr den Atem, als sie zwei Einstichstellen am Hals entdeckte. Zitternd hob sie die Hand, um die Punkte zu berühren, die die richtige Größe hatten und deren Abstand zur Position der Fangzähne passte, die sie aus Tomassos Oberkiefer hatte hervorkommen sehen.

Verdammt! Er hat mich gebissen!, dachte Abigail bestürzt.

War sie deshalb im Flugzeug ohnmächtig geworden? Vermutlich ja, überlegte sie. Und wahrscheinlich hatte er sie letzte Nacht auch wieder gebissen. Der Blutverlust musste der Grund dafür sein, dass sie erneut ohnmächtig geworden war. Der Mann bediente sich bei ihr wie ein Blutegel. Zwar ein großer, sexy Egel, kein schleimiger, glitschiger Egel, aber trotz allem ein Egel. Bestimmt war das auch die Erklärung dafür, dass er sie attraktiv fand. Das Blut von einer Pummeligen schmeckte sicherlich besser als von einem magersüchtigen Model.

159

Mit finsterer Miene beugte sie sich vor, um sich im Spiegel genauer zu betrachten. Es wunderte sie, dass die beiden Einstiche nicht mehr frisch waren. Danach zu urteilen, wie weit sie verheilt waren, mussten sie bestimmt schon drei Tage alt sein. Vielleicht sogar vier … also waren sie ungefähr entstanden, kurz nachdem sie in Jets Frachtmaschine auf Tomasso gestoßen war. Jedenfalls vermutete sie das. Es fiel ihr inzwischen schwer, die einzelnen Tage voneinander zu unterscheiden, und Gewissheit konnte sie momentan in keiner Hinsicht haben.

Wieder strich sie mit dem Finger über den Schorf und erinnerte sich daran, wie Tomasso in der Frachtmaschine hinter ihr gestanden hatte. Die Arme hatte er um sie gelegt, um sie mit den Fingern zu liebkosen, den Mund hatte er an ihren Hals gedrückt … und dann hatte sie einen leicht stechenden und danach einen leicht ziehenden Schmerz gespürt, unmittelbar bevor sie ohnmächtig geworden war.

Das war auf jeden Fall die Erklärung für ihre Ohnmacht. Er musste jedes Mal von ihrem Blut getrunken haben, wenn sie …

Ihre Gedanken verloren sich, und sie drehte den Kopf nach rechts und links, um den Hals nach weiteren Einstichstellen abzusuchen. Aber da war nichts. Jedenfalls nicht am Hals, auch nicht an den Schultern oder an der Brust oder an einer anderen Stelle, die sie im Spiegel sehen konnte. Sie tastete den Nacken ab, wurde aber nicht fündig.

Abigail ließ die Hände sinken und blickte nachdenklich drein. Wenn er sie nur einmal gebissen hatte, warum wurde sie dann jedes Mal ohnmächtig, wenn sie beide sich liebten? Beim letzten Mal in der Badewanne hatte sie so abrupt das Bewusstsein verloren, als hätte jemand einen Schalter umgelegt. Aber sie konnte sich nicht daran erinnern, dass er sehr viel Zeit an ihrem Hals verbracht hatte. Viel mehr Zeit hatte er damit verbracht …

Abigail sah nach unten zu ihren Oberschenkeln. Wenn sie da unten irgendetwas feststellen wollte, brauchte sie eine Taschenlampe und eine kleinen Spiegel, den sie in der Hand halten konnte. Dummerweise würde sich beides in einer Hotelsuite vermutlich nicht finden. Trotzdem konnte sie sich ja mal umsehen.

Sie wandte sich vom Tresen ab und ging zur Tür, verlangsamte jedoch ihre Schritte, als der Raum sich vor ihren Augen zu drehen begann. Sie blieb stehen und suchte mit der Hand nach irgendeinem Halt. Aber dafür war es bereits zu spät, denn mit einem Mal kam ihr der Fußboden entgegen …

9

»Fieber, sagen Sie?«

»*Si*«, antwortete Tomasso, während er die Tür zu der Villa aufschloss, die er für sich und Abigail gemietet hatte, nachdem die Angler sie beide an der Anlegestelle des Resorts abgesetzt hatten. Es handelte sich um ein Luxusresort, in dem die Männer ebenfalls einquartiert waren. Da Tomasso sich in Punta Cana nicht auskannte und nicht wusste, was es hier sonst noch gab, hatte er sich kurz entschlossen für das Resort entschieden. Außerdem würden die Männer am nächsten Morgen bei Sonnenaufgang abreisen, also musste er nur dafür sorgen, dass er ihnen bis dahin aus dem Weg ging, um sicherzustellen, dass die von ihm manipulierten Erinnerungen an ihr Zusammentreffen nicht an die Oberfläche traten.

»Irgendwelche anderen Symptome?«, wollte der Arzt wissen und folgte ihm in die Villa, nachdem Tomasso die Tür aufgeschlossen hatte.

»Nein«, antwortete Tomasso, stutzte dann aber. Bevor er losgeeilt war, um den Arzt zu holen, hatte er Abigail nicht noch weiter untersucht. Vermutlich hätte er das zur Sicherheit machen sollen, konnte jetzt aber nur froh sein, dass es ihm nicht in den Sinn gekommen war. Dr. Cortez wohnte nicht hier im Resort und war im Begriff gewesen, nach dem Abendessen und ein paar Drinks die Heimfahrt anzutreten, als Tomasso ihn ausfindig gemacht hatte. Es hatte seine besondere Überredungsfähigkeit in Form von Gedankenkontrolle erforderlich gemacht, damit der Mann ihn zur Villa begleitete.

Tomasso ging vor dem Mann her zu ihrer Suite, öffnete die Tür und stutzte, als er das leere Bett sah. Irritiert lief er zur Badezimmertür und rief: »Abigail?«

Keine Antwort. Als er die Tür öffnete, wurde ihm der Grund dafür klar. Abigail lag nackt und reglos auf dem Boden, die Arme und Beine verdreht wie bei einer Puppe, die jemand achtlos weggeworfen hatte. Fluchend ging er zu ihr und rief erneut ihren Namen, worauf Dr. Cortez ihm ins Badezimmer folgte.

Tomasso kniete sich neben Abigail und drehte sie um. Er erschrak, als er ihr leichenblasses Gesicht und die dunklen, fast schwarzen Ringe unter ihren Augen sah.

»Sie hat sich übergeben.«

Als Tomasso den fast beiläufigen Kommentar hörte, drehte er sich zu Dr. Cortez um, der seine Arzttasche neben den Waschbecken abgestellt hatte und in die Toilette schaute. Nachdem er abgezogen hatte, kam er zu Tomasso und hockte sich auf der anderen Seite neben Abigail. Er fühlte ihre Stirn, zog die Lider hoch, um sich ihre Augen anzusehen. Dann schob er ihre Lippen auseinander, um einen Blick auf ihr Zahnfleisch zu werfen. Schließlich musterte er ihre Arme, hob einen von beiden hoch und sah ihn sich von allen Seiten an. Danach drehte er Abigail wieder auf die Seite und betrachtete ihren Rücken.

»Sie hat jede Menge Insektenstiche abbekommen«, merkte der Arzt an. »Und es sieht so aus, als würde sich da ein Ausschlag bilden.«

Tomasso musste einräumen, dass der Arzt völlig recht hatte.

»Hat sie sich über Kopfschmerzen beklagt?«, wollte Dr. Cortez wissen und ging zur Badewanne.

»Nein«, brachte Tomasso leise heraus, während sein besorgter Blick über Abigails Gesicht wanderte, als er sie wieder auf den Rücken legte.

»Gelenkschmerzen?«, hakte der Doktor nach. »Schmerzen hinter den Augen?«

»Nein«, fuhr Tomasso den Mann fast an, während er sich die Moskitostiche ansah. Hatte Abigail diese Stiche und den Ausschlag bereits gehabt, als sie zusammen in der Wanne gesessen hatten? Zumindest war ihm das nicht aufgefallen.

Der Doktor drückte den Stöpsel in den Abfluss und drehte das kalte Wasser weit auf. »Wie lange hält sie sich schon in der Dominikanischen Republik auf?«

»Seit vier Tagen«, antwortete Tomasso.

»Hmm«, machte der Doktor und straffte die Schultern. »Das würde passen.«

»Wozu würde es passen?«, wollte Tomasso ein wenig ungehalten wissen. »Haben Sie eine Vermutung, was es sein könnte?«

»Ich muss ihr ein paar Blutproben entnehmen und im Labor untersuchen lassen«, antwortete Dr. Cortez zögerlich und ging zu seiner Arzttasche, um verschiedene Dinge herauszuholen. Als er wieder neben Abigail kniete, führte er seinen angefangenen Satz zu Ende: »Aber ich tippe auf Dengue-Fieber.«

»Was ist das?«, hakte Tomasso sorgenvoll nach. Er war sich sicher, den Begriff schon mal gehört zu haben, aber er hatte keine Ahnung, was sich dahinter verbarg.

»Das ist nur ein dünner Schlauch. Den binde ich um ihren Arm, um das Blut zu stau…«

»Ich wollte wissen, was das Dengue-Fieber ist«, fiel Tomasso ihm gereizt ins Wort, da er keine Erklärungen hören wollte, welche Vorbereitungen der Mann für die Blutabnahme traf.

»Oh.« Dr. Cortez zog den Schlauch fest, dann schob er die Nadel in Abigails Vene und sah zu, wie sich das Glasröhrchen füllte. Schließlich sagte er: »Ein Virus, der hier weit verbreitet ist. Er wird von Moskitos übertragen.«

»Ist das schlimm?«

»Lästig«, meinte der Arzt und verzog den Mund. »Aber es sollte ihr bald wieder gut gehen.«

»Gott sei Dank.« Tomasso atmete erleichtert auf, versteifte sich aber gleich wieder, als Abigail leise stöhnte und sich rührte.

Sie schlug die Augen auf, woraufhin Tomasso ein zuversichtliches Lächeln aufsetzte, da er ihren verwirrten Blick bemerkte. Sein Lächeln wich einem eiskalten Schauer, als sie ihm mit rauer Stimme an den Kopf warf: »Du hast mich gebissen!«

»Sie fantasiert«, sagte Cortez beschwichtigend, da Tomasso sie mit ausdrucksloser Miene anstarrte.

Abigail drehte die Augen in Richtung des Arztes, ihr Kopf folgte nur träge. Dann stutzte sie. »Wer sind Sie?«

»Ich bin Dr. Cortez, mein Kind. Ruhen Sie sich aus, Sie sind krank.«

»Neeeeein«, protestierte sie gedehnt und drehte den Kopf wieder in die andere Richtung. »Ich werde mich verwandeln. Er hat mich gebissen.«

»Ist das wahr?«, fragte Dr. Cortez in sanftem Tonfall und tauschte das volle Glasröhrchen gegen ein leeres aus, da er mehr Blut von ihr benötigte.

»Ja.« Sie riss den Kopf zu dem Arzt herum, ihre schönen grünen Augen vor Entsetzen weit aufgerissen. »Sie sollten nicht hier sein. Ich könnte Sie beißen.« Sie hob den Kopf und fügte kläglich hinzu: »Ich will niemanden beißen.«

»Das wäre auch besser so«, murmelte er und war ganz auf die Blutabnahme konzentriert.

Tomasso sah zwischen dem Mann und Abigail hin und her, seine Gedanken überschlugen sich, während er zu entscheiden versuchte, was er am besten tun sollte. Sie schien zu wissen, was er war, oder zumindest schien sie irgendetwas zu wissen oder zu ahnen. Und sie redete mit dem Arzt darüber, der davon gar nichts wissen sollte. Es war offensichtlich, dass er ihre Äußerungen dem vermeintlichen Fieberwahn zuschrieb. Aber was, wenn er irgendwann später anfing zu grübeln und …

»Ich schmecke Blut«, redete Abigail vor sich hin und drehte wieder den Kopf hin und her. »Wieso schmecke ich … oh!« Ihr Gesicht nahm einen Ausdruck blanken Entsetzens an. »Ich habe schon jemanden gebissen, nicht wahr? Ja, das habe ich«, fügte sie mit Nachdruck hinzu. »Ich will kein blutsaugender Teufel sein!«

»Sie hat hohes Fieber, deshalb diese Wahnvorstellungen«, diagnostizierte Dr. Cortez, beendete die Blutabnahme und richtete sich auf, um die Blutproben in seiner Tasche zu verstauen. »Schaffen Sie sie in die Badewanne. Sie müssen dafür sorgen, dass die Temperatur runtergeht.«

Tomasso zögerte, da er immer noch nicht so recht wusste, was er mit dem Arzt machen sollte.

»Wessen Blut ist das?«, stöhnte Abigail und sah auf ihre Hände, als wären die mit Blut beschmiert. Das waren sie aber nicht, und genau das half Tomasso bei seiner Entscheidung, als er Abigail hochhob und zur Wanne trug. Er konnte den Mann vorerst in Ruhe lassen, denn Abigail hatte sich durch ihre letzte Äußerung so unglaubwürdig gemacht, dass der Mann sicher nicht auf die Idee kommen würde, an ihren seltsamen Bemerkungen könnte irgendwas dran sein. Notfalls konnte er die Erinnerung des Mannes immer noch löschen.

Die Wanne war ungefähr halb voll, als Tomasso sie ins Wasser setzte. Als seine Arme mit dem Wasser in Berührung kamen, merkte er erst, wie kalt es bereits geworden war. Er hätte damit gerechnet, dass Abigail zusammenzucken würde, aber er war nicht darauf gefasst, dass sie die Augen aufriss, zu schreien begann, als müsste sie Höllenqualen erleiden, und sofort versuchte, die Wanne wieder zu verlassen. Sie krallte sich dabei unerbittlich an Tomasso fest, damit sie sich an ihm nach oben und aus dem Wasser ziehen konnte.

»*Calma*, Abigail, *calmati*«, redete er beschwichtigend auf sie ein, während er ihre Handgelenke fasste und ihre Fingernägel aus seinem Fleisch zog. Er drückte sie zurück ins Wasser und hielt sie fest, während er seine Worte fortlaufend wiederholte. Zu seiner großen Erleichterung gab sie ihren Widerstand nach nicht mal einer Minute auf, schloss die Augen und erschlaffte am ganzen Körper.

»Ich werde Sie anrufen, sobald ich die Ergebnisse habe.«

Tomasso drehte sich um und sah, dass der Arzt seine Tasche gepackt hatte und zur Tür ging.

»Warten Sie!«, rief er aufgebracht. »Was ist mit Medikamenten?«

»Ich sage an der Rezeption Bescheid, dass man Paracetamol für sie besorgen soll. Das hilft gegen die Schmerzen. Von Aspirin sollten Sie lieber die Finger lassen, das fördert nur Blutungen«, wies er Tomasso an. »Und baden Sie sie weiter in kaltem Wasser, wenn das Fieber zu sehr steigt.«

»Das ist alles?«, fragte Tomasso ungläubig. »Was ist mit richtiger Arznei? Antibiotika oder so?«

»Dengue-Fieber ist ein Virus, dagegen kann ein Antibiotikum nichts ausrichten«, erklärte Cortez geduldig. »Geben Sie ihr einfach das Schmerzmittel, machen Sie kalte Bäder, und behalten Sie sie im Auge. Sie sollte sich innerhalb der nächsten Tage aus eigener Kraft erholen. Falls nicht oder falls Blutungen einsetzen, rufen Sie mich an. Das könnte auf Komplikationen hindeuten.«

»Was für Komplikationen?«, wollte Tomasso wissen, dem dieses Wort gar nicht gefiel.

»In seltenen Fällen kann es zum hämorrhagischen Dengue-

167

Fieber kommen, manchmal sogar zum Dengue-Schocksyndrom, das tödlich verlaufen kann«, räumte Cortez ein, fügte aber rasch hinzu: »Aber das passiert äußerst selten, für gewöhnlich bei Menschen mit geschwächtem Immunsystem. Behalten Sie sie also im Auge und rufen Sie mich an, wenn es Probleme gibt.«

Tomasso drehte sich wieder zu Abigail um. Seine Sorge steigerte sich schlagartig, als er daran dachte, wie blass und erschöpft sie gewesen war, als sie sich das erste Mal begegnet waren. Sie war abgekämpft, weil sie sich um ihre sterbende Mutter gekümmert hatte. Hinzu kam, dass sie beide in den letzten Tagen nur wenig gegessen und getrunken hatten. Zweifellos war sie dadurch dehydriert. Würde eine Kombination aus diesen Faktoren zu einer Schwächung ihres Immunsystems führen? Vielleicht sollte er besser die Kontrolle über den Arzt übernehmen, damit der bei ihnen blieb, bis sie wussten, ob Abigail sich aus eigener Kraft erholen würde oder ob …

Das Geräusch einer zufallenden Tür riss ihn aus seinen Gedanken. Er drehte den Kopf zur Seite und musste feststellen, dass Dr. Cortez ihm entwischt war. Er konnte dem Mann hinterherlaufen und ihn veranlassen, hierher zurückzukehren, doch er wollte Abigail nicht unbeobachtet in der Wanne liegen lassen, solange sie bewusstlos war. Andererseits wollte er sie auch nicht aus der Wanne holen, bevor das Fieber gesunken war. Also ließ er den Arzt gehen und konzentrierte sich darauf, Abigails Kopf über Wasser zu halten, während er mit der anderen Hand den Wasserhahn zudrehte.

Leise seufzend machte er es sich neben der Wanne so bequem, wie es ging, und betrachtete Abigail voller Sorge. Nicht nur, dass sie jetzt krank war, schien es doch, als hätte sie eine Ahnung … nun, auf jeden Fall wusste sie, dass er sie gebissen hatte. Wie sie auf einmal dahintergekommen war, konnte er sich nicht erklären, denn immerhin hatte sich dieser Biss vor vier Tagen in der Frachtmaschine ereignet, und in der Zeit danach war sie nicht ein einziges Mal darauf zu sprechen gekommen. Es sei denn, sie hatte es gewusst, aber es war ihr egal gewesen bis zu dem Moment, als es ihr auf einmal schlechter ging.

Sie hatte auch davon geredet, dass sie im Begriff sei sich zu verwandeln und dass sie kein blutsaugender Teufel sein wolle. Die Erinnerung ließ Tomasso zusammenzucken. Noch nie hatte ihn jemand als blutsaugenden Teufel bezeichnet, und es gefiel ihm auch ganz und gar nicht. Entscheidender war jedoch, dass ihr eine solche Vorstellung offensichtlich überhaupt nicht behagte.

Andererseits redete sie im Fieberwahn, hielt er sich vor Augen, um sich selbst Mut zu machen. Vielleicht wusste sie gar nicht, was sie redete. Vielleicht hatte das alles mit einem Traum zu tun, von dem sie heimgesucht worden war, während sie hier auf dem Boden gelegen hatte.

»Ja, sicher«, murmelte Tomasso abfällig und kam zu der ernüchternden Erkenntnis, dass er ihr alles in Ruhe hätte erklären sollen, als sie noch im Dschungel unterwegs gewesen waren. Vermutlich hatte er durch seine Untätigkeit alles nur noch schlimmer gemacht.

Tomasso schnarchte auf eine schnaufende Art, die sein Kinn, das ihm auf die Brust gesackt war, leicht vibrieren ließ. Abigail lächelte flüchtig. Seit schätzungsweise zehn Minuten war sie wach und beobachtete ihn, wie er im Sessel neben dem Bett fest schlief. In dieser Zeit hatte sie versucht herauszufinden, wo sie sich befand, was um sie herum los war und wer oder was Tomasso eigentlich war. Dabei war Abigail zu verschiedenen Schlussfolgerungen gekommen.

Sie hatten die Zivilisation erreicht, und nach dem Zimmer zu urteilen, in dem sie sich befand, musste es sich um ein Luxusresort handeln. Sie konnte sich nicht daran erinnern, wie und wann sie dorthin gelangt waren, und sie wusste auch nichts davon, dass sie hier eingecheckt hatten. Vermutlich hatte sie sich zu der Zeit schon zu schlecht gefühlt, als dass ihr davon etwas in Erinnerung geblieben wäre. Womit sie beim zweiten Teil ihrer Schlussfolgerung angekommen war. Abigail war es extrem schlecht gegangen, so als wäre sie todkrank. Wenn sie sich richtig daran erinnerte, in welcher Verfassung sie in diesem Zimmer aufgewacht war, dann konnte sie ohne jeden Zweifel sagen, dass ihr noch nie so übel gewesen war. Niemals in ihrem ganzen Leben.

Sie wusste, dass sie eine Zeit lang vor Fieber nicht sie selbst gewesen war, was sie nicht wusste, war, wie lange diese Phase gedauert hatte. Allerdings waren da auch ein paar klare Momente gewesen, und in einem von diesen war sie aufgewacht und hatte Tomasso gesehen, wie er sich leise mit einem Mann namens Dr. Cortez unterhielt. Sie hatte die beiden an der Tür stehen sehen, wobei der Arzt im Begriff gewesen war, das Zimmer zu verlassen. Sie hatte kaum etwas von der Unterhaltung der beiden mitbekommen. Allerdings hatte sie den Begriff Dengue-Fieber aufgeschnappt, ehe sie in den nächsten rastlosen Schlaf versunken war.

Abigail stutzte. Sie hatte bei der Suche nach geeigneten Ferienzielen für sich und ihre Mutter etwas über Dengue-Fieber gelesen und wusste, was es damit auf sich hatte. Oder besser gesagt: Sie hatte geglaubt, zu wissen, was das war. Es hatte sich nach einer lästigen, grippeähnlichen Erkrankung angehört. Aber jetzt, nachdem sie das Fieber durchgemacht hatte, konnte sie mit Gewissheit sagen, dass es nichts Schlimmeres gab. Verglichen mit Dengue-Fieber war sogar die schlimmste Grippe wie ein leichter Schnupfen. Ganz ehrlich, sie hatte sich in ihrem ganzen Leben noch nie so mies gefühlt.

Sie hatte die heiße Hühnerbrühe nicht bei sich behalten können und noch nicht mal das Wasser, das Tomasso ihr eingeflößt hatte, damit sie nicht austrocknete. Jedes Gelenk hatte ihr so wehgetan, als wäre sie von einem Lastwagen überrollt worden. Ihr Kopf hatte gedröhnt wie eine Buschtrommel, und die Schmerzen hinter ihren Augen waren schier unerträglich. Abigail war davon überzeugt gewesen, das nicht zu überleben.

Und nun war sie wieder aufgewacht und fühlte sich deutlich besser. Zumindest vergleichsweise. Ihr Kopf tat ihr noch immer weh, das Gleiche galt für ihre Gelenke, aber das Fieber war offenbar weg. Das war ein gutes Zeichen, oder?

Abigail seufzte und bewegte die Zunge im Mund hin und her, um den Speichelfluss in Gang zu setzen, damit diese elende Trockenheit ein Ende nahm. Es schien aber nichts zu bewirken, also war ein Glas Wasser vonnöten.

Sie sah wieder zu Tomasso, sprach ihn aber nicht an und gab auch sonst keinen Laut von sich, der ihn hätte wecken können. Sie war sich ziemlich sicher, dass er nicht mehr geschlafen hatte, seit sie krank geworden war. Immer, wenn sie aufgewacht war, hatte er bei ihr gesessen, um sich sofort um sie zu kümmern. Er zerdrückte Tabletten und löste sie in Wasser auf, das sie trinken sollte, weil es gegen die Schmerzen helfen würde. Löffel für Löffel hatte er sie mit Brühe gefüttert und dabei leise auf sie eingeredet, dass sie essen müsse, um bei Kräften zu bleiben und dieses Fieber zu besiegen. Er brachte sie ins Badezimmer, wann immer das nötig war, und er tauchte sie in die Wanne voll mit eiskaltem Wasser. Das wurde jedes Mal von Entschuldigungen und Beteuerungen begleitet, dass er das tun müsste, so sehr ihm das auch widerstrebte.

171

Manchmal, wenn sie aufgewacht war, hatte er nur dagesessen und ihre Hand gehalten, während er auf Italienisch leise auf sie einredete. Was er dabei zu ihr gesagt hatte, wusste sie nicht im Einzelnen, jedenfalls tauchten immer wieder die Begriffe *cara, bella* und Lebensgefährtin auf, was die Vermutung nahelegte, dass er ihr keine Geschichten aus seiner Kindheit erzählte.

Tomasso regte sich auf seinem Platz, begann irgendetwas auf Italienisch zu murmeln, dann verstummte er wieder, bis nur seine tiefen Atemzüge zu hören waren. Abigail ihrerseits atmete erleichtert auf, nachdem sie gebannt darauf gewartet hatte, ob er aufwachen würde oder nicht. Sie war nicht enttäuscht darüber, dass er weiterschlief. Obwohl sie Durst hatte und Unruhe verspürte, freute sie sich nicht auf den Moment, wenn sie sich bei ihm entschuldigen musste. Eine Entschuldigung war aber dringend angebracht, denn sie war zu der Erkenntnis gelangt, dass sie zwischendurch zumindest für ein paar Minuten den Verstand verloren haben musste, weil sie der Meinung gewesen war, er sei so was wie ein Vampir, von dem sie gebissen worden sei. Dieser kurzzeitige Wahnsinn musste von dem Fieber ausgelöst worden sein, denn jetzt war sie wieder bei klarem Verstand und wusste, dass das ein völlig lächerlicher Gedanke gewesen war.

Erstens gab es keine Vampire. Das verstand sich von selbst und musste nicht erst noch betont werden.

Zweitens war der Mann am helllichten Tag unterwegs gewesen, er war geschwommen, er hatte Fische gefangen, er war auf Palmen geklettert, um an die Kokosnüsse zu gelangen. Jeder wusste, dass Vampire tagsüber nicht das Haus verließen, da sie sonst in Flammen aufgehen und zu einem Häufchen Asche verbrennen würden. Was natürlich völliger Unsinn war, da es keine Vampire gab.

Drittens hatte sie nicht unter Blutverlust gelitten und es hatte auch keine Verwandlung in eine Vampirin gedroht, denn sie hatte Dengue-Fieber gehabt. Also hatte sie ganz offensichtlich für kurze Zeit den Verstand verloren. Diese Fangzähne, von denen sie glaubte, sie hätte sie kurz vor Einsetzen der Ohnmacht gesehen, konnten nur eine vom Fieber ausgelöste Halluzination gewesen sein. Und diese Bewusstlosigkeit an sich? Nun ja, wahrscheinlich war ihr Körper einfach zu geschwächt gewesen, weil er gegen die Krankheit hatte ankämpfen müssen.

Zugegeben, das erklärte nicht, wieso Tomasso auch jedes Mal das Bewusstsein verloren hatte. Oder woher die beiden Einstiche an ihrem Hals stammten, die wie der Biss eines Vampirs aussahen. Aber auf keinen Fall konnte Abigail glauben, dass dieser nette Mann, der ihr so viel Lust bereitet und sich während ihrer Krankheit so fürsorglich um sie gekümmert hatte, ein Vampir sein sollte. Nie im Leben!

»Du bist ja wach.«

Ihr wurde bewusst, dass ihr Blick auf Tomassos nacktem Oberkörper geruht hatte, als sie ihren Gedanken nachgegangen war. Sie hob den Kopf leicht an, sah ihm ins Gesicht und brachte ein Lächeln zustande, als er aus dem Sessel aufsprang und sich zu ihr auf die Bettkante setzte.

»Das Fieber ist vorbei«, stellte er erleichtert fest, als er ihre Stirn fühlte. Dann jedoch stutzte er und sah sie irritiert an. »Aber du fühlst dich klamm an. Wie geht es dir?«, fragte er.

»Ich habe Durst«, erwiderte sie und wunderte sich, dass ihre Stimme kaum mehr war als ein Kratzen.

»Ja, natürlich. Du musst ja völlig ausgetrocknet sein«, sagte er, drehte sich zum Tisch neben dem Bett um und griff nach der Kanne mit Wasser und einem leeren Glas.

»Oh ja, und wie«, flüsterte sie und sah ihm zu, wie er die wundervolle Flüssigkeit aus der Kanne in das Glas füllte. Er stellte das Glas auf den Tisch, legte einen Arm um Abigails Schultern und drückte sie nach vorn, um einen Stapel Kissen hinter ihr aufzutürmen. Erst als sie sicher dasaß, griff er nach dem Glas Wasser.

Sie trank gierig ein paar Schlucke, als er ihr das Glas an die Lippen hielt. Dann machte sie die Augen zu und seufzte zufrieden, als die köstliche Flüssigkeit ihre Zunge benetzte und sich in ihrem Mund verteilte. Es war ein so wunderbares Gefühl, dass sie das Wasser erst noch einen Moment lang im Mund behielt, ehe sie es hinunterschluckte, damit ihre gleichermaßen ausgedörrte Kehle auch etwas davon hatte.

»Mehr«, raunte sie ihm zu und versuchte sich am Glas festzuklammern, als Tomasso es wegzog.

»Ganz langsam«, warnte er sie, doch das Gefühl, Wasser trinken zu können, war so gut, dass sie mehr trank, als gut für sie war. Erneut wollte er ihr das Glas wegnehmen, da bemerkte sie einen roten Tropfen, der im Wasser landete und sich sofort verteilte. Ein zweiter Tropfen folgte.

»Tomasso?«, murmelte sie verunsichert und hob instinktiv eine Hand an ihr Gesicht, als auf einmal Blut aus ihrer Nase schoss. Sie schmeckte es auch im Mund, und was war das da auf ihrem Arm, wunderte sich Abigail beunruhigt. Ihr fiel auf, dass kleine Blutblasen entstanden waren, und gleichzeitig bildeten sich Schweißtropfen auf ihrem Arm, die allerdings blutrot gefärbt waren. Ehe sie darüber in Panik geraten konnte, jagte auf einmal ein Stich durch ihren Magen, der sie vor Schmerzen aufschreien ließ. Reflexartig krümmte sie sich zusammen und drückte die Hände auf ihren Bauch. Sie spürte, wie die Flüssigkeit, die sie eben erst zu sich genommen hatte, durch die Speiseröhre aufstieg. »Ich glaube, ich muss …«

Fluchend stellte Tomasso das Glas weg und hob sie vom Bett. Schon in der nächsten Sekunde standen sie im Badezimmer, was so schnell geschah, dass Abigail glaubte, irgendetwas auf dem Weg dorthin verpasst zu haben. Er trug sie zur Toilette und wollte sie absetzen, doch Abigail konnte sich nicht mehr länger zurückhalten. Ihr Magen beförderte alles Wasser nach draußen, das sie getrunken hatte, und verteilte es auf dem Toilettenbecken so wie auf dem Boden drum herum. Wie durch einen Schleier nahm sie wahr, dass dieses Wasser mit Blut vermischt war.

Eine Stimme in ihrem Kopf gab zu bedenken, dass das möglicherweise kein gutes Zeichen war, doch Abigail hatte weder Zeit noch Kraft, um darüber nachzudenken. Der Würgereiz ließ nämlich nicht nach, obwohl sie davon überzeugt war, dass es in ihrem Magen nichts mehr gab, was noch erbrochen werden konnte. Auch das brutale Stechen hatte nicht nachgelassen, sondern war sogar noch stärker geworden. Es fühlte sich an, als hätte ihr jemand eine Klinge in den Bauch gejagt, um sie dort hin und her zu drehen.

Als Tomasso sie auf dem gefliesten kalten Fußboden absetzte, kauerte sie sich sofort hin und rollte sich zusammen, als könnte sie das vor den Stichen bewahren. Wie aus weiter Ferne bekam sie mit, dass Tomasso sich über sie beugte, ihren Namen rief und ihr irgendwelche Fragen stellte, aber sie konnte nur daliegen, unter Schmerzen nach Luft schnappen und sich in ihr Schicksal fügen, bis auf einmal völlige Finsternis herrschte, die ihr den Schmerz nahm – oder zumindest die Fähigkeit, ihn wahrzunehmen.

»Hämorrhagisches Dengue-Fieber«, stellte Dr. Cortez mit finsterer Miene fest, als er sich nach der Untersuchung wieder aufrichtete. Abigail lag wieder im Bett und schlief fest … nein, genau genommen war sie wieder bewusstlos, sagte sich Tomasso. Sie war im Badezimmer zusammengebrochen und seitdem nicht wieder aufgewacht, während er sie zurück ins Bett gebracht, den Arzt angerufen und dann auf dessen Ankunft gewartet hatte.

»Ja, Sie sprachen ja bereits von diesem Dengue-Fieber, aber sie ...«

»Das ist jetzt nicht mehr nur das Dengue-Fieber«, unterbrach der Arzt ihn energisch. »Das hier ist das *hämorrhagische* Dengue-Fieber.«

Tomasso sah den Mann verständnislos an, da er nicht wusste, worin der Unterschied bestand.

»Sie haben nicht verhindert, dass sie dehydriert«, warf Dr. Cortez ihm vor, ging zum Telefon und tippte eine Nummer ein.

»Ich habe ihr Brühe und Wasser gegeben, aber sie konnte nichts bei sich behalten«, verteidigte sich Tomasso und ging zum Bett, um Abigail zu betrachten.

»Dann hätten Sie mich sofort anrufen sollen«, fuhr Cortez ihn an.

»Das habe ich versucht, und zwar mehr als nur einmal«, knurrte Tomasso. Er hatte an den letzten beiden Tagen täglich mindestens ein Dutzend Mal die Rezeption angerufen, seit der Mann ihn mit Abigail zurückgelassen hatte. Jedes Mal war ihm zugesichert worden, der Arzt sei informiert worden, nur war er niemals hier aufgetaucht. Tomasso hätte sich fast persönlich auf die Suche nach dem Mann gemacht, aber er hatte Abigail nicht allein hier zurücklassen wollen. Es erstaunte ihn, dass der Arzt jetzt überhaupt hier war. Aber vielleicht hing das damit zusammen, dass er dem Portier damit gedroht hatte, ihn höchstpersönlich umzubringen, sollte Abigail etwas zustoßen. Hätte er von Anfang an gewusst, dass das Wirkung zeigen würde, dann hätte er die Drohung gleich beim ersten Anruf ausgesprochen.

»Man hat hier gerade erst ein neues Mitteilungssystem

eingerichtet. Ich habe nicht eine einzige Benachrichtigung erhalten«, murmelte Dr. Cortez und begann dann, mit der Geschwindigkeit eines Maschinengewehrs auf Spanisch auf denjenigen einzureden, der sich am anderen Ende der Leitung befand. Er ließ eine Pause folgen, wohl um sich eine Erwiderung anzuhören, dann folgte eine weitere Spanischsalve, bevor er den Hörer aufknallte.

»Was ist?«, fragte Tomasso, der wusste, dass es keine guten Neuigkeiten geben konnte.

»Sie muss sofort ins Krankenhaus«, gab der Arzt frustriert zurück. »Ihr muss intravenös Flüssigkeit zugeführt werden, damit sie sie bei sich behält, und darüber hinaus benötigt sie auch eine Bluttransfusion.« Er trat ans Bett, um sich Abigail noch einmal anzusehen, und schüttelte den Kopf. »Aber die Hauptverbindungsstraße ist von den Regenfällen unterspült worden, deshalb gibt es kein Durchkommen, und bei diesem Tropensturm kann sie auch nicht von einem Hubschrauber oder einem Boot transportiert werden.«

Verdutzt sah Tomasso zur Terrassentür. Ihm war nur beiläufig aufgefallen, dass draußen seit Stunden ein Unwetter tobte. Das erklärte auch, wieso der Arzt bis auf die Haut durchnässt und außer Atem hier eingetroffen war. Da Tomasso so sehr in Sorge um Abigail war, hatte er von den Dingen, die sich um ihn herum abspielten, kaum etwas mitbekommen. Jetzt wurde ihm schlagartig klar, dass es etwas weitaus Heftigeres als ein typischer Tropensturm war. Mutter Natur war stinksauer, und sie ließ ihre Wut an allem aus, was ihr in den Weg kam, wozu offenbar auch dieses Resort gehörte. In dem Moment flog einer der Deckstühle vom Sturm mitgerissen am Fenster vorbei.

Nachdenklich drehte sich Tomasso zu Cortez um, der erneut damit beschäftigt war, Abigails Blutdruck zu messen. »Und was machen wir jetzt?«

Dr. Cortez nahm schweigend die Manschette ab und legte sie zusammen. »Wenn wir sie nicht ins Krankenhaus bringen, hat sie keine Überlebenschance, aber im Augenblick können wir genau das nicht machen.« Er steckte die Manschette weg, holte sie aber Sekunden später wieder heraus, als wolle er noch einmal den Blutdruck für den Fall messen, dass der sich schlagartig geändert haben könnte. »Ich schlage vor, dass Sie anfangen zu beten … und sich von ihr verabschieden.«

Verabschieden? Tomasso erstarrte, als er diese Worte hörte. Nein! Er durfte sie nicht verlieren! Nicht jetzt! Seine Lebensgefährtin zu finden war ein seltener, kostbarer Glücksfall. Manche von seiner Art mussten Jahrtausende warten, ehe ihnen dieses Glück zuteilwurde. Er hatte sogar unverschämtes Glück, dass er in so jungen Jahren auf sie gestoßen war. Er durfte Abigail nicht verlieren. Unter keinen Umständen. »Raus hier«, knurrte er.

Als Dr. Cortez ihn überrascht ansah und der Aufforderung nicht sofort nachkam, tauchte Tomasso in seinen Verstand ein und übernahm die Kontrolle. Gleich darauf hatte der Mann seine Arzttasche gepackt und verließ das Zimmer. Tomasso sah ihm nach, bis die Tür ins Schloss gefallen war, und setzte sich zu Abigail aufs Bett.

»Abigail?«, sagte er leise und stieß sie sanft an. Als sie nicht reagierte, versuchte er es energischer und schob einen Arm unter ihre Schultern, um sie ein wenig anzuheben. Aber auch jetzt rührte sie sich nicht und bestätigte damit seine Vermutung, dass sie nicht bloß schlief, sondern bewusstlos war. Er ließ sie zurück aufs Bett sinken, ohne den Arm unter ihren Schultern wegzunehmen, sodass ihr Kopf nach hinten sank und ihr Mund aufging.

Er verharrte in dieser Position, sah Abigail einen Moment lang an, während sich seine Gedanken überschlugen. Dann

machte er den Mund auf und ließ die Fangzähne herausglei-
ten. Er hatte keine Gelegenheit gehabt, ihr zu erklären, dass
er ein Unsterblicher war und was es hieß, dass sie seine Lebensgefährtin war. Er hatte von ihr keine Einwilligung bekommen, dass sie gewandelt werden wollte, und er wusste nicht, ob
sie damit einverstanden sein würde. Aber er konnte deswegen
nicht das Risiko eingehen, sie zu verlieren.

Er hob den Arm und biss sich in sein Handgelenk, dann
presste er die blutende Wunde auf ihren Mund. Diese Haltung
behielt er bei, bis die Blutung nachließ und schließlich gestillt
war. Er legte Abigail gerade zurück aufs Bett, da hörte er ein
dumpfes Klopfen.

Stirnrunzelnd sah er zwischen Abigail und der Zimmertür
hin und her, stand schließlich auf und lief zur Eingangstür der
Villa. Die eingesetzte Scheibe war aus mattem Glas, sodass Tomasso nur vage Umrisse von mehreren Personen erkennen
konnte. Er kniff die Lippen zusammen, schloss auf und öffnete die Tür. Als er sah, wer draußen stand, erstarrte er mitten
in der Bewegung.

10

»Und? Können wir reinkommen oder was? Gleich sind wir völlig durchnässt.«

Diese Bemerkung riss Tomasso aus seiner Starre, dennoch blieb er Justin Bricker, der gesprochen hatte, eine Antwort schuldig. Er machte nicht mal einen Schritt zur Seite, um das Quartett eintreten zu lassen. Stattdessen ging er nach draußen, wo es stürmte und schüttete, um erleichtert seinem Bruder um den Hals zu fallen. »Dante«, rief er erfreut. »Du lebst ja noch!«

»Ja.« Dante erwiderte die Umarmung und musste seinerseits fast brüllen, um das Heulen des Sturms zu übertönen. »Ich war so in Sorge um dich, Bruder.«

»Und ich um dich«, versicherte Tomasso ihm und ließ ihn los, um einen Schritt zurückzutreten, damit er ihn von Kopf bis Fuß betrachten konnte. Dante sah noch genauso aus wie an dem Tag, an dem Tomasso ihn zum letzten Mal gesehen hatte. Nur dass er jetzt natürlich angezogen war, denn als er ihn das letzte Mal gesehen hatte, war Dante genauso splitternackt gewesen wie er selbst.

»Wieso warst du in Sorge um mich?«, wunderte sich Dante. »Du wusstest doch, dass ich entkommen war. Du warst derjenige, der immer noch in dem Käfig festsaß.«

»Du bist ohne Geld, ohne Telefon und ohne ein Stück Stoff am Leib entwischt«, machte Tomasso ihm klar. »Ich war mir nicht sicher, wie weit du unter diesen Umständen kommen würdest. Ich hatte Angst, sie könnten dich doch wieder eingefangen und in einer anderen Maschine weggebracht haben.«

180

»Nein, nein«, sagte Dante und lächelte. »Glücklicherweise lief ich einer wundervollen Frau über den Weg, die mir geholfen hat, diesen Typen zu entkommen.« Mit einem ironischen Grinsen fügte er hinzu: »Genau genommen bin ich ihrem Wohnmobil über den Weg gelaufen, aber das ändert nichts daran, dass die Frau ein Engel ist und dass sie mich gerettet hat. Tomasso, das ist meine Lebensgefährtin …« Er verstummte mitten im Satz, da er feststellen musste, dass da niemand neben ihm stand. »Wo ist denn …? Ach, da ist sie. Komm mit.«

Er nahm Tomasso am Arm und zog ihn mit sich zur Haustür, wo die drei anderen sich inzwischen untergestellt hatten.

Tomasso machte die Tür hinter sich zu und schloss das Unwetter aus, dann wandte er sich dem Trio zu, das ihn und seinen Bruder einfach in Wind und Wetter hatte stehen lassen: Lucian Argeneau, Justin Bricker und eine zierliche blonde Frau mit strahlendem Lächeln.

»Das ist meine Lebensgefährtin Mary, *fratello*«, erklärte Dante voller Stolz und legte einen Arm um die Frau. »Mary, das ist mein Bruder Tomasso.«

»Das war mir sofort klar«, meinte Mary lachend. Sie löste sich aus seiner Umarmung und schlang die Arme um Tomasso. »Ihr beide seid eineiige Zwillinge«, stellte sie fest.

»*Si*, aber ich bin von uns beiden derjenige, der besser aussieht«, konterte Dante und zog Mary zu sich zurück, damit er wieder seinen Arm um sie legen konnte.

Tomasso stutzte, als ihm diese eifersüchtige Geste seines Bruders auffiel. Dante hatte noch nie zuvor irgendein Anzeichen von Eifersucht erkennen lassen. In jüngeren Jahren hatten sie sich sogar Frauen geteilt. Aber bei Lebensgefährtinnen sah das ganz anders aus. Und da Dante noch nichts von Abigail wusste, war er womöglich besorgt, dass eine Frau bei Zwillingen für beide als Lebensgefährtin infrage kommen mochte.

Tomasso versuchte aber gar nicht erst, sie zu lesen, auch wenn er es dann sofort gewusst hätte. Aber so hübsch sie auch war, fühlte er sich erstens nicht zu Mary hingezogen, und zweitens wollte er sie nicht lesen, weil er keine Bilder seines nackten Bruders zu sehen bekommen wollte. Denn danach zu urteilen, wie Mary Dante in diesem Moment ansah, würde er auf genau solche Gedanken bei ihr stoßen.

»Du hast völlig recht. Genau solche Bilder würdest du zu sehen bekommen«, sagte Lucian, der offenbar Tomassos Gedanken gelesen hatte. »Und da Dante und Mary erst seit Kurzem zusammen sind, solltest du so wie wir alle deren Gedanken auffangen können, ganz gleich, ob du das willst oder nicht. Es sei denn ...« Er verstummte und richtete seinen Blick auf Tomasso, dann bekam er große Augen und zog einen Mundwinkel nach oben, während er leise fortfuhr: »Ich glaube, es gibt da etwas, das du deinem Bruder erzählen solltest, nicht wahr?«

Tomasso bemerkte, wie sich Dante versteifte, und sofort war klar, dass er Lucians Äußerung falsch aufgefasst hatte. Dante glaubte, dass Tomasso Mary ebenfalls nicht lesen konnte. Mit einem spöttischen Lächeln auf den Lippen setzte Tomasso zu einer Erklärung an, brachte aber keinen einzigen Ton heraus, da Abigail in diesem Moment laut zu kreischen anfing.

Als er ins Schlafzimmer stürmte, lag Abigail stocksteif auf dem Bett, die Augen zugekniffen, am ganzen Leib zitternd, und schrie dabei, so laut und gellend, wie sie nur konnte.

»*Cara*!«, rief er und zog sie an sich. Es war, als würde er ein Brett in den Armen halten. Ihr Körper wirkte wie erstarrt, und das Kreischen hielt auch dann noch an, als er sie an seine Brust drückte. Aufgeregt sah er sich um und bemerkte erleichtert, dass die anderen ihm gefolgt waren. An Lucian gerichtet rief er: »Was ist los mit ihr?«

Der Mann stellte sich zu ihm und sah sich Abigail an, dabei

beugte er sich vor und zog eines ihrer Augenlider hoch. »Du hast sie gewandelt?«, brüllte Lucian, um die schrillen Schreie zu übertönen.

Tomasso nickte bestätigend. Zum Glück verstummte Abigail in der nächsten Sekunde. Sie war immer noch steif und starr wie ein Brett, aber wenigstens stieß sie nicht länger dieses verheerende Kreischen aus. Er betrachtete ihr blasses Gesicht, während er sich fragte, was wohl als Nächstes geschehen würde. Er ging davon aus, dass dies hier zur Wandlung gehörte, die aber unmöglich so schnell vonstattengehen konnte. Oder doch? Er war sich nicht sicher. Er hatte nur wenige Wandlungen miterlebt, war aber davon ausgegangen, dass es zumindest etwas länger dauerte, bis eine solche Reaktion ausgelöst wurde.

»Wie lange ist das her?«, fragte Lucian, ließ ihr Augenlid wieder zufallen und richtete sich auf.

»Ich hatte ihr gerade mein Blut gegeben, da habt ihr angeklopft«, antwortete er und drückte Abigail fester an sich.

»Moment mal«, warf Dante ein. »Du hast sie gewandelt? Obwohl du kein Blut hierhast, um …«

»Es ging nicht anders«, knurrte Tomasso. »Sie lag im Sterben.«

»Im Sterben?«, fragte Mary voller Sorge. »Aber was …?«

»Hämorrhagisches Dengue-Fieber«, gab Tomasso gedehnt zurück, noch bevor sie ausreden konnte.

»Dengue-Fieber?« Mary zog die Augenbrauen hoch. »Aber das führt nicht zwangsläufig zum Tod.«

»Sie war dehydriert und verlor Blut. Sie brauchte dringend Nährlösungen und Bluttransfusionen, aber die Straße war unterspült, und …« Plötzlich hielt er inne und sah die anderen an. »Wie seid ihr denn hergekommen?«

»Mit einem geborgten Militärjeep und Justins Fahrkünsten«, entgegnete Lucian bissig und drehte sich zu dem jüngeren Mann um: »Hol die Kühlbox mit Blut aus dem Jeep.«

183

Kaum war Justin gegangen, wandte Lucian sich an Tomasso: »Ich darf wohl davon ausgehen, dass du nicht daran gedacht hast, Ketten und Seile zu beschaffen, bevor du mit der Wandlung begonnen hast, richtig?«

Er schüttelte den Kopf. Wie es schien, hatte er an überhaupt nichts gedacht. Er konnte von Glück reden, dass die vier genau im richtigen Moment hier aufgetaucht waren. Was er ohne sie gemacht hätte, konnte er nicht sagen. Vermutlich hätte er sie mit den Bettlaken gefesselt und dann ein Dienstmädchen und einen Gast nach dem anderen herkommen lassen, damit jeder etwas Blut für Abigail spendete.

»Jesus«, murmelte Lucian plötzlich, und Tomasso war davon überzeugt, dass der Mann seinen letzten Gedankengang mitbekommen hatte.

»Dante, du machst dich mit Mary auf die Suche nach Seilen oder Ketten oder sonst irgendwas, um sie fesseln zu können«, wies Lucian die beiden an. »Und mietet Zimmer für uns an.«

»Nicht nötig, diese Villa hat vier Zimmer«, sagte Tomasso rasch und war froh, dass er wenigstens irgendetwas Nützliches beizusteuern hatte. Dante nickte und lächelte ihn zuversichtlich an, während er Mary vor sich her aus dem Zimmer schob.

»Ich dachte, du würdest dich auf den Weg nach Caracas machen, nachdem ich Mortimer diese Information gegeben hatte«, sagte Tomasso, als er mit Lucian allein war. Nachdem er Abigail vom Fischerboot in dieses Resort gebracht hatte, war es seine erste Aktion gewesen, zunächst seinen Bruder anzurufen. Der Anruf war aber auf der Mailbox gelandet, also hatte er aufgelegt und stattdessen versucht, Mortimer zu erreichen, den Chef der Vollstrecker. Da auch da nur die Mailbox angesprungen war, hatte er beschlossen, es erneut zu versuchen, wenn er Abigail untergebracht hatte. Also versuchte er ein Zimmer für sie beide zu bekommen, doch die Villa war die einzige freie Unterkunft gewesen. Die stand zwar anscheinend nur ihren Eigentümern zur Verfügung und wurde nicht an reguläre Urlauber vermietet, aber mit ein wenig Gedankenkontrolle konnte er den Portier dazu bringen, ihm die Villa zu geben. Gleichzeitig suggerierte er dem Mann, dass das Fehlen von Papieren und Kreditkarten kein Problem darstellte und dass er die Villa nicht als belegt vermerken sollte. Auf diese Weise waren sie beide nicht existent.

Tomasso stutzte, da ihm ein Gedanke kam, der womöglich erklärte, wieso der Arzt keine seiner Nachrichten erhalten hatte. Warum sollte man den Mann zur Villa schicken, wenn die offiziell gar nicht belegt war? Vermutlich hatte man die Anforderungen für einen Fehler im neuen System gehalten, von dem der Arzt gesprochen hatte.

Kopfschüttelnd sah er Lucian an und fragte sich, wie die vier so schnell hatten herkommen können. Da es Abigail so schlecht gegangen war, hatte Tomasso erst vor ein paar Stunden wieder daran gedacht, dass er diese Anrufe noch einmal in Angriff nehmen musste.

So schnell hätten sie überhaupt nicht hier eintreffen können.

»Wir waren auf dem Weg nach Venezuela, als Mortimer anrief und uns wissen ließ, dass du entkommen warst und es nach Punta Cana geschafft hattest«, erklärte Lucian. »Ich ließ die Maschine also erst mal hier landen, um dich abzuholen und nach Venezuela mitzunehmen.«

Tomasso schaute erstaunt drein. »Dann wusstet ihr bereits von Venezuela?«

Lucian nickte. »Decker und Nicholas waren auf diese Verbindung gestoßen.«

Er kannte die Namen, beides waren Neffen von Lucian, die auch als Vollstrecker tätig waren.

»Nachdem Dante euren Entführern entkommen war, haben sie sich in San Antonio genauer umgesehen und sind dabei auf ein Lagergebäude gestoßen, das von den Kidnappern genutzt wurde. Und da haben sie dann Papiere für Lieferungen nach Caracas entdeckt. Mary konnte sich erinnern, dass die Männer, von denen sie festgehalten worden war, von einem gewissen Dr. Dressler geredet hatten. Aber uns war nichts von der Insel bekannt«, ergänzte Lucian.

»Abigail hat einen der Männer von der Insel reden hören«, bestätigte Tomasso und betrachtete ihr Gesicht. »Sie hat mir das Leben gerettet. Sie hat die Kanüle aus meinem Arm gezogen und …«

»Das habe ich alles längst in deinen Erinnerungen gelesen, Tomasso«, unterbrach ihn Lucian und ersparte ihm, das Ganze noch einmal erzählen zu müssen. »Und ich habe auch gelesen, dass Abigail keine Ahnung hast, was du bist und in was du sie gewandelt hast. Sie weiß ja nicht mal, dass sie von dir gewandelt wurde. Du hast das gemacht, ohne ihr Einverständnis einzuholen.«

Es war nur ein sanfter Vorwurf, doch Tomasso sträubte sich dagegen, das unwidersprochen hinzunehmen. »Es war ein Notfall. Sie lag im Sterben.«

Lucian nickte verstehend. »Und das ist auch der einzige Grund, wieso man dich nicht vor den Rat schleifen wird.«

Ehe Tomasso entgegnen konnte, dass er in Italien lebte und dass Abigail in Punta Cana gewandelt wurde, weshalb der gesamte Vorgang gar nicht in die Zuständigkeit des von Lucian geleiteten Rats fiel, kam Justin mit einer großen Kühlbox hereingestürmt.

»Hier ist das Blut«, verkündete der Mann überflüssigerweise, stellte die Box hin und nahm den Deckel ab. »Mary und Dante scheinen auch auf dem Rückweg zu sein, wenn ich das richtig gesehen habe. Dann müssen sie wohl irgendwo Seile oder Ketten gefunden haben.« Justin nahm mehrere Blutbeutel heraus und warf sie aufs Bett, legte den Deckel zurück auf die Box und sah Lucian auffordernd an. »Kann ich jetzt Holly anrufen? Sie wird sich schon Sorgen machen.«

»Ja, gut«, gab Lucian ungeduldig zurück. »Wenn das unbedingt sein muss.«

»Das muss es«, versicherte Justin ihm, dann ging er zur Tür und fügte noch hinzu: »Ich an deiner Stelle würde Leigh anrufen und ihr Bescheid geben, dass wir sicher gelandet sind. Sonst könnte der nächste Klingelton, den sie dir auf dein Handy runterlädt, ›Fuck it, I don't want you back‹ von Eamon sein.«

Lucian warf Bricker einen finsteren Blick hinterher, trat von einem Fuß auf den anderen, dann seufzte er und zog sein Handy aus der Tasche. Auf dem Weg zur Tür murmelte er vor sich hin: »Ich muss einen Anruf erledigen.«

»Grüß Leigh von mir«, rief Tomasso ihm amüsiert hinterher und musste noch breiter grinsen, als Lucian etwas folgen ließ, was nach einem Fluch klang. Dann schmiss er die Zimmertür hinter sich zu. Tomasso wandte sich wieder Abigail zu und strich ihr behutsam die Haare aus dem Gesicht. »Du wirst Leigh mögen. Sie ist so klein und zierlich, dass sie richtig niedlich wirkt. Aber sie hat ein Rückgrat aus Stahl, und sie hat eine teuflische Ader, was auch gut ist«, ließ er sie wissen. »Die braucht sie nämlich, um einen Mann wie Lucian Argeneau zu bändigen.«

»Ich kann dich hören!«, rief Lucian von der anderen Seite der Tür.

Tomasso lachte leise, aber das Lachen blieb ihm im Hals stecken, da Abigail in diesem Moment wieder zu kreischen anfing.

Abigail erlangte langsam das Bewusstsein wieder. Das Erste, was sie wahrnahm, war Vogelgezwitscher, unterlegt von einer Brise, die Blütenduft herbeiwehte. Dann ertastete sie Laken aus weichem Stoff, und sie wusste, sie lag in einem Bett, und nicht mehr am Strand. Als sie schließlich die Augen aufmachte, geschah das nur zögerlich, weil sie davon überzeugt war, dass wieder dieser verheerende Schmerz einsetzen würde, von dem sie fast jedes Mal heimgesucht worden war, wenn sie zwischendurch kurz aufgewacht war. Diesmal jedoch war da kein Schmerz, der sie mit der Wucht eines Vorschlaghammers traf. Und sie spürte auch kein Fieber. Allerdings hatte sie einen schrecklich trockenen Mund.

»Tomasso wird so sauer auf mich sein.«

Sie stutzte, als sie eine leise, sanfte Frauenstimme hörte, und drehte sich suchend um. Zu ihrem Erstaunen saß da eine hübsche Blondine im Sessel neben dem Bett.

Die Frau lehnte sich vor, lächelte sie an und sagte: »Hi, Abigail, ich bin Mary. Dummerweise bin ich diejenige, die Tomasso davon überzeugen konnte, dass er seinen Wachdienst an deiner Seite unterbrechen und sich eine Weile ausruhen soll. Ich habe ihm versichert, dass du noch für Stunden außer Gefecht gesetzt sein würdest und dass ich ihn aufwecken und zurückholen würde, wenn du Anzeichen dafür erkennen lässt, dass du aufwachen wirst. Aber da waren keine Anzeichen, du hast nur von einem Moment zum anderen die Augen aufgemacht. Jetzt wird er sauer sein, weil er die ganze Wandlung an deiner Seite zugebracht hat, und nun den Moment verpasst hat, wenn du wieder aufwachst.«

Abigail lächelte vor allem deshalb, weil das Lächeln dieser Frau so ansteckend war. Dann aber stutzte sie, denn etwas von dem, was ihr Gegenüber gesagt hatte, klang so seltsam, dass sie einfach nachhaken musste. »Meine Wandlung?«

Sie hatte die Frage in einem ganz normalen Tonfall stellen wollen, aber die Worte kamen ihr nur im Flüsterton über die Lippen. Dennoch verstand Mary sie sehr gut. Als sie sich in ihrem Sessel zurücklehnte, huschte ein sorgenvoller Ausdruck über ihr Gesicht. »Tut mir leid, natürlich weißt du nichts davon.«

»Wovon weiß ich nichts?«, fragte Abigail verständnislos nach. Diesmal klang ihre Stimme etwas kraftvoller, aber immer noch gebrochen und rau. Der Hals tat ihr weh, als hätte sie lange Zeit aus irgendeinem Grund laut geschrien.

»Hier.« Mary war plötzlich aufgestanden und nahm ein Glas Wasser vom Nachttisch. Dann half sie ihr, sich aufzusetzen, damit Abigail davon trinken konnte.

Aus Sorge, es könnte sich das wiederholen, was passiert war, als sie das letzte Mal etwas getrunken hatte, zögerte sie einen kurzen Moment, seufzte dann aber und trank einen kleinen Schluck. Diesmal tat ihr der Magen nicht weh, und genau genommen tat ihr im Moment gar nichts weh, also war es möglicherweise unbedenklich. Jedenfalls hoffte sie das. Es änderte aber nichts daran, dass sie es bei einem Schluck beließ. Das genügte ihr für den Moment, und während sie sich wieder gegen die Kissen in ihrem Rücken sinken ließ, behielt sie den Schluck erst noch im Mund, ehe sie das Wasser langsam die Kehle hinunterlaufen ließ.

»Besser so?«, fragte Mary, die sich mit dem Glas in der Hand auf die Bettkante setzte.

Abigail nickte. »Was hast du damit gemeint, als du gesagt hast, dass er während der ganzen *Wandlung* bei mir geblieben ist?«

»Tomasso ist nicht von deiner Seite gewichen«, antwortete sie ausweichend. »Er war sehr besorgt um dich. Es ist nicht zu übersehen, dass er verrückt nach dir ist.«

Abigail spürte, wie ihr Herz bei diesen Worten etwas schneller zu schlagen begann. Ein Mann wie Tomasso war verrückt nach ihr? Der Gedanke hätte durchaus etwas Berauschendes

189

gehabt, wäre da nicht das Wort *Wandlung* gewesen, das ihr nicht aus dem Kopf gehen wollte. Sie rutschte unruhig im Bett hin und her und fragte noch einmal: »Wandlung?«

Nach kurzem Zögern stellte Mary seufzend das Glas auf den Nachttisch und wandte sich wieder Abigail zu. »Wie viel weißt du?«

»Über was?«

»Über Tomasso und darüber, was er ist.«

Abigail starrte sie an und dachte über diese unheilvoll klingenden Worte nach. *Was er ist?* Das legte den Gedanken nahe, dass er nicht bloß der Mann war, den sie sich erhoffte. Zusammen mit dem Wort *Wandlung* weckte das die Erinnerung an ihre Überlegung, er könnte ein Vampir sein, was natürlich völlig abstrus war. Vampire gab es nicht, weshalb sie diese alberne Vermutung für sich behielt und nur fragte: »Und was ist er?«

Mary kniff die Augen leicht zusammen und stand plötzlich auf. »Ich glaube, ich sollte Tomasso holen.«

»Nein, warte.« Abigail bekam Marys Hand zu fassen, bevor die Frau weggehen konnte. Verwundert stellte sie fest, dass es ihr überraschend leicht fiel, sie zurückzuhalten, nachdem sie sich zuvor so schwach gefühlt hatte.

Die andere Frau blieb stehen, sagte dann aber: »Er sollte derjenige sein, der dir alles erklärt.«

Abigail verzog den Mund. »Kommunikation scheint nicht gerade seine Stärke zu sein. Tomasso gibt eher irgendwelche Brummlaute von sich, als dass er in ganzen Sätzen redet.«

»Das trifft auf die meisten Männer zu«, meinte Mary amüsiert.

Auch Abigail musste lächeln, flehte aber inständig: »Sag es mir bitte.«

Wieder zögerte Mary, musterte aufmerksam Abigails Gesicht und legte die Stirn in Falten. »Du hast Angst.«

Abigail ließ ihre Hand los und wich ihrem Blick aus.

»Oh, Abigail, es gibt keinen Grund sich zu fürchten, das kann ich dir versprechen«, redete Mary ernst auf sie ein und bekam ihre Hand wieder zu fassen, um sie sanft zu drücken. »Für mich ist das Ganze auch noch völlig neu, aber ich kann dir jetzt schon versichern, dass es für diese Männer nichts Wichtigeres gibt als eine Lebensgefährtin.«

Verdutzt sah Abigail sie wieder an. »Tomasso hat irgendwas davon geredet, dass ich seine Lebensgefährtin sein soll.«

»Ja, das bist du auch«, beteuerte Mary. »Und als solche bist du für ihn wichtiger, als du dir vorstellen kannst.«

Während Abigail versuchte, das zu begreifen, tätschelte Mary ihre Hand und legte sie zurück aufs Bett. »Ich gehe ihn jetzt holen. Ich finde wirklich, dass er dir das Ganze erklären muss. Du solltest ihm die Gelegenheit dazu geben«, fügte sie mit ernster Miene hinzu. »Lass nicht zu, dass deine Angst dich davon abhält, das anzuhören, was du dir anhören musst. Wenn er dir alles erklärt hat, kannst du deine Entscheidung treffen. Aber lass ihn zuerst alles erklären, okay?«, hakte sie nach.

Abigail sah sie lange eindringlich an und nickte schließlich.

»Gut. Denn wenn du das machst, dann verspreche ich dir, dass alles gut ausgehen wird«, beharrte Mary und verließ das Zimmer.

Abigail stieß schnaubend den Atem aus und versuchte sich zu entspannen, während sie auf Tomasso wartete. Aber Entspannung war ein Ding der Unmöglichkeit. Er würde gleich herkommen und ihr erklären, »was er war«. So albern es auch schien, begann sie mit einem Mal damit zu rechnen, dass er ihr tatsächlich erzählen würde, er sei ein Vampir. Das lag nur daran, dass sie im Badezimmer kurz seine Fangzähne hatte sehen können. Und dann waren da auch noch die Einstiche an ihrem Hals. Beides zusammen genügte als Beweise dafür, was er war, und dass Vampire aus irgendeinem Grund doch existierten und er einer von ihnen war.

Seltsam war nur, dass diese Möglichkeit ihr mittlerweile gar keine Angst mehr machte, während sie beim ersten Mal noch in Panik geraten war. Sie wunderte sich, warum das so war, doch schon nach kurzem Überlegen wusste sie die Antwort. Der Mann hatte sich um sie gekümmert, als sie krank gewesen war. Er hatte sich so fürsorglich um sie gekümmert, wie sie es bei ihrer Mutter gemacht hatte. In den wenigen Erinnerungsfetzen, die ihr im Gedächtnis haften geblieben waren, hatte sie ihn als sanft, nett und einfach fantastisch wahrgenommen. Wie sollte sie Angst vor ihm haben, nachdem er das alles für sie getan hatte? Selbst wenn er tatsächlich ein Vampir sein sollte ...

Vielleicht existierten Vampire ja tatsächlich, und er war einer von ihnen, aber einer von den guten. Sofern es sie denn gab, wandte sie ironisch ein. Immerhin hieß es, dass sie keine Seele hatten. Aber was hatte eine Seele schon damit zu tun, ob jemand ein guter Vampir war? Schließlich gab es unter den Menschen, die eine Seele besaßen, auch genügend schlechte und böse. Vielleicht waren sie ja so wie Pitbull-Terrier. Die Rasse hatte einen denkbar schlechten Ruf, aber vor Jahren hatte eine Freundin von ihr mal einen Pitbull namens Otis gehabt, der ein absolutes Goldstück gewesen war. Otis war sanftmütig, gehorsam und unendlich geduldig mit Abigail und allen anderen Kindern in der Nachbarschaft gewesen. Er hatte sich von ihnen als Prinzessin verkleiden lassen, er hatte jeden Ball zurückgeholt, der beim Baseball im Aus gelandet war, und die ganz kleinen Kinder hatten sich an seine Ohren hängen und sich an seiner Nase festhalten dürfen, ohne dass er auch nur ein einziges Mal geknurrt hätte. Dabei musste manches davon durchaus wehgetan haben.

Also war Tomasso vielleicht wirklich ein Vampir, aber eben einer von den guten. So wie Otis einer von den guten Pitbulls gewesen war. Sie drehte sich zur Seite und sah, dass die gläsernen Schiebetüren zur Terrasse offen standen, sodass warme Luft und viel Sonnenschein ins Zimmer gelangten. Das war zwar schön, aber fast in der gleichen Sekunde geriet sie in Sorge um Tomasso. Wenn er tatsächlich ein Vampir war, dann konnte Sonnenschein nicht gut für ihn sein.

Wieder richtete sie sich auf und drehte sich zur Seite, damit sie die Füße auf den Boden stellen konnte. Das Bettlaken lag nach wie vor um ihren Körper gewickelt, als sie mitten in ihrer Bewegung innehielt. Ein Grund dafür war die Tatsache, dass sich nicht mehr das ganze Zimmer um sie drehte und sie sich nicht so völlig kraftlos fühlte wie zuvor. Ein anderer Grund war der, dass sie fürchtete, die entsetzlichen Schmerzen würden wieder auftreten, sobald sie sich bewegte. Als nichts passierte, stand sie vorsichtig auf. Noch immer tat sich nichts. Das Dengue-Fieber hatte eindeutig nachgelassen, stellte sie erleichtert fest. Durst schien das Einzige zu sein, was ihren Körper quälte. Sie hatte einfach schrecklichen Durst, aber das war vermutlich ihre eigene Schuld, schließlich hatte sie nur einmal an dem Glas genippt, das Mary ihr hingehalten hatte.

Sie nahm das Glas vom Nachttisch und trank einen großen Schluck, dann wartete sie eine Weile, ob ihr Magen rebellierte. Aber das war nicht der Fall. Also trank sie noch einen Schluck, dann noch einen, bis sie das Glas geleert hatte.

Noch nie hatte ihr Wasser so gut geschmeckt. Oh ja, es war köstlich, aber es genügte nicht, da sie immer noch Durst hatte. Dummerweise gab es nur dieses eine Glas, aber nirgends einen Krug, aus dem sie hätte nachschenken können. Sie stellte das leere Glas auf den Nachttisch und sah zu der Tür, von der sie wusste, dass sich dahinter das Badezimmer befand. Einen Moment lang überlegte sie, ob sie sich am Wasserhahn bedienen sollte, aber gleich darauf schüttelte sie den Kopf und rümpfte die Nase. In sämtlichen Reiseführern war sie wiederholt davor gewarnt worden, dass man in all diesen Ländern kein Leitungswasser trinken sollte. Sie wollte sich nicht schon wieder eine Krankheit holen.

Seufzend sah sie wieder zu den Schiebetüren und wurde dabei aus dem Augenwinkel auf eine große Kühlbox aufmerksam, die neben dem Bett stand. Eine Kühlbox. Darin konnte sich Limonade oder Saft oder etwas anderes, genauso Leckeres befinden, überlegte sie, stand auf und ging auf die Box zu.

Sie hatte sie fast erreicht, da ging die Schlafzimmertür auf. Abigail blieb stehen und drehte sich um, gerade als Tomasso ins Zimmer kam und sofort wie angewurzelt stehen blieb. Als ihr auffiel, wie seine Augen größer wurden und mit einem Mal von innen heraus zu leuchten schienen, sah sie an sich herab. Ihr wurde klar, dass sie so in Gedanken gewesen war, dass ihr gar nicht in den Sinn gekommen war, sich darum zu kümmern, ob sie überhaupt angezogen war. Sie war es nicht und stand somit splitternackt mitten im Zimmer. Von einem gellenden Kreischen begleitet machte sie auf der Stelle kehrt und lief zum Bett zurück. Das Laken war beim Aufstehen von der Matratze gerutscht, sodass sie sich nicht mal mit einem Sprung ins Bett retten konnte, sondern erst das dünne Laken aufheben musste, um es sich um die Schultern zu legen und zuzuhalten.

Dann auf einmal stutzte sie, als ihr bewusst wurde, was sie da eigentlich gesehen hatte, als sie sich gerade eben betrachtet hatte. Sie drehte Tomasso den Rücken zu, hielt das Laken auseinander und sah an sich herunter. Ungläubig legte sie die beiden Enden wieder aneinander.

»Abigail?«, fragte Tomasso leise.

Anstatt zu antworten sah sie erneut an sich hinunter.

»Abigail?«

Zwar drehte sie sich diesmal zu Tomasso um, aber das hatte eher damit zu tun, dass sie in Richtung Badezimmer lief. »Tut mir leid, aber ich … ich muss … eine Minute, ich bin gleich wieder da. Ich muss nur …« Sie hatte die Tür erreicht und brach ihre Erklärungsversuche ab, da sie bereits auf dem Weg ins Badezimmer war und die Tür hinter sich zuwarf. Dann stand sie vor dem Spiegel, der über den Waschbecken hing, und betrachtete sich. Sie sah einfach nur lächerlich aus. Das Laken hatte sie so um sich geschlungen, dass nur noch ihr Kopf herausschaute. Ihre Haare sahen aus, als hätte sie in eine Steckdose gefasst. Aber darüber ging sie in diesem Moment hinweg, atmete tief durch und hielt zum nunmehr dritten Mal das Laken auseinander. »Heilige Muttergottes«, murmelte sie, als sie im Spiegel ihren Körper sah. Himmel, sie hatte ja auf einmal Figur. Und was für eine. Eine, für die sie einen Mord begehen würde. Besser gesagt: Sie hätte dafür einen Mord begangen, aber das war ja jetzt nicht mehr nötig, da sie diese Figur hatte. Dengue-Fieber war die beste Diät aller Zeiten!

Sie hielt das Laken kurz zu, dann riss sie es mit einem freudigen »Peng! Peng!« auf und hüpfte ein wenig auf der Stelle, um zu sehen, was passieren würde. Erfreut stellte sie fest, dass alles wippte, aber nicht wie bei einem Wackelpudding einfach nur hin und her schwappte. Erneut hielt sie das Laken zu und öffnete es mit einem weiteren »Peng! Peng!«

»Abigail?«

Hastig schlang sie das Laken um sich und wirbelte zur Tür herum, die zum Glück immer noch geschlossen war. »Ja?«

»Ist alles in Ordnung?«

»Oh ja, alles bestens«, versicherte sie ihm gut gelaunt und ging zur Dusche, um den Wasserhahn aufzudrehen. »Ich bin gleich bei dir.«

195

»Okay«, sagte er leise, wobei ihm seine Verunsicherung deutlich anzuhören war.

Wahrscheinlich hatte er ihr »Peng! Peng!« gehört und glaubte, das Fieber hätte ihrem Gehirn irreparablen Schaden zugefügt. Sie war sich nicht sicher, ob sie das überhaupt gestört hätte, wenn das der Preis für einen solchen Körper gewesen wäre.

Oder vielleicht doch, hielt Abigail mit dem nächsten Atemzug dagegen. Es gefiel ihr irgendwie, intelligent zu sein. Was ihren Verstand anging, fühlte sie sich jedoch nicht anders als sonst, also war das alles nur hypothetisch.

Sie ließ das Laken zu Boden sinken, drehte sich abrupt zum Spiegel um und tat so, als wären ihre Hände Pistolen. »Peng! Peng!«, machte sie abermals und »schoss« auf ihr Spiegelbild. Dann hob sie eine Hand hoch und blies über den Zeigefinger, der als Pistolenlauf gedient hatte. »Absolut heiß«, sagte sie.

»Ähm … Abigail? Brauchst du Hilfe?«, rief Tomasso von der anderen Seite der Tür.

»Nein, nein«, beruhigte sie ihn und ließ die Hände sinken. »Es ist alles in Ordnung. Ganz ehrlich. Ich bin gleich da.«

Als lediglich Schweigen folgte, biss sie sich auf die Lippe und stellte sich unter die Dusche. Vor allem ging es ihr darum, ihre zerzausten Haare zu bändigen, aber als sie merkte, dass das Fieber einen dünnen Fettfilm auf ihrer Haut hinterlassen hatte, griff sie nach der Seife und rieb sich damit ein. Trotzdem war sie ein paar Minuten später fertig und präsentierte sich frisch gewaschen Tomasso, nachdem sie das Bettlaken gegen ein flauschiges weißes Handtuch ausgetauscht hatte.

»Hi«, sagte sie fröhlich und versuchte, ihre spärliche Bekleidung einfach zu ignorieren, als sie vor ihm stehen blieb.

Tomassos Augen wurden bei ihrem Anblick schlagartig größer, und er erwiderte mit tiefer, rauer Stimme: »Hi.«

Beide standen sich einen Moment lang schweigend gegenüber. Als klar wurde, dass Abigail sich nicht wieder ins Bett legen würde, räusperte sich Tomasso, setzte eine besorgte Miene auf und sagte: »Wir müssen uns unterhalten. Es gibt da ein paar Dinge, die ich dir erklären muss, und ich …«

»Ist schon okay«, unterbrach Abigail ihn, da sie seinen sorgenvollen Ausdruck einfach nicht ertrug. Er schaute drein wie ein junger Hund, der genau wusste, dass er gleich einen Tritt bekommen würde. »Du musst es mir nicht erst noch erzählen, ich weiß es. Du bist ein Vampir, richtig?«

Sie wartete darauf, dass er zu lachen begann und sie für verrückt erklärte, weil es Vampire nicht gab. Stattdessen jedoch wurden seine Augen nur noch größer, und er keuchte ungläubig: »Du weißt es?«

Na, dann war sie ja wenigstens nicht verrückt, überlegte Abigail ironisch, sah aber auch, dass Tomasso immer noch keinen Anflug von Erleichterung erkennen ließ. »Das ist schon okay«, beruhigte sie ihn. »Ganz ehrlich. So wie ich das sehe, bist du so wie Otis.«

»Otis?«, wiederholte er verständnislos.

»Der Pitbull meiner Freundin Amy, den sie hatte, als wir alle noch Kinder waren«, erklärte sie.

»Du denkst, ich bin wie ein Pitbull?«, fragte er verdutzt.

»Nicht wie irgendein Pitbull, sondern wie Otis«, korrigierte sie.

»Lieber Gott«, murmelte er und fuhr sich durchs Haar.

Abigail wurde klar, dass der Vergleich mit einem Hund wohl nicht der beste Einstieg in diese Unterhaltung darstellte. »Ach, schon gut. Vergiss Otis.«

»Nein, erzähl es mir«, beharrte Tomasso gereizt. »Erzähl mir, wieso ich genauso bin wie ein bösartiger Hund.«

»Genau das meine ich«, sprang Abigail auf seine Bemerkung an. »Pitbulls haben den Ruf bösartig zu sein, aber so war Otis nicht. Er war lieb und zutraulich und unendlich geduldig. Wir konnten ihm Tutus anziehen, wir konnten ihn an der Zunge hinter uns herlaufen lassen. Er war einfach ein unglaublicher Hund«, beteuerte sie. »Und ich glaube auch, nur weil du ein Vampir bist, heißt das nicht automatisch, dass du ein bösartiger Dämon oder so was bist. Ich glaube, du bist genauso fantastisch wie Otis.«

Langes Schweigen folgte ihren Worten, dann erwiderte er nur: »Nein.«

Abigail stutzte. »Du meinst, du bist nicht fantastisch?«

»Ich bin kein Vampir«, stellte er klar.

»Oh.« Mit einem Mal kam sie sich ziemlich dumm vor. *Wow.* Da war sie aber mit voller Fahrt gegen die Wand gefahren. Vermutlich hielt er sie jetzt tatsächlich für verrückt. Hätte sie doch bloß den Mund gehalten und ihn stattdessen reden lassen.

»Wir sind Unsterbliche«, fuhr er fort.

Sie schürzte die Lippen, während ihr Verstand nicht mehr wusste, wohin mit sich. Dann … dann war er jetzt der Verrückte? »Okaaaaay«, sagte sie schließlich gedehnt.

»Und du bist das jetzt auch.«

»Ich?«, quiekte sie hysterisch.

Tomasso nickte und fügte kleinlaut hinzu: »Ich habe dich gewandelt.«

»Du hast mich gewandelt?«, wiederholte sie, war sich aber sicher, dass sie sich verhört haben musste.

Doch er nickte nur wieder. »*Si.*«

Abigail hörte ihn wie durch einen dichten Nebel hindurch antworten. Zu ihrer großen Beunruhigung kam es ihr so vor, als hätte sich ein Vorhang über einen Teil ihres Gehirns gelegt. Und nun begann sich auch noch das Zimmer so zu drehen, wie sie es eigentlich nach dem Aufwachen erwartet hatte.

11

»Durchatmen«, sagte Tomasso beschwichtigend, der sofort an ihrer Seite war und sie zum Bett brachte.

Abigail setzte sich hin, legte den Kopf auf die Knie und atmete so ein und aus, wie er es ihr vorgab, aber es schien partout nichts zu helfen. Das Zimmer drehte sich noch immer um sie, doch damit nicht genug, überschlugen sich jetzt auch noch ihre Gedanken. Bei all ihrer Sorge, Tomasso könnte ein Vampir sein, und bei all ihrer Bereitschaft, sich davon überzeugen zu lassen, dass das okay so war, hatte sie eine Sache völlig vergessen – die mit der Wandlung.

Tomasso hatte sie gewandelt, also genau das, was sie befürchtet hatte, gleich nachdem sie krank geworden war. Jetzt war sie eine Vampirin. Von wegen Dengue-Fieber als Diät, dachte sie missmutig. Ihr neuer Körper musste damit zu tun haben, wie Vampire sich ernährten. *Oh, Entschuldigung … Unsterbliche.* Abigail fühlte sich ein klein wenig hysterisch, als sie den Kopf hob und Tomasso anfuhr: »Was zum Teufel soll ein Unsterblicher anderes sein als ein Vampir? Ich habe deine Zähne gesehen, Freundchen. Und ich weiß, dass du mich gebissen hast. Ich …« Sie brach mitten im Satz ab, da ihre Finger die beiden Einstichstellen nicht mehr ertasten konnten. Irritiert sprang sie auf und lief ins Badezimmer, um ihren Hals im Spiegel zu betrachten. Aber da war kein Schorf mehr zu sehen, nicht mal eine winzige Unebenheit auf der Haut.

»Die Stelle ist verheilt, nachdem ich dich gewandelt habe«, erklärte Tomasso, der sich hinter sie stellte.

Abigail musterte ihn und kniff argwöhnisch die Augen zusammen. »Du hast ja ein Spiegelbild.«

»Und ich kann auch Knoblauch essen«, sagte er mit einem ironischen Unterton in seiner tiefen Stimme. »Ich kann auch eine Kirche betreten, ohne in Flammen aufzugehen.«

»Aber ich habe deine Fangzähne gesehen«, beharrte sie und drehte sich zu ihm um. »Zeig sie mir. Ich weiß, dass sie da sind. Zeig sie mir.«

Tomasso sah sie einen Moment lang schweigend an, dann seufzte er und machte den Mund auf. Im nächsten Moment sah sie mit an, wie sich zwei Zähne verschoben und zwei makellose, perlweiße Fangzähne zum Vorschein kamen. Abigail schnappte nach Luft und drehte sich zum Spiegel um, hob eine Hand und tastete mit dem Finger ihre Zähne ab.

»Du hast sie auch«, versicherte er ihr. »Und mit ein wenig Übung wirst du auch in der Lage sein, sie ausfahren zu lassen, wenn du das willst.«

Sie sah ihn im Spiegel an und fragte ungläubig: »Soll das eine gute Sache sein? Machst du Scherze? Ich will das gar nicht können. Und ich will auch keine Vampirin sein.«

»Eine Unsterbliche«, korrigierte Tomasso sie beharrlich. »Und die willst du sein.«

»Warum zum Teufel sollte ich eine Unsterbliche sein wollen?«

»Weil du sonst tot wärst«, fuhr er sie an.

Abigail stutzte. »Was?«

»Du hast im Sterben gelegen«, erklärte Tomasso ihr mit ernster Miene. »Das Dengue-Fieber hatte sich zum hämorrhagischen Dengue-Fieber verschlechtert, und du hast kurz vor dem Dengue-Schocksyndrom gestanden. Eine Infusion mit Kochsalzlösung und eine Bluttransfusion hätten dich vielleicht retten können, aber zu der Zeit tobte hier ein Tropensturm, die Straße war unterspült, und wir hatten keine Möglichkeit, dich ins Krankenhaus zu bringen. Der Arzt sagte, er könne nichts mehr für dich tun, und er schlug mir vor, dass ich beten und mich von dir verabschieden sollte. Stattdessen habe ich das Einzige getan, was ich tun konnte, um dich zu retten: Ich habe dich gewandelt.« Mit einer Hand fuhr er sich durch seine langen Haare, sah zur Seite und räumte schließlich ein: »Ich wollte das auch, ich war glücklich darüber, aber unter anderen Umständen als diesen hätte ich das niemals gemacht, ohne dich vorher um dein Einverständnis zu bitten. Ich hätte es dir erklärt und dich darum gebeten, notfalls hätte ich dich auch angefleht. Aber ich hätte nichts gegen deinen Willen unternommen, wenn du nicht dem Tod so nahe gewesen wärst, dass keine Gelegenheit mehr blieb, um dich zu fragen.«

Abigail lehnte sich entsetzt gegen den Tresen mit den Waschbecken. Sie glaubte ihm jedes Wort. Sie glaubte ihm, dass er es getan hatte, um ihr das Leben zu retten. Denn sie glaubte selbst daran, dass sie fast gestorben wäre. Abigail erinnerte sich nur allzu deutlich an einzelne Momente, als sie aufgewacht und davon überzeugt gewesen war, dass dieses Dengue-Fieber sie noch dahinraffen würde. Das Fieber, die Schmerzen, das Blut …

»Ich hatte Nasenbluten«, sagte sie leise. »Und ich habe aus dem Mund geblutet und …« Sie unterbrach sich, hob den Kopf und sah Tomasso unschlüssig an. »Das war das Dengue-Fieber?«

Er nickte. »Bei der Wandlung verlierst du kein Blut, vielmehr sorgt dein Körper dafür, dass ja kein Tropfen davon abhanden kommt. Das wird von jetzt an auch immer so sein.«

»Wieso?«, wollte sie sofort wissen.

»Weil das Blut benötigt wird.«

»Wieso?«

»Weil der menschliche Körper nicht genug Blut produzieren kann, damit die Nanos ihre Arbeit erledigen können.«

Der Begriff ließ sie aufhorchen. »Nanos?«, fragte sie verständnislos.

»Biomechanische Nanos«, erklärte er. »Nanos, die programmiert sind, jeden Schaden zu reparieren, jede Krankheit zu bekämpfen, und die dafür sorgen, dass sich unser Körper in der bestmöglichen Verfassung befindet.«

Abigail zog die Augenbrauen hoch. »Wie bin ich an diese Nanos gekommen?«

»Durch Blut. Mein Blut.«

»Habe ich eine Transfusion bekommen?«, erkundigte sie sich skeptisch. Wenn Tomasso nämlich dazu in der Lage gewesen war …

»Nein. Ich habe mir das Handgelenk aufgebissen und die Wunde gegen deinen Mund gepresst, bis die Blutung aufhörte.«

»Oh.« Abigail sah ihn mit großen Augen an, dann verzog sie angewidert den Mund, als sie sich vorstellte, wie sein Blut in ihren Mund und ihre Kehle hinunter gelaufen sein musste. »Oh … igitt.«

Tomasso zog die Brauen hoch, als wollte er erwidern: »*Und du willst Ärztin sein?*« Aber das bekam Abigail nur ganz am Rande mit, da ihr Verstand längst mit etwas anderem befasst war. Während ihres Studiums hatte sie über Forschungen auf dem Gebiet der Nanotechnologie gelesen. Was er da schilderte, ging weit über die Experimente hinaus, die in den wissenschaftlichen Berichten beschrieben wurden. Doch wenn sie überlegte, was sie da alles gelesen hatte, dann klang es durchaus plausibel, was er ihr erzählte. Aber warum wurde Blut benötigt? Sie überlegte kurz und nickte verstehend.

»Ja, natürlich, die Nanos benutzen das Blut auf irgendeine Weise«, redete sie leise vor sich hin. »Entweder, um ihre Aufgaben zu erledigen, oder weil sie selbst damit angetrieben werden.«

»*Si*. Sowohl als auch«, sagte Tomasso und grinste sie an. »Ich liebe es, wie scharfsinnig dein Verstand ist, *cara*. Du bist genial.«

Sein unerwartetes Kompliment ließ sie erröten. Anstatt ihm dafür zu danken, sagte sie nur: »Dann nehme ich an, dass die Nanos auch etwas mit den Fangzähnen zu tun haben.«

»Sie sind programmiert, dafür zu sorgen, dass sich unser Körper in der bestmöglichen Verfassung befindet«, bestätigte er ihre Überlegung. »Um das leisten zu können, benötigen sie Blut.«

»Also zwingen sie ihrem Wirt Veränderungen am Körper auf, damit der in der Lage ist, das Blut für sie zu beschaffen«, folgerte sie und überlegte, welche mythologischen Fähigkeiten den Vampiren sonst noch zugeschrieben wurden. Nicht dass sie Tomasso noch länger als Vampir ansah, aber viele Mythen basierten auf realen Tatsachen, weshalb sie vermutete, dass die der Vampire auf den Unsterblichen beruhten, wie Tomasso sie nannte.

Allerdings wurde ihr im nächsten Moment bewusst, dass das eine etwas gewagte Überlegung war, schließlich kursierten Geschichten über Vampire schon seit Jahrhunderten, lange bevor je ein Mensch von diesen Nanos gehört hatte.

»*Si*«, sagte Tomasso. »Die Nanos sorgen für die Fangzähne und einige Veränderungen mehr. Der Wirt wird stärker und schneller, er erlangt Nachtsicht. Alle unsere Sinne werden dadurch verbessert, also auch Gehörsinn, Tastsinn und die Geschmackssinne. Wir riechen sogar besser.«

Abigail musste flüchtig lächeln. Sie fand auf jeden Fall, dass er wunderbar roch, und fast hätte sie es auch gesagt. Aber das wäre ein wenig in Richtung Flirt gegangen, was sie beide womöglich abgelenkt und auf ganz andere Gedanken gebracht hätte. Immerhin war das Bett nur ein paar Schritte entfernt.

»Und das mit der Unsterblichkeit?«, fragte Abigail nachdenklich, verzog aber sogleich den Mund, da sie die Antwort längst kannte. »Ah, natürlich. Der Körper in seiner bestmöglichen Verfassung. In welchem Alter besitzt man die? Zwischen vierundzwanzig und achtundzwanzig?«, redete sie leise weiter. »Die Nanos dürften das Altern auch als einen Schaden ansehen, der behoben werden muss.« Sie sah Tomasso in die Augen. »Ihr altert nicht?«

»Oh, *mia bella*, deine Art zu denken! *Tu sei brillante*«, sagte Tomasso fasziniert.

»Danke«, sagte sie und merkte, dass sie noch stärker errötete. »Aber ihr altert nicht, richtig?«

»*Si*. Also … nein, wir altern nicht.«

Abigail nickte und dachte weiter laut nach: »Wenn die Nanos alle Verletzungen und Krankheiten beheben können, dann dürfte es nur sehr wenig geben, das euch umbringen kann. Man müsste einen von euch schon einäschern.«

»Das ist eine Möglichkeit«, stimmte er ihr zu. »Allerdings kann man uns auch töten, wenn man uns den Kopf vollständig vom Rumpf trennt. Dann sind die Nanos nicht mehr in Lage, Kopf und Körper wieder miteinander zu verbinden.«

»Und wohl auch, wenn man euch das Herz aus dem Leib reißt«, fuhr sie fort und staunte, als sie sein Kopfschütteln bemerkte. »Was? Ihr könnt ohne Herz überleben?«

»Das sind nur Muskeln und Klappen und Kammern. Die Nanos können das neu aufbauen.«

»Aber nach fünf Minuten würden die Blutzellen aufhören, ihre Arbeit zu erledigen, und damit …«

»Erst nach etwa zehn Minuten«, korrigierte er sie.

»Zehn?«, wiederholte sie verwundert.

»*Si*.« Er klang von der Richtigkeit seiner Angabe sehr überzeugt, wie Abigail bemerkte, und dann fuhr er auch schon fort: »Die Nanos können sehr schnell arbeiten, wenn es erforderlich ist. Außerdem können sie sich selbst replizieren, um ihre Anzahl zu erhöhen.«

»Aber um ein ganzes Herz aus nichts weiter als Blutzellen neu aufzubauen …«

»Ein befruchtetes Ei beginnt auch als einzelne Zelle, und innerhalb von drei Tagen sind daraus schon sechzehn geworden, und nach neun Monaten ein kompletter Mensch, der aus Billionen Zellen besteht«, führte er ihr vor Augen. »Die Nanos arbeiten viel schneller.«

»Hmm«, machte sie und schaute nachdenklich drein. Dann schüttelte sie den Kopf und fragte: »Und warum ist es dann tödlich, wenn ein Unsterblicher enthauptet wird? Warum können die Nanos nicht auch den Kopf wiederherstellen?«

Er zuckte flüchtig mit den Schultern. »Da sind sich unsere Wissenschaftler nicht sicher, aber ich würde sagen, dass jede Armee einen Anführer braucht …«

»… also müsste es auch ein Anführer-Nano geben«, führte sie seinen Satz weiter. »Ein Nano, das allen anderen sagt, was getan werden muss.«

Tomasso nickte.

»Und du vermutest, dass dieses Nano sich irgendwo im Gehirn befindet und von dort aus Anweisungen gibt?«

Wieder nickte er, und sie neigte den Kopf zur Seite, während sie über seine Vermutungen nachdachte. Wie viele Leute wussten, wie lange das Blut in einem menschlichen Körper noch seiner Aufgabe nachkommen konnte, nachdem das Herz aufgehört hatte zu schlagen? Wie viele Leute wussten, wie schnell sich ein befruchtetes Ei entwickelte und aus wie vielen Zellen es nach drei Tagen bestand? Der Mann war zum Anbeißen, er

205

hatte die Statur eines Footballspielers mit Armen, die den Umfang ihrer Oberschenkel hatten, und dabei war er auch noch verdammt intelligent.

»Tomasso?«

»*Si*?«, fragte er ein wenig skeptisch.

»Du bist ein verkappter Streber.«

»Wie bitte?« Er sah sie mit aufgerissenen Augen an und schüttelte hastig den Kopf. »Nein, nein!«

»Doch, das bist du«, beharrte sie. »Du siehst aus, als wären dir deine Muskeln wichtiger als dein Verstand, und du brummst mehr vor dich hin, als dass du in ganzen Sätzen redest. Aber ich möchte wetten, du hast zu Hause eine riesige Bibliothek, und auf dem Klo liest du *Popular Science*.«

Auch jetzt schüttelte er den Kopf, dann aber seufzte er und antwortete leise: »*Le Scienze*.«

Vermutlich war das so etwas wie die italienische Version von *Scientific American*. Sie zog fragend die Augenbrauen hoch und wartete ab.

»*Si*, ich mag Wissenschaften«, gab er schließlich zu und sah sie verwundert an. »Wie bist du darauf gekommen?«

Abigail verdrehte die Augen. »Tja, schwer zu sagen. Vielleicht liegt's daran, dass du weißt, dass Blutzellen zehn Minuten lang auch ohne das Herz arbeiten können, ehe sie absterben. Oder dass ein befruchtetes Ei nach zweiundsiebzig Stunden aus sechzehn Zellen besteht. Komm schon, wer weiß so was außer Wissenschaftlern und heimlichen Wissenschaftsnerds?«

»Darum rede ich lieber nicht so viel«, sagte Tomasso.

»Was?«, fragte sie erstaunt. »Wieso nicht?«

»Na, du musst dir doch nur ansehen, für was du mich jetzt hältst. Ich bin für dich ein Streber.«

»Nein!«, protestierte sie prompt, verzog gleich darauf betreten das Gesicht und sagte: »Okay, ja.«

Tomasso ließ seufzend die Schultern sinken.

Spontan faste Abigail ihn an den Händen und erklärte: »Aber du bist ein sexy Streber mit einem heißen Körper, und du siehst verdammt gut aus.«

Er stutzte und musterte sie argwöhnisch. »Du findest, ich habe einen heißen Körper?«

»*Si*«, versicherte sie mit ernster Miene.

Das brachte ihn zum Lächeln, und er zog Abigail an sich, wobei er den Kopf zu ihr herabsenkte. In diesem Moment klopfte es der Tür.

»Hey, wir lassen fürs Abendessen den Zimmerservice kommen. Wollt ihr auch was haben?«

Abigail legte hastig ihre Finger an Tomassos Lippen, kurz bevor er sie küssen konnte, und fragte entschuldigend: »Können wir hier kurz unterbrechen? Ich habe *riesigen* Hunger. Es kommt mir vor, als hätte ich seit einer Ewigkeit nichts mehr gegessen.«

Tomassos Atem strich über ihre Finger, als er kurz auflachte, dann richtete er sich auf und nickte zustimmend. »Du hast seit einer Ewigkeit nichts mehr gegessen. Außerdem habe ich auch Hunger.«

»Wow, dann wundert es mich ja nicht, dass mein Magen knurrt«, murmelte sie, während sie sich aus seinen Armen löste.

»Wir kommen gleich zu euch«, rief Tomasso in Richtung Schlafzimmertür.

»Wir gehen zu ihnen?«, rief Abigail erschrocken. »Ich kann hier nicht rausgehen, ich habe nichts anzuziehen!«

»Doch, hast du«, versicherte Tomasso ihr, ging zum Schrank und öffnete ihn. Zum Vorschein kam ein halbes Dutzend Kleider, die gleich neben mindestens genauso vielen Herrenhemden auf der Stange hingen.

»Mary hat das besorgt«, erklärte Tomasso. »Sie hat gesehen,

207

dass du nichts anzuziehen hast, und wusste, du brauchst was, wenn du wieder aufwachst.«

»Und die Hemden?«, fragte sie amüsiert.

»Sie meinte, sie sei es leid, ständig meine nackte Brust sehen zu müssen«, sagte er und errötete leicht.

»Merkwürdig«, gab Abigail lächelnd zurück und nahm ein weißes Kleid mit rotem Blumenmuster aus dem Schrank. Auf dem Weg zum Badezimmer zwinkerte sie Tomasso zu und meinte: »Mir gefällt es nämlich, deine nackte Brust zu sehen.«

»Später«, versprach er ihr grinsend. Gerade wollte sie die Badezimmertür hinter sich zumachen, da rief er ihr nach: »Abigail?«

Sie steckte den Kopf durch den Türspalt und musste feststellen, dass sein sorgenvoller Gesichtsausdruck zurückgekehrt war. »Ja?«

»Wir sind eigentlich noch nicht fertig«, machte er ihr klar. »Es gibt noch viel mehr, was ich dir erklären muss.«

»Später«, sagte sie. »Ich würde sagen, dass ich erst mal das Wichtigste weiß. Das allein ist schon ziemlich schwer verdaulich«, gab sie zu bedenken. »Vielleicht können wir den Rest in kleineren Portionen abhandeln. Du weißt schon, hier ein bisschen, da ein bisschen.«

»Si.« Er atmete erleichtert auf. »Hier ein bisschen, da ein bisschen.«

Abigail nickte und drückte die Tür ins Schloss, dann lehnte sie sich dagegen und schloss die Augen. Leise seufzend ließ sie ihr Gehirn sortieren, was sie soeben an Informationen erhalten hatte. Tomasso war ein Unsterblicher, kein Vampir. Er hatte sie gewandelt, also musste sie jetzt auch eine Unsterbliche sein. Das erschien ihr jetzt nicht mehr ganz so wild, da sie wusste, dass dafür Nanos verantwortlich waren und nicht irgendein Fluch, der sie ihrer Seele beraubt hatte. Und der Nutzen aus dem Ganzen war zudem noch ziemlich beeindruckend, überlegte sie. Sie hatte einen tollen Körper, sie würde nicht altern und so weiter ... Auf einmal zog sie die Nase kraus, da sie eigentlich keine Ahnung hatte, was alles zu dem »und so weiter« gehörte. Aber das würde sie noch früh genug herausfinden.

Dieser Gedanke ließ sie grinsen, sie schüttelte den Kopf und überlegte, was sie sonst noch herausgefunden hatte. Tomasso war nicht nur ein gut aussehender Kerl, er war auch noch ein Schlaukopf. Wow! Schärfer ging es wohl nicht, oder? Sie könnte sich mit ihm tatsächlich über Themen unterhalten, die sie interessierten und von Bedeutung für sie waren. Diesen Faktor hatte sie bislang gar nicht in Erwägung gezogen, denn in erster Linie war sie auf seinen tollen Körper scharf gewesen. Und das mit Recht, war es doch wahrhaftig ein Körper, der es verdient hatte, dass man scharf auf ihn war. Aber solange es nur die Lust war, die sie beide miteinander verband ... na ja, früher oder später würde die sexuelle Anziehung ohnehin nachlassen, nicht wahr? Aber jetzt fand sie seinen Verstand fast genauso verlockend.

Aber nur fast, musste sie einräumen. Es war immer noch jede Menge Lust im Spiel, trotzdem fand sie seinen Grips aufregend und vielversprechend ... vor allem wenn sie beide Lebensgefährten sein würden. Als ihr der Begriff durch den Kopf ging, verzog sie den Mund, denn sie hatte immer noch keine Ahnung, was das eigentlich zu bedeuten hatte. Über das Thema hatte er bislang noch nicht mit ihr gesprochen, aber sie war davon überzeugt, dass er das bald nachholen würde. Außerdem konnte sie warten, schließlich hatten sie beide noch genug Zeit für alles.

Dieser Gedanke sorgte dafür, dass sie zum Spiegel ging, um sich anzusehen. Zwar hatte sich durch ihre Wandlung viel an ihr verändert, aber sie hatte nicht das Gefühl, auch nur ein bisschen jünger auszusehen. Andererseits war sie ja auch erst sechsundzwanzig, also genau in jener bestmöglichen Verfassung, für die die Nanos sorgten. Ihre Haut wirkte allerdings doch etwas glatter und in etwa so zart wie ein Babypopo. Sie schien sogar ein wenig zu strahlen und wies eine natürliche, gesunde Rötung auf. Make-up war definitiv nicht nötig.

Abigail betrachtete zufrieden ihr Spiegelbild und ließ ihren Blick nach unten wandern, als sie ihren Magen knurren hörte. *Ach ja, genau. Essen.*

Sie löste das Handtuch, das sie sich umgelegt hatte, und ließ es zu Boden fallen, griff nach dem Kleid und zog es rasch an. Dann warf sie wieder einen Blick in den Spiegel. Normalerweise hätte sie nicht mal bei diesem schulterfreien Kleid auf einen BH verzichtet, aber das war bei ihrem neuen Körper nicht nötig. Ihre Brüste waren zwar etwas größer geworden, aber so wie es schien, konnte die Schwerkraft ihnen nichts anhaben.

»Sehr schön«, sagte sie und begann ihre Haare zu bürsten. Die Bürste musste Tomasso gehören, dem sie in diesem Moment sehr dankbar dafür war, dass er seine Haare so lang trug. Als sie fertig war, legte sie die Bürste beiseite und ging zurück ins Schlafzimmer.

Ihr Elan ließ jedoch schnell nach, als sie sah, dass der Raum verwaist war. Tomasso war offenbar gegangen, also beschloss sie, sich erst einmal umzusehen. Schließlich hatte sie vom Rest der Suite oder Villa – oder was immer das hier war – noch gar nichts zu Gesicht bekommen. Neugierig schaute sie sich um, als sie durch die Tür in ein großzügiges Wohn- und Esszimmer gelangte, das in Weiß und Teakholz gehalten war. Der Esstisch war aus weiß gestrichenem Holz, das traf auch auf die Stühle zu, bei denen lediglich die Rückenlehnen aus naturbelassenem Bambus bestanden. Die großen, bequem aussehenden Sofas und Sessel mit den farbenfrohen Kissen waren ebenfalls aus

Teakholz, so wie der Couchtisch und die hohe, gewölbeartige Decke, obwohl sie sich da nicht so sicher war.

Sie nahm den Blick von der Decke und erstarrte förmlich, als sie durch die gläserne Tür Tomasso auf der Terrasse stehen sah … wo er Mary küsste! Und dazu noch ausgesprochen leidenschaftlich, wie sie mit Entsetzen feststellen musste. Bis gerade hatte Abigail noch gedacht, dass das mit ihr und Tomasso etwas Besonderes war, die Art von Leidenschaft, der man nicht jeden Tag begegnete. Offenbar war das für Tomasso nicht so, denn es sah ganz danach aus, dass er und Mary sich am liebsten mitten auf der Terrasse gegenseitig die Kleider vom Leib reißen wollten.

»Ah, du bist ja schon fertig. Hier, ich habe dir die Speisekarte mitgebracht.«

Abigail wirbelte herum und bekam den Mund nicht mehr zu, als sie sah, wer das Zimmer betreten hatte: Tomasso! Sie drehte sich wieder um und sah zur Terrasse, wo Tomasso ebenfalls stand und Mary an sich gedrückt hielt. Jetzt erst fiel ihr auf, dass er anders angezogen war.

»Abigail?«, fragte Tomasso besorgt, nachdem er sich zu ihr gestellt hatte. »Ist alles in Ordnung?«

»Wer ist das?«, wollte sie wissen und zeigte in Richtung Terrasse.

Tomasso sah in die angegebene Richtung und lächelte flüchtig, dann sah er sie verwundert an. »Ich dachte, du kennst Mary. Von heute Morgen. Sie war bei dir, als du aufgewacht bist, und sie hat mich geru…«

»Nicht sie! Ich rede von dir!«, fiel Abigail ihm ins Wort. »Wie kannst du da und gleichzeitig hier sein?«

Dann endlich verstand er, legte die Arme um sie und tätschelte ihren Rücken. »Das ist mein Bruder Dante. Hatte ich dir nicht gesagt, dass wir Zwillinge sind?«

»Nein«, flüsterte sie, kniff die Augen zu und ließ sich erleichtert gegen Tomasso sinken. Nachdem sie gesehen hatte, dass es ihn zweimal gab, war ihr der erschreckende Gedanke gekommen, dass Nanos womöglich nicht die einzige hochentwickelte Technologie war, mit der sie sich würde beschäftigen müssen. Womöglich gehörte Klonen auch noch dazu, und sie musste sich mit dem Gedanken vertraut machen, dass Dutzende Tomassos existierten.

»Tut mir leid. Hast du gedacht, ich würde Mary küssen?«

»Ja«, gab sie zu und nickte verhalten.

»Warst du etwa eifersüchtig?«

Als sie den hoffnungsvollen Unterton hörte, musste sie lachen. Kopfschüttelnd lehnte sie sich in seinen Armen zurück, sah ihn an und erwiderte: »Ich wollte hingehen, dir Mary aus den Armen zerren, ihr die Haare ausreißen, dir die Hose runterziehen und mit einer Schere …«

Hastig gab Tomasso ihr einen Kuss, um sich nicht anhören zu müssen, was sie seiner Männlichkeit hätte antun wollen. Zuerst zeigte Abigail keine Reaktion, aber dann schlang sie die Arme um seinen Hals, schmiegte sich an ihn und erwiderte den Kuss.

»Heh, ihr beiden Romeos! Könnte mal jeder von euch die Zunge aus dem Mund seiner Freundin nehmen und mir sagen, was ihr alle essen wollt? Oder bin ich hier der Einzige, der einen Magen hat? Also ehrlich, Leute!« Es folgte eine lange Pause, dann fuhr die empörte Stimme fort: »Also gut, dann rufe ich jetzt eben Holly an.«

»Wer war denn das?«, fragte Abigail leise seufzend, als Tomasso den Kuss unterbrach. Sie hielt es für die gleiche Stimme, die zuvor gerufen hatte, dass der Zimmerservice in Anspruch genommen werden sollte, aber wem diese Stimme gehörte, wusste sie nicht. Sie hatte ja nicht mal eine Ahnung, wie viele

Leute sich überhaupt in diesen Räumen aufhielten, die ganz sicher zu einer Villa gehörten.

»Justin Bricker«, knurrte Tomasso und gab ihr einen Kuss auf die Nase, ehe er sie aus seiner Umarmung entließ. »Er ist sauer, weil Lucian nicht wollte, dass er seine Lebensgefährtin Holly mitbringt.«

»Was ist …«, begann Abigail, brach aber gleich wieder ab. Vermutlich war das Thema Lebensgefährtin nicht in zwei Minuten abzuhandeln, und da sie Hunger hatte, konnte das Gespräch auch noch eine Weile warten.

»Du bist ja auf und schon angezogen«, bemerkte Mary, die mit Dante von der Terrasse nach drinnen kam und sie anlächelte.

Abigail deutete auf das Kleid. »Tomasso sagt, du hast das für mich gekauft. Danke.«

»Ach was.« Mary winkte ab. »Ich habe sie nur für dich ausgesucht, die Rechnung darf der Rat übernehmen.« Sie betrachtete Abigail von Kopf bis Fuß und nickte zufrieden. »Schön, dass ich die richtige Größe erwischt habe.«

»Das hast du tatsächlich«, bestätigte Abigail. »Nochmals vielen Dank.«

»Ah, du musst Abigail sein«, meldete sich nun Dante zu Wort, während er um Mary herumging, um Abigail zu begrüßen. »Tomasso hat uns schon viel von dir erzählt.«

Sie wünschte, Tomasso hätte ihr auch so viel von den anderen hier erzählt. Reflexartig erwiderte sie die Umarmung. Nicht nur, dass er Tomasso wie aus dem Gesicht geschnitten war, auch sein ganzer Körper war dem seines Bruders so ähnlich, dass sie das Gefühl hatte, Tomasso zu umarmen. Sie befand sich mit ihrem Kopf genau auf der gleichen Höhe, seine Arme waren so stark wie die von Tomasso, und trotzdem fehlte etwas, denn Abigail spürte rein gar nichts, als sie in den Armen dieses Mannes lag. Schon eigenartig, fand sie, allerdings war das auch gut so. Es wäre äußerst unangenehm gewesen, hätte sie sich zu beiden Brüdern gleichermaßen hingezogen gefühlt. Aber sie stellte sich schon die Frage, was der Grund für diese unterschiedliche Reaktion auf die beiden sein mochte. Waren die Pheromone bei eineiigen Zwillingen tatsächlich so verschieden, dass sie den einen hinreißend fand, für den anderen jedoch nichts empfinden konnte? Oder hatte es etwas damit zu tun, dass sie und Tomasso Lebensgefährten waren? Sie wusste nicht, was es damit auf sich hatte, daher konnte sie nur vermuten, dass die Nanos dabei eine Rolle spielten. Sendeten die womöglich irgendwelche Signale an die Nanos in ihrem Körper?

Nein, das ergab überhaupt keinen Sinn, musste Abigail einräumen. Sie hatte bis vor Kurzem überhaupt keine Nanos in ihrem Körper gehabt. Seine Nanos hatten nicht mit ihren Nanos kommunizieren können, als sie mit Tomasso am Strand unterwegs gewesen war – und da hatten sie sich bereits ohne jeden Zweifel zueinander hingezogen gefühlt.

Das war alles hoch interessant, dachte sie, während Dante sie losließ und einen Schritt nach hinten trat. Darüber würde sie später noch in Ruhe nachdenken müssen, oder aber sie konnte es mit Tomasso besprechen. Es würde sicher Spaß machen, gemeinsam diesem Rätsel auf den Grund zu gehen, überlegte sie, während Tomasso den Arm um ihre Taille legte und sie am Esstisch vorbei in Richtung Küche gingen.

Dort hielten sich zwei weitere Männer auf, zwischen denen Abigail neugierig hin und her schaute. Der eine hatte dunkle Haare, der andere war eisblond. Beide waren von guter Statur und attraktiv, und rein körperlich sahen sie alle ungefähr gleich alt aus. Ihr forschender Blick wanderte zum Gesicht des Blonden, ihre Augen konzentrierten sich ganz auf seine, und gleich darauf war sie sich sicher, dass dieses blasse Silberblau zu einem Mann gehörte, der weitaus älter war als die geschätzten fünfundzwanzig Jahre, die er auf dem Buckel zu haben schien.

»Na, endlich«, verkündete der dunkelhaarige Mann erleichtert und hielt das Mikrofon des Telefons zu, in das er bis eben gesprochen hatte. »Seht euch die Speisekarte an, und sucht euch aus, was ihr haben wollt, dann kümmere ich mich um die Bestellung. Aber beeilt euch damit. Ich habe wirklich Hunger, und es wird vermutlich nach dem Bestellen immer noch eine Stunde dauern, bis das Essen dann geliefert wird.«

»Der Zimmerservice wird wahrscheinlich gar nichts anliefern, weil diese Villa als unbewohnt geführt wird«, machte Tomasso deutlich.

»Oh, stimmt«, murmelte Justin irritiert.

»Ist auch egal. Ich bin viel zu ausgehungert, da werde ich nicht erst noch eine Stunde warten«, verkündete Mary.

»Ich auch nicht«, stimmte Dante ihr zu.

»Warum gehen wir dann nicht einfach rüber zum Restaurant? Das geht auf jeden Fall schneller«, schlug Mary vor, sah dann aber besorgt zu Abigail. »Allerdings nur, wenn du dich dazu in der Lage fühlst. Falls nicht, können wir bestimmt auch …«

»Das ist schon okay«, unterbrach Abigail sie lächelnd. »Mir geht es gut. Wir können ruhig zum Restaurant gehen.«

»Ganz sicher?«, hakte Tomasso nach. Abigail war überrascht, dass er gleichfalls eine sorgenvolle Miene zur Schau stellte.

»Ja, wirklich, es ist alles in Ordnung«, beteuerte sie. »Ich habe Hunger und Durst wie verrückt, aber ich fühle mich gut.«

Abrupt drehte sich der blonde Mann mit den eisblauen Augen zu Tomasso um. »Hat Justin dir die neue Kühlbox gebracht?«

»*Si*«, bestätigte der.

»Dann also drei Beutel, damit wir Gewissheit haben, dass es

im Restaurant keine unerfreulichen Zwischenfälle gibt. Ich bestelle einen Van, der uns abholen wird. Das heißt, ihr habt noch fünf Minuten Zeit, höchstens aber zehn.«

Tomasso nickte ernst und drehte sich zu Abigail um, damit er sie aus dem Zimmer führen konnte.

»Brauchst du Hilfe?«, bot sich Dante an, woraufhin Tomasso nur nickte, aber weder stehen blieb noch einen Blick über die Schulter warf.

»Hilfe wobei?«, erkundigte sich Abigail, während er sie am Arm nahm und mit ihr das Wohnzimmer durchquerte. »Wohin gehen wir?«

»Es wird alles gut«, versicherte Tomasso ihr. Obwohl es der vertraute sexy Bass seiner Stimme war, verspürte Abigail mit einem Mal große Beunruhigung anstelle leichter Neugier.

»Was ist los?«, wollte sie wissen und fand auf dem Boden genug Halt, um sich gegen ihn zu stemmen.

Daraufhin hob er sie einfach hoch und hielt sie in seinen Armen fest an sich gedrückt. Dann trug er sie so flink bis ins Schlafzimmer, dass sie gar nicht zum Protestieren kam.

»Tomasso!«, murmelte sie verwirrt. »Lass mich runter. Was soll …?«

Weiter kam sie mit ihrer Frage nicht, da Tomasso sie völlig unerwartet auf den Mund küsste und den Kuss gleich darauf genauso plötzlich wieder beendete. Ehe sie sich versah, saß sie auch schon am Fußende des Betts, und Tomasso war bereits zwei Meter von ihr entfernt bei seinem Bruder, mit dem zusammen er die Kühlbox öffnete. Die Box, in der sie Limo vermutet hatte, wie sie sich ins Gedächtnis rief, als sie zusah, wie die beiden Männer sich den Inhalt genauer ansahen.

»Ich weiß, Lucian hat drei gesagt, aber ich halte vier für sinnvoller«, hörte sie Dante leise reden. »Wenn es bei ihr ähnlich wie bei Mary ist, wird sie anfangs Durst ohne Ende haben.«

Tomasso gab einen zustimmenden Laut von sich, und beide griffen sie in die Kühltasche.

»Was um alles in der Welt habt ihr zwei da eigent…« Abigail stockte mitten im Satz, da beide Männer sich aufrichteten und jeder von ihnen zwei Plastikbeutel in der Hand hielt, in denen nur Blut sein konnte. Erschrocken sprang sie auf. »Ich hab's mir anders überlegt. Ich will hier auf mein Essen warten.«

»Abigail«, ermahnte Tomasso sie und kam langsam auf sie zu. »Irgendwann musst du es sowieso lernen.«

»Was muss ich lernen?«, fragte sie nervös. »Und was habt ihr damit vor?« Auch wenn sie diese Fragen ausdrücklich stellte, war ihr die Antwort längst klar. Unter keinen Umständen würden sie ihr innerhalb von zehn Minuten vier Blutbeutel intravenös verabreichen können. Also wollten sie, dass sie das Blut trank, aber das würde sie auf gar keinen Fall. Sie wusste ja, dass früher oder später kein Weg daran vorbeiführen würde, weil ihr Körper nach der Wandlung zusätzliches Blut benötigte, aber das Ganze war für sie noch völlig neu, und zumindest ihr Verstand empfand es auch noch als ziemlich eklig. Sie konnte das Blut nicht einfach runterkippen, als hätte sie ein Glas Limo vor sich. Allein bei dieser Vorstellung drehte sich ihr schon der Magen um.

»Wir werden dich nicht zwingen, das alles wie Limo in dich reinzukippen«, versicherte ihr Dante.

»Nicht?«, fragte sie argwöhnisch, wurde dann aber stutzig. »Moment mal, woher weißt du, was ich eben gedacht habe?«

Dante sah Tomasso erstaunt an. »Ich dachte, du hast ihr alles erzählt. Dafür hat Mary dich doch geholt.«

»Ich habe ihr gesagt, was sie wissen muss, aber wir haben noch nicht alle Einzelheiten besprochen«, verteidigte er sich. »Justin hat uns gestört, bevor ich ihr das Gedankenlesen und die Gedankenkontrolle erklären konnte.«

»Gedankenlesen?«, wiederholte sie ungläubig und sah Tomasso finster an. »Du kannst meine Gedanken lesen?« Die Vorstellung war ja entsetzlich. Lieber Himmel, ihre Gedanken waren mitunter ziemlich deftig gewesen, seit sie ihn kennengelernt hatte. Wenn er auch nur ein paar von den Dingen wusste, die sie in ihrer Fantasie mit ihm angestellt hatte, sobald sie ihn nur zu Gesicht bekommen hatte ...

»Als dein Lebensgefährte kann Tomasso dich nicht lesen«, verriet Dante ihr amüsiert.

»Oh.« Sie atmete erleichtert aus, riss dann aber die Augen auf und stieß einen entsetzten Schrei aus, während sie Dante mit ihrem Blick durchbohrte. »Aber *du* kannst mich lesen?«

Er nickte grinsend, und Abigail konnte nur noch frustriert stöhnen. Die beiden waren Zwillinge. Ganz bestimmt würde er Tomasso alles erzählen, was er in ihren Gedanken entdeckt hatte. All die kleinen schmutzigen Dinge, die sie mit Tomasso anstellen wollte. Und wie viel er ihr nach der kurzen gemeinsamen Zeit bereits bedeutete. Und dieser ganz spezielle Traum, der ihr in den Sinn gekommen war, seit sie wusste, dass er ein heimlicher Streber war.

»Clark Kent?«, fragte Dante plötzlich und schaute völlig verständnislos drein, während Abigails Frust nur noch größer wurde. Das war der ganz spezielle Traum. Tomasso in einem Anzug und mit dicker Hornbrille auf der Nase, die Haare zum Pferdeschwanz zurückgekämmt, damit er wie ein streberhafter Clark Kent aussah. Dann würde er die Brille abnehmen und Anzug und Hemd aufreißen, damit seine wunderschöne breite Brust zum Vorschein kam ... aber natürlich nicht in ein Superman-Kostüm mitsamt Cape gehüllt, sondern pure Natur. Glücklicherweise war dieser Traum noch nicht weiter als bis dahin gediehen, schließlich hatte sie ja erst vor ganz kurzer Zeit von Tomassos intelligenter Seite erfahren. Das war schon ein

Glück, fand sie, als sie mit finsterer Miene Dantes breites Grinsen betrachtete.

Kopfschüttelnd drehte er sich zu Tomasso um und legte seine beiden Blutbeutel auf die, die Tomasso bereits in der Hand hielt. »Du brauchst mich dafür nicht, Bruder«, versicherte er ihm und klopfte ihm auf die Schulter. »Ich glaube sogar, dass du ohne mich besser klarkommst. Benutz einfach die Methode, die wir bei Jackie versucht haben.«

»Vincents Jackie?«, gab Tomasso irritiert zurück und balancierte mit beiden Händen alle vier Beutel.

»Si.« Dante ging zur Tür. »Du erinnerst dich. Bei Christian brachte es nichts, aber bei Vincent war es erfolgreich.«

»Oh«, murmelte Tomasso nachdenklich. »Si.«

Abigail sah Dante argwöhnisch hinterher, wie der das Zimmer verließ, dann wanderte ihr Blick zurück zu Tomasso. »Von welcher Methode redet ihr?«

Anstatt zu antworten kam er entschlossen auf sie zu.

Sie machte einen Schritt nach hinten, stieß aber mit der Wade gegen die Bettkante, wackelte einen Moment vor und zurück und landete schließlich auf der Bettkante. Da Tomasso mit entschlossenem Gesichtsausdruck weiter auf sie zukam, robbte sie rücklings über das Bett, war aber viel zu langsam. Er warf die Blutbeutel aufs Bett und kroch auf allen vieren hinter ihr her, bis er gleich darauf über ihr war. Dann ließ er sich auf sie sinken, sodass sie von seinem Gewicht auf die Matratze gedrückt wurde.

»Ähm …«, brachte sie unschlüssig heraus. »Ich dachte, ich sollte … oh«, keuchte sie überrascht, als er mit den Lippen an ihrem Ohrläppchen knabberte und gleichzeitig seine Hüften über den ihren kreisen ließ. »Das ist … oh … äh …« Weiter kam sie nicht, da er eine Hand auf ihre Brust legte.

Abigails Körper reagierte sofort auf diese Berührung, sie

219

drückte den Rücken durch, um ihre Brust fester an seine Hand zu schmiegen, und sie streckte die Arme aus, damit sie sie um seinen Hals legen konnte. Im gleichen Moment begann Tomasso sie stürmisch und fordernd zu küssen.

Stöhnend erwiderte sie den Kuss, der sie das Essen völlig vergessen ließ, da ein anderer Hunger ihre Aufmerksamkeit auf sich lenkte. Sie war so in den Bann ihrer ständig zunehmenden Erregung geschlagen, dass sie das ungewohnte Gefühl, das von ihrem Kiefer ausging, kaum bemerkte. Als sie gleich darauf Blut auf ihrer Zunge schmeckte, war sie davon keineswegs abgestoßen, sondern es steigerte ihre Erregung nur noch mehr. Hastig begann sie an Tomassos Zunge zu saugen, die die Quelle für dieses Blut war.

Kaum hatte sie aber damit begonnen, unterbrach Tomasso den Kuss, hielt sie auf dem Bett zurück und drückte ihr gleich darauf einen der Blutbeutel auf ihre Zähne.

Abigail sah über den Beutel hinweg zu Tomasso, schließlich auf den Beutel selbst und stutzte, weil der zusammenzuschrumpfen schien. Außerdem schmeckte sie auf einmal kein Blut mehr, was sie durchaus irritierte.

»Deine Fangzähne nehmen das Blut auf und leiten es direkt in den Körper weiter«, erläuterte Tomasso. Hätte sie nicht deutlich seine Erektion spüren können, die gegen ihr Bein drückte, wäre sie in Sorge gewesen, dass der Kuss bei ihm gar keine Reaktion ausgelöst hätte.

Abigail sah ihn an, während sie beide darauf warteten, dass der Beutel leer wurde. Tausend Fragen gingen ihr durch den Kopf, aber sie konnte nicht ein einzige davon stellen, und es blieb auch keine Zeit etwas zu sagen, denn als der Beutel geleert war, drückte er schon den nächsten vollen Beutel auf ihre offenbar komplett ausgefahrenen Fangzähne, kaum dass er den leeren abgezogen und zur Seite geworfen hatte.

Seufzend blieb Abigail ganz entspannt auf dem Bett liegen und wartete ab. Zu ihrem großen Bedauern legte Tomasso sich neben ihr auf die Seite, und ihr fehlten augenblicklich sowohl seine Wärme und das Gewicht, das auf ihr geruht hatte. Als Tomasso ihr den letzten der vier Beutel von den Zähnen nahm, fasste er ihre Hand und zog sie in eine sitzende Position.

»Barte, if bill doch … aupf!«, keuchte Abigail, als sie sich mit den immer noch ausgefahrenen Fangzähnen in die Zunge biss.

»Lass mich mal sehen«, sagte Tomasso, legte die Hände an ihren Kopf und drückte ihn leicht nach hinten, damit er ihr in den Mund sehen konnte. »Nur ein kleiner Schnitt. Der verheilt bereits«, beruhigte er sie. Dann sah er ihr in die Augen und empfahl ihr: »Nie mit ausgefahrenen Fangzähnen reden.«

Abigail nickte, um zu zeigen, dass sie ihn verstanden hatte.

»Die Zähne ziehen sich gleich wieder zurück«, versicherte Tomasso ihr. »Komm, wir müssen los. Wir wollen essen gehen, wie du weißt.«

Richtig, sie wollten essen gehen, erinnerte sich Abigail. Die anderen warteten schon auf sie. Ihre Fragen würde sie später stellen müssen.

12

Es gab diverse Restaurants im Resort, von denen jedes eine andere Klientel ansprach. So hatte man die Wahl zwischen Mediterran, Italienisch, Französisch, Fisch, Haute Cuisine und einem Lokal im Stil eines Pubs, das Hausmannskost anbot. Alles war auf seine Weise verlockend, doch die Gruppe tendierte gemeinschaftlich zu Italienisch.

Abigail hatte keine Ahnung, wie spät es war. Ihre Armbanduhr schien verschwunden zu sein, zumindest befand sie sich nicht mehr an ihrem Handgelenk, als sie hatte nachsehen wollen. Sie schienen für ein Abendessen recht früh dran zu sein, da sie ohne Wartezeit sofort zu einem Tisch gebracht wurden. Sie bekamen einen großen runden Tisch im rückwärtigen Teil des nur schwach beleuchteten Restaurants. Wasser, Rot- oder Weißwein und ein Korb mit Brot, bei dem sie sich bedienen konnten, während sie die Speisekarte studierten, wurden ihnen sofort serviert. Abigail war dankbar dafür, dass sie vorab schon Brot essen konnte. Auf der Karte las sich einfach alles verlockend. Sie fühlte sich ausgehungert, auch wenn der Hunger durch das Blut nicht mehr ganz so extrem zu sein schien.

»Alles klingt köstlich«, seufzte Mary.

»Ich weiß«, stimmte Abigail ihr wehmütig zu. »Und das, wo ich seit einer Woche nichts mehr gegessen habe. Meint ihr, es wäre ungehörig, wenn ich von allem eine Portion bestelle?«

»Ob das ungehörig wäre, weiß ich nicht. Aber ich würde gern das Gesicht des Kellners sehen, wenn du deine Bestellung aufgibst«, gab Justin lachend zurück.

222

»*Si*«, meinte Dante grinsend. »Der Kellner wäre bestimmt sprachlos, wenn so ein zierliches kleines Ding wie du einmal die Speisekarte rauf und runter bestellen würde.«

Abigail stutzte, als sie diesen Kommentar hörte. Ein zierliches kleines Ding? So hatte sie niemand mehr genannt seit … na ja … eigentlich noch nie in ihrem ganzen Leben. Ihr Blick wanderte von der Speisekarte zu den Partien ihres Körpers, die sie in ihrer momentanen Sitzhaltung sehen konnte. Flüchtig schüttelte sie den Kopf, denn auch trotz der Wandlung war sie nun wirklich nicht zierlich geworden. Sie hatte Kurven und einen Bauch. Zwar keinen Hängebauch, sondern nur einen … Abigail wusste nicht, ob es für diese Art von Bauch eine Bezeichnung gab, fest stand nur, dass er nicht völlig flach war.

Vermutlich sollte es sie nicht erstaunen, dass sie jetzt nicht so dürr war wie eines jener Models, die für sie ihr Leben lang ein unerreichbares Vorbild gewesen waren. Sie war nicht so dürr, weil Models kein gesundes Körpergewicht hatten. Wer sich fast zu Tode hungern oder nach jeder Mahlzeit den Finger in den Hals stecken musste, um ein bestimmtes Gewicht zu erreichen, bei dem konnte einfach nicht von einem gesunden Gewicht die Rede sein. Somit konnte es keinen Zweifel daran geben, dass Models ein völlig verkehrtes Vorbild für junge Mädchen waren. Außerdem gaben sie gesunden erwachsenen Frauen das Gefühl, einfach nur dick und fett zu sein. Wer war bloß jemals auf die Idee gekommen, diese Models zu Vorbildern zu machen, wunderte sie sich.

Ein Kellner kam zu ihnen an den Tisch, und Abigail ließ ihre Überlegungen in den Hintergrund treten, um sich auf Erfreulicheres konzentrieren zu können. Essen! Zu Justins großer Enttäuschung bestellte sie doch nicht die komplette Speisekarte, sondern begnügte sich mit drei Gerichten: Fettuccine Alfredo, Bistecca Fiorentina und Cappon Magro. Pasta, Steak und Shrimps klangen nach einer guten Mischung, wobei der Fairness halber aber auch gesagt werden musste, dass Cappon Magro eigentlich ein Salat aus Gemüse und Shrimps war. Deshalb hatte sie auch kein allzu schlechtes Gewissen, was ihre Dreifachbestellung anging.

Nachdem sie alle bestellt hatten, nahm der Kellner die Speisekarten an sich und ging davon. Um die Zeit bis zum Essen zu überbrücken, begannen die anderen sich zu unterhalten, während Abigail einfach nur dasaß und alles auf sich wirken ließ. Dabei fiel ihr auf, dass Dante fast genauso wortkarg war wie Tomasso und dass Lucian Argeneau die beiden mit seiner Schweigsamkeit noch übertraf. Es waren vor allem Justin Bricker und Mary, die die Unterhaltung in Gang hielten. Dabei stellte Mary in ihrer sanften Art Fragen, die Justin Bricker dazu verleiteten, praktisch sein ganzes Leben vor ihnen allen auszubreiten, indem er von seiner Familie in Kalifornien und seiner Lebensgefährtin Holly erzählte.

Als das Essen gebracht wurde, verstummten die Gespräche. Auch wenn Abigail seit einer Woche nichts mehr gegessen hatte, war es völlig unmöglich, die drei Gerichte zu verspeisen, die ihr serviert wurden, denn jedes für sich war eine vollwertige Mahlzeit. Aber zum Glück waren Dante und Tomasso mehr als gewillt, ihr zu helfen, sodass die Teller kurze Zeit später komplett leergegessen waren.

Lächelnd beugte sich Abigail zur Seite und machte Platz, als der Kellner kam, um die leeren Teller abzuräumen. Sie sah von Tomasso zu ihrer Rechten zu Dante, der neben Mary saß, die links von ihr Platz genommen hatte. Sie musste daran denken, was Justin alles über seine Familie in Kalifornien erzählt hatte, schaute interessiert zu Tomasso und fragte: »Hast du Familie?«

Als er verwundert die Brauen hochzog, verdrehte sie die Augen und sagte: »Okay, ich weiß, dass du Dante hast.« Sie lächel-

224

te kurz den Zwilling an. »Aber du hast noch nie deine Eltern oder andere Geschwister erwähnt.«

»Oh.« Tomasso nickte. »*Sì*. Drei Brüder und eine Schwester.«

»Alle älter als wir«, ergänzte Dante. »Aber ich bin mir sicher, dass wir bald noch jüngere Geschwister dazubekommen.«

»Dann sind eure Eltern noch jung genug zum Kinderkriegen?«, fragte Abigail, klatschte sich gleich darauf aber mit der flachen Hand gegen die Stirn und murmelte: »Na, was denn sonst? Jeder mit einem Körper in der bestmöglichen Verfassung!«

»*Sì*«, bestätigte Tomasso.

»Das führt zu großen Familien«, merkte Dante ironisch an. »Wir haben sehr viele Tanten und Onkel und noch viel mehr Cousins und Cousinen. Und unsere Großeltern leben auch noch.«

Abigail sah ihn verdutzt an, als Mary sich erkundigte: »Und was ist mit dir, Abigail? Hast du Familie? Geschwister, Eltern, eigene Kinder?«

»Nein«, gab sie zu und überwand das anfängliche Unbehagen, das sich geregt hatte, als sie hörte, wie groß Tomassos Familie war. Sie brachte ein Lächeln zustande und erklärte: »Ich war ein Einzelkind, und meine Mutter ist vor Kurzem gestorben.«

»Oh.« Mary schaute betroffen drein, setzte aber gleich wieder ein Lächeln auf und hob auffordernd ihr Weinglas. »Dann ist es ja gut, dass du Tomasso begegnet bist. Er und Dante können eine große Familie mit uns teilen.«

»Darauf stoße ich an«, verkündete Abigail und tat genau das. Allerdings war es nur ein aufgesetztes Lächeln, das sie zur Schau stellte, als sie von ihrem Wein trank. Genau genommen empfand Abigail die Sache mit Tomassos Familie ein wenig beklemmend, bedeutete es doch, dass er sie irgendwann seinen Eltern vorstellen würde, während ihm das umgekehrt komplett erspart blieb. *Verdammter Glückspilz*, dachte sie.

Für den Moment verdrängte sie das jedoch und wandte sich stattdessen an Mary: »Und was ist mit dir? Hast du auch keine Familie mehr?«

Im nächsten Moment wusste Abigail, dass sie mit ihrer Frage ins Fettnäpfchen getreten war. Mit einem Mal herrschte eisiges Schweigen, niemand rührte sich. Überraschenderweise war es ausgerechnet Lucian, der dem Spuk ein Ende setzte.

»Mary hat Familie, unter anderem erwachsene Kinder und Enkel«, erklärte er.

»Tatsächlich?«, staunte Abigail, bemerkte dann aber den finsteren Blick, den Dante Lucian zuwarf.

Der zog eine Augenbraue hoch und sagte: »Hör auf, mich anzustarren, Dante. Darüber zu schweigen macht es für Mary auch nicht leichter.«

»Sie weint jedes Mal, wenn wir über ihre Kinder reden«, hielt Dante angespannt dagegen.

»Das macht sie auch, wenn ihr nicht darüber redet«, fuhr Lucian ihn an. »Aber es ist besser, wenn sie ihrer Trauer freien Lauf lässt, anstatt alles in sich hineinzufressen, nur weil sie glaubt, sie würde dein Gewissen damit belasten.«

Dante sah bestürzt zu Mary, die beruhigend seinen Arm tätschelte. »Ist schon okay. Es geht mir gut.«

»Versteckst du deine Tränen vor mir, Mary?«, fragte er irritiert.

Anstatt darauf zu antworten, wandte sie sich Abigail zu. »Du musst wissen, dass ich älter bin, als ich aussehe. Bis vor gut einer Woche war ich eine zweiundsechzigjährige Großmutter mit Kindern und Enkelkindern, wie Lucian ganz richtig gesagt hat.«

Abigail zögerte, ging dann aber über Dantes düstere Miene hinweg und prostete Mary zu. »Für zweiundsechzig siehst du verdammt gut aus.«

Diesmal kam Marys Lächeln von Herzen, als sie mit Abigail

226

anstieß. Beide tranken dann in einem Zug aus, was für Abigail noch fast ein volles und für Mary ein immerhin noch halb volles Glas bedeutete.

»Ich darf wohl annehmen, dass keiner von euch Romeos die Damen darauf hingewiesen hat, dass Alkohol bei uns keine Wirkung zeigt. Richtig?«, fragte Justin amüsiert in die Runde, gerade als beide Frauen ihr Glas absetzten. »Jedenfalls keine lustige Wirkung.«

Abigail sah ihn ein wenig besorgt an. »Und welche Wirkung hat Alkohol dann?«

»Der Alkohol wird aus dem Blut gefiltert, aber nicht wie sonst üblich von der Leber«, erwiderte er so betont, dass Abigail klar wurde, worauf er hinauswollte: Offenbar hätten sie nicht so freimütig und direkt über Marys eigentliches Alter reden sollen.

Sie ließ diese Sorge fürs Erste auf sich beruhen und konzentrierte sich ganz auf das, was Justin soeben gesagt hatte. Es bedeutete, dass die Nanos den Alkohol aus dem Blut schafften, bevor der irgendeine Wirkung zeigen konnte. Aber es bedeutete auch, dass man mehr Blut zu sich nehmen musste, um den Aufwand auszugleichen.

Gerade als Abigail vor Schreck über diese Erkenntnis die Augen aufriss, winkte Mary den Kellner zu sich.

»Mehr Wein, Miss?«, fragte er, als er zwischen Mary und Abigail stehen blieb.

»Nein, danke«, sagte Mary. »Aber Sie können mein Glas mitnehmen und mir stattdessen ein Glas Wasser bringen. Und vielleicht auch noch einen Cappuccino.«

»Für mich bitte auch«, schloss Abigail sich an und gab dem Mann ihr Glas, damit er es nicht erst noch vom Tisch nehmen musste. Es erstaunte sie nicht, als die Männer sich ihnen anschlossen und gleichfalls ein Glas Wasser und dazu einen Kaffee oder einen Cappuccino bestellten.

»Tja«, meinte Mary, nachdem der Kellner wieder weggegangen war. »Man lernt doch immer noch dazu.«

»Es tut mir leid, Mary«, murmelte Dante. »Ich hätte dir sagen sollen …«

»Lass gut sein«, unterbrach Mary ihn und winkte lächelnd ab. »Ich kann mir gut vorstellen, dass du einfach noch keine Zeit hattest, es mir zu sagen. Dazu werden wir schon noch kommen.«

Abigail beobachtete, wie die beiden sich liebevoll ansahen, und wartete ab, bis sie sich wieder den anderen zuwandten, ehe sie fragte: »Dann bist du auch noch nicht so lange mit Dante zusammen?« Als sie ausgesprochen hatte, wurde ihr bewusst, wie vermessen sich das anhören musste, also fügte sie hastig an: »Oder habt ihr euch davor schon länger gekannt?«

Mary lachte kurz auf und schüttelte den Kopf. »Nicht sehr lange. Ich glaube, das war …« Sie unterbrach sich und sah zur Decke, während sie rechnete. Schließlich schüttelte sie noch einmal den Kopf. »Vielleicht eineinhalb Wochen.«

Abigail zog überrascht die Augenbrauen hoch. »Ehrlich? Das ist ja genauso lange wie bei Tomasso und mir.«

»Acht Tage«, korrigierte der sie.

Sie sah ihn fragend an. »Vier Tage am Strand.«

»*Si*.«

»Und dann wurde ich krank.«

»Zwei Tage«, sagte Tomasso.

»Ehrlich?«, fragte sie verwundert. »Mir kam es wie eine Ewigkeit vor.«

»Mir auch«, räumte er ein. »Zwei sehr üble Tage, aber trotzdem nur zwei.«

»Oh«, machte Abigail. »Und wie lange war ich weg, als du … ähm … dieses … ähm …« Sie sah sich nervös um und flüsterte: »… dieses Wandlungsdings gemacht hast?«

»Zwei Tage.«

»Hmm. Also insgesamt acht Tage.«

»Ihr müsst euch in diesem Flugzeug begegnet sein, einen Tag nachdem ich unseren Entführern entkommen war«, überlegte Dante.

»Das ist gut«, sagte Mary fröhlich, neigte sich zur Seite und stieß Abigail mit dem Ellbogen an. »Dann können wir beide gemeinsam die Neuen sein.«

»Hört sich gut an«, erwiderte Abigail lächelnd. Damit wurde sie wenigstens nicht ganz allein mit all diesen Dingen konfrontiert. So konnten sie und Mary sich gegenseitig ihr Leid klagen, während sie sich an ihr neues Leben gewöhnten.

»Und?«, begann Tomasso und sah zwischen seinem Bruder und den beiden anderen Männern hin und her. »Sind nach Dante und mir noch weitere Unsterbliche entführt worden?«

Abigail sah sich am Tisch um. Durch diese Frage bekamen mit einem Mal all die Dinge einen Sinn, die Tomasso ihr seit seiner Befreiung erzählt hatte. Sie hatte sich ja gefragt, warum ein Italiener, der in Kanada zu Besuch war, bei der Aufklärung von Entführungen in Texas mitwirken sollte. Jetzt wusste sie warum. Die Opfer waren offenbar allesamt Unsterbliche gewesen.

»Nein«, antwortete Lucian. »Durch eure Flucht scheint Sand ins Getriebe dieser Operation geraten zu sein.«

»Wieso?«, wunderte sich Tomasso.

»Die Männer, die Dante nach seiner Flucht verfolgt hatten«, sagte Lucian, »brachten später Mary in ihre Gewalt und kamen auf der Flucht bei einem Autounfall ums Leben.«

Der Gedanke, dass man Mary ebenfalls entführt hatte, beunruhigte Abigail, die die andere Frau ansah.

»Ich habe den Unfall verursacht«, räumte Mary betreten ein, als sie Abigails fragenden Blick bemerkte.

»Oh«, machte sie, fügte dann aber hinzu: »Wenn sie dich entführt haben, dann haben sie es auch verdient.«

»Das haben sie allerdings«, stimmte Lucian ihr zu und drehte sich zu Tomasso um. »Soweit Mortimer das herausfinden konnten, sind die Männer, die dich entführt hatten, nach deiner Flucht in Puerto Rico gelandet, um dort nach dir zu suchen. Danach sind sie weitergeflogen nach Puerto Plata, wo sie ebenfalls nach dir gesucht haben.«

Abigail erschrak, als sie das hörte, fasste nach Tomassos Arm und keuchte: »Jet!«

»Soweit Mortimer in Erfahrung bringen konnte, hat der Pilot Jethro Lassiter seine beiden Kunden in Puerto Rico abgesetzt« sagte Lucian. Zwei Tage nach deiner Flucht ist er auf dem Flughafen von Puerto Plata gelandet und hat begonnen, auf eigene Faust das Küstengebiet abzusuchen.«

»Oh«, machte Abigail erleichtert. Jet hatte also seine beiden Kunden loswerden können, und er war auf der Suche nach ihr ... während sie ihn bereits völlig vergessen hatte! Jet hätte ihr erster Gedanke oder zumindest einer ihrer ersten Gedanken gelten müssen, nachdem sie heute aufgewacht war. Stattdessen musste sie erst einmal Neuigkeiten über andere Leute hören, um an den Mann erinnert zu werden, der für sie immer wie ein Bruder gewesen war und der als Einziger so etwas wie Familie für sie darstellte. Sie konnte es nicht fassen, dass sie sich als eine so gleichgültige und miserable Freundin entpuppt hatte. Da war Jet allein unterwegs, um sie ausfindig zu machen, und sie kam nicht mal auf die Idee nachzufragen, ob es Neuigkeiten über ihn gab.

»Mortimer ist unterwegs, um Jethro Lassiter zu finden und sich um ihn zu kümmern.«

Als Abigail das mitbekam, wurde sie hellhörig und sah Lucian an. »Um ihn kümmern? Was soll das heißen?«

»Mortimer wird ihm versichern, dass mit dir alles in Ordnung ist, und ihn in der Gewissheit, dass es dir gut geht, wegschicken, damit er sein Leben lebt«, erklärte Lucian.

»In der Gewissheit, dass es mir gut geht?«, wiederholte sie aufgeregt. »Was soll denn das bedeuten? Wenn er sich schon die Mühe macht, die Gegend hier nach mir abzusuchen, wird er auch mit mir reden wollen, um sich davon zu überzeugen, dass es mir gut geht.«

»Nein, das wird er nicht wollen«, sagte Lucian kurz und bündig.

Abigail verkrampfte sich am ganzen Leib und sah den Mann argwöhnisch an. »Und warum nicht?«

Anstatt zu antworten, stutzte Lucian Argeneau, da in diesem Moment die Melodie von »I'm so Tacky« ertönte. Er zog sein Handy aus der Tasche, sah auf das Display und nahm den Anruf entgegen. »Einen Moment, Marguerite.« Er drückte das Telefon an seine Brust und sagte zu Tomasso: »Nimm deine Frau mit in die Villa und erklär ihr alles, bevor sie noch hysterisch wird.«

Zu ihrer großen Verwunderung stand Tomasso auf und zog sie von ihrem Platz hoch, um sie nach draußen zu dirigieren. Sie war von dem Ganzen so überrumpelt, dass sie erst vor dem Restaurant auf die Idee kam, Tomasso zur Rede zu stellen: »Soll das ein Witz sein? Du hast dich von dem Mann gerade eben herumkommandieren lassen wie ein kleines Kind.«

»Nein«, widersprach Tomasso geduldig.

»Doch, das hast du«, beharrte sie. »Er hat dir gesagt, dass du mich zur Villa bringen sollst, als … als würde ein Vater seine Kinder ins Bett schicken und kein Widerwort erwarten. Und du hast nur …«

»Ich habe dich nicht aus dem Lokal gebracht, weil er das so wollte«, stellte Tomasso klar und fasste sie am Arm, damit sie weiterging, da ihnen auf dem Weg ein Paar entgegenkam.

231

»Ach ja? Und warum hast du es dann getan?«, hakte sie ungläubig nach.

»Weil du dich über ihn aufgeregt hast«, erklärte er. »Und ich möchte dich so weit wie möglich vor Aufregung und Schmerz bewahren.«

Bei diesen Worten wäre sie fast über ihre eigenen Füße gestolpert. Sie blieb stehen und drehte sich um, damit sie ihn ansehen konnte.

»Und wir werden jetzt auch nicht zur Villa gehen«, schob Tomasso nach, machte dann aber einen kleinen Rückzieher: »Es sei denn, dass du dort hinwillst.«

»Nein, will ich nicht«, versicherte sie ihm. Sie hatte sich tatsächlich über Lucian aufgeregt, und sie konnte ihn zumindest im Augenblick nicht besonders gut leiden. Daher hatte sie nichts dagegen, ihm aus dem Weg zu gehen. Mary und Dante hingegen konnte sie gut leiden, und Justin ebenfalls. Es kam ihr aber durchaus gelegen, jetzt nicht zu den anderen zurückzukehren. »Und wohin sollen wir stattdessen gehen?«

Nach kurzem Zögern sagte Tomasso. »Ich habe mir überlegt, dass ein Spaziergang am Strand ganz schön sein könnte.«

»Ehrlich?«, fragte sie grinsend. »Mir kommt es so vor, als hätten wir vier Tage damit verbracht, vom Strand wegzukommen, und jetzt willst du da einen Spaziergang machen?«

»Soweit ich mich erinnern kann, haben wir uns nicht gerade besonders viel Mühe gegeben, von da wegzukommen«, gab er zurück und kniete sich hin, um ihr aus den geborgten Sandalen zu helfen. »Ich fürchte, die angenehmen Momente haben mich mehr zum Trödeln verleitet, als es hätte der Fall sein dürfen.«

»Die angenehmen Momente?«, fragte sie leise, während er seine Schuhe auszog. Anstatt zu antworten, nahm er ihre Hand und führte sie vom Fußweg hinüber zum Strand. Dort war es viel dunkler als im Resort, weil nirgendwo Lampen standen, und trotzdem konnte Abigail alles erkennen. Diese Nanos verliehen ihr tatsächlich bemerkenswerte Nachtsicht, überlegte sie, als sie kurz vor dem Wasser stehen blieben, Tomasso die Schuhe in den Sand fallen ließ und sich zu ihr umdrehte.

Mit den Händen umfasste er ihr Gesicht und drückte sanft ihren Kopf in den Nacken. »Die Momente mit dir waren der Grund zum Trödeln«, flüsterte er.

»Es ist mir nicht anders ergangen«, entgegnete Abigail und legte die Hände an seine Hüften.

Tomasso schloss kurz die Augen. »Im Augenblick möchte ich nichts lieber als mit dir in den Sand zu sinken, dir das Kleid vom Leib reißen und dich lieben.«

»Okay«, hauchte Abigail, bei der allein die Vorstellung schon ein Kribbeln zwischen ihren Oberschenkeln auslöste.

Leise lachend ließ Tomasso die Stirn gegen ihre sinken und schüttelte den Kopf. »Hör auf damit, du führst mich nur wieder in Versuchung.«

»Hey!«, wehrte sie sich. »Du hast doch damit angefangen. Ich habe mich nur entgegenkommend gezeigt.«

»Du hast natürlich recht«, stimmte er ihr zu, dann hob er seine Schuhe und ihre Sandalen auf, nahm ihre Hand und ging weiter mit ihr. »Genau das mag ich so an dir.«

»Was? Dass ich leicht zu haben bin?«, gab Abigail spöttisch zurück und legte nach: »Zumindest für dich.«

»*Si*«, antwortete er nur.

»Hmmm«, machte Abigail, und sie verfielen beide in Schweigen. Nachdem sie einige Minuten lang weitergegangen waren, zog Tomasso sie auf einmal vom Wasser weg und hin zu einer Reihe von Liegestühlen. Sie dachte, jeder von ihnen sollte sich in einen davon sinken lassen, doch Tomasso hatte etwas anderes im Sinn. Er warf die Schuhe zur Seite und setzte sich in einen der Stühle, dann zog er Abigail zu sich, damit sie auf sei-

233

nem Schoß Platz nahm. Nach ein wenig Hin und Her hatte er sie so zwischen seinen Beinen platziert, dass sie sich rücklings an seine Brust lehnen und sie beide gemeinsam den Sternenhimmel betrachten konnten. Zufrieden seufzte er.

»Das ist schön, nicht wahr?«

»Ja«, murmelte sie und fühlte sich an ihr gemeinsames Bad erinnert. Nur dass sie jetzt angezogen und nicht durchnässt waren.

Nach einer kurzen Pause sagte Tomasso: »Dante sprach davon, dass wir die Gedanken anderer lesen können.«

Abigail rührte sich nicht und wandte argwöhnisch ein: »Ja, aber du kannst meine Gedanken nicht lesen, richtig?«

»Richtig, das kann ich nicht«, versicherte er ihr und fügte hinzu: »Aber ich glaube, von Gedankenkontrolle war auch noch die Rede gewesen.«

Sie versuchte sich zu ihm umzudrehen, doch er hielt sie mit Händen und Beinen in ihrer Position fest und erklärte beschwichtigend: »Ich kann dich auch nicht kontrollieren, Abigail. Deshalb sind wir beide auch Lebensgefährten.«

»Ah«, machte sie und entspannte sich.

Tomasso nahm ihre Kapitulation mit einem zufriedenen Brummen zur Kenntnis und räusperte sich. »Das ist die Methode, wie sie deinen Freund Jet beruhigen werden, damit er in sein altes Leben zurückkehren kann. Sie werden seine Gedanken lesen, ihn notfalls kontrollieren und seine Erinnerungen dahingehend verändern, dass er beruhigt die Suche nach dir einstellt und sich künftig keine Gedanken mehr machen wird, ob es dir gut geht oder nicht.«

»Hm«, gab Abigail zurück und versuchte zu entscheiden, was sie davon halten sollte. Es hing vor allem davon ab … »Und … wie werden sie seine Erinnerung verändern?«

»Wahrscheinlich werden sie ihn glauben lassen, dass er den

Flug nach Caracas ohne Zwischenfall durchgeführt und die letzten Tage gemeinsam mit dir am Strand verbracht hat, wo du einem gut aussehenden Italiener begegnet bist, dem du nach Italien gefolgt bist, weshalb sich dann eure Wege getrennt haben.«

Abigail schnaubte amüsiert. »Den Unsinn würde er niemals glauben.«

»Was?«, fragte er pikiert.

»Ich würde niemals einen guten Freund im Stich lassen und mich mit einem wildfremden Kerl nach Italien absetzen«, versicherte sie ihm.

»Aber du hast ihn verlassen und bist mit mir an einem Strand gelandet«, wandte er ein.

»Aber nicht aus freien Stücken«, betonte sie. »Ich habe mir den Kopf zerbrochen, wie ich aus der Nummer wieder rauskomme. Erinnerst du dich?«

»*Si*«, sagte Tomasso und begann mit ihren Haaren zu spielen. »Macht es dir nichts aus?«

Sie stutzte, da sie in seiner Stimme einen leicht zweifelnden Unterton wahrnahm. »Was soll mir nichts ausmachen?«, fragte sie zögerlich.

»Dass du meinetwegen deine Freundschaft mit Jet aufgeben musst.«

Abigail bewegte sich so abrupt, dass Tomasso sie nicht daran hindern konnte, vom Liegestuhl aufzuspringen. Er stand ebenfalls auf, musste aber sofort stehen bleiben, da sie zu ihm herumwirbelte und fast gebieterisch die Hand hochhielt. »Warum«, fragte sie in frostigem Tonfall, »sollte ich deinetwegen meine Freundschaft mit Jet aufgeben müssen? Er ist ein guter Freund, weiter nichts. Er ist so was wie ein großer Bruder für mich.« Mit finsterer Miene ergänzte sie: »Wenn du glaubst, du kannst mir vorschreiben, mit wem ich befreundet sein darf

235

und mit wem nicht, dann haben wir ein echtes Problem, mein Freund.«

»Ich will dir das nicht vorschreiben«, beteuerte er.

»Und was soll dann der Unsinn mit Jet?«, wollte sie wissen.

Er zögerte kurz. »Mary hat Kinder und Enkelkinder.«

Abigail stutzte, weil sie nicht wusste, warum er auf einmal das Thema wechselte. »Ja, das habe ich bereits mitbekommen.«

»Die glauben alle, dass Mary bei einem Unfall mit ihrem Wohnmobil ums Leben gekommen ist«, verriet Tomasso ihr.

»Nein!«, rief sie entsetzt. »Weiß sie das? Wir müssen es ihr sagen, damit sie … warum schüttelst du den Kopf? Natürlich müssen wir das!«

»Sie weiß es«, sagte er. »Es ist so, wie es sein muss.«

»Was?« Sie sah ihn verständnislos an, doch dann setzte sich ihr Gehirn in Gang. Mary war zweiundsechzig, aber nach der Wandlung zur Unsterblichen sah sie jetzt aus wie fünfundzwanzig. Wie sollte sie das irgendjemandem begreiflich machen, ohne die Unsterblichen ins Spiel zu bringen? Abigail war sich sehr sicher, dass davon niemand etwas erfahren durfte, sonst würde das in allen Medien die Runde machen.

Sie seufzte leise und nickte. »Okay, ich kann verstehen, warum Marys Familie glauben muss, dass sie tot ist«, räumte sie ein und biss sich auf die Lippe. »Kein Wunder, dass sie deswegen in Tränen aufgelöst ist. Und kein Wunder, dass Dante ein schlechtes Gewissen hat, schließlich hat sie für ihn ihre Familie aufgegeben.«

»Dante musste Mary wandeln, um ihr das Leben zu retten, so wie ich es bei dir gemacht habe«, stellte Tomasso klar. »Es gibt keinen Grund für ein schlechtes Gewissen. Seine Schuldgefühle beziehen sich nur darauf, dass sie nicht so vieles verloren hätte, wenn er nicht unverhofft in ihrem Leben aufgetaucht wäre.«

»Verstehe«, murmelte sie. Das musste für Dante und Mary hart sein, aber das würden die beiden schon in den Griff bekommen. Sie hob ein wenig trotzig das Kinn an und fuhr fort: »Ich kann ja nachvollziehen, wieso Mary ihre Familie nicht mehr sehen darf. Aber ich bin keine zweiundsechzig. Ich sehe nicht viel anders aus als vor der Wandlung. Außer dass ich schlanker bin«, fügte sie nach einem kurzen Blick nach unten hinzu. »Aber das lässt sich mit dem Dengue-Fieber erklären. Als ich nach der Wandlung aufgewacht bin, dachte ich sowieso, dass ich deswegen so viel Gewicht verloren habe.«

»Ja, so könnten wir das machen«, stimmte er ihr zu. »Aber was ist in zehn Jahren?«

»Was soll in zehn Jahren sein?«, fragte sie.

»Dein Freund wird dann älter aussehen als heute, du dagegen nicht«, machte Tomasso ihr klar.

»Du hast recht«, murmelte sie.

»Es liegt ganz bei dir«, redete er leise weiter. »Aber früher oder später musst du den Kontakt zu ihm abbrechen.«

Abigail nickte verstehend und setzte sich auf die äußerste Kante des nächstbesten Liegestuhls. Vermutlich war es gar nicht so schlimm, den unmittelbaren Kontakt zu Jet einzustellen. Sie konnten sich wieder gegenseitig schreiben, so wie sie es in den letzten Jahren auch gemacht hatten. Trotzdem … »Wow, was für Komplikationen.«

»In deinem Fall weniger als bei den meisten anderen Menschen«, sagte er und setzte sich hinter sie auf den Liegestuhl, damit er die Arme um ihre Taille legen konnte.

»Ja, stimmt«, sagte Abigail und musste an Mary denken. Sie lehnte sich gegen seine Brust, lächelte ironisch und meinte dann: »Das ist das erste Mal, dass es für mich von Vorteil ist, keine große Familie zu haben.«

»Du hast doch Familie«, versicherte Tomasso ihr. »Du hast

237

mich, Dante, Mary und den Rest der Familie. Du wirst eine Notte sein.«

Sie setzte sich auf und drehte sich zu ihm um. »Ist es nicht ein bisschen früh, über so etwas zu reden?«

»Nicht für Lebensgefährten.«

»Ah, ja. Lebensgefährten.« Sie wandte sich ab, nahm die Sandalen an sich und stand auf. »Vielleicht sollten wir weitergehen.«

»Wieso?«, wollte er wissen, griff ebenfalls nach seinen Schuhen und stand auf.

»Weil es noch eine Menge Dinge gibt, die du mir erklären musst. Wenn wir weiter auf dem Liegestuhl sitzen bleiben, dürfte daraus aber so bald nichts werden.«

»Ja, das stimmt.« Er griff nach ihrer freien Hand und hielt sie fest, während er mit ihr in Richtung Wasser ging. »Du möchtest also erfahren, was es mit den Lebensgefährten auf sich hat?«

»Unter anderem«, bestätigte sie. »Aber erst einmal möchte ich wissen, wer Lucian ist. Wenn ich das richtig sehe, ist er für eure Art so was wie eine Autoritätsperson, richtig?«

»Unsere Art ist jetzt auch deine Art«, machte er ihr lächelnd klar. »Er besitzt hier eine gewisse Macht. Ein wenig hat er sogar in Europa zu sagen, aber auch nur, weil die europäischen Ratsmitglieder ihn respektieren.«

»Was für ein Rat ist das?«

»Ich würde sagen, das ist für uns so was wie eine Regierung«, antwortete er. »Der Rat wurde vor einer halben Ewigkeit ins Leben gerufen, als einer von unserer Art, ein Verrückter, eine Armee aus seinen eigenen Nachkommen aufbaute.«

»Augenblick mal«, ging sie dazwischen. »Was heißt ›vor einer halben Ewigkeit‹? Diese Nano-Technologie ist nicht älter als zehn oder fünfzehn Jahre.«

»Es war in Atlantis«, sagte Tomasso.

»Atlantis?«, wiederholte sie quiekend.

Tomasso nickte knapp. »*Sì.*«

»Ogottogott. Also gut, du sagst also, dass Atlantis existiert hat und dass man da über diese Technologie verfügt hat?«, fragte sie zögerlich.

»*Sì.*«

Aufgebracht herrschte sie ihn an: »Hör mit diesem dauernden *sì* auf, und erklär mir lieber mal was. Ganz ehrlich, in Augenblicken wie diesem ist dein Kommunikationstalent wirklich …«

Weiter kam sie nicht, da ein Kuss sie wirkungsvoll verstummen ließ. Abigail war gerade im Begriff, sich an ihn zu schmiegen, da hob Tomasso den Kopf.

»Atlantis war ein abgeschieden gelegener Staat, der zu drei Seiten von Wasser umgeben war und dessen vierte Seite an eine hohe Gebirgskette grenzte, die ihn vom Rest der Welt abschnitt«, erklärte er und ließ seine Hände an ihr nach unten gleiten.

»Oh«, sagte sie, während sie sich gegen ihn sinken ließ.

»Die Technologie dort schritt wesentlich schneller voran als sonst irgendwo auf der Welt, und wegen ihrer isolierten Lage konnten die Bewohner von Atlantis sie mit niemandem teilen. Vielleicht waren sie aber auch einfach nur raffgierig und sie wollten ihr Wissen für sich behalten.«

»Böse Atlanter«, seufzte Abigail, als er sie auf den Hals küsste.

»Schließlich erreichte ihre Technologie ein Niveau, das sogar heutige Standards bei Weitem übertraf.«

»Kluge Atlanter«, lobte sie, legte den Kopf noch etwas schräger und ließ die Sandalen fallen, damit sie beide Arme um seinen Hals schlingen konnte.

»Sie entwickelten die biomechanischen Nanos, die heute in deinem Körper unterwegs sind.«

»Oh Mann«, stöhnte Abigail leise auf, während er genau dort ganz leicht an ihrem Hals knabberte, wo nur ein kleines Stück weit unter der Haut genau das Blut strömte, das diese Nanos enthielt.

»Sie hatten erste Tests an Freiwilligen vorgenommen, als Atlantis unterging.«

»Blubb‹, machte Atlantis«, redete sie vor sich hin, während sie die obersten Hemdknöpfe öffnete, um seine Brust berühren zu können.

»Die Testpersonen mit den Nanos im Blut waren die Einzigen, die den Untergang überlebten.«

Abigail zwinkerte überrascht und lehnte sich ein wenig nach hinten. »Das waren alle? Sonst keiner?«

»Nein, niemand«, beteuerte Tomasso. »Lucian Argeneau und seine Eltern sowie meine Großeltern gehörten zu den wenigen, die die Ruinen ihrer Heimat hinter sich lassen konnten, um sich dem Rest der Welt anzuschließen.«

»Und das waren dann alle?«, fragte sie.

»Nein, es gab noch ein paar andere«, sagte er, ging aber nicht näher darauf ein.

»Hmmm«, machte sie. »Und wann war das?«

»Das genaue Datum kenne ich nicht. Es ist einfach sehr lange her. Auf jeden Fall vor Christi Geburt.«

»Wow«, murmelte sie. »Ich hatte mir ja schon gedacht, dass Lucian alt ist, aber ... das ist ja ... wow.«

»*Si*«, bekräftigte Tomasso amüsiert und fuhr fort. »Zu der Zeit entwickelten sich die Fangzähne. In Atlantis hatte man mit Transfusionen den zusätzlichen Bedarf an Blut decken können, aber nach dem Untergang gab es nirgendwo eine Transfusion. Der Rest der Welt wusste davon noch gar nichts.«

»Nein, natürlich nicht«, sagte sie nachdenklich und malte sich eine Welt vor Jesus aus, die vor der Eisenzeit lag ... die praktisch vor so gut wie jeder Zeit lag. »Also haben die Nanos das Problem mit den Fangzähnen gelöst?«

»Und das Problem mit der Schnelligkeit, der Kraft, der Nachtsicht«, ergänzte Tomasso.

»Die Eigenschaften eines Raubtiers bei der Jagd auf Beute«, sagte Abigail.

»Wenn man so will.«

»Damit ihr es leichter habt, uns nachzustellen und uns zu beißen«, beklagte sie sich missmutig.

»Du bist jetzt selbst eine Unsterbliche«, machte Tomasso ihr klar. »Und ja, es gab Zeiten, da mussten Unsterbliche direkt von Sterblichen trinken. Aber nur, weil sie keine andere Wahl hatten. Als sich die Gesellschaft schließlich so weit entwickelt hatte, dass Blutbanken eingerichtet werden konnten, wechselten die meisten Unsterblichen zu Blutbeuteln und lehnten es ab, noch länger Nachbarn und Freunde zu jagen und sich von ihnen zu ernähren.«

Abigail machte ihn nicht darauf aufmerksam, dass er sie ja auch gebissen hatte, stattdessen zog sie eine Augenbraue hoch und fragte: »Die meisten?«

»Der nordamerikanische Rat verbietet es, von Sterblichen zu trinken. Es wird als zu riskant angesehen, weil man befürchtet, die Leute könnten dadurch auf unsere Art aufmerksam werden. Darum ist es untersagt.«

»Und der europäische Rat?«, wollte sie wissen. Schließlich lebte Tomasso dort.

»Das sind Traditionalisten«, gestand er ihr kleinlaut. »Sie verändern ihre Gewohnheiten nur sehr langsam.«

»Mit anderen Worten, für sie ist der Biss in den Hals immer noch legitim?«, fragte sie mit unverhohlenem Entsetzen.

Er konnte nur hilflos mit den Schultern zucken. »Die meisten verabscheuen es.«

241

»Aber nicht alle?«, bohrte sie nach.

»Nein, nicht alle«, musste Tomasso zugeben.

»Hmm«, machte Abigail und überlegte, dass sie vielleicht gar nicht so gern in Italien leben würde. Nicht dass sie befürchten musste, von irgendwem gebissen zu werden. Aber es würde ihr auch nicht gefallen, sich mit jemandem anzufreunden und dann zu erfahren, dass dieser Jemand Jagd auf Menschen machte, um ihnen das Blut auszusaugen. Sie verdrängte diesen Gedanken aber für den Moment und sagte: »Also habt ihr euch alle dem Rest der Welt angeschlossen und … und einer von euch hat dann eine Armee aufgebaut?«

»Eine Armee aus seinen eigenen Nachkommen«, stellte er klar. »Er war allerdings auch etwas anders als der Rest, da sich bei ihm keine Fangzähne gebildet hatten und er seine Opfer aufschlitzen musste.«

Abigail machte eine leicht skeptische Miene, da sie vermutete, dass er ihr irgendetwas verschwieg. Darauf konnte sie ihn aber später immer noch ansprechen, da er fortfuhr.

»Er war außerdem wahnsinnig. Er fing an, unsterbliche Frauen zu entführen und zu vergewaltigen, aber er brachte auch sterbliche Frauen in seine Gewalt, wandelte sie und zwang sie, seine Kinder zur Welt zu bringen. Seine Armee war bereits ziemlich groß, als die anderen erstmals darauf aufmerksam wurden. Aber als sie davon erfuhren, setzten sie seinem Treiben ein schnelles Ende. Das war das erste Mal, dass sie alle zusammenarbeiteten, und das wiederum führte dazu, dass sie sich zusammensetzten und Gesetze und Regeln aufstellten, an die sich alle Unsterblichen halten müssen.«

»Wir haben Gesetze?«, hakte sie interessiert nach.

»Si«, sagte er in einem Tonfall, als sei das völlig selbstverständlich.

»Und was für Gesetze?«

242

»Jede Unsterbliche darf nur alle hundert Jahre ein Kind zur Welt bringen.«

»Damit nicht wieder jemand eine Armee aufbauen kann?«

»Wer so was versucht, ist entweder wahnsinnig oder ein Abtrünniger, und von denen interessiert sich ohnehin niemand für irgendwelche Gesetze«, stellte Tomasso klar. »Nein, das Gesetz hilft, unsere Bevölkerungszahl unter Kontrolle zu halten.«

»Oh«, sagte sie überrascht, folgerte dann aber: »Ich schätze, wenn es nur wenige von uns gibt, können wir auch nicht so leicht auffallen.«

»Und es trägt dazu bei, dass es nicht irgendwann mehr von uns als von unserer Nahrungsquelle gibt.«

»Ja, richtig«, murmelte sie. Es gefiel ihr nicht, so zu denken. Sie war selbst eine Sterbliche gewesen – bis vor Kurzem. Ihr missfiel, dass sie bis zu ihrer Wandlung von den Unsterblichen einfach nur als Nahrungsquelle betrachtet worden war. Sie sah Tomasso fragend an: »Noch andere Gesetze?«

»Jeder Unsterbliche darf nur einmal im Leben einen Sterblichen wandeln.«

»Auch um die Bevölkerungszahl niedrig zu halten«, sagte sie, woraufhin er bestätigend nickte.

»Und du hast mich für dieses eine Mal ausgewählt?«, fragte sie und lächelte dabei flüchtig.

»Natürlich. Schließlich bist du meine Lebensgefährtin. Die meisten von uns sparen sich diese eine Wandlung für ihre Lebensgefährtin auf.«

Und wieder war da dieser Begriff, überlegte Abigail. »Okay, noch andere Gesetze?«

Tomasso zuckte mit den Schultern. »Das war's soweit.«

Sie sah ihn ungläubig an. »Das ist alles? Mehr ist euch dazu nicht eingefallen? Kein *Du sollst nicht morden, du sollst nicht stehlen* und so weiter?«

»Wir haben noch andere Gesetze, aber das sind die wirklich Wichtigen, weil man hingerichtet werden kann, wenn man dagegen verstößt. Ach ja, in Nordamerika muss man sich auf Blutkonserven beschränken, ansonsten kann man dafür auch gepfählt und geschmort werden. Außer es ist ein Notfall«, fügte er noch an.

Abigail schürzte nachdenklich die Lippen. »Dann könntest du dafür hingerichtet werden, dass du mich auf dem Flug gebissen hast?«

»Genau genommen befanden wir uns zu der Zeit über Mittelamerika, nicht mehr über Nordamerika«, sagte Tomasso. »Außerdem war es ein Notfall, und somit auch erlaubt.«

»Ja, ein Notfall von der Art, dass man um Mitternacht noch mal schnell zum nächsten Burgerladen läuft«, warf sie sarkastisch ein.

»Nein«, beharrte er. »Als ich in diesem Käfig aufgewacht bin, war ich sehr geschwächt. Ich musste zu Kräften kommen, damit mir die Flucht gelingen würde.«

»Hmm«, machte Abigail wieder, seufzte und sagte: »Dann habt ihr auch noch andere Gesetze, die nicht die Todesstrafe nach sich ziehen, wenn man gegen sie verstößt?«

»Grundsätzlich ja.«

»Zum Beispiel?«

»Abigail?«

Beide hielten inne und drehten sich zu der Stimme um, die mit zweifelndem Unterton ihren Namen ausgesprochen hatte.

Ein Mann kam auf sie zu. Groß, muskulös, mit kurzen dunkeln Haaren und Vollbart. Die alte Abigail hätte ihn in der Dunkelheit nicht gut genug sehen können, um ihn zu erkennen. Aber die neue Abigail hatte damit kein Problem. Sie löste sich aus Tomassos Armen, lief los und rief aufgeregt: »Jet!«

244

13

»Du hast alles mitangesehen?«, fragte Abigail erschrocken.

»Ja«, bekräftigte Jet. »Im Frachtraum ist eine Kamera montiert, und ich habe auf meiner Instrumententafel einen kleinen Monitor, damit ich die Fracht im Auge behalten kann. Du weißt schon, falls sich irgendetwas losreißt und im Frachtraum herumrutscht. Zum Glück befindet sich der Monitor an einer Stelle, wo ihn die beiden Typen nicht sehen konnten. Als ich sah, wie du die Plane umgeschlagen hast und da ein Käfig zum Vorschein kam, in dem ein Kerl lag … oh Mann«, sagte er kopfschüttelnd. »Da dachte ich schon, jetzt sind wir alle tot.«

»Das dachte ich auch, als ich ihn sah«, gestand Abigail ihm, verzog den Mund und betrachtete die Coke in ihrer Hand. Sie saßen draußen auf dem Patio der offenen Bar, und Jet berichtete ihnen, was sich seit dem Start alles zugetragen hatte.

»Ja, war mir klar«, sagte er grinsend, legte einen Arm um sie und drückte sie an sich.

Aus Tomassos Richtung kam ein leises Knurren, das Abigail verlegen lächelnd wieder auf Abstand gehen ließ. »Und was ist dann passiert?«

»Na ja, ich habe gesehen, wie du dem Kerl im Käfig geholfen hast. Als ihr euch dann hinter den Käfig zurückgezogen habt, konnte ich euch nicht mehr sehen. Dafür hatte die Kamera den falschen Winkel. Ich dachte mir, ihr sitzt im Dunkeln da, damit die Entführer euch nicht sehen, falls sie zwischendurch nachschauen würden, ob alles in Ordnung ist. Ich dachte mir schon, dass ihr euch einen Plan ausheckt, wie ihr uns aus dieser Lage herausholen könnt.«

»Oh«, machte Abigail und vermied es, Tomasso anzusehen. Sie hatten hinter dem Käfig so gut wie gar nicht geredet, sondern … na ja, und dann waren sie beide ohnmächtig geworden.

»Später seid ihr wieder zum Vorschein gekommen und habt euch im Frachtraum umgesehen«, fuhr Jet fort. »Und ehe ich mich versah, hatte sich Tarzan den Fallschirm umgehängt und machte die Ladeluke auf, um mit dir in die Wolken zu springen!«

»Ja, dass er das vorhatte, habe ich nicht gewusst, Jet. Ehrlich nicht«, versicherte sie ihm. »Ich hätte dich nie mit diesen Kerlen allein in der Maschine zurückgelassen. Und er auch nicht«, fügte sie hastig an. »Ich habe erst später von ihm erfahren, dass er mich für einen blinden Passagier hielt und dass er dachte, du würdest mit den Kerlen gemeinsame Sache machen.«

»Aha.« Jet nickte bedächtig. »Irgendwas in der Art hatte ich mir schon gedacht. Ich konnte ja sehen, dass du noch versucht hast, an Bord zu bleiben, als er dich mit rausgezerrt hat.« Er sah sie besorgt an. »Es sah danach aus, als hättest du dir den Kopf angeschlagen.«

»Ja, hatte ich auch«, bestätigte sie.

»Dachte ich mir.« Er schüttelte den Kopf. »Von da an wusste ich nicht mehr, was ich tun sollte. Sollte ich warten, bis wir gelandet sind, um dann schockiert festzustellen, dass die Ladeluke geöffnet worden war? Oder sollte ich ihnen sagen, dass die Luke aufgegangen ist, aber euch beide mit keinem Wort erwähnen?« Er verzog den Mund und fügte hinzu: »Sie sollten nicht wissen, dass ich gesehen hatte, welche Fracht sie an Bord gebracht hatten. Also überlegte ich weiter, was ich am besten machen sollte, als einem der beiden die rote Warnleuchte für die Luke auffiel. Er ging sofort nach hinten, um nach dem Rechten zu sehen, und im nächsten Moment war er wieder im Cockpit und schrie mich an, ich solle sofort landen.« Dabei fuchtelte Jet mit den Armen, als würde er den Mann nachmachen.

»Also bin ich gelandet, was ich sowieso machen wollte. Ich meine, du warst irgendwo da draußen mit Tarzan unterwegs. Ich hatte ja keine Ahnung, was der Typ mit dir vorhatte und was überhaupt los war.«

Abigail verkniff sich einen Seitenblick zu Tomasso und nickte nur.

»Zu der Zeit waren wir fast schon in Puerto Rico«, redete Jet weiter. »Nach ein bisschen gutem Zureden erhielt ich dort eine Landeerlaubnis, und die ganze Zeit über war ich in Panik, weil ich dachte, die beiden Kerle bringen mich um, sobald wir gelandet sind. Oder sie stecken mich in den Käfig.«

Wieder nickte Abigail.

»Aber falsch gedacht«, sagte er und musste lachen. »Die sind einfach abgehauen. Die konnten nicht schnell genug die Maschine verlassen. Nicht mal ihren Käfig haben sie mitgenommen, sondern sind einfach losgerannt und schrien nur, dass sie ein Boot brauchen, um mit der Suche anzufangen.«

»Oh, gut«, meinte Abigail und atmete erleichtert auf. Sie konnte froh sein, dass die beiden Entführer so reagiert hatten und dass Jet nichts zugestoßen war.

»Dann habe ich überlegt, was ich als Nächstes tun soll. Ich wusste, du warst irgendwo da draußen mit Tarzan unterwegs. Ich hatte keine Ahnung, wie es dir ging. Ich konnte mir ja nicht mal sicher sein, ob du überhaupt noch am Leben warst. Aber ich wollte dich nicht einfach irgendwo zurücklassen. Außerdem hatte ich ja mitbekommen, dass die zwei Kerle nach euch suchen wollten. Na ja, eigentlich nur nach Tarzan, aber falls du mit ihm unterwegs warst …« Er zuckte mit den Schultern, trank einen Schluck Rum-Cola und fuhr fort: »Also habe ich ein Boot gemietet und die Gegend abgesucht. Ich wusste ja ziemlich genau, wo ihr abgesprungen wart, aber wegen der Strömung und so weiter wollte ich lieber auf Nummer sicher gehen und das ganze Gebiet nach euch absuchen, vor allem weil die beiden Kerle euch ja auch finden wollten. Nach zwei Tagen kehrte ich zu meiner Maschine zurück und flog nach Puerto Plata, um von da aus die Suche fortzusetzen. Ich sagte mir, dass ihr es in der Zwischenzeit bis an Land geschafft haben musstet, oder …« Er verstummte betreten.

… oder dass ihr ertrunken wart, führte Abigail die Überlegung in Gedanken zu Ende und nickte verstehend. Was hätte er sonst denken sollen?

»Also war ich an der Küste entlang unterwegs, habe rumgefragt, ob vielleicht ein Fischer Leute aus dem Meer gerettet hatte oder ob irgendwo Leute an Land gespült worden waren. Dann zog der Sturm auf, und ich saß einen ganzen Tag lang fest. Das war so übel, dass ich nicht mal vor die Tür gehen wollte. Ich nahm mir ein Zimmer und wartete, bis alles vorbei war. Dann hatte ich Mühe, überhaupt weiterzukommen, weil Straßen unter Wasser standen oder durch umgestürzte Bäume blockiert wurden …« Nachdenklich schaute er in sein Glas, hob schließlich den Kopf und sah Abigail an. »Aber dann hatte ich es bis hierhin geschafft, und wie immer erfuhr ich überhaupt nichts. Niemand hatte etwas gesehen, niemand wusste etwas. Ich dachte mir, ich spaziere eine Weile am Strand entlang und überlege mir, was ich als Nächstes tun soll, und dann höre ich auf einmal deine Stimme und …« Er streckte die Arme aus. »Da bin ich!«

»Ja«, stimmte sie ihm zu. Das war er tatsächlich. Und sie stand jetzt auf dem Schlauch, da sie nicht wusste, was sie tun sollte.

»Aber viel besser ist, dass *du* hier bist«, fügte Jet an, dessen

gute Laune ein wenig aufgesetzt wirkte, als er sich zu ihr rüber-
beugte, um sie noch einmal in den Arm zu nehmen. »Oh Mann,
Abs, ich hatte wirklich schon gedacht, ich hätte dich verloren,
als ich sah, wie dein Kopf gegen die Luke schlug.«

»Hast du aber nicht«, sagte Abigail und löste sich wieder unauffällig aus Jets Armen, da sie Tomasso erneut knurren hörte.
Es war ein so tiefes, kehliges Knurren, dass Jet es sehr wahrscheinlich nicht wahrnehmen konnte – ganz im Gegensatz zu
ihr. Nervös lächelnd fügte sie an: »Das hat wohl schlimmer ausgesehen, als es war. Ich wachte einfach am nächsten Morgen an
diesem menschenleeren Strand auf, und da war dann Tarz…
ich meine Tomasso«, korrigierte sie sich rasch.

Jet versteifte sich und wurde ernst. »Tomasso?« Sein Blick
wanderte zu dem anderen Mann, den er so geflissentlich ignoriert hatte, seit sie die beiden miteinander bekannt gemacht
hatte. Aber Abigail hatte seitdem auch unablässig drauflosgere-
det, weil sie so schrecklich nervös war. An einem Stück hatte sie
Fragen gestellt, während sie mit Jet losgegangen war, um sich
ein Lokal zu suchen, wo sie sich hinsetzen und »sich richtig
unterhalten« konnten. Vor allem hatte sie das in der Hoffnung
gemacht, ein wenig Zeit zu schinden, damit sie nachdenken
konnte. Ihr war klar gewesen, dass Jet Antworten und Erklärungen hören wollte. Sie hatte sich deshalb bemüht, eine un-
verfängliche Schilderung der Ereignisse seit dem Sprung aus
dem Flugzeug abzuliefern. Eine Version, in der weder Unsterbliche eine Rolle spielten, noch die Tatsache zur Sprache
kam, dass sie jetzt selbst auch eine Unsterbliche war.

Es war nicht so, als hätte Jet Tomasso am Strand deutlich genug sehen können, um ihn von den Bildern auf dem Cockpit-
monitor wiederzuerkennen. Es war eigentlich sogar zu dunkel,
um überhaupt etwas auszumachen, daher vermutete sie, dass
es ausschließlich ihre Stimme gewesen war, mit der sie ihn auf

249

sich aufmerksam gemacht hatte. Vermutlich konnte er sie selbst jetzt noch immer nicht allzu deutlich erkennen, um zu bemerken, wie sehr sich ihr Aussehen verändert hatte. Deswegen hatte sie auch einen Tisch ganz am Rand des Patios ausgesucht, der von den Lichtern der Bar kaum noch erfasst wurde.

»Sie sind der Mann, der an Bord meiner Maschine war?«, fragte Jet und blinzelte, um Tomasso besser erkennen zu können.

»Angezogen sieht er gleich ganz anders aus, nicht wahr?«, sagte Abigail mit aufgesetzter Fröhlichkeit, obwohl sie wusste, dass er Tomasso nur schemenhaft sah. Sie selbst konnte dank der Nanos Tomasso so gut erkennen, als wäre es helllichter Tag. Da er die langen dunklen Haare zum Pferdeschwanz zusammengebunden hatte und eine schwarze Hose zu einem weißem Hemd trug, erinnerte nichts an ihm an den nackten Wilden, den sie im Käfig an Bord der Frachtmaschine vorgefunden hatte. Vermutlich hätte Jet ihn nicht mal wiedererkannt, wenn ihr Tisch gut ausgeleuchtet gewesen wäre.

Die beiden Männer sahen sich lange schweigend an, dann drehte sich Jet zu ihr um und zog eine Augenbraue hoch, als wollte er fragen: *Was soll das? Wer ist der Kerl? Was hast du mit ihm zu schaffen? Muss ich ihm eine reinhauen? Soll ich die Polizei rufen? Du siehst aus, als würde es dir gut gehen – warum zum Teufel hast du nicht nach einem Weg gesucht, um mit mir Kontakt aufzunehmen und mir Bescheid zu geben, dass mit dir alles in Ordnung ist?*

Wieder konnte Abigail nur flüchtig lächeln, dabei tätschelte sie seinen Arm. »Vielleicht sollte ich dir erzählen, was nach unserem Sprung aus der Maschine passiert ist.«

»Ja«, stimmte Jet ihr ein wenig frostig zu. »Vielleicht solltest du das.«

Abigail nickte. »Okay …« Sie unterbrach sich und musste

sich räuspern. »Erst mal habe ich mir beim Sprung den Kopf angeschlagen und war eine Weile bewusstlos. Also musste der arme Tomasso mich nach unserer Landung im Wasser hinter sich herziehen, bis wir an Land gelangten. Dabei musste er auch einen vorwitzigen Hai verscheuchen, der uns nahe genug gekommen war, um mir einen Schuh zu klauen. Er hat ihm dann einen Schlag verpasst, um ihn in die Flucht zu schlagen«, fügte sie hinzu.

Jet wirkte nicht im Geringsten beeindruckt, sondern schaute skeptisch drein, als würde er glauben, dass Tomasso sich das nur ausgedacht hatte.

»Als wir an Land waren«, redete sie unbeirrt weiter, »haben wir versucht, uns auf den Weg zu machen, um irgendwann auf Zivilisation zu stoßen.«

»Versucht?«, wiederholte Jet verständnislos.

»Na ja, an diesem ersten Tag war ich zu kaum was zu gebrauchen«, gab sie zu. »Ich war wohl zu sehr außer Form. Oder es hing mit meiner Kopfverletzung zusammen. Tomasso hatte mir übrigens einen Verband angelegt. Wir hatten den Verbandkasten aus dem Flugzeug mitgenommen.«

»M-hm«, machte Jet.

»Deshalb sind wir zuerst nicht weit gekommen«, fügte sie etwas leiser an. »Aber am zweiten Tag ging es mir viel besser. Oder vielleicht war es auch am dritten Tag.« Es war verdammt schwierig, die Zeitabläufe richtig auf die Reihe zu kriegen, wenn dazwischen riesige Lücken klafften, was sie ihm jedoch nicht anvertrauen wollte – zum Beispiel der Sex im Sand oder gegen einen Baum gedrückt, gefolgt von stundenlanger Bewusstlosigkeit, oder … Abigail verdrehte die Augen und schüttelte den Kopf. »Dann verletzte sich Tomasso, und wir konnten erst mal nicht weitergehen«, sagte sie dann, ohne sich etwas dabei zu denken.

251

»Was war denn das für eine Verletzung?«, wollte Jet prompt wissen.

Abigail setzte zu einer Antwort an, presste dann jedoch in allerletzter Sekunde die Lippen zusammen und warf Tomasso einen panischen Blick zu. Sie würde ihm kein Wort von Tomassos Gehänge sagen. Sie wusste ja bis jetzt nicht mal, was eigentlich geschehen war, und da würde sie erst recht nicht zugeben, dass sie seinen Penis desinfiziert, mit antibiotischer Salbe eingerieben und auch noch verbunden hatte.

Offenbar hatte Tomasso weitaus weniger Vorbehalte. Es schien ihm sogar Spaß zu machen, als er kundtat: »Ich bin morgens aufgewacht, und da sah mein Schwanz aus, als hätte sich eine Krabbe an ihm vergangen.«

Jet verschluckte sich an seiner Rum-Cola, und Abigail stöhnte frustriert auf.

Aber Tomasso war noch nicht fertig. Während Jet ihn anstarrte und dabei den Mund nicht mehr zubekam, legte er lächelnd nach: »Abigail kam mit dem Verbandkasten zu mir, dann hat sie meinen Schwanz erst einmal desinfiziert und danach *komplett* mit Salbe bestrichen und ihn dann auch noch verbunden.«

Abigail war sich sicher, dass es nicht bloß Einbildung war, dass er das Wort *komplett* ganz besonders betonte, als wolle er andeuten …

»Abs?«, raunte Jet ihr zu.

Sie konnte nur seufzen und hilflos mit den Schultern zucken. »Wir waren im Dschungel, was hätte ich da sonst tun sollen? Der Dschungel ist für Infektionen ein gefährliches Pflaster.« Ohne auf eine Reaktion von Jet zu warten, redete sie ohne zu unterbrechen weiter. »Danach bin ich dann krank geworden, weshalb ich mich an so gut wie nichts mehr erinnere. Tomasso konnte offenbar ein paar Angler auf ihrem Boot auf uns aufmerksam machen, die uns dann mitgenommen und hier abgesetzt haben. Er hat eine Villa gemietet und sich um mich gekümmert, solange ich krank war.«

»Ach ja? Und was genau hattest du? Muss ja was ziemlich Übles gewesen sein, wenn du nicht mal in der Lage warst, das Telefon in die Hand zu nehmen und mich anzurufen, damit ich mir keine Sorgen um dich machen musste«, sagte er verbittert und setzte sarkastisch hinzu: »Oh, lass mich raten – die italienische Variante des Dschungelfiebers?«

Abigail versteifte sich bei seinem vorwurfsvollen Tonfall und hob trotzig das Kinn. »Genau genommen war es das hämorrhagische Dengue-Fieber, Jet.« Nachdem sie ihre Worte einen Moment lang hatte wirken lassen, redete sie aufgebracht weiter: »Ich wäre fast gestorben, wenn Tomasso nicht für mich da gewesen wäre! Er hat sich die ganze Zeit um mich gekümmert. Er hat mir die Haare hochgehalten, wenn ich mich übergeben musste. Er hat mich kalt gebadet, um das schreckliche Fieber zu senken. Er hat mich mit Brühe gefüttert und mir Wasser zu trinken gegeben, damit ich nicht austrockne. Er hat mich gesund gepflegt.« Dann fügte sie energisch hinzu: »Heute habe ich das Bett zum ersten Mal wieder verlassen, und heute bin ich zum ersten Mal wieder an der frischen Luft unterwegs, seit wir hier angekommen sind. Wir haben mit Tomassos Familie zu Abend gegessen und anschließend einen Spaziergang am Strand unternommen, wo du dann auf mich aufmerksam geworden bist.«

Sie schluckte und fuhr fort: »Außerdem hat Tomasso seiner Familie von dir erzählt, als er sie endlich erreichen konnte. Ich hatte ihm gesagt, dass du nicht mit den Entführern unter einer Decke steckst, und er wusste, ich war in Sorge um dich. Also hat er darauf gedrängt, dass sie in Erfahrung brachten, was passiert war und wo du warst. Ich wusste bereits, dass du in Puerto Rico gelandet warst und von dort aus nach mir gesucht hast und dass du dann nach Puerto Plata geflogen bist, um die Küste nach mir abzusuchen. Tomassos Leute haben versucht dich aufzuspüren, damit sie dir sagen konnten, dass es mir gut ging. Und alles nur, weil Tomasso sie gebeten hat. Weil er wusste, ich würde mich um dich sorgen, sofern ich das Dengue-Fieber *überleben* würde.«

Fast hätte Abigail ein schlechtes Gewissen bekommen, weil sie ihm ja ein paar Sätze zuvor schon einmal gesagt hatte, dass sie beinahe gestorben wäre. Die Wiederholung war nichts weiter als eine Ohrfeige für Jets Bemerkung vom italienischen Dschungelfieber. Die tat ihr vermutlich auch nur weh, weil die Beleidigung einen Funken Wahrheit enthielt. Sie war sehr wohl in Sorge um Jet gewesen, allerdings nicht in dem Maß, wie es angemessen gewesen wäre. Zu sehr hatte sie sich von Tomassos Lendenschurz ablenken lassen … und von diversen anderen Dingen. Und Jet war ihr auch nicht als Erstes in den Sinn gekommen, als sie nach ihrer Wandlung aufgewacht war. Auch nicht als Zweites oder Drittes. Das tat ihr immer noch leid, und es schien, als sei sie zu weit gegangen, denn Jet sah sie kurz mit zusammengekniffenen Augen an, machte eine finstere Miene, stand auf und ging weg.

Ungläubig sah Abigail ihm hinterher, doch an den nächstbesten Tiki-Fackeln am Rand des Patios blieb er stehen, zog eine von ihnen heraus und brachte sie herüber, um sie neben ihrem Tisch in den Sand zu stecken. Dann wandte er sich den beiden zu. Zunächst sah er sich Tomasso genau an, betrachtete die nach hinten gebundenen Haare und die elegante Kleidung, um den Mann mit dem Nackten zu vergleichen, den er auf dem Überwachungsmonitor in seinem Flugzeug gesehen hatte. Gleich darauf wanderte sein Blick zu Abigail, die er mit einem schockierten Ausdruck betrachtete.

»Himmel, Abs, was bist du bleich im Gesicht! Und du wiegst ja nur noch gut die Hälfte.«

»Ganz so wenig auch wieder nicht«, gab Abigail verlegen zurück. »Mich hat es ziemlich heftig erwischt.«

»Du musst ja wirklich sterbenskrank gewesen sein«, flüsterte Jet, der mit einem Mal alle Wut vergessen hatte und entsetzt auf seinem Platz nach hinten sank. »Oh, verdammt, das tut mir leid, Abs. Ich war nur einfach krank vor Sorge um dich. Ich hatte überall nach dir gesucht, und die ganze Zeit über war ich in Panik, du könntest tot sein, und das alles wäre meine Schuld, weil ich dich zu diesem Flug überredet hatte.« Mit einer Hand fuhr er sich durchs Haar und fügte hinzu: »Und dann musste ich auch noch Bob erzählen, warum ich ihm sein verdammtes Flugzeug nicht zurückbringen konnte. Daraufhin hat er mich gefeuert und mir mit einer Klage gedroht, wenn ich ihm nicht sofort die Maschine bringe. Aber ich konnte nicht von hier weg, solange ich nicht wusste, ob dir etwas zugestoßen war.« Den Blick in die dunkle Nacht gerichtet murmelte er vor sich hin: »Und dann stehe ich heute Abend hier, habe keinen Job mehr, werde vermutlich festgenommen und bekomme nie wieder einen Job, weil ich dann vorbestraft bin …« Er verzog den Mund und betrachtete Abigails farbenfrohes Kleid. »Und dann höre ich auf einmal deine Stimme und stelle fest, dass du mit einem wildfremden Mann einen romantischen Spaziergang am Strand unternimmst, als würde dich nichts anderes auf der Welt kümmern.«

Abigail wusste nicht, ob er jetzt fertig war oder nur einmal Luft holen musste, jedenfalls stand sie auf, ging zu ihm und nahm ihn in die Arme. Die Stühle an diesem Tisch waren so hoch wie Barhocker, sodass Jet immer noch einen Kopf größer war als sie, als sie neben ihm stand. Es war eine ganz automatische Reaktion, dass sie den Kopf an seinen Hals schmiegte.

255

Jet erwiderte die Umarmung voller Inbrunst. »Du weißt, dass ich dich liebe, Abs. Seit wir Kinder waren, warst du immer wie eine kleine Schwester und die beste Freundin für mich. Es tut mir leid, was ich eben alles zu dir gesagt habe.«

»Ich weiß«, gab sie leise zurück und merkte auf einmal, wie sie seinen Geruch inhalierte. Wieso war ihr noch nie aufgefallen, wie gut Jet duftete? Ehrlich, das war ein so tolles Aroma, fand sie und drückte sich fester an ihn, um an seinem Hals zu saugen. In letzter Sekunde bekam sie sich noch in den Griff und wich verwirrt zurück. Sie hatte doch noch nie an Jets Hals saugen wollen. Was zum Teufel war bloß mit ihr los?

Abigail drehte sich mit betretener Miene zu Tomasso um, während sie sich wieder auf ihren Stuhl setzte. Ihr fiel auf, dass er jetzt zwar nicht geknurrt hatte, dass er sie aber ganz genau beobachtete und so angespannt wirkte, als wollte er jeden Moment aufspringen und in Aktion treten.

»Oh Mann«, murmelte Jet, rieb sich mit einer Hand übers Gesicht und schüttelte den Kopf. »Zum Teufel mit meinem Boss. Du lebst, das zählt. Du hast den Schlag gegen den Kopf überlebt, das Dengue-Fieber hast du auch überstanden, und dir ist nichts passiert, als du an einen einsamen Strand angespült wurdest. Und ich habe dich wiedergefunden. Damit ist doch alles gut.«

»Es ist besser, als Sie glauben.«

Abigail drehte sich um und stutzte, als sie sah, dass Lucian, Justin, Dante und Mary am Tisch gleich hinter ihnen saßen. »Wann seid ihr denn hergekommen?«

»Gleich nach euch«, erklärte Mary. »Wir sahen euch drei hierherkommen, gerade als wir das Restaurant verließen. Wir wollten euch nicht stören, aber solange diese Entführer immer noch frei herumlaufen und dein Freund Jet …«, sie lächelte und nickte ihm zu, »… noch nicht gefunden war, hielt Lucian

256

es für das Beste, euch zu folgen. Aber wir wollten euch eure Ruhe lassen, darum haben wir uns nicht mit an euren Tisch gesetzt.«

»Oh«, machte Abigail, sah zu Jet und lächelte ihn zwar aufmunternd an, war sich aber nicht sicher, ob sie ihn nicht lieber auffordern sollte, umgehend das Weite zu suchen. »Das ist Tomassos Bruder Dante mit seiner Partnerin Mary«, sagte sie und deutete auf das Paar, dann auf die beiden Männer auf der anderen Seite des Tischs. »Und das sind Lucian Argeneau und Justin Bricker.«

»Angenehm«, erwiderte Jet und nickte in die Runde. Nach einem kurzen unschlüssigen Blick zu Abigail schlug er vor: »Warum setzen Sie sich nicht zu uns an den Tisch? Oder wir schieben die Tische zusammen. Es wäre doch unsinnig, getrennt zu sitzen, wenn Sie alle zusammengehören.«

Mary, Dante und Justin sahen alle abwartend zu Lucian, was Abigail gleich wieder ärgerte. Es wunderte sie nicht, dass der dann auch prompt die Entscheidung traf, sich dabei aber nicht Jet zuwandte, sondern an Tomasso richtete.

»Bring Abigail zurück zur Villa. Sie muss sich immer noch schonen, außerdem braucht sie … ihre Medizin«, sagte er zu Tomasso. »Dante, Mary und Justin werden euch für den Fall begleiten, dass deine Entführer euch beide ebenfalls aufgespürt haben.«

Als Abigail verwundert zu Jet sah, fügte Lucian hinzu: »Mr Lassiter wird hier bei mir bleiben. Wir haben noch etwas Geschäftliches zu besprechen.«

Abigail warf dem selbstherrlichen Mann einen giftigen Blick zu und sagte an Jet gewandt: »Du musst nicht bei ihm bleiben, wenn du das nicht möchtest. Du kannst auch mit uns gehen.«

Jet zögerte, sein Blick wanderte zu ihrem Mund, und im nächsten Moment starrte er sie mit leerem Gesichtsausdruck an, erhob sich von seinem Platz und wechselte zum anderen Tisch, um den Platz von Dante einzunehmen.

Entrüstet drehte sich Abigail zu Lucian um. »Was hast du mit …«

»Im Augenblick ist er bei mir sicherer aufgehoben als bei dir«, unterbrach er sie.

»Wie bitte?«, fragte sie verständnislos.

»Abigail«, sagte Mary, machte den Mund ein Stück weit auf und tippte gegen die oberen Eckzähne.

Sie sah Mary an und rätselte, was das nun wieder sollte. Dann strich sie mit der Zunge an den Zähnen entlang und bemerkte die scharfen Spitzen ihrer Eckzähne. Sie waren nicht ganz ausgefahren, sondern nur ein Stück weit, weshalb sie sie auch beim Sprechen nicht behinderten. Aber eigentlich hätten sie gar nicht zum Vorschein kommen dürfen. Erschrocken presste sie die Lippen zusammen.

»Die sind rausgekommen, seit du Jet umarmt hast«, erklärte Mary.

»Oh Gott«, murmelte Abigail und konnte gar nicht schnell genug die Bar verlassen. Nach nur wenigen Schritten wurde sie von Tomasso eingeholt, der sie hochhob und mit ihr auf dem Arm weiterging, ohne das Tempo zu drosseln.

»Ist schon okay. Er hat es nicht gesehen. Niemand hat es gesehen«, redete Tomasso leise auf sie ein. »Außerdem hast du ihn nicht gebissen, sondern du bist zurückgewichen.«

»Aber mir war nicht mal bewusst, dass ich …«

»… dass du Blut brauchst?«, fragte er mit sanfter Stimme.

Leise ächzend ließ sie den Kopf auf seine Schulter sinken, wich aber vor ihm zurück, als ihr auffiel, wie lecker Tomasso roch.

»Das ist alles noch neu für dich, Abigail«, beruhigte er sie. »Natürlich war dir das nicht bewusst, aber mit der Zeit wirst du die Anzeichen erkennen, wann dein Körper Blut benötigt.«

»Aber ich hatte vier Beutel, bevor wir aufgebrochen sind«, beklagte sie sich. »Und so lange waren wir doch gar nicht weg.«

»Du warst sterbenskrank, als ich dich gewandelt habe«, erklärte Tomasso. »Mich wundert, dass du überhaupt schon bei Bewusstsein bist. Aber die Wandlung ist noch nicht abgeschlossen, sie geht noch eine ganze Weile weiter. In der nächsten Zeit wirst du sehr viel Blut benötigen, was ganz normal ist. Das kannst du mir glauben.«

Abigail schüttelte nur den Kopf, dann sah sie sich überrascht um, als er stehen blieb und sie absetzte. Sie waren an der Villa angekommen. Er hatte sie den ganzen Weg getragen. Im Laufschritt, fügte sie in Gedanken hinzu. Himmel, was konnte der Mann rennen. Ihre Villa, eine von vier auf dem Areal, lag am äußersten Rand des Resorts und war durch Swimmingpools, Boutiquen und einen Mini-Dschungel vom Rest der Anlage getrennt. Mit dem Wagen, der sie abgeholt und zum Restaurant gefahren hatte, waren sie länger unterwegs gewesen als Tomasso jetzt zu Fuß gebraucht hatte.

Er schloss auf und drehte sich zu ihr um, aber Abigail schüttelte nur den Kopf und eilte an ihm vorbei in die Villa. Sie musste nicht getragen werden. Sie war nicht krank, sie war nur entsetzt und in Panik darüber, was sie ihrem Freund hätte antun können.

Und sie brauchte offenbar Blut, ging es ihr durch den Kopf, während sie vor Tomasso her durch die Villa bis in jenes Zimmer lief, in dem sie fast die gesamten letzten vier Tage verbracht hatte. An der Kühlbox angekommen nahm sie den Deckel ab und zuckte leicht zusammen, als sie merkte, wie eisig die Luft war, die ihr entgegenschlug.

»Das ist ein Hybridmodell«, erläuterte Tomasso, dem ihre

259

Reaktion nicht entgangen war. »Das heißt, die Kühltasche funktioniert einerseits wie jede ganz normale Kühltasche, in der die Temperatur nach einer Weile zu steigen beginnt. Andererseits kann man sie an die Steckdose anschließen, dann wird eine Kühleinheit gestartet, die für mehr Kälte sorgt als ein Kühlschrank. Was für das Blut auch viel besser ist.«

Abigail atmete langsam aus und nahm einen Blutbeutel heraus. Sie straffte sich, machte den Mund auf und schob den Beutel so auf ihre Zähne, wie Tomasso es ihr zuvor gezeigt hatte. Doch der Beutel rutschte ab und wäre ihr fast zu Boden gefallen. Irritiert versuchte sie es erneut, aber Tomasso fasste nach ihrer Hand, um sie daran zu hindern.

»Deine Fangzähne haben sich wieder zurückgezogen«, machte er ihr klar.

Mit der Zunge strich sie über die Eckzähne und musste feststellen, dass es tatsächlich so war. Sie waren dorthin zurückgekehrt, wo sie hergekommen waren, und damit hatte Abigail keine Möglichkeit, den Beutel an ihnen festzumachen.

»Das passt zu meinem Glück«, murmelte sie gedehnt.

»Meine arme Abigail. Du hast es in der letzten Zeit wirklich nicht leicht gehabt«, redete er leise auf sie ein. Dann nahm er sie in die Arme, trug sie zum Bett und setzte sich so hin, dass er sich gegen das Kopfende lehnen und sie auf seinem Schoß halten konnte. Dann hielt er sie nur fest und rieb ihr über den Rücken.

»Jet ist sehr um dich besorgt«, sagte er leise, als sie sich endlich entspannt hatte und den Kopf gegen seine Brust sinken ließ.

Sofort verkrampfte sie sich und setzte sich wieder gerade hin. »Ich schätze, Lucian ist genau jetzt damit beschäftigt, mich aus seiner Erinnerung zu löschen.«

»Das glaube ich nicht«, sagte Tomasso nachdenklich.

»Nicht?«, fragte sie ungläubig.

»Nein«, beharrte er, sah ihr in die Augen und lächelte schief. »Sollen wir deine Fangzähne hervorholen, damit du trinken kannst?« Mit einem Finger strich er über ihre Wange und fügte hinzu: »Danach könnten wir uns dann lieben. Ich verzehre mich schon nach dir, seit wir gemeinsam gebadet haben.«

Sie schaute ihn mit großen Augen an, wollte fast schon nicken, schüttelte dann aber hastig den Kopf, als sie daran dachte, welche Lustschreie er ihr beim letzten Mal entlockt hatte. »Ich mache zu viel Lärm«, stellte sie zutiefst verlegen klar. »Die anderen würden mich hören.«

»Ich könnte dich ans Bett fesseln und dich knebeln«, bot er ihr mit verruchtem Grinsen an.

Abigail zog die Augenbrauen hoch und entgegnete: »Das mit dem Knebel verstehe ich ja, aber ich bin nicht ruhiger, wenn du mich fesselst.«

»Das würde dich aber davon abhalten, dir den Knebel runterzureißen«, machte er ihr klar.

»Ach so. Ja, natürlich«, meinte sie grinsend. Die Vorstellung, gefesselt zu werden und ihm ausgeliefert zu sein, machte sie irgendwie scharf. Nein, es machte sie *richtig* scharf, weshalb es sie auch nicht wunderte, dass der Blutbeutel diesmal an ihren Zähnen hängen blieb, als Tomasso ihn ihr aus den Fingern nahm und gegen den Mund drückte.

Anscheinend hielt er es für angebracht, diese Art von Knebel zu seinen Gunsten auszunutzen, da er auf einmal begann, ihr Kleid nach unten zu ziehen. Ein wenig verlegen griff sie nach dem Stoff und versuchte, ihn davon abzuhalten.

Tomasso hörte sofort auf damit und drückte ihr stattdessen einen sanften Kuss auf die Stirn, dann drehte er den Kopf so, dass er an ihrem Ohrläppchen knabbern konnte. Abigail stöhnte mit dem Blutbeutel vor dem Mund lustvoll auf und legte den

Kopf schräg, damit er mehr Spielraum bekam. Tatsächlich ließ er vom Ohrläppchen ab und knabberte an ihrem Hals entlang nach unten. Diesmal ließ er ihr Kleid so, wie es war, fasste dafür aber durch den Stoff hindurch nach ihrer Brust und leckte mit der Zungenspitze über den von einem Moment zum anderen versteiften Nippel, bis der Stoff durchnässt war.

Wieder musste sie aufstöhnen, dann zog sie selbst den Stoff nach unten, damit er nicht länger im Weg war. Tomassos leises Lachen konnte sie mehr spüren als hören, da er in dem Augenblick seine Lippen ganz leicht auf ihre Haut drückte.

Er fasste sie an den Hüften, hob sie an und drehte sie so, dass sie rittlings auf ihm saß. Sie wollte sich auf seinen Schoß setzen, um sich an ihn zu schmiegen, doch er sorgte dafür, dass sie ihre aufrechte Haltung beibehielt. Dann beugte er sich vor und widmete sich ihren Brüsten, die genau auf der richtigen Höhe waren, damit er die Zungenspitze mal um den einen, mal um den anderen Nippel kreisen lassen konnte.

Als sie merkte, dass der Blutbeutel leer war, zog sie ihn erleichtert von den Zähnen. Dann fasste sie Tomassos Pferdeschwanz, um seinen Kopf von ihren Brüsten wegzuziehen. Erstaunt sah er sie an, und sie beugte sich vor und küsste ihn begierig auf den Mund. Tomasso erwiderte den Kuss nur kurz, dann ließ er die Hände von ihren Brüsten zur Taille nach unten wandern und hob Abigail von seinem Schoß, damit er sie auf ihren Knien neben sich auf dem Bett absetzen konnte. Er stand auf und ging zur Kühlbox, und noch bevor sie sich hatte rühren können, war er zurück und hielt drei Beutel in der Hand. Nachdem er die auf dem Nachttisch deponiert hatte, legte er sich wieder aufs Bett und hob Abigail erneut auf seinen Schoß.

»Perfekt«, urteilte er zufrieden, ehe er sich wieder auf ihre Brüste konzentrierte.

Tomasso betrachtete ihr Gesicht und lächelte. Mit tiefer, polternder Stimme erklärte er: »Dann wollen wir doch mal sehen, ob wir es schaffen, während aller drei Beutel bei Bewusstsein zu bleiben.«

Sie zog verdutzt die Augenbrauen hoch und wollte etwas erwidern, doch kaum machte sie den Mund auf, steckte auch schon ein neuer Blutbeutel auf ihren Zähnen.

Ihr verdutzter Blick ließ ihn breit grinsen, dann beugte er sich vor und begann an ihrer Brust zu saugen, während seine Hände unter dem Saum ihres Kleids verschwanden und über die Rückseite ihrer Beine strichen.

Abigail beobachtete Tomasso aufmerksam, zumal ihr nur allzu bewusst war, dass sie keinen Slip griffbereit gehabt hatte, als sie das Kleid angezogen hatte. Von Mary erfuhr sie dann auf dem Weg zum Restaurant, dass sie ihr auch Unterwäsche gekauft hatte, die in einer Schublade im Schlafzimmer lag. Abigail hatte davon nichts gewusst, daher war sie einfach ohne losgegangen. Seitdem hatte sie darüber auch gar nicht mehr nachgedacht, wie sie seufzend zugeben musste, als Tomassos Finger ihren Po erreicht hatten, den sie streichelten und drückten.

»Ich liebe deinen Körper, *cara*«, raunte Tomasso ihr zu und nahm eine Hand nach vorn. Ein Stück weit lehnte er sich nach hinten, um ihr Gesicht anzusehen. »Ich habe ihn am Strand geliebt, und ich liebe ihn hier. Es ist einfach ein perfekter Körper, er reagiert so wundervoll auf mich und verschafft mir unglaublich viel Lust.«

Während er redete, wanderte seine Hand an der Innenseite ihres Oberschenkels nach oben und strich zwischen ihren Beinen hindurch.

Abigail musste nach Luft schnappen und zuckte bei der neckenden, federleichten Berührung zusammen. Tomasso lächelte, zog aber seine Hand zurück und holte sie unter ihrem Kleid

263

hervor. Verwirrt sah sie ihn an, da zog er auch schon den nächsten leeren Blutbeutel von ihren Zähnen und ersetzte ihn durch einen vollen.

»Nur noch zwei Beutel«, murmelte er, schob die untere Hälfte des Kleids nach oben und stopfte den Stoff unter den Teil, der zuvor ihre Brüste bedeckt hatte. Eine Weile saß er nur da und sah sich an, was er entblößt hatte, wobei er zufrieden lächelte. Plötzlich jedoch setzte sich Abigail auf seine Oberschenkel und griff nach dem Knopf an seinem Hosenbund.

»Wie gierig«, neckte er sie, unternahm aber nichts, um sie an ihrem Vorhaben zu hindern. Erst als sie seine Erektion von allem Stoff befreit hatte, fasste er sie an der Taille und schob sie zurück bis zu seinen Knien, noch bevor sie ihn berühren konnte.

»Noch nicht«, warnte er sie. Als sie daraufhin einfach wieder versuchte sich hinzusetzen, schob er eine Hand zwischen ihre Beine, um sie davon abzuhalten. Zumindest hielt sie das für seine Absicht, doch als sie seine Finger an ihrem Körper spürte, war es ohnehin um sie geschehen. Keuchend glitt sie auf seiner Hand vor und zurück.

Tomasso verkrampfte sich unwillkürlich und stöhnte vor Lust, als er das gleiche Gefühl wahrnahm, das er eigentlich ihr bereitete. Dann ließ er seine Finger zusätzlich kreisen. Abigail krallte sich in seine Schultern, da ihre Beine zu zittern anfingen. Sie fürchtete, die Beine könnten ihr den Dienst versagen, während ihre Hüften überhaupt nicht aufhörten sich zu bewegen. Tomasso schien ihr Dilemma zu erkennen, da er die freie Hand an ihren Oberschenkel legte und ihn festhielt, während er sie beide weiter in den Wahnsinn zu treiben schien. Wieder schloss er die Lippen um ihre Nippel und begann so stürmisch zu saugen, dass sie von seinen Liebkosungen nahezu wehtaten. Gleichzeitig erhöhte er das Tempo, mit dem sich seine Finger zwischen ihren Beinen bewegten.

»Tomasso«, keuchte sie und warf den nächsten leeren Beutel zur Seite. »Bitte!«

Er ließ von ihrem Nippel ab und schaute zum Beistelltisch. Plötzlich war seine Hand nicht mehr zwischen ihren Schenkeln. Noch während sie protestierend zu wehklagen anfing, wurde ihr ein neuer voller Blutbeutel gegen den Mund gedrückt. Kaum saß der auf ihren Fangzähnen, drückte Tomasso sie nach unten, dass sie seine Erektion dort spüren konnte, wo sich vor ein paar Augenblicken noch seine Finger befunden hatten.

»Letzter Beutel«, keuchte er mit angestrengter Miene, während er ihre Hüften umklammert hielt, um sie daran zu hindern, dass sie ihn tiefer in sich aufnahm.

Er wollte warten, bis der Beutel leer war, das konnte Abigail ihm ansehen, aber es war nicht das, was sie wollte. Sie kniff die Augen ein wenig zusammen und beobachtete ihn aufmerksam, während sie ihre Hand zwischen ihre Schenkel wandern ließ und sich zuerst ein wenig zögerlich, dann entschlossener selbst berührte. Ein triumphierendes Lächeln umspielte ihre Lippen hinter dem Plastikbeutel, als sie seine Reaktion auf ihre Berührungen sah.

»Oh, *cara*«, stöhnte Tomasso und ließ sie auf seinem Schaft nach unten gleiten, bis ihr Po auf seine Oberschenkel klatschte. Abigail streichelte sich auch dann noch weiter, heftiger als zuvor, bis sie sich mit der freien Hand an seiner Schulter abstützen musste, damit sie sich besser auf und ab bewegen konnte.

»*Si*. Hör nicht auf, *cara*, fass dich weiter an«, presste Tomasso heraus. Seine Hüften zuckten unter ihr, er legte die Hände auf ihre Brüste, mit Daumen und Zeigefinger kniff er ihre Nippel zusammen, bis Abigail den Kopf in den Nacken warf und einen wilden Schrei ausstieß, als um sie herum die Nacht explodierte.

14

Als Abigail aufwachte, saß sie noch immer auf Tomassos Schoß. Sie war nach vorn auf seine Brust gesunken, was ihr Rücken angesichts dieser unpraktischen Haltung mit Schmerzen kommentierte. Sie verzog den Mund und versuchte, sich gerade hinzusetzen, als sie auf einmal erstarrte und die Augen vor Entsetzen weit aufriss.

Alles war voller Blut! Sie, Tomasso, das Bettzeug!

Dann erinnerte sie sich an den immer noch halb vollen Blutbeutel, der auf ihren Zähnen gesteckt hatte, als sie letzte Nacht … als sie das zu Ende führten, was sie gemeinsam in Angriff genommen hatten. Abigail sah sich um und entdeckte den aufgerissenen Beutel, der neben ihr auf dem Bett lag. Entweder war er aufgeplatzt, weil sie sich auf dem Weg zum gemeinsamen Höhepunkt zu sehr in ihn verbissen hatte, oder er hatte sich von ihren Zähnen gelöst, und das Blut war deswegen überall hingespritzt.

Wenigstens befand sich das Blut nur an ihren Körpern und auf dem Bettzeug. Glücklicherweise war es nicht auch noch gegen die Wand oder sogar gegen die Decke gespritzt, hielt sie sich vor Augen, während sie von Tomassos Schoß aufstand und sich neben das Bett stellte.

»Keinen Sex mehr, wenn ich Blut trinken muss«, ermahnte sie sich und überlegte, wie sie nun weiter vorgehen sollte. Das Blut war getrocknet und klebrig, aber auch wenn Tomasso noch tief und fest schlief, konnte sie nichts wegwischen, ohne Gefahr zu laufen, dass sie ihn aufweckte. Mürrisch trat sie von einem Fuß auf den anderen, seufzte leise und ging in Richtung Badezimmer.

Sie beschloss zu duschen, um sich von dem getrockneten Blut zu befreien, dann würde sie nachsehen, ob Tomasso inzwischen aufgewacht war. Im Badezimmer ging sie schnurstracks zur Dusche, um ja keinen Blick in den Spiegel werfen zu müssen. Sie wollte lieber gar nicht wissen, welches Schreckensbild sie abgab. Bestimmt sah sie wie eines der Opfer in einem dieser Slasher-Filme aus. Sogar an ihren Haaren klebte Blut, wie sie feststellen musste, als sie eine Strähne hinters Ohr zurückstreichen wollte.

Kopfschüttelnd öffnete sie die Tür der Duschkabine und drehte das Wasser auf, während sie darüber nachdachte, dass sie sich in ihren ausgefallensten Träumen nicht hätte vorstellen können, irgendwann in ihrem Leben einen Tag so beginnen zu müssen. Aber sie wäre ohnehin niemals auf die Idee gekommen, dass sie irgendwann einmal eine Vampirin werden und mit getrocknetem Blut auf ihrem Leib herumlaufen würde.

Als das Wasser warm genug war, stellte sie sich in die Duschkabine und ließ den Wasserstrahl seine Arbeit tun. Allerdings erwies es sich als unerwartet schwierig, das getrocknete Blut loszuwerden. Ein Teil wurde sofort weggespült, aber ein Teil klebte beharrlich an ihrer Haut fest und machte heftiges Schrubben erforderlich. Ihre Haare waren erst nach unzähligen Runden Shampoo vom Blut befreit. Als sie sich dann irgendwann wieder sauber fühlte, verließ sie die Kabine, trocknete sich ab und wickelte das Handtuch um sich, ehe sie ins Schlafzimmer zurückkehrte.

Tomasso schlief immer noch, auch wenn sie sich nicht erklären konnte, wie ihm das in dieser Position überhaupt möglich war. Immerhin saß er kerzengerade gegen das Kopfende des Betts da, den Kopf nach vorn gesenkt, sodass das Kinn seine Brust berührte.

Da würde aber jemand mit Genickschmerzen aufwachen, dachte sie, fragte sich dann aber, ob die Nanos es überhaupt so weit kommen lassen würden. Ihr hatte gleich nach dem Aufwachen der Rücken wehgetan, aber die Schmerzen waren bereits verschwunden, noch ehe sie die Badezimmertür erreicht hatte.

Vivan los Nanos!, dachte sie ironisch und öffnete den Schrank, um ein neues Kleid herauszuholen. Sie entschied sich für ein himmelblaues mit weißen Punkten. Sie entdeckte auch die Schublade, in der Mary die Slips verstaut hatte. Einen BH konnte sie allerdings nirgends finden, aber sie kam auch ohne aus, wenn man bedachte, wie ihre Brüste seit der Wandlung der Schwerkraft trotzten. Sie brachte alles ins Badezimmer, wo sie sich anziehen wollte.

Da sie auf Make-up verzichten konnte, war sie in Windeseile fertig und kehrte ins Schlafzimmer zurück, wo Tomasso immer noch dasaß und fest schlief. Sie blieb stehen und überlegte, ob sie ihn aufwecken sollte. Es wäre bestimmt besser, wenn sie ihm direkt erklären konnte, was es mit dem Blut auf seinem Leib auf sich hatte, anstatt ihn irgendwann ganz von selbst wach werden zu lassen. Trotzdem entschied sie sich dagegen und ging leise seufzend zur Tür. Sie wusste nicht, wie er darauf reagierte, aber sie selbst konnte ziemlich gereizt reagieren, wenn jemand sie aus tiefem Schlaf riss. Es war besser, ihn einfach weiterschlafen zu lassen.

»Und diese Entscheidung hat absolut nichts damit zu tun, dass es mir auf einmal ein bisschen peinlich ist, wie ich gestern Abend auf seiner Pogostange auf und ab gehüpft bin«, murmelte Abigail, als sie das Zimmer verließ.

Das Wohnzimmer war verlassen, und als sie es in Richtung Küche durchquerte, begann sie zu vermuten, dass alle anderen längst wach und ins Restaurant gegangen waren. Doch dann

betrat sie die Küche und entdeckte Justin neben der Kaffee-
kanne, die einen köstlichen Duft verströmte. An der Kücheninsel saß noch jemand, der ihr den Rücken zuwandte. Es war
weder Dante noch Lucian, so viel war sicher. Abigail folgte dem
Kaffeearoma um die Kücheninsel herum und warf dem Fremden einen Blick zu, als sie weit genug um ihn herumgegangen
war – und blieb abrupt stehen.

»Jet?«, fragte sie überrascht. Sofort regte sich ihr schlechtes
Gewissen. Sie hatte ihn mit Lucian in der Bar zurückgelassen,
dem man ganz sicher nicht über den Weg trauen konnte, und
hatte seitdem keinen Gedanken mehr an Jet vergeudet. Eine
tolle Freundin war sie!

»Morgen, Abs«, begrüßte er sie gut gelaunt und wirkte völlig
entspannt und glücklich.

Was man von Abigail nicht behaupten konnte. Sie warf Justin einen vorwurfsvollen Blick zu, weil sie sich fragte, warum
er nicht zu ihr gekommen war und ihr gesagt hatte, dass ihr
Freund hier war. An Jet gewandt sagte sie: »Tut mir leid, ich
wusste nicht, dass du hier bist. Wartest du schon lange?«

»Seit gestern Abend«, sagte er und musste lachen.

»Was?«, fragte sie verständnislos.

»Ich habe hier geschlafen, Abs«, erklärte er amüsiert. »Als
Lucian hörte, dass es hier in der Gegend kein freies Zimmer
mehr gibt, hat er vorgeschlagen, dass ich auch hier in der Villa
schlafe. Ich habe mir mit Justin ein Zimmer geteilt.«

»Oh«, machte Abigail und sah besorgt zu Justin, weil sie
fürchtete, der könnte Jet als einen Mitternachtssnack betrachtet haben.

»In meinem Zimmer stehen zwei einzelne Betten«, meinte
Justin achselzuckend und fügte ironisch an: »Es geht ihm bestens, und er wurde von niemandem unsittlich berührt.«

Als Abigail daraufhin einen roten Kopf bekam, stutzte Jet

269

und sah zwischen den beiden hin und her. »Was? Du warst um meine Unschuld besorgt?«, fragte er und lachte ungläubig. »Abs, ich kann wirklich gut auf mich selbst aufpassen. Außerdem ist Justin genauso hetero wie ich. Er hat eine Freundin namens Holly, bei der es sich um eine Göttin handeln muss«, fügte er mit einem neckenden Grinsen in Justins Richtung hinzu.

»Das ist sie auch«, versicherte Justin ihm, stellte den eben erst aufgebrühten Kaffee weg und eilte zur Tür. »Ich werde sie mal anrufen. Bin gleich zurück.«

Sie sahen ihm nach, wie er die Küche verließ, worauf Jet ihr einen fragenden Blick zuwarf. »Gibt es irgendetwas, das ich wissen sollte?«

»Was?«, gab sie erschrocken zurück und wandte sich schnell ab, um seinem Blick ausweichen zu können, indem sie einen Becher aus dem Schrank holte und sich einen Kaffee einschenkte. »Nein. Sei nicht albern.«

»Ganz sicher? Ich hatte nämlich das Gefühl, dass du ein klein wenig nervös wurdest, als du gehört hast, dass ich mir das Zimmer mit Justin geteilt habe.«

»Nein, es ist alles in Ordnung«, redete sie leise vor sich hin, während sie Milch und Zucker in ihren Becher gab und zu rühren anfing. Als sie sich schließlich wieder zu ihm umdrehte, sah sie, dass Jet sie aufmerksam beobachtete. Sie verzog den Mund und ging um die Kücheninsel herum, damit sie sich auf den Hocker neben ihm setzen konnte. »Aber ich kenne diese Leute eigentlich nicht richtig. Ich meine, Tomasso kenne ich, das ist klar. Dante und Mary machen einen netten Eindruck auf mich, aber ich habe keine Ahnung, was ich von Lucian und Justin halten soll.«

»Hmm.« Jet trank einen Schluck und stellte den Becher wieder hin. »Also, ich kenne die beiden erst seit gestern Abend, aber

270

ich finde, sie sind okay. Gut, Justin ist …« Er verstummte und überlegte, wie er sich ausdrücken sollte. »… na ja, er kommt mir ein bisschen wie ein Besserwisser vor, aber ich finde, er hat ein gutes Herz. Und seine Freundin liebt er wirklich über alles. Er redet die ganze Zeit von nichts anderem. So sehr fehlt sie ihm.«

»Das ist schön«, meinte Abigail und musste lächeln.

»Was Lucian angeht …«

Sie versteifte sich und wartete gebannt auf seine nächsten Worte.

»Der ist einfach nur cool.«

»Wie bitte?«, fragte sie ungläubig.

»Ja«, beteuerte Jet begeistert. »Er sorgt dafür, dass das Flugzeug zu meinem Boss zurückgebracht wird. Und er kümmert sich darum, dass es nicht zu einer Anklage kommt. Er hat mir versichert, dass das nicht passieren wird. Und«, fügte er dann noch mit strahlender Miene hinzu, »er hat mich eingestellt.«

»Dich eingestellt?«, wiederholte sie. »Als was?«

»Na, als Pilot. Was denn sonst?«, fragte er und musste lachen.

»Ehrlich?«

»Ja, Lucian ist ein Argeneau von Argeneau Enterprises«, ließ er sie wissen, als sollte ihr klar sein, was das bedeutete. Das tat es nicht, also schnalzte er mit der Zunge und erläuterte: »Jeder Pilot auf der Welt kennt den Namen und würde notfalls morden, um da arbeiten zu dürfen. Manche Leute schicken jeden Monat eine Bewerbung hin, weil sie hoffen, dass irgendwann mal eine Stelle frei wird.«

»Wieso?«, fragte Abigail neugierig.

»Es ist ein total gemütlicher Job, Abs«, sagte er ganz ernst. »Die Bezahlung ist irrsinnig gut, und die Zusatzleistungen sind ein Traum.«

»Oh«, machte Abigail, stutzte dann aber. Von Argeneau Enterprises hatte sie noch nie gehört. »Dann gehört ihm also eine Fluglinie?«

»Nein, nein«, widersprach Jet und winkte ab. »Argeneau Enterprises ist der Mutterkonzern für alle möglichen Firmen in Kanada, den USA und Europa. Dazu gehören Technologie-Unternehmen, Finanzdienstleister, sogar eine Blutbank. Meistens wird mit den Maschinen nur die Chefetage durch die Gegend geflogen, manchmal auch andere wichtige Leute.« Er wurde wieder völlig ernst: »Das ist nicht bloß ein gemütlicher Job, das ist eine unglaubliche Gelegenheit, und die verdanke ich nur dir.«

»Mir?«, rief sie überrascht.

»Na, ohne dich wäre ich keinem von ihnen begegnet«, stellte er klar. »Und Mr Argeneau hat nichts mit Adam zu tun, von dem er etwas über mich hätte erfahren könnte, also kann es nur damit zu tun haben, dass wir beide uns kennen.«

»Ja, richtig«, murmelte Abigail und fragte sich, was für ein Spiel Lucian da trieb. Tomasso hatte gesagt, sie würden Jets Verstand kontrollieren, seine Erinnerung verändern und ihn zurück in sein altes Leben schicken. Und jetzt hatte Lucian ihn eingestellt? Und er hatte ihn eingeladen, erst mal hier in der Villa zu bleiben? Umgeben von sechs Vampiren – oder Unsterblichen, wie sie sich selbst nannten – und wer weiß wie vielen Kühlboxen voll mit Blutkonserven? Die Box, die bei ihr im Zimmer stand, konnte unmöglich die einzige sein.

Was dachte sich Lucian nur dabei? Was, wenn Jet etwas sah?

»Das Leben kann schon seltsam sein, nicht wahr?«, sagte er plötzlich.

Sie sah ihn verständnislos an.

»Du weißt schon. Gestern Abend war mein Leben so gut wie im Eimer«, erklärte er und schüttelte ungläubig den Kopf. »Man hatte mich gefeuert, bei der Rückkehr in die USA drohte mir sogar Gefängnis. Und ich war krank vor Sorge um dich.

272

Mein Leben war total den Bach runtergegangen«, sagte er und lachte zynisch. »Und keine vierundzwanzig Stunden später sieht alles wieder rosig aus. Ich habe dich gefunden, du bist wohlauf, die Anklage wird fallengelassen, und ich habe einen Job, um den mich jeder Pilot beneiden würde.«

Abigail atmete leicht seufzend aus. Wenn man es so betrachtete, dann schien alles in bester Ordnung zu sein. Sie konnte nur hoffen, dass es auch so blieb. Sie brachte ein Lächeln zustande, hakte sich bei ihm ein und ließ den Kopf gegen seinen Oberarm sinken. »Das freut mich für dich, Jet. Ich hoffe, es kommt auch alles so, wie du es dir vorstellst.«

Jet zog den Arm weg und legte ihn um ihre Schulter, um sie besser an sich drücken zu können. »Du hast zu viel abgenommen, da ist ja kaum noch etwas zum Drücken.«

Sie räusperte sich. »Das kommt eben vom Dengue-Fieber«, erklärte sie, auch wenn sie wusste, dass das nur zum Teil etwas mit ihrem Gewichtsverlust zu hatte.

»Ja, aber du siehst auch irgendwie anders aus«, merkte Jet an und betrachtete sie eindringlich.

Sie senkte rasch den Blick, damit er nicht ihre Augen zu sehen bekam. Früher waren sie einfach nur grün gewesen, aber jetzt waren da diese kleinen silbernen Sprengsel. Vermutlich hatte das etwas mit den Nanos zu tun, denn bei allen anderen hier in der Villa waren auch genau diese Sprengsel zu sehen.

»Ich glaube, ich bin irgendwie beleidigt, weil du so lange gebraucht hast, um zu sehen, dass ich abgenommen habe«, sagte sie, um ihn auf ein anderes Thema zu bringen.

»Ich habe das sofort bemerkt«, protestierte Jet, verzog aber den Mund und gab zu: »Okay, vielleicht nicht sofort, aber es war mir aufgefallen, noch bevor ich die Tiki-Fackel geholt hatte. Ich hatte Angst dich zu verletzen, wenn ich dir gesagt hätte, dass du ziemlich kränklich aussiehst.«

»Oh, gib's dran«, fuhr sie ihm in die Parade, da sie wusste, dass er jetzt nur wieder die übliche Nervensäge war.

Jet lachte leise und trank einen Schluck Kaffee. »Und was ist mit dir?«

Sie warf ihm einen fragenden Blick zu. »Was soll mit mir sein?«

»Also, ich war ja nicht der Einzige, der letzte Nacht einen Zimmernachbarn hatte«, sagte er sehr betont. »Und ich möchte wetten, das Zimmer, das du dir mit Tomasso geteilt hast, hat *keine* Einzelbetten. Was läuft da bei euch? Muss ich ihm eine reinhauen?«

»Nein, natürlich nicht«, gab sie zurück und bekam einen roten Kopf. Sie wandte ihr Gesicht von Jet ab. »Er ist … wir sind …«

»… zusammen?«, schlug er vor, als sie nicht weiterredete.

Nun schnalzte Abigail mit der Zunge und fragte gereizt: »Woher weißt du, wo ich geschlafen habe?«

»Justin hat mich gestern Abend durchs Haus geführt, nachdem Lucian mich hergebracht hatte. Er hat mir das Gästebadezimmer vorn an der Eingangstür gezeigt, dann das Wohnzimmer, und danach deutete er auf die Tür, die vom Wohnzimmer abgeht. Dabei hat er gesagt – und jetzt zitiere ich: ›Da ist das große Schlafzimmer, da schlafen Tomasso und Abigail.‹«

Abigail kniff kurz die Augen zu. Ihr Schlafzimmer mit dem angeschlossenen Badezimmer war neben der Küche und dem Wohnzimmer der einzige Raum im Erdgeschoss. Alle übrigen Schlafzimmer befanden sich im ersten Stock.

»Und?«, hakte Jet nach und stieß sie mit dem Arm an. »Was läuft da? Lebt ihr zwei zusammen? Ist das was Ernstes? Du denkst doch an Schutz, oder?«

Sie erstarrte mitten in der Bewegung, die Tasse glitt ihr aus den Fingern und landete auf der Kücheninsel, auf der sich ein

Teil des Kaffees verteilte. Ehe sie reagieren konnte, war Jet bereits aufgesprungen und losgeeilt, um ein paar Blätter von der Küchenrolle abzureißen.

»Ich darf wohl annehmen, dass deine Reaktion auf meine Frage als Nein gedeutet werden kann, nicht wahr?«, grummelte er mürrisch und wischte den Kaffee auf.

Abigail sah ihn entsetzt an. Sie hatte nicht daran gedacht, nicht ein einziges Mal. Sie hatte keinen Gedanken an irgendwelchen Schutz verschwendet. Geschlechtskrankheiten waren dank der Nanos kein Thema für sie, seit sie von deren Existenz wusste. Aber was war mit Babys? Sie und Tomasso hatten Sex gehabt … zum Glück aber nur zweimal. Bei den anderen Malen war es kein Geschlechtsverkehr im eigentlichen Sinn gewesen. Allerdings genügte ja unter Umständen schon ein einziges Mal, um schwanger zu werden, und da Tomasso so verdammt groß und sexy und viril war …

»Oh, verdammt«, hauchte sie.

»Okay, jetzt atme erst mal tief durch«, sagte Jet, wischte den restlichen Kaffee auf und warf die nassen Tücher in den Mülleimer. Er kam um die Kücheninsel herum, stellte sich zu ihr und rieb ihr besorgt über den Rücken. »Das ist nicht das Ende der Welt«, redete er beschwichtigend auf sie ein. »Vermutlich ist alles okay. Ich meine, du warst schließlich todkrank. Da habt ihr die ganze letzte Woche nicht wie die Karnickel gerammelt. Also hattest du … einmal Sex? Gestern Abend, richtig?«

»Zweimal«, antwortete sie leise und rieb aufgebracht über ihre Stirn. »Gestern Abend und einmal, bevor ich krank geworden bin.«

»Ehrlich?«, fragte er ungläubig. »Was hast du gemacht? Ihn besprungen, gleich nachdem du am Strand aufgewacht bist?«

»Himmel!«, stöhnte sie und ließ das Gesicht in ihre Hände sinken.

275

»Hey, ich verurteile dich deswegen nicht«, fuhr er fort. »Aber es passt nicht so wirklich zu dir, dich von einem Typen vögeln zu lassen, den du gerade erst kennengelernt hast. Ich meine, du hast Jimmy Coldsten eine runtergehauen, weil er dich bei eurem zweiten Date begrapschen wollte.«

»Da war ich zwölf«, konterte sie verärgert. »Und wir hatten uns bis dahin noch nicht mal geküsst. Er griff einfach zu und begann meine Brüste zu kneten, als wollte er zwei uralte Hupen losquaken lassen.«

»Oh ja.« Jet musste den Kopf schütteln, als er an diese Begebenheit zurückdachte. »Ich möchte wetten, dein italienischer Hengst hat da was Besseres auf Lager.«

»Er heißt Tomasso«, fauchte Abigail und stand auf.

»Wohin gehen wir?«, fragte Jet, der sich sputen musste, um nicht den Anschluss zu verlieren, als sie quer durch das Wohnzimmer davoneilte.

»Ich brauche frische Luft, um einen klaren Kopf zu bekommen«, brabbelte sie vor sich hin. »Außerdem muss ich was zu essen haben. Ich habe nämlich Hunger.«

»Gute Idee«, fand Jet und hielt ihr die Tür auf. »Ich habe nämlich auch Hunger.«

Abigail reagierte nur mit einem leisen Grollen und ging vor ihm her nach draußen.

»Sollten wir nicht besser ein Taxi kommen lassen?«, erkundigte er sich, nachdem er die Tür hinter sich zugezogen hatte. »Ich meine, du warst sehr krank gewesen. Da könnte der Spaziergang etwas zu strapaziös für dich sein.«

»Es geht mir gut«, bekräftigte sie. »Den Spaziergang schaffe ich schon.«

Jet entgegnete nichts, sondern folgte ihr die Straße entlang. Abigails Gedanken überschlugen sich angesichts der Möglichkeit, dass sie bereits von Tomasso schwanger sein konnte. Das hatte etwas sehr Beunruhigendes. Zwar sprach Tomasso immer noch davon, dass sie seine Lebensgefährtin sei, aber sie wusste nach wie vor nicht, was das eigentlich bedeutete. Unsterbliche machten zwar die Dinge etwas anders, aber sie selbst dachte immer noch wie eine Sterbliche, und sie befanden sich noch ganz am Anfang ihrer Beziehung. Es war noch viel zu früh, Babys in die Gleichung einzubeziehen. Okay, vielleicht hatte sie ja altmodische Ansichten, aber sie wollte erst einmal verheiratet sein, ehe sie sich Gedanken über Babys machte. Wie um alles in der Welt hatte sie mit Tomasso ungeschützten Sex haben können? Ausgerechnet sie! Wo sie doch immer an Vorsichtsmaßnahmen gedacht hatte!

Die Antwort darauf war denkbar einfach. Abigail ließ schlichtweg jegliche Vernunft außer Acht, wenn Tomasso in ihrer Nähe war. Eine Berührung oder ein Kuss genügte, und schon schmolz sie dahin wie Eis in der Sonne. Ach, was redete sie denn da? Ein Blick oder das richtige Wort war genug, um sie gleich feucht werden zu lassen. Dieser Mann war eine Gefahr für ihren armen Verstand.

»Das wird schon gut ausgehen, Abs«, sagte Jet und rieb ihr beschwichtigend über den Rücken. »Ich bin mir sicher, dass du nicht schwanger bist. Und falls doch und dein kleiner Italiener will davon nichts wissen, dann hast du immer noch mich. Ich werde dir helfen, und dann ziehen wir das gemeinsam durch. Ich wollte schon immer Onkel Jet sein, und da ich ja nun mal keine Geschwister habe, heißt das, dass du meine Nichten und Neffen zur Welt bringen musst.«

Abigail lächelte flüchtig und entspannte sich ein wenig. Dann legte sie einen Arm um Jets Taille, um ihn dankbar an sich zu drücken. »Nachdem du zur Navy gegangen warst, hast du mir wirklich gefehlt.«

»Glaub mir, du hast mir auch gefehlt«, erwiderte er. »Die

Navy war ein echter Kulturschock für mich, nachdem ich so viel Zeit mit dir verbracht hatte.«

Sie musste lachen und zog die Nase kraus, da sein Bart sie an der Stirn piekste, als sie den Kopf gegen ihn sinken ließ. Gleich darauf richtete sie sich gerade auf und betrachtete den Vollbart, mit dem er sich präsentierte. »Was hat das mit dem Bart auf sich? Neuer Look?«

»Ach, das.« Er rieb sich übers Kinn. »Nein, nein, ich kann es gar nicht erwarten, mich zu rasieren. Weißt du, der Flug nach Caracas war ja nicht im Voraus geplant, deshalb hatte ich überhaupt kein Gepäck mit, als wir San Antonio verließen. Ich dachte mir, das wäre kein Problem. Dann würde ich mir eben nach der Landung ein Paar Shorts, eine Badehose und Rasierzeug kaufen. Aber nachdem du aus der Maschine gesprungen warst, habe ich keine Zeit mit Einkaufen, Rasieren und anderem Mist vergeudet … na ja …« Er zuckte mit den Schultern, ließ die Hand sinken und sagte: »Ich werde mir gleich Rasierzeug kaufen gehen. Ich will dieses Gestrüpp loswerden.«

»Das können wir ja gleich nach dem Frühstück erledigen«, meinte Abigail.

»Oder wir erledigen das auf dem Hinweg, bis dahin sind die anderen dann auch schon unterwegs«, schlug er vor, griff nach ihrer Hand, um sie hinter sich her in Richtung der Gebäude zu ihrer Rechten zu ziehen. Nach ein paar Metern hatten sie den Mini-Dschungel verlassen und fanden sich auf einer Straße wieder, die zu beiden Seiten von Geschäften gesäumt war, die von teuren Juwelieren bis hin zu Souvenirshops reichten, in denen es Snacks und Getränke, aber auch Reiseutensilien jeglicher Art gab. Ob Nähsets, Rasierer oder Sonnenschutzcreme, es gab dort praktisch alles. Jet hielt ihr die Tür zu einem dieser Souvenirläden auf und sagte: »Wenn wir es vorher erledigen, können wir es später nicht vergessen.«

»Wenn es sein muss«, murmelte Abigail und trat ein. »Aber mach schnell. Ich habe so großen Hunger, dass ich notfalls auch dich anknabbern werde.«

Jet lachte über ihre Bemerkung und machte sich auf die Suche nach den Rasierern. Abigail blieb in Höhe der Kasse stehen und betrachtete interessiert das breit gefächerte Angebot. Sie hatte gerade eine Flasche Sonnenschutzcreme ausgesucht, da tippte ihr jemand auf die Schulter. Sie drehte sich um und sah erstaunt, dass Mary hinter ihr stand.

»Oh, hi«, begrüßte Abigail sie lächelnd und hielt die Creme hoch. »Brauche ich jetzt so was?«

»Es kann nicht schaden«, entgegnete Mary. »Aber anscheinend ist es für uns sinnvoller, direkten Sonnenschein zu meiden. Je mehr Sonne wir abbekommen, umso mehr wird die Haut in Mitleidenschaft gezogen.«

»Ja, richtig«, sagte sie und beschloss die Creme zu kaufen. »Ich dachte, ihr schlaft noch alle, als wir losgegangen sind.«

»Oh, dann ist Tomasso schon auf?«, fragte Mary und sah sich suchend um.

»Nein, er hat auch noch geschlafen. Jet und ich, wir sind schon mal losgegangen.« Sie zögerte, da sie überlegte, ob sie Mary auf das Thema Schwangerschaft ansprechen sollte, ließ das Ganze jedoch erst einmal auf sich beruhen. Stattdessen sagte sie: »Wir wollen frühstücken gehen, aber Jet will erst noch Rasierzeug kaufen.«

Mary nickte und lächelte. »Dante sagt, dass Lucian ihm einen Job angeboten und ihn eingeladen hat, bei uns in der Villa zu wohnen. Ich darf nicht vergessen, ihm zu gratulieren.«

»Oh ja, er ist deswegen schon richtig aufgedreht.«

»Aber du machst dir Sorgen?«, erkundigte sich Mary.

»Ja, ein bisschen«, gab sie zu. »Ich kenne Lucian nicht sehr gut, aber ich finde ihn …«

279

»Herrisch? Arrogant? Unverschämt?«, schlug Mary vor und brachte Abigail zum Lachen.

»Ja, ja und ja«, bestätigte sie.

»Du bist als Einzelkind nur von deiner Mutter großgezogen worden, richtig?«

Abigail zog die Augenbrauen hoch. »Ganz genau. Hast du meine Gedanken gelesen? Oder bist du eine Hellseherin?«

»Gedanken kann ich noch nicht lesen«, gab Mary amüsiert zurück. »Nein, Tomasso hat während deiner Wandlung unentwegt von dir erzählt. Und als ich das hörte, da dachte ich mir schon, dass du ganz ohne Vaterfigur in deinem Leben mit Lucians autoritärer Art Schwierigkeiten haben könntest.«

»Kann sein«, räumte Abigail ein, dann lächelte sie ironisch und ergänzte: »Ich mag es auch nicht, wenn Tomasso mir sagen will, was ich tun soll. Aber zum Glück macht er das nicht oft. Bislang jedenfalls nicht.«

Mary nickte verstehend. »Also, ich kann Leute eigentlich ganz gut einschätzen, und ich glaube, Lucian versucht nur das zu tun, was seiner Meinung nach am besten ist für diejenigen, für die er verantwortlich ist. Ich würde sagen, dass er dich und Jet jetzt auch zu diesen Leuten zählt.«

»Mary?«

Beide drehten sie sich um und sahen Dante auf sie zukommen. Er konnte seinen Blick nicht von der zierlichen blonden Frau neben Abigail abwenden und bemerkte sie erst, als er fast bei Mary angekommen war.

»Abigail«, grüßte er sie lächelnd und schaute sich prompt um. »Wo ist Tomasso?«

»Als ich losgegangen bin, hat er noch geschlafen«, antwortete sie.

Er zog verdutzt die Augenbrauen hoch, woraufhin Mary hinzufügte: »Abigail ist mit Jet hergekommen, weil er Rasierzeug braucht. Anschließend wollen sie frühstücken gehen. Wir sollten uns ihnen anschließen.«

Dante gab ihr einen Kuss auf den Kopf. »Hört sich gut an.«

Abigail nickte zustimmend, doch dann fiel ihr ein, dass sie nicht daran gedacht hatte, Tomasso eine Nachricht zu hinterlassen, damit er wusste, wohin sie gegangen war. Zugegeben, sie war in dem Moment etwas aufgewühlt gewesen, dennoch hätte sie daran denken sollen … Lieber Himmel, was würde er denken, wenn er aufwachte und alles voller Blut war?

»Was ist los?«, fragte Mary.

»Sie hat keine Nachricht für Tomasso hingelegt«, sagte Dante, der bereits ihre Gedanken gelesen haben musste.

»Oh«, machte Mary. »Er wird sich Sorgen machen, wenn er aufwacht und sie nicht da ist.«

»Ganz genau, und ich habe noch keinen Ersatz für mein Handy«, verkündete Dante, dann zuckte er mit den Schultern. »Dann werde ich wohl noch mal zur Villa laufen müssen.«

Abigail sah Marys enttäuschte Miene und glaubte, es habe damit zu tun, dass Dante sie kurzzeitig allein lassen wollte.

Der wahre Grund wurde jedoch deutlich, als Dante sagte: »Ihr müsst nicht auf uns warten. Ich weiß, ihr habt Hunger.« Er gab Mary einen Kuss auf die Wange. »Geht ruhig vor und fangt ohne uns an. Wir kommen gleich nach.« Er wollte gerade losgehen, als er sich noch einmal umdrehte und sagte: »Denkt dran, dass ihr einen Tisch nehmt, an dem wir alle Platz haben.« Erst als Mary und Abigail bestätigend genickt hatten, lief er los.

Kaum war er gegangen, kam Jet zu ihnen und strahlte so freudig wie ein kleines Kind. »Abs, sieh dir das an! Das ist die gleiche Sonnenbrille, wie du sie auf der Highschool getragen hast!«

»Oh Mann«, sagte Abigail und nahm ihm lachend die neonpinke Brille aus der Hand. »Das stimmt, aber das war in der siebten Klasse, nicht auf der Highschool.«

»Ganz egal«, meinte er grinsend. »Setz sie auf, ich hab sie dir gekauft.«

Wieder lachte Abigail, setzte die Brille auf und wackelte mit den Augenbrauen. »Was sagst du dazu? Bin ich stylish oder was?«

»Die steht ... oh, hi ... Mary, richtig?«, unterbrach Jet sich selbst, als er die blonde Frau neben sich bemerkte. Er sah sich um. »Wo ist ...«

»Dante«, kam Mary ihm zu Hilfe, als sie merkte, dass er ins Stocken geraten war.

»Ja, richtig, Dante. Tut mir leid«, entschuldigte er sich und meinte es auch so. »Gestern Abend war alles ein bisschen viel für mich. Erst finde ich Abs wieder, und dann lerne ich euch alle kennen.«

»Kann ich gut verstehen«, erwiderte Mary lächelnd. »Wie ich gehört habe, darf ich gratulieren? Lucian hat dich eingestellt?«

»Ja«, gab er grinsend zurück. »Ich bin noch völlig durch den Wind. Ich kann es gar nicht abwarten, endlich anzufangen.«

»Tja, da wirst du noch ein bisschen warten müssen. Ich habe nämlich Hunger und will jetzt erst mal essen«, warf Abigail ungeduldig ein. »Hast du gefunden, wonach du gesucht hast?«

»Gefunden und bezahlt«, versicherte er ihr und hielt eine kleine Plastiktüte hoch. »Wir können jetzt futtern gehen.«

»Sehr gut. Mary kommt übrigens mit«, ließ Abigail ihn wissen und erklärte dann auch noch: »Dante war mit ihr hergekommen, aber er ist zur Villa zurückgegangen, um den anderen Bescheid zu geben, wo wir sind. Sie werden sich dann fürs Frühstück zu uns gesellen. Trotzdem können wir jetzt schon hingehen und bestellen.«

»Dann wollen wir mal«, meinte Jet, legte jeder der beiden Frauen eine Hand auf den Rücken und schob sie vor sich her in Richtung Tür.

282

»Wir müssen keine Bestellung aufgeben«, sagte Mary, nachdem sie den Souvenirshop verlassen hatten. »Es gibt da ein Frühstücksbuffet. Du nimmst dir einfach einen Teller und bedienst dich.«

»Oh«, murmelte Abigail ein wenig enttäuscht.

»Nein, nein, sie haben ein gutes Buffet«, versicherte Mary ihr. »Wir haben gestern und vorgestern auch schon da gefrühstückt, und ich schwöre dir, da steht ein fast vier Meter langer Tisch nur für Brot und Gebäck, dann gibt es noch mal das Gleiche für Speck und Würstchen und so weiter. Einen Tisch nur für Gerichte mit Eiern, und …«

»Ein vier Meter langer Tisch für Speck und Würstchen?«, fragte ein hellhörig gewordener Jet.

Mary nickte. »Es gab bestimmt sechs oder acht verschiedene Sorten Würstchen.«

»Oh mein Gott, ich liebe den Laden jetzt schon«, stöhnte Jet lustvoll. »Ich werde mindestens vier Teller nur mit Würstchen essen.«

Beide Frauen mussten grinsen, und Abigail fügte hinzu: »Das werde ich vielleicht auch machen. Ich bin heute Morgen wie ausgehungert.«

»Abigail?«, fragte Mary plötzlich und verzog ein wenig den Mund, als sich ihre Blicke trafen. »Hast du heute Morgen schon deine … Medizin eingenommen?«

Ihr entging nicht, worauf Mary gleich darauf ihren Blick richtete, und als sie ihrerseits nach unten sah, fiel ihr auf, dass sie sich über den Bauch rieb. Es war eine unbewusste Geste gegen die Magenkrämpfe, die sie verspürte. Eine Geste, die sie daran erinnerte, dass Tomasso genau das Gleiche gemacht hatte, als sie nach dem Sprung aus dem Flugzeug am Strand entlanggegangen waren. Sie wusste jetzt, dass er dringend Blut benötigt hatte.

283

Sie biss sich auf die Lippe und schüttelte betreten den Kopf. »Heute Morgen noch nicht. Aber gestern Abend waren es vier Beutel«, fügte sie rasch an, bis ihr einfiel, dass ein Teil des vierten Beutels ausgelaufen war. »Eigentlich waren es nur dreieinhalb.«

»Vier Beutel Medizin?«, warf Jet irritiert ein. »Welche Medizin wird denn in Beuteln verabreicht?«

»Die Tabletten werden in kleine Beutel eingeschweißt, damit sie vor der hohen Luftfeuchtigkeit geschützt sind«, antwortete Abigail und wunderte sich über sich selbst, wie schnell ihr diese Ausrede eingefallen war.

»Ah«, machte Jet, der ihr die Erklärung abzunehmen schien.

»Vielleicht sollten wir zur Villa zurückgehen, damit du erst einmal deine Medizin nehmen kannst«, gab Mary zu bedenken. »Wir brauchen ja nur ein paar Minuten für den Rückweg, und es wäre auf jeden Fall besser, anstatt irgendein Risiko einzugehen.«

»Mary hat recht«, stimmte Jet ihr zu. »Du willst doch keinen Rückfall erleiden.«

Abigail überlegte, was sie machen sollte. Mit einem Rückfall hatte das natürlich gar nichts zu tun, denn Mary war in Sorge, dass Abigails Fangzähne auf einmal zum Vorschein kamen und sie womöglich jemanden biss. Vermutlich sogar Jet, denn der roch auf einmal so verlockend gut, was kurz zuvor in der Küche noch nicht der Fall gewesen war.

Abigail gab sich geschlagen und machte auf dem Absatz kehrt. Es ärgerte sie, dass diese Maßnahme nötig war. Das ganze Unsterblichenzeugs ging ihr allmählich auf die Nerven, zumal sie bislang von den Vorzügen noch nicht viel zu spüren bekommen hatte. Kaum hatte sie das gedacht, musste sie über ihre eigene Dummheit fast grinsen. Einer der Vorzüge war der, dass sie noch lebte, und das ließ sich nur schwer überbieten.

»Komm schon, schau nicht so finster drein«, sagte Jet zu ihr. »Aufgeschoben ist nicht aufgehoben.«

»Ja, ja«, murmelte Abigail und rang sich zu einem Lächeln durch. Sie war ja nur so mürrisch, weil sie Hunger hatte, und das Blut würde vermutlich auch dagegen wirken.

»Miss Forsythe?«

Gerade eben am Ende der Geschäftsstraße angekommen schaute sich Abigail verwundert um und versteifte sich, als sie beinahe von zwei Männern umgerannt wurde, die dicht hinter ihnen gegangen waren. Beide wichen jedoch aus und gingen um die kleine Gruppe herum, ehe es zu einem Zusammenprall kommen konnte.

»Sie sind es *tatsächlich*!«

Abigails Blick wanderte zu einem kleinen rundlichen Mann, der auf sie zugelaufen kam. Sie hatte keine Ahnung, wer der Mann war, auch wenn sie das Gefühl hatte, dass er ihr irgendwie bekannt vorkam.

»Sie glauben gar nicht, wie froh ich bin, dass Ihr Freund es bei dem Unwetter doch noch geschafft hat, Sie ins Krankenhaus zu bringen.« Mit beiden Händen fasste er ihre rechte Hand und drückte sie freudig. »Als ich an dem Abend wegging, war ich davon überzeugt, dass ich bei meinem nächsten Besuch nur noch Ihren Tod feststellen würde. Aber nein! Ihr Freund konnte einen Jeep auftreiben und Sie ins Krankenhaus fahren. Und das bei diesem Wetter! Und da konnte man Sie noch rechtzeitig behandeln. Sehen Sie sich nur an!«, fügte er an und lächelte strahlend. »Schon wieder auf den Beinen und in der Sonne unterwegs!«

»Dr. Cortez!«, platzte Abigail heraus, als ihr plötzlich sein Name einfiel. Das war der Arzt, den Tomasso gerufen hatte. Der Mann, der ihm gesagt hatte, er solle beten und sich von ihr verabschieden. Offenbar hatte er sich danach noch einmal mit

285

ihm getroffen und ihm weisgemacht, dass er sie hatte retten können. Aber was hätte er dem Mann auch sonst erzählen sollen? Dass er sie in eine Vampirin gewandelt hatte?

»*Si! Si!* Sie erinnern sich an mich!«, bestätigte Cortez erfreut und lenkte ihre Aufmerksamkeit wieder auf sich. Er schnalzte mit der Zunge. »Ich war mir nicht sicher, ob Sie mich erkennen würden. Bei jedem meiner Besuche hatte das Fieber Sie fest im Griff, auch wenn Sie zwischendurch den einen oder anderen klaren Moment hatten.« Er schüttelte den Kopf. »Dengue-Fieber darf man nicht auf die leichte Schulter nehmen, aber nur bei wenigen entwickelt sich daraus das hämorrhagische Dengue-Fieber. Ich bin ja so froh, dass es Ihnen wieder gut geht und dass Sie Ihren Urlaub doch noch genießen können.«

»Ja, das bin ich auch«, erwiderte sie lächelnd. »Danke, es ist sehr nett von Ihnen, mir das zu sagen.«

»Das ist doch selbstverständlich«, wehrte er ab und drückte abermals ihre Hand. »Ich wünsche Ihnen noch viel Spaß, aber halten Sie sich von Moskitos fern«, fügte er nachdrücklich hinzu und schüttelte bei jedem Wort heftig ihre Hand. »Gegen die Dengue-Viren sind Sie jetzt immun, aber es gibt drei andere Viren, gegen die Sie nicht immun sind. Und das zweite Mal ist immer noch schlimmer als das erste Mal.«

»Oh weh«, sagte Abigail erschrocken und fragte sich, wie sich das, was sie durchgemacht hatte, noch steigern lassen sollte. Sie war wirklich froh, dass Tomasso sie gewandelt hatte und sie sich wegen solcher Dinge keine Sorgen mehr machen musste.

»Ich muss jetzt weiter«, erklärte Cortez und ließ ihre Hand los. »Ich bin auf dem Weg zu einem Patienten. Einen schönen Tag wünsche ich Ihnen noch.«

»Danke, Ihnen auch«, rief Abigail ihm nach, während er schon in der Menge verschwand.

286

»Was für ein netter Mann«, fand Mary, als sie sich umdrehten und weiter in Richtung Villa gingen.

»Scheint so. Ich kann mich an kaum etwas erinnern, was los war, als ich das Fieber hatte, aber mir ist im Gedächtnis geblieben, dass sich sein besorgtes Gesicht einige Male über mich gebeugt hat. Jedes Mal dachte ich, dass dieser Gesichtsausdruck ein ziemlich böses Omen sein musste«, fügte Abigail ironisch an.

»Ja, es ist immer ein böses Omen, wenn ein Arzt besorgt dreinschaut«, meinte auch Jet mit ernster Stimme.

»Hmm«, machte Abigail und stutzte, als sie sah, wie Jet neben ihr stolperte und hinfiel. Reflexartig griff sie nach seinem Arm, aber wenn Mary nicht gleichzeitig nach dem anderen Arm gegriffen hätte, wäre Jet dennoch auf dem Boden gelandet. »Jet? Bist du …«

»Es geht ihm bestens. Bald jedenfalls wieder.«

Abigail sah über Jets Schulter und entdeckte zwei Männer, die dicht hinter ihm standen. Einer von ihnen hielt eine Pistole in der Hand.

15

Tomasso wurde vom Gelächter seines Bruders geweckt. Er machte die Augen einen Spaltbreit auf und entdeckte Dante, der neben dem Bett stand und lauthals lachte. Als er an sich hinabsah, entdeckte er schnell, was so lustig war. Er lag gegen das Kopfende gelehnt da, er war komplett angezogen, nur die Hose stand offen und sein Penis lag wie erschöpft auf seinem Schoß. Der Penis und ein vielleicht zwanzig Zentimeter breiter Streifen Stoff auf Schoßhöhe waren das Einzige auf dem Bett, das nicht mit getrocknetem Blut getränkt war.

»Was ist denn hier passiert?«, murmelte er und setzte sich auf.

»Das ist doch offensichtlich«, meinte Dante amüsiert. »Du hast versucht mit Abigail zu schlafen, während sie getrunken hat. Dabei …«, er deutete grinsend auf den Bereich, der frei von Blut war, »muss dann der Beutel geplatzt sein.«

Beim erneuten Blick auf die Bescherung musste Tomasso nicken. Diese Erklärung klang einleuchtend.

»Du musst unter die Dusche«, entschied Dante. »Und du brauchst was Neues zum Anziehen. Ich hole dir was.«

Seufzend stand Tomasso vom Bett auf und bekam noch eben seine Hose zu fassen, bevor die ihm auf die Knöchel rutschen konnte. Er ignorierte Dantes erneutes Lachen und zog sich so würdevoll ins Badezimmer zurück, wie es ihm unter diesen Umständen möglich war.

»Willst du mich eigentlich gar nicht fragen, wieso ich hier bin?«, erkundigte sich Dante amüsiert, als er mit sauberer Klei-

288

dung das Badezimmer gerade in dem Moment betrat, als Tomasso den Wasserhahn der Dusche aufdrehte.

»Wieso bist du hier?«, fragte Tomasso gehorsam und schob gleich die Frage hinterher, die ihn eigentlich viel mehr interessierte: »Und wo ist Abigail?«

»Sie, Mary und Jet warten im Restaurant auf uns«, antwortete Dante und legte die Kleidung neben den Waschbecken auf den Tresen. »Ich bin zurückgekommen, um dich, Justin und Lucian zum Frühstück abzuholen. Die Mädchen haben Hunger.«

Tomasso reagierte mit einem Brummen, dann zog er Hose und Hemd aus. »Ich werde mich beeilen.«

»Oh nein, das wirst du nicht«, prophezeite ihm Dante und ging zurück zur Tür. »Wir werden trotzdem auf dich warten.«

Wieder hatte er nicht mehr als ein Brummen für diese Bemerkung übrig. Er betrat die Duschkabine und hörte, wie im nächsten Moment die Badezimmertür zugezogen wurde.

Abigail musterte die beiden Männer und hatte das Gefühl, dass es sich bei ihnen um die Kerle handelte, von denen sie fast umgerannt worden wäre, als sie auf Dr. Cortez' Rufen reagiert hatte und stehen geblieben war. Sicher war sie sich aber nicht, da sie nicht auf die Gesichter der beiden Männer geachtet hatte. Zumindest die Farbe ihrer Kleidung schien identisch mit dem, was die anderen getragen hatten. Sie erinnerte sich daran, dass auf der einen Seite jemand in einem weißen T-Shirt ausgewichen war, auf der anderen Seite jemand mit einer roten Jacke oder etwas anderem in diesem Farbton.

»Nehmt euren Freund, Ladies, und dann folgt Sully. Ich bilde die Nachhut«, erklärte der Mann im weißen T-Shirt und fuchtelte mit seiner Pistole umher.

Prompt versteifte sich Abigail. Sully war der Name eines

289

der Entführer, die Tomasso in ihre Gewalt gebracht hatten. Zu dumm, dass sie an jenem Tag in San Antonio, als die Fracht in Gestalt des gefangenen Tomasso an Bord der Maschine gebracht worden war, keinen der Männer wenigstens flüchtig zu Gesicht bekommen hatte. Zum einen waren sie auf dem Rollfeld zu weit entfernt gewesen, um auch nur ansatzweise erkannt zu werden, und als sie dann ganz dicht bei ihr waren, da hatte sie sich im Frachtraum hinter den Käfig hocken müssen, um bloß nicht von den Typen bemerkt zu werden.

»Beeilung«, herrschte der Mann mit der Waffe sie an, der Jake sein musste.

Abigail sah zu Mary und hätte fast frustriert geseufzt, als sie deren finstere Miene sah. Unsterbliche mochten ja in der Lage sein, Gedanken zu lesen und den Verstand eines anderen zu kontrollieren, doch Mary war nur ein paar Tage länger eine Unsterbliche als sie selbst. Daher hatte sie all diese Dinge auch noch nicht gelernt.

»Kommt schon, dreht ihn um, und dann setzt euch in Bewegung. Und versucht keine Dummheiten, ich bin direkt hinter euch und halte meine Pistole auf euch gerichtet. Falls ihr Sully manipuliert, damit der irgendwelchen Blödsinn macht, erschieße ich euch alle drei.«

»Warum lassen wir den Kerl nicht einfach hier?«, wollte Sully wissen, als er sah, wie Mary und Abigail sich abmühten, Jet umzudrehen. »Ich habe seine Augen gesehen, er ist keiner von diesen Beißern, und er hält uns nur unnötig auf … und die Dunkelhaarige auch. Du hast doch den Doc gehört, sie hatte Dengue-Fieber. Diese Beißer werden nie krank, dann kann sie auch keine von denen sein.«

»Wenn wir sie hier zurücklassen, werden sie um Hilfe rufen und uns beschreiben können. Wenn wir sie töten, um das zu vermeiden, wird das ein Riesentheater geben. Zwei Amerikaner, die am helllichten Tag in einem Luxusresort ermordet wurden? Dann machen die sofort den ganzen Laden dicht, um die Täter zu jagen.«

»Woher weißt du, dass sie Amerikaner sind?«, wollte Sully wissen.

»Weil sie Englisch ohne britischen Akzent reden«, sagte Jake geduldig.

»Könnten doch auch Kanadier sein. Oder vielleicht sogar Deutsche. Ich bin vielen Deutschen begegnet, die Englisch sprechen.«

»Halt die Klappe, Sully. Wir werden niemanden umlegen. Jedenfalls jetzt noch nicht«, knurrte Jake.

Abigail nutzte die Gelegenheit, dass die beiden Männer durch ihre Diskussion einen Moment lang abgelenkt waren, und sah sich um. Sie waren nur ein paar Schritte von der Baumgrenze entfernt, ab der das begann, was sie für sich als den Mini-Dschungel bezeichnete. Von der Einkaufsstraße aus konnte jeder sie da stehen sehen, der in ihre Richtung schaute – nur tat das leider niemand, da alle auf dem Weg zum Restaurant waren, um noch einen Tisch zu ergattern, an dem sie frühstücken konnten.

»Hör zu, Blondie«, herrschte Jake Mary an und drückte ihr den Lauf seiner Pistole in die Seite, wie Abigail bei einem Blick über die Schulter feststellen musste. »Ich weiß, dass du unsterblich und deshalb viel stärker bist als wir. Du kannst den Kerl über deine Schulter und mit dir rumtragen, ohne dass dir die Luft wegbleibt. Also mach nicht so ein Theater und hilf deiner kleinen sterblichen Freundin, damit sie uns nicht noch zusammenbricht.«

Abigail wollte den Mann wütend auffordern, Mary gefälligst in Ruhe zu lassen, hielt sich aber zurück, als sie das verhaltene Kopfschütteln bemerkte, mit dem Mary reagierte, als sich ihre

291

Blicke trafen. Sie verkniff sich jedes Wort, sah nach vorn und zog Jet ein bisschen höher, dann setzte sie sich in Bewegung.

Tatsächlich empfand sie Jet überhaupt nicht als Last, und Mary ging es wohl nicht anders. Das mussten die gesteigerten Kräfte der Unsterblichen sein, überlegte sie. Es änderte aber nichts daran, dass Jet völlig schlaff zwischen ihnen hing und es so war, als würde man einen Sack Kartoffeln hinter sich herschleifen.

Sie kniff die Lippen zusammen, verharrte mitten in ihrer Bewegung und zog Jets Arm über ihre Schulter. Sie wartete, dass Mary es ihr gleichtat, dann gingen sie weiter. Sully drehte sich prompt weg, um vor ihnen her zwischen den Bäumen zu verschwinden. An ihm war Abigail nicht weiter interessiert, denn die wahre Sorge galt Jake und der Pistole, die er besaß. Sie spürte, dass er dicht hinter ihnen war.

Abigail war sich darüber im Klaren, dass sie momentan überhaupt nichts unternehmen konnte. Aber sie hatten einen Vorteil, der sich noch als nützlich erweisen konnte: Diese Männer hielten sie nicht für eine Unsterbliche, und da sie das Gespräch mit Dr. Cortez belauscht hatten, waren sie in ihrer Meinung nur bestärkt worden. Jetzt blieb nur zu hoffen, dass sich dieser Irrtum für sie und Mary auch tatsächlich als nützlich erweisen würde. Sie musste allerdings dafür sorgen, dass keiner von ihnen ihre Augen zu sehen bekam. *Danke für die Sonnenbrille, Jet*, dachte sie, da ihr Sullys Worte noch deutlich im Ohr waren, als er erklärte, er habe Jets Augen gesehen und wisse, dass der kein Unsterblicher sei.

Ganz offensichtlich war den Männern die Sache mit den silbernen Sprengseln bekannt, und sie wussten, dass man daran einen Unsterblichen erkennen konnte. Oh ja, sie durfte die Sonnenbrille auf keinen Fall abnehmen.

»Rein da.«

Ihre Aufmerksamkeit wurde auf den Van gelenkt, neben dem Sully stehen geblieben war. Auf der anderen Seite des Mini-Dschungels verlief ein Waldweg. Abigail sah sich unauffällig um, doch niemand hielt sich hier auf, der ihnen hätte helfen können. Innerlich seufzte sie frustriert und sah zu Mary, dann schleiften sie Jet mit vereinten Kräften zum Van. Mary stieg auf die Ladefläche und warf Abigail einen kurzen, warnenden Blick zu, ehe sie Jet unter den Armen fasste und in den Wagen zog. Die Botschaft hinter ihrem Blick war eindeutig: *Gib dich auf keinen Fall als Unsterbliche zu erkennen. Sei schwach und wehrlos.*

»Du auch!«, forderte Jake sie auf und stieß sie mit der Pistole an, aber nicht annähernd so hart und so gehässig, wie er es gerade eben bei Mary gemacht hatte. Abigail vermutete, dass der Mann etwas gegen Unsterbliche hatte, und sie fragte sich, wie sie das und seine Annahme, sie sei nach wie vor eine Sterbliche, zu ihrem Vorteil nutzen konnte.

Im Moment konnte sie aber nichts anderes tun, als in den Van einzusteigen. Mary saß auf der Ladefläche, vor ihr lag der reglose Jet. Abigail setzte sich zu ihr und sah zur geöffneten Schiebetür, gerade als dort Jake auftauchte, der seine Waffe anhob und einen Schuss abgab. Erschrocken kniff sie die Augen zu und erwartete einen brutalen Schmerz, sobald sich die Kugel durch ihren Körper bohrte. Aber der Schmerz blieb aus, stattdessen hörte sie ein Ächzen, und dann sank Mary gegen ihren Arm. Sie machte die Augen wieder auf und sah die Frau entsetzt an. Die Sorge ließ ein wenig nach, als sie den Pfeil sah, der in Marys Brust steckte, dennoch streckte sie reflexartig die Hand danach aus.

»Nicht anfassen«, warnte Jake sie mit leiser Stimme, während er einstieg und sich ihnen gegenüber auf die Ladefläche setzte. Er nickte knapp, und die Tür wurde zugeschoben. Im

Wagen wurde es dadurch dunkel, aber nicht völlig finster. Es war immer noch hell genug, um das Silber in ihren Augen aufblitzen zu lassen. Da sie fürchtete, dass Jake dieses Aufblitzen auch durch die getönten Gläser der Sonnenbrille hindurch bemerken könnte, machte sie die Augen zu. Dabei behielt sie den Kopf aber in einer Haltung, als würde sie nach wie vor alles um sich herum beobachten. Die Fahrertür wurde geöffnet, und der Wagen neigte sich leicht, als Sully einstieg. Dann wurde der Motor angelassen, wodurch die Ladefläche bestimmt eine Minute lang vibrierte, ehe sich der Van in Bewegung setzte.

Ganz so, wie Dante es vorhergesagt hatte, verbrachte Tomasso wesentlich länger unter der Dusche als erwartet, weil es nicht so leicht war, sich vom verkrusteten Blut auf seiner Haut zu befreien. So großartig diese letzte Nacht mit Abigail auch gewesen war, machte es gar keinen Spaß, diese Art von Spuren loszuwerden.

Er beschloss, sie nie wieder beim Sex Blut trinken zu lassen, und verließ die Duschkabine, griff nach einem Handtuch und trocknete sich ab. Als dabei aber die Erinnerungen an diese letzte Nacht zurückkehrten, begann Tomasso zu überlegen, dass sie vielleicht doch von Zeit zu Zeit beides miteinander verbinden könnten. Immerhin hatte diese Herausforderung, sich zurückzuhalten und das Bewusstsein zu bewahren, bis die Beutel leer waren, dem Ganzen einen besonderen Kick verliehen.

Lächelnd zog er die von Dante bereitgelegte Jeans und das T-Shirt an, putzte die Zähne, bürstete seine Haare und überlegte, ob er sie zum Pferdeschwanz binden sollte oder nicht. Bei einem Pferdeschwanz kam kühle Luft an den Nacken, dafür konnte aber Sonnenschein an diese Stelle gelangen. Letztlich entschied er sich dafür, die Haare offen zu tragen, was aus dem gleichen Grund geschah, aus dem er lange Jeans anstelle von Shorts trug: Je weniger Haut den Sonnenstrahlen ausgesetzt war, umso weniger Blut musste er später zu sich nehmen.

Er legte die Bürste auf den Tresen und verließ das Badezimmer.

»Beeil dich, Mann, der Wagen ist hier«, rief Justin, kaum dass Tomasso ins Wohnzimmer zurückgekehrt war. »Ich habe angerufen, als du die Dusche abgestellt hast, weil ich dachte, die würden ein paar Minuten länger brauchen.«

Tomasso antwortete nur mit einem kurzen Brummen und griff auf dem Weg zur Tür nach seinen Schuhen. Es überraschte ihn nicht, dass Justin einen Wagen bestellt hatte. Den Weg zum Restaurant hätten sie alle mühelos zu Fuß zurücklegen können, lediglich für die Frauen wäre es in ihren dünnen Sandalen auf dem unebenen Kiesweg etwas schwieriger gewesen. Der Wagen diente letztlich auch nur dem Zweck, sich nicht unnötig der Sonne auszusetzen und somit weniger Blut trinken zu müssen.

Die Fahrt zum Geschäftszentrum des Resorts war schnell erledigt. Tomasso folgte Dante aus dem Wagen und ging schnurstracks ins Restaurant, wo er stehen blieb und Ausschau nach den Frauen und nach Jet hielt.

»Ich kann sie nirgends entdecken«, sagte Dante Augenblicke später.

»Ich auch nicht«, musste Tomasso zugeben und verspürte prompt eine gewisse Unruhe.

»Bestimmt sind sie noch irgendwo etwas kaufen gegangen«, meinte Lucian achselzuckend.

»Ganz bestimmt«, warf Justin amüsiert ein. »Ihr wisst doch, wie das mit Frauen und Shopping ist. Ganz sicher haben sie auf dem Weg hierher in irgendeinem Schaufenster ein tolles Kleid

295

entdeckt und dann …« Er ließ den Satz unvollendet, da jedem klar sein musste, was er damit meinte.

»Ich gehe nachsehen«, entschied Dante und machte sich auf den Weg. »Ihr belegt schon mal einen Tisch, bevor nichts mehr frei ist.«

Tomasso zögerte. Er würde lieber Dante begleiten und mit ihm zusammen die Frauen suchen. Am Morgen hatte er Abigail verpasst, und er wollte sie unbedingt sehen. Das hatte weniger damit zu tun, dass sich seine Entführer womöglich ganz in der Nähe aufhielten und nach ihm und anderen Unsterblichen suchten, die sie in ihre Gewalt bringen konnten. Es hatte vor allem damit zu tun, dass ihm Abigail fehlte, sobald sie nicht in seiner Nähe war. Tomasso wusste, mit der Zeit würde dieses Gefühl nachlassen, aber er war sich sicher, dass es niemals ganz aufhören würde. Es machte ihm Spaß, Zeit mit ihr zu verbringen, und es war schlicht und ergreifend so, dass sie ihm in diesem Moment sehr fehlte.

»Dante wird sie schon beide herbringen«, sagte Lucian.

Tomasso drehte sich zu ihm um und stellte fest, dass der Mann nicht erst seine Antwort abgewartet hatte, sondern bereits losgegangen war, um zielstrebig Kurs auf einen freien Tisch zu nehmen, der genug Platz für sie alle bot.

Anstatt ihm zu folgen, ging Tomasso zu dem Tresen, auf dem Kaffee, Tee, Wasser und diverse Säfte bereitgestellt waren. Er schenkte für sich und für Abigail je eine Tasse Kaffee ein, dann stellte er mehrere Gläser mit einer Auswahl an Säften auf sein Tablett, da er nicht wusste, welche Sorte Abigail am liebsten trank.

Justin saß allein am Tisch, als Tomasso dort ankam. Er stellte das Tablett ab und setzte sich hin, ohne die Tür aus den Augen zu lassen. Warum Dante so lange brauchte, um die Frauen zu holen, konnte er sich nicht erklären.

»Schön, dass du da bist. Dann hole ich mir jetzt was zu essen«, erklärte Justin und stand auf. »Lucian wird gleich wieder hier sein.«

Tomasso nickte, sah aber weiter beharrlich Richtung Eingang.

»Noch immer nichts?«, fragte Lucian, als er nicht viel später mit einem Teller zurückkehrte, auf dem sich das Essen türmte.

Tomasso schüttelte den Kopf und versuchte sich zu entspannen. Dennoch sah er bei jeder Bewegung hin zur Tür.

»Wir reisen heute ab.«

Diese Erklärung aus Lucians Mund schaffte es, seine Aufmerksamkeit von der Eingangstür abzulenken. Tomasso sah den anderen Mann an. »Nach Caracas?«

Lucian nahm ein Stück Speck in den Mund und nickte, während er kaute.

»Um wie viel Uhr?«, wollte er wissen.

Nachdem Lucian einen Schluck Kaffee getrunken hatte, antwortete er: »Das Flugzeug wird irgendwann am Nachmittag landen. Damit bleiben dir und Dante noch ein paar Stunden, um zu entscheiden, ob ihr uns begleiten wollt.«

Tomasso sah ihn erstaunt an. »Willst du uns nicht dabeihaben?«

»Doch, das will ich«, versicherte Lucian ihm. »Wir würden eure Unterstützung gut gebrauchen können. Aber eure Frauen müssten euch dann begleiten, denn solange sie nicht gründlich ausgebildet sind, können sie nicht allein gelassen werden. Aber ich kann es verstehen, wenn du und dein Bruder nicht davon begeistert seid, Abigail und Mary mitzunehmen und sie den Gefahren auszusetzen, die in Caracas womöglich auf uns warten. Deshalb überlasse ich euch die Entscheidung.« Er lud weiteres Essen auf seine Gabel und fügte hinzu: »Zum Glück konnten durch die Verzögerung, die wir uns mit dem

Zwischenstopp hier eingehandelt haben, mehrere von unseren Teams vor uns nach Caracas reisen. Ich hoffe, wir haben genug Leute, um auch ohne euch zwei diesen Dr. Dressler aufzuspüren und auszuschalten.«

Tomasso legte die Stirn in Falten. Es war ein verlockender Gedanke, dem Rest dieses Einsatzes den Rücken zuzukehren und mit Abigail nach Kanada zu fliegen, um sie auszubilden und um jede Menge Sex mit ihr zu haben. Allerdings machten ihm dieser Dr. Dressler und dessen Pläne Sorgen. Nachdem er selbst dessen Handlangern in die Finger geraten und nackt in einem Käfig festgehalten worden war, wusste er, was andere entführte Unsterbliche durchmachen mussten. Zumindest wusste er über die Umstände des Transports Bescheid, aber er wollte gar nicht erst darüber nachdenken, was man wohl mit denjenigen anstellte, die auf diese Insel gebracht wurden. Sein Gewissen protestierte lautstark dagegen, aus diesen Ermittlungen auszusteigen, bevor nicht die entführten Unsterblichen befreit und in Sicherheit waren.

Andererseits durfte er darüber nicht Abigails Wohlergehen vergessen. Lucian hatte recht. Ihm gefiel die Vorstellung nicht, Abigail den Gefahren auszusetzen, die in Caracas auf sie alle lauern mochten. Er bezweifelte, dass Dante sich freuen würde, Mary dorthin mitzunehmen.

»Was wird aus Jet?«, fragte Tomasso, als ihm der Name des Mannes durch den Kopf ging.

»Wenn ihr nach Kanada zurückkehren wollt, wird Jet euch hinfliegen. Ich habe ihn schließlich als Pilot eingestellt«, fügte Lucian hinzu.

Tomasso zog verdutzt die Augenbrauen hoch. »Das ist aber ... nett.«

»Von wegen nett«, gab er schnaubend zurück. »Marguerite hätte mir andernfalls das Leben zur Hölle gemacht.«

»Marguerite?« Tomasso stutzte, lehnte sich zurück, und dann fiel ihm ein, dass Lucian von ihr angerufen worden war, gerade als er im Begriff war, mit Abigail das italienische Restaurant zu verlassen.

»Ja«, bestätigte Lucian. »Jet bleibt bei Marguerite, während er sein Training absolviert.«

»Was für ein Training?«

»Das Training, das ihn befähigt, Flüge für uns zu übernehmen.«

»Aber … er ist doch schon Pilot«, wandte Tomasso ein.

»Nicht für uns. Wir müssen entscheiden, auf welchen Flügen er eingesetzt werden kann, welches Wissen man ihm dazu anvertrauen muss und so weiter.«

Tomasso nickte verstehend. Bei ein paar von den Sterblichen, die für sie arbeiteten, war es erforderlich, sie in das Geheimnis der Unsterblichen einzuweihen. Das galt auch für ein paar der Piloten. Aber in jedem Fall wurden diese Kandidaten immer wieder aufs Neue gelesen, bis man die Gewissheit erlangt hatte, dass sie ihr Wissen niemals mit anderen teilen würden. Tomasso verstand nur nicht, was Marguerite damit zu tun hatte. Die Frau war seine Tante, da sie seinen Onkel Julius geheiratet hatte. Sie war auch dafür bekannt, dass sie ein untrügliches Gespür dafür besaß, Lebensgefährten zusammenzubringen. Wenn sie solches Interesse an Jet hatte … aber sie war ihm doch noch gar nicht begegnet, oder?

»Warum bleibt er bei Marguerite?«, wollte er wissen. »Und warum wollte sie, dass du ihn einstellst?«

»Das weiß ich nicht«, erwiderte Lucian gereizt.

Tomasso zog die Stirn in Falten. »Kennt sie ihn denn?«

»Scheint so.«

»Woher? Seit wann?«

»Sie und Julius verbringen ihre dritten Versöhnungsflitterwochen in einem Resort weiter nördlich an der Küste, wie du weißt.«

Tomasso nickte, er konnte sich daran erinnern. Ihr erwachsener Sohn und seine Cousins waren bei Marguerites und Julius' ursprünglichen Flitterwochen in St. Lucia plötzlich aufgekreuzt, was allerdings auf Marguerites Betreiben hin geschehen war. Sie war im Resort einer Frau begegnet, bei der sie sich sicher war, dass die sich als Christians Lebensgefährtin entpuppen würde – und sie hatte Recht behalten. Aber so sehr sich Julius auch für seinen Sohn gefreut hatte, waren er und Marguerite der Meinung gewesen, dass sie noch einmal Flitterwochen machen sollten, bei denen sie dann auch wirklich für sich allein waren. Wie Lucian gesagt hatte, waren das schon die dritten Flitterwochen dieser Art – nicht etwa, weil sie bei den zweiten auch schon wieder gestört worden waren, sondern weil Julius einfach sehr gern mit seiner Frau allein war.

»Offenbar müssen sie Jet begegnet sein, als er auf der Suche nach Abigail dort aufgetaucht ist. Sie haben ihn zum Essen eingeladen, und dann hat Marguerite – weil sie ja weiß, dass wir hier sind – seinem Verstand den Vorschlag gemacht, alle anderen Resorts auszulassen und direkt herzukommen. Danach hat Marguerite mich angerufen, um mir mitzuteilen, dass er hierher unterwegs war.« Missmutig verzog Lucian den Mund. »Und um mir zu sagen, dass ich ihn einstellen soll und dass er während des Trainings bei ihr bleiben wird.«

Tomasso schmunzelte. »Marguerite glaubt, dass er zu jemandem passt.«

Lucian gab einen unverständlichen, aber wenig begeistert klingenden Laut von sich, da er eine Portion Ei im Mund hatte.

»Was ist die Welt doch klein.«

»Und sie wird immer kleiner und kleiner«, knurrte Lucian.

Wieder musste Tomasso schmunzeln, dann drehte er den

Kopf zur Seite, da er aus dem Augenwinkel sah, wie Dante zu ihnen an den Tisch geeilt kam.

»Sind sie hier?«, fragte er aufgebracht und sah zum Buffet, als erwarte er, Abigail, Mary und Jet dort zu sehen, wie sie ihre Teller vollpackten.

»Nein.« Tomasso sprang sofort auf. »Du hast sie nicht finden können?«

»Nein«, murmelte Dante beunruhigt.

»Hast du in allen Geschäften nachgesehen?«, wollte Lucian wissen und schob den Teller weg. »Oder warst du nur da, wo du sie zurückgelassen hast?«

»Ich habe überall nachgesehen«, versicherte Dante ihm. »Da sie in dem einen Geschäft nicht mehr waren, habe ich überall nach ihnen gesucht.«

»Vielleicht sind sie ja zur Villa zurückgegangen«, überlegte Tomasso und versuchte, die aufkeimende Panik zu überspielen.

»Da war ich auch, weil ich den gleichen Gedanken hatte wie du.« Dante schüttelte den Kopf. »Nichts.«

»Hey, Dante«, rief Justin ihm zu, da er soeben mit einem Teller an den Tisch zurückkam, auf dem sich ein ganzer Berg Essen türmte. Er setzte sich hin und begann, ein Stück von einem Omelett abzuschneiden, das er sich wohl am Tresen für Eiergerichte hatte zubereiten lassen. »Sind die Frauen schon auf dem Weg zum Buffet? Warum steht ihr zwei untätig rum? Holt euch was, bevor alles weg ist.«

»Jet und die Frauen sind verschwunden«, ließ Lucian ihn wissen und stand auf.

Tomasso eilte bereits zum Ausgang, da hörte er Justin frustriert aufstöhnen, als der seinen Stuhl nach hinten schob und sich von seinem vollen Teller verabschiedete, von dem er noch keinen Happen gegessen hatte.

Als der Wagen langsamer fuhr, machte Abigail die Augen einen Spaltbreit auf und sah zum Fenster, aber da waren zunächst nur Bäume zu erkennen. Dann tauchte in einiger Entfernung ein weiß verputztes Gebäude auf, gerade als der Van zum Stehen kam. Sie hörte, wie die Fahrertür geöffnet wurde. Der Wagen schaukelte leicht, und die Tür flog mit einem lautem Knall zu. Nur wenige Augenblicke später ging die Schiebetür auf.

»Keine Bewegung«, warnte Jake sie, rutschte zur Tür und stieg aus. Als er draußen stand, winkte er ihr zu. »Komm schon. Raus da. Scher dich nicht um die zwei«, wies er Abigail an, als die zu Mary und Jet sah. »Um die kümmern wir uns später, jetzt bist du erst mal an der Reihe.«

Sie presste die Lippen zusammen, stand auf und ging in gebückter Haltung zur Tür. Kurz vor dem Aussteigen kam ihr die verrückte Idee, die Tür von innen zuzuziehen, auf den Fahrersitz zu springen und mit Vollgas abzuhauen.

Diese Idee hatte allerdings zwei Haken. Erstens war sie sich nicht sicher, ob der Zündschlüssel noch im Schloss steckte. Falls nicht, würde sie dasitzen, ohne sich von der Stelle bewegen zu können. Das zweite Problem bestand darin, dass man vielleicht noch auf sie schießen würde, wenn sie die Tür zuzog. Sollte das passieren, würden die beiden sofort wissen, dass sie eine Unsterbliche war. Damit würde sie nur sich und die anderen um die Chance bringen, eine erfolgreiche Flucht hinzulegen. Und Jake und Sully würden schnell merken, dass sie eine Unsterbliche vor sich hatten, und sofort einen dieser Pfeile auf sie abfeuern, von dem Mary getroffen worden war. Momentan war sie wach und nicht gefesselt. Sie vermutete, dass die zwei sie fesseln und sie vielleicht sogar mit einem Schlag auf den Kopf außer Gefecht setzen würden, wie sie es bei Jet gemacht hatten. Von der Kopfverletzung würde sie sich schnell erholen, zumindest hoffte sie das. Und vermutlich würde sie auch ein

Seil zerreißen können, sollte man sie damit fesseln. Aber das alles hing einzig und allein davon ab, wie viel stärker Unsterbliche im Vergleich zu Menschen waren.

Nein, ihre beste Chance ... die beste Chance *für sie alle*, korrigierte sich Abigail, hing davon ab, dass die Männer sie auch weiterhin für eine Sterbliche hielten. Das bedeutete, dass sie nicht so wachsam sein würden und sich dadurch irgendeine bessere, nicht so riskante Fluchtgelegenheit ergab. Eine Gelegenheit, bei der Jet möglichst unversehrt bleiben würde.

»Komm schon. Raus«, drängte Jake.

Sie stieg aus und verzog den Mund, als Jake sie am Arm packte und so zu sich herumriss, dass sie mit dem Rücken zu Sully vor Jake zum Stehen kam. Sie betrachtete sein Gesicht und erwartete, dass er etwas sagte. Dann aber musste sie feststellen, dass Sully ihr mit einem Seil die Hände fesselte, während Jake ihr den Lauf seiner Pistole in den Bauch drückte. Sie stand da und wartete darauf, dass Sully seine Arbeit beendete.

Als er fertig war, zog Jake sie eine leichte Anhöhe zu dem Gebäude hinauf, dem sie am nächsten waren.

»Behalt sie im Auge, ich bin gleich wieder da«, sagte Jake über die Schulter zu seinem Komplizen.

Während sie Jake auf dem kurzen Weg zum Gebäude folgte, sah sie sich um und konnte nicht fassen, wo sie sich befand. Sie stand vor einer der vier Privatvillen, die vom Rest des Resorts abgetrennt waren. Diese hier war die vierte, die am äußersten Rand des Areals stand und die damit immer noch fünfzig bis sechzig Meter von der Villa entfernt lag, in die sich Tomasso mit ihr einquartiert hatte.

»Rein«, befahl Jake, machte die Tür auf und fuchtelte mit seiner Pistole.

Abigail trat ein und fand sich in einer exakten Kopie des Wohnzimmers aus der Villa wieder, in der sie vor ein paar Tagen aufgewacht war. Der einzige Unterschied bestand in der Farbgebung. Die Wände waren ebenfalls weiß gestrichen, aber der Tisch war aus naturbelassenem Holz, die Stühle ebenfalls, wobei die Rückenlehnen weiß waren. Die Möbel im Wohnzimmer waren fast alle in Beige gehalten. Abigail fand, dass ihre Villa schöner aussah.

Jake fasste sie wieder am Arm und drehte sich mit ihr zur Tür um, die ins Schlafzimmer führte.

Sie presste die Lippen zusammen, geriet aber nicht in Panik. Es war ja nicht so, als würde Jake die Gelegenheit nutzen, um sie zu vergewaltigen, während Sully draußen auf zwei bewusstlose Personen aufpassen musste, die jederzeit wieder aufwachen konnten. Oder etwa doch?

Das Schlafzimmer sah ganz genauso aus wie das, das sie sich mit Tomasso in ihrer Villa teilte – das gleiche Bett, die gleichen Nachttische und so weiter. Als Jake einfach nur dastand, wagte sie einen Seitenblick und stellte fest, dass er sich suchend umschaute, so als würde er überlegen, was er am besten mit ihr machen sollte. Das beruhigte sie ein wenig, denn er schien sich nicht mit dem Gedanken zu tragen, sie zu vergewaltigen. Plötzlich fiel ihr Blick auf die offene Badezimmertür und die zwei Personen, die in dem Raum auf den kalten Fliesen lagen. Beide machten auf sie den Eindruck, als wären sie tot. Jegliche Erleichterung darüber, dass Jake sie wohl doch nicht vergewaltigen wollte, war augenblicklich verschwunden.

»Aufs Bett«, murmelte Jake und zog sie mit sich.

Abigail leistete keinen Widerstand, da sie an nichts anderes als an die beiden Toten im Badezimmer denken konnte.

»Hinsetzen«, befahl er ihr.

Nach kurzem Zögern drehte sie sich um und nahm auf der Bettkante Platz.

»Ans Kopfende«, wies er sie an.

Sie betrachtete das Bett und wusste nicht, wie sie das mit ihren auf den Rücken gefesselten Armen bewerkstelligen sollte. Aber dann hob sie die Beine aufs Bett und versuchte, nach hinten zu rutschen. Das Ganze war ein mühseliges Unterfangen, da sie die Hände nicht zu Hilfe nehmen konnte. Es dauerte nicht lange, da verlor Jake die Geduld, packte sie an den Oberarmen und schob sie ans Kopfende, damit er ihre gefesselten Hände mit einem weiteren Seil am Bettpfosten festbinden konnte. Nachdem das erledigt war, verließ er das Schlafzimmer, ohne sie eines weiteren Blicks zu würdigen.

Die Tür ließ er allerdings offen, was sie vermuten ließ, dass er Sully dabei helfen würde, Jet und Mary ins Haus zu schaffen.

Abigail grübelte, was sie nun machen sollte. Das Nächstliegende war natürlich zu versuchen, ihre Fesseln zu zerreißen. Sie wusste aber nicht, ob die Zeit dafür reichte und ob sie überhaupt die nötige Kraft besaß. Tomasso hatte ihr zwar gesagt, dass die Nanos sie stärker machten, aber in welchem Maße, darüber hatte er kein Wort verloren. Er selbst war so stark wie ein Stier, oder zumindest schien es so, aber er war ja auch ein großer, muskulöser Kerl. Sie dagegen hatte durch die Wandlung nicht den Körper einer Bodybuilderin erhalten. War sie also so stark wie Superman? Oder bloß etwas stärker als vor der Wandlung, was nicht gerade bemerkenswert gewesen wäre, da sie zuvor nicht sonderlich stark gewesen war.

Okay, sie war auch kein völliger Schwächling gewesen. Vor allem war sie aus der Übung gekommen, weil sie so viel herumgesessen hatte, aber ihre Arme waren nach wie vor in Form gewesen. Das hatte vor allem damit zu tun gehabt, dass ihre Mutter gegen Ende kaum noch in der Lage gewesen war, den Kopf zu heben, geschweige denn das Bett zu verlassen. Abigail hatte sie morgens aus dem Bett in den Rollstuhl und abends wieder zurück ins Bett heben müssen. Allerdings hatte ihre

Mutter zu der Zeit keine vierzig Kilo mehr auf die Waage gebracht.

Seufzend nahm Abigail von ihrem Vorhaben Abstand, die Fesseln zu lösen, zumindest fürs Erste. Sie konnte einfach nicht einschätzen, wie schnell und wie stark sie war. Daher schien es vernünftiger zu sein zu warten, bis die Männer Mary und Jet hergebracht hatten und dann hoffentlich erst einmal weggingen. Dann konnte sie immer noch herausfinden, ob sie in der Lage war, die Seile zu zerreißen.

Schleifende Geräusche aus dem Wohnzimmer ließen sie aufhorchen und zur Tür schauen. Sekunden später kam Sully herein, der Mary unter den Armen gefasst hatte und sie rückwärts gehend hinter sich herzog. Ihm folgte Jake, der Marys Füße festhielt. Von beiden halb getragen, halb gezogen wurde sie dann fast achtlos an der Wand gegenüber dem Bett einfach fallen gelassen. Die Männer entfernten sich und kehrten Minuten später mit Jet zurück, den sie auf die gleiche Weise transportierten.

»Hol die Kette«, befahl Jake seinem Kumpel, nachdem sie Jet genauso rücksichtslos auf dem Fußboden hatten landen lassen. »Und bring noch mehr Seile mit.«

Sully eilte sofort in Richtung Wohnzimmer davon, während Jake sich in Richtung Bett bewegte. Abigail verkrampfte sich am ganzen Leib, aber er wollte lediglich nachsehen, ob ihre Fesseln noch saßen. Dann wandte er sich ab und stellte sich mit dem Rücken zu ihr vor Mary und Jet hin. Er hatte die Hände in die Hüften gestemmt, während die Pistole auf dem Rücken in seinem Hosenbund steckte.

Das wäre der perfekte Moment gewesen, um ihre Fesseln zu zerreißen, durch das Zimmer zu sprinten, dem Mistkerl die Pistole zu entreißen und ihn auf der Stelle zu erschießen. Doch sie versuchte es gar nicht erst, weil ihre Angst sie davon abhielt.

Solange sie nicht wusste, ob sie schnell und stark genug für eine solche Aktion war, konnte sie das Wagnis nicht eingehen. Außerdem hatte sie Angst, dass Jet dabei ums Leben kommen könnte.

Nichts überstürzen, mahnte sie eine innere Stimme.

Aber wenn sie zu lange wartete, müssten vielleicht alle drei sterben, wandte eine andere Stimme ein. *Oder sie würde auch betäubt, in einen Käfig gesteckt und zur Insel geschafft.*

Abigail überlegte hin und her, da sie nicht wusste, was sie tun sollte. Und dann kehrte auch schon Sully ins Schlafzimmer zurück, in einer Hand massive Metallketten, in der anderen ein paar Seile.

16

»Und?«, fragte Justin.

Tomasso wandte sich vom Fenster ab, durch das er mit finsterer Miene nach draußen gestarrt hatte. Sie waren in die Villa zurückgekehrt, um gemeinsam zu überlegen, wie sie Jet und die Frauen aufspüren konnten. Lucian hatte vor sich eine Karte ausgebreitet, auf der das ganze Resort eingezeichnet war. Er war in Gedanken vertieft und hatte bislang noch keinen Ton von sich gegeben.

»Was sollen wir nun unternehmen?«, wollte Justin wissen, während die drei anderen Männer im Zimmer ihn wortlos ansahen.

Schweigen lag über dem Raum, da die anderen offenbar genauso ratlos waren wie er selbst, überlegte Tomasso. Sie hatten auf dem Weg zur Villa in allen Geschäften nach dem Trio gesucht, Dante in den Läden auf der einen, Tomasso auf der anderen Straßenseite, während Justin und Lucian auf der Straße warteten und darauf achteten, dass die drei nicht an ihnen vorbei und in eines der Geschäfte gingen, in denen sie bereits nach ihnen Ausschau gehalten hatten.

Nachdem sie nirgends fündig geworden waren, hatten sie sich in die Villa zurückgezogen, um über das weitere Vorgehen zu beraten.

Lucian stieß einen leisen Seufzer aus, dann hob er den Kopf und sah Dante und Tomasso an. »Ich vermute, dass eure Entführer uns aufgespürt und die drei in ihre Gewalt gebracht haben.«

Das war auch Tomassos Befürchtung. Er verschränkte die Arme vor der Brust, knirschte mit den Zähnen, hob das Kinn und grummelte: »Wenn das so ist, dann werden sie die drei als Köder benutzen.«

»*Si*«, stimmte Dante ihm zu. »Die Methode haben sie auch schon in Texas angewandt, als sie Mary entführt hatten. Sie wollten uns in eine Falle locken.«

Lucian nickte bestätigend. »Ich rechne damit, dass sie wieder etwas in dieser Art versuchen werden. Sie werden uns an einen Ort locken, wo sie alles unter Kontrolle haben, damit sie uns mit ihren verdammten Pfeilen außer Gefecht setzen können«, sagte er nachdrücklich. »Das heißt, wir werden früher oder später von ihnen hören.«

Tomasso trat ungeduldig von einem Fuß auf den anderen. »Also, ich werde nicht darauf warten.«

»Ich auch nicht«, pflichtete Dante ihm bei.

Nachdem er sich zu Lucian an den Tisch gestellt hatte, auf dem die Karte ausgebreitet lag, hielt Tomasso ihm auffordernd die Hand hin. Lucian zog die Augenbrauen hoch, gab ihm dann aber den Stift, mit dem er verschiedene Bereiche auf der Karte markiert hatte. Tomasso vermutete, dass damit die Orte gekennzeichnet waren, die Lucians Meinung nach am wahrscheinlichsten für eine Falle infrage kamen. Er ignorierte die einzelnen Kreuze und zog einfach auf halber Höhe eine Linie quer über die Karte, dann warf er den Stift auf den Tisch. »Ich nehme mir den Bereich oberhalb der Linie vor, Dante, du kümmerst dich um alles, was unterhalb liegt.«

»Augenblick mal«, protestierte Lucian, als Dante nickte und die beiden Brüder zur Tür gingen.

Tomasso drehte sich um und sah, wie Lucian eine senkrechte Linie einzeichnete, die die Karte in vier Viertel aufteilte. An Tomasso, Dante und Justin gerichtet erklärte er dann: »Jeder von uns nimmt sich einen Quadranten vor. Jeder Zentimeter wird abgesucht, jede Person, der wir begegnen, wird von uns gelesen. In drei Stunden treffen wir uns wieder hier.«

»Okay«, meinte Justin, aber als Tomasso und Dante erneut zur Tür eilten, rief er ihnen hinterher: »Nicht so schnell!« Wieder blieben sie stehen und drehten sich um. »Wer nimmt welchen Quadranten?«

Mit einem ungeduldigen Schnalzen kehrte Tomasso zur Karte zurück, warf einen kurzen Blick darauf und zeigte dann auf einen der Quadranten. »Ich suche da, den Rest könnt ihr unter euch ausmachen.«

Diesmal konnte er die Villa verlassen, ohne noch einmal zurückgerufen zu werden. Zu seinem Gebiet gehörten der Strand, das Open-Air-Restaurant und der Pool. Er vermutete, dass er sich so spontan dafür entschieden hatte, weil der Strand ihn an Abigail denken ließ. Der Strand war immer noch der Ort, an dem er die meiste Zeit mit ihr verbracht hatte, zumindest bezogen auf die Zeit, in der sie bei Bewusstsein gewesen war. Dort hatte er sie näher kennengelernt, und er wünschte sich in diesem Augenblick nichts sehnlicher, als mit ihr am Strand zu sein, wo sie beide allein und in Sicherheit waren.

Abigail sah zu, wie die Männer Jet fesselten. Dabei entging ihr nicht, dass sie viel mehr Seil nahmen und viel sorgfältiger ans Werk gingen als bei ihr. Die Fuß- und Handgelenke hatten sie jeweils separat gefesselt und dann die Schnüre hinter seinem Rücken miteinander verbunden, sodass er jetzt auf der Seite lag, den Rücken nach hinten durchgedrückt, während die Arme nach unten und die Beine nach oben gezogen wurden. Der arme Jet würde einiges auszuhalten haben, wenn er wieder zu sich kam. Das einzig Gute war, dass sie ihn nicht auch noch geknebelt hatten.

Kopfschüttelnd sah Abigail den beiden Männern dabei zu, wie sie Mary fesselten, und zwar nicht, wie sie es bei Jet gemacht hatten, sondern indem sie ihr eine Kette wieder und wieder um den ganzen Körper gelegt hatten. Jetzt sah sie aus wie eine metallene Mumie, da sie von oben bis unten umwickelt worden war. Nur der Kopf und die Füße waren noch frei.

»Haltet ihr das nicht für etwas übertrieben?«, fragte Abigail voller Entsetzen, als die beiden Männer sich nach getaner Arbeit aufrichteten. Sie konnte sich diese Frage einfach nicht verkneifen. Innerlich war sie einer Panik nahe, denn wenn es ihr gelingen sollte, sich zu befreien, würde sie nicht in der Lage sein, Mary von diesem Kettenkokon zu erlösen, ohne dass die Männer davon etwas mitbekamen.

Sully nahm keine Notiz von der Bemerkung, er sah nicht mal zu ihr hin, sondern verließ wortlos das Schlafzimmer. Jake dagegen drehte sich zu ihr um und zögerte, als sei er sich unschlüssig, ob er auch gehen oder doch mit ihr reden sollte. Schließlich kam er zum Bett und blieb vor ihr stehen.

»Du wirst mir noch dankbar sein, wenn sie aufwacht«, versicherte er ihr. »Sie mag ja süß und unschuldig aussehen, aber sie ist ein Vampir.«

Abigail zog die Augenbrauen so hoch, wie sie konnte, und schürzte die Lippen, um ihn so ungläubig wie möglich anzusehen. Sie war noch nie gut darin gewesen, anderen Leuten etwas vorzumachen, und Schauspielerei lag ihr aus eben diesem Grund so gar nicht. Trotzdem gab sie sich Mühe, wie jemand zu reagieren, der noch nie von der Existenz irgendwelcher Unsterblicher gehört hatte.

»Ja, ich weiß, das klingt völlig verrückt«, redete Jake weiter. »Aber es stimmt. Und es stimmt auch, dass ihr zwei von Glück reden könnt, dass wir euch noch gerade rechtzeitig gestoppt haben. Sie hat doch unter einem Vorwand versucht, euch in ihre Villa zu locken, richtig?«

Sie nickte bedächtig und kam zu der Überzeugung, dass die Männer nur einen Teil der Unterhaltung mitbekommen hatten. Daher wussten sie nichts von der »Medizin«, über die sie sich mit Mary unterhalten hatte, und ihnen war auch nicht klar, dass sie und Jet in derselben Villa wie Mary einquartiert waren. Und offensichtlich hatten sie in Jet auch nicht ihren Piloten wiedererkannt. Der Bart, den er sich zwischenzeitlich hatte stehen lassen, hatte ihn wohl so fremd aussehen lassen, dass sie nicht wussten, wen sie vor sich hatten. Das war zumindest ein kleiner Glücksfall. Die beiden Typen mussten wohl der Meinung sein, dass sie und Jet Mary eben erst begegnet waren.

»Tja, wären wir nicht dazwischengegangen und sie hätte euch in ihre Villa gelockt, dann wärt ihr jetzt das Frühstück für sie …«, Jake deutete mit dem Daumen über die Schulter, »… und für ihre Freunde.«

»Augenblick mal, willst du mir erzählen, dass sie eine Vampirin ist und dass sie mit anderen Vampiren hier in einer Villa abgestiegen ist?«, fragte Abigail und versuchte schockiert genug zu klingen, damit diese Reaktion glaubwürdig rüberkam.

Offensichtlich wurde ihre geschockte Miene ebenfalls als Unglauben ausgelegt, denn Jake schüttelte versonnen den Kopf. »Ja, ich weiß. Mich wundert nicht, dass du mir nicht glaubst. Aber du wirst schon noch sehen. Tatsache ist, dass es ein ganzes Rudel von der Sorte gibt. Die scheinen in Texas zu Hause zu sein, da sind wir auf einige von ihnen gestoßen. Wir sind auch jetzt nur hier, weil wir einen von ihnen mit einem Flugzeug wegbringen wollten. Aber dann konnte er sich befreien und ist aus der Maschine gesprungen, als wir die Gegend hier überflogen haben.«

»Aus dem Flugzeug ist der gesprungen?«, wiederholte Abigail verdutzt. »Mit einem Fallschirm, oder was?«

»Nein.« Jake schüttelte so nachdrücklich den Kopf, dass sie sich ziemlich sicher sein konnte, dass er von der Richtigkeit seiner Worte überzeugt war. Er hatte keine Ahnung, dass sich im Frachtraum der Maschine ein Fallschirm befunden hatte. »Er ist ganz ohne gesprungen, und er hat den Sprung *überlebt*!«, betonte er und fügte dann voller Abscheu hinzu: »Diese elenden Vampire sind nur verdammt schwer totzukriegen. Wir haben die ganze letzte Woche nach ihm gesucht, und gestern Abend sind wir hier angekommen. Wir waren eigentlich nicht davon ausgegangen, dass er sich tatsächlich hier aufhält. Wir dachten, wir sehen uns hier ein bisschen um und ziehen dann weiter, aber dann haben wir sie entdeckt.« Wieder deutete er mit dem Daumen auf Mary. »Sie und ihr Erzeuger und noch ein Vampir kamen uns gestern Abend aus dem Freiluftrestaurant entgegen.«

»Erzeuger?«, wiederholte Abigail verwundert, dann wurde ihr bewusst, dass Jake und Sully erst eingetroffen sein konnten, nachdem sie zusammen mit Tomasso die Bar bereits verlassen hatte. Sehr viel später konnte das aber nicht gewesen sein, denn sie war sich ziemlich sicher, dass Dante, Mary und Justin kurz nach ihnen gegangen sein mussten. Aber womöglich auch nicht so kurz nach ihnen, da sie vielleicht von Lucian aufgehalten worden waren, weil der noch weitere Anweisungen geben wollte. Auf jeden Fall kam es einem Wunder gleich, dass Jake und Sully sie nicht zusammen mit Tomasso gesehen hatten. Sie hatte verdammtes Glück gehabt. Jetzt musste sie bloß noch einen Weg finden, wie sie dieses Glück weiter zu ihrem Vorteil nutzen konnte …

»Ja, ihr Erzeuger. Derjenige, der sie verwandelt hat«, erklärte Jake und warf einen kurzen Blick in Marys Richtung.

313

Kopfschüttelnd fügte er an: »Offenbar war sie mal genauso ein Mensch wie du und ich, aber der Zwilling von dem Typ, der uns entwischt ist, war zuvor ein paar Freunden von uns entkommen und hat das arme alte Miststück verwandelt.«

Abigail musste die Lippen zusammenkneifen, um ihn nicht zu beschimpfen, weil er Mary als Miststück bezeichnet hatte.

»Als wir sie gesehen haben, wussten wir, dass unser Knabe auch hier irgendwo sein muss«, redete Jake weiter und drehte sich wieder zu ihr um. »Also sind wir ihnen zu ihrer Villa gefolgt, dann haben wir uns in den anderen Villen umgesehen und uns für die hier entschieden, weil wir sie von hier aus im Auge behalten können.« Jake kniff die Lippen zusammen und sah in Richtung Badezimmer, wo zwei Personen auf dem Boden lagen und sich nicht rührten. »Dummerweise waren die Leute in der Villa hier nicht besonders kooperativ. Hätten sie getan, was wir gesagt haben, und wären sie in ihrem Zimmer geblieben, hätten wir sie vielleicht leben lassen. Aber nein, sie müssten ja unbedingt versuchen zu fliehen.« Missbilligend schaute er das tote Paar an, als sei es eine völlig unverständliche Reaktion, vor zwei Irren davonzulaufen, die einem was von Vampiren erzählten.

»Na ja«, sagte Jake und schüttelte flüchtig den Kopf, als wäre mehr nicht nötig, um das Paar und jegliche Verantwortung für den Tod der beiden aus seinen Gedanken zu streichen. »Und dann heute Morgen machten sich Blondie und ihr Erzeuger auf den Weg zu den Geschäften. Wir folgten ihnen, weil wir auf eine Gelegenheit hofften, alle beide zu fassen zu bekommen. Dann auf einmal hat sie euch in dem Souvenirladen angesprochen, und genauso plötzlich hat sich ihr Erzeuger auf den Weg gemacht und davon geredet, dass er sich um einen Tisch kümmern muss, der groß genug für alle ist, und dass er die anderen dazuholen will. Und dann habt ihr drei euch auf den Weg zum

Restaurant gemacht. Zu der Zeit waren wir uns nicht sicher, ob du und dein Freund nicht vielleicht auch Vampire seid, weil wir nicht nahe genug an euch herangekommen waren, um eure Augen zu sehen. Also dachten wir uns, wir folgen euch, frühstücken ebenfalls und behalten die Gruppe im Auge, um herauszufinden, ob ihr zwei zu diesen Vampiren dazugehört und wer sonst noch mit der Gruppe zu tun hat.«

Abigail musste schlucken, als sie das hörte, denn sie erinnerte sich an Sullys Bemerkung, er habe Jets Augen gesehen und wisse daher, dass er ein Mensch sei. Hätten diese Leute auch ihre Augen gesehen, bevor sie aus dem Geschäft gekommen war, wäre ihnen klar gewesen, was es tatsächlich mit ihr auf sich hatte. Aber dank der etwas albernen Sonnenbrille, die sie immer noch aufhatte, war das nicht geschehen. Sie konnte sich nicht erklären, wann Sully überhaupt Jets Augen hatte sehen können. Vielleicht, als sie auf der Straße stehen geblieben war, nachdem Dr. Cortez nach ihr gerufen hatte? Ja, das kam ihr am wahrscheinlichsten vor. Die beiden waren dicht hinter ihnen gewesen und dann zu beiden Seiten um sie herumgegangen, um nicht mit ihnen zusammenzustoßen. In dieser Situation konnte es durchaus dazu gekommen sein, dass Sully einen Blick auf Jets Augen hatte werfen können.

»Bloß seid ihr gar nicht erst ins Restaurant gegangen«, redete Jake weiter und lenkte ihre Aufmerksamkeit wieder auf sich. »Plötzlich seid ihr einfach stehen geblieben. Als uns dann klar wurde, wohin ihr unterwegs wart, da dachten wir uns, dass sie euch irgendwie davon überzeugt hatten, sie zu ihrer Villa zu begleiten. Das war die ideale Gelegenheit für uns, um zuzuschlagen. Also hat Sully den Van geholt und in Position gebracht, und wir haben geduldig auf unsere Gelegenheit gewartet.«

Mit einem ironischen Lächeln fügte er hinzu: »Dein Glück, dass dieser fette kleine Arzt zu euch gelaufen kam, um dich zu fragen, wie es dir geht. Als er dann anfing, von deinem Dengue-Fieber zu reden, war uns klar, dass du auch keine Vampirin sein kannst. Offenbar wollten sie euch in ihre Villa locken, um euch zu ihrem Frühstück zu machen.« Nach einem kurzen Achselzucken fügte er hinzu: »Wie gesagt, ihr könnt von Glück reden, dass wir in dem Moment eingegriffen haben. Sonst wärt ihr jetzt bestimmt tot oder selbst schon Vampire.«

»Riesiges Glück«, stimmte Abigail ihm zu und zuckte beim Klang ihrer Worte fast zusammen, weil die sich kein bisschen überzeugend anhörten.

»Ich weiß, du glaubst mir nicht, Mädchen«, sagte Jake schroff. »Überrascht mich überhaupt nicht. Anfangs hatte ich auch verdammte Mühe zu glauben, dass Vampire tatsächlich existieren. Aber es gibt sie«, beteuerte er. »Und du wirst bald auch daran glauben, wenn die da aufwacht und Blut haben will. Du wirst uns dankbar sein, dass wir verhindert haben, dass du mit ihr in die Villa gegangen bist, und du wirst heilfroh darüber sein, dass wir sie in Ketten gelegt haben. So kann sie dir wenigstens nicht den letzten Tropfen aus dem Leib saugen.«

Abigail sah den Mann schweigend an und überlegte, dass er sich in diesem Moment wohl besser Sorgen um seine eigene Existenz machen sollte. Nachdem sie früh am Morgen noch geglaubt hatte, ihr Hunger sei mit Essen zu stillen, wurde ihr mit jeder Sekunde deutlicher, dass es ihr keineswegs um Essen ging. Der Mann vor ihr duftete immer intensiver nach Schweinshaxe und Pilzsoße, und dabei war sie sich sicher, dass es nichts mit einem Eau de Cologne zu tun hatte, das er aufgetragen hatte. Angesichts dieser Gedanken verzog sie den Mund, räusperte sich und fragte: »Was werdet ihr mit ihr machen?«

»Als Köder benutzen, um die anderen herzulocken«, sagte Jake und sah kurz zu Mary. »Wir müssen uns nur noch überlegen, wie wir das am besten bewerkstelligen.«

»Und wenn ihr sie alle habt?«

»Dann bringen wir sie zur Insel«, antwortete er gedankenverloren, den Blick immer noch auf Mary gerichtet.

Abigail war davon überzeugt, dass er in diesem Moment angestrengt darüber nachdachte, wie sie die anderen in ihre Gewalt bringen konnten.

»Was ist das für eine Insel?«, wollte sie wissen, da sie hoffte, ihm in dieser nachdenklichen Verfassung den Namen oder die Lage der Insel zu entlocken. Stattdessen drehte er sich um und sah sie verständnislos an.

»Die Insel ist eine *Insel*«, sagte er so betont langsam, als sei sie besonders schwer von Begriff.

Sie brachte ein nervöses Lachen zustande. »Ja, aber ich meinte auch, was da mit ihnen passiert. Warum werden sie nicht gleich hier mit einem Pflock ins Herz gepfählt? Ich meine, das ist doch das, was man mit Vampiren macht, oder nicht?«

»Oh.« Jake lächelte flüchtig. »Na, Dr. Dressler will sie haben. Er studiert sie. Der Mann hat einen Haufen Freaks auf seiner Insel«, redete er abfällig weiter. »Du kannst dir gar nicht vorstellen, was da alles in seinen Käfigen hockt. Fischmenschen, Schlangenmenschen, Vogelmenschen. Er hat sogar einen kleinen Jungen da, der zur Hälfte Pferd ist.«

»Ein Zentaur?«, fragte Abigail ungläubig.

»Wenn die so heißen«, meinte er achselzuckend. »Ich sage einfach Freak zu ihm, dann fängt er an zu heulen und trabt davon. Aber bewegen kann der sich!«

Abigail ließ sich gegen das Kopfende des Betts sinken, ihre Gedanken überschlugen sich. Das konnte nicht sein. Es gab keine Zentauren, das waren mystische Wesen.

So wie Vampire?, ertönte eine spitze Stimme in ihrem Kopf.

»Jesus«, hauchte sie.

»Ist ein ziemlicher Schock, wie?«, fragte Jake spöttisch. »Es heißt, dass er auch ein paar Freakfrauen geschaffen hat, aber die und die Vampirinnen sind getrennt von den Männern untergebracht, und in deren Gebäude bin ich noch nie gewesen.« Seufzend fügte er an: »Aber da würde ich mich gern mal umsehen. Vor allem möchte ich wissen, ob die Fischfrau wie eine Meerjungfrau aussieht. Der Fischmann tut das nicht, der hat bloß Kiemen und so. Aber eine süße kleine Meerjungfrau mit straffen Titten könnte mir gefallen. Ich würde ein großes Aquarium in mein Wohnzimmer stellen, in dem könnte sie dann den ganzen Tag nackt herumschwimmen. Ich könnte ihr zusehen und ab und zu ihre Titten durchkneten. Und wenn sie ein Loch hat, würde ich sie vielleicht zu meiner richtigen Freundin machen. Und falls sie kein Loch hat, dann hat sie aber immer noch einen Mund, und mit dem kann sie mir ja …«

Jake brach mitten im Satz ab, als er Abigails angewiderte Miene sah, die sie einfach nicht unterdrücken konnte. Sie bedauerte, dass sie es nicht wenigstens noch versucht hatte, nachdem er abrupt verstummt war. Nach einem finsteren Blick wandte er sich von ihr ab, verließ den Raum und schmiss die Tür hinter sich zu.

Abigail atmete zögerlich aus. Fischmenschen? Schlangenmenschen? Vogelmenschen? Und ein Zentaur? Unmöglich, dachte sie, aber dann gingen ihr wieder Jakes Worte durch den Kopf. *Es heißt, dass er auch ein paar Freakfrauen geschaffen hat.*

»Geschaffen?«, murmelte sie.

Aus Tomassos Geschichtslektion wusste sie, dass dieser Dr. Dressler keine Unsterblichen geschaffen hatte. Aber das hatte Jake auch gar nicht behauptet, überlegte sie.

Es heißt, dass er auch ein paar Freakfrauen geschaffen hat, aber die und die Vampirinnen sind getrennt von den Männern untergebracht.

Das legte die Vermutung nahe, dass er die weiblichen Wesen

geschaffen hatte, von denen Jake gesprochen hatte, und dass er sie und die Vampirinnen – die er nicht geschaffen, sondern entführt hatte – von den Männern beider Gruppen getrennt hielt. Aber … konnte es stimmen, dass dieser Dressler Hybrid-Menschen geschaffen hatte?

Nein, sagte Abigail zu sich selbst. Jake hatte irgendwas geraucht, oder er dachte, er könnte sie mit diesem Blödsinn beeindrucken. Trotzdem hörte sie ihn immer wieder sagen: *Fischmenschen, Schlangenmenschen, Vogelmenschen.* Unaufhörlich gingen ihr diese drei Begriffe durch den Kopf, bis ein leises Aufstöhnen von Jet sie aufhorchen ließ.

»Niemand hat etwas gesehen oder gehört?«, fragte Tomasso ungläubig. Er war als Letzter von der Durchsuchung seines Quadranten zurückgekehrt, aber diese Erkenntnis sollte ihn nicht so völlig überraschend treffen. Immerhin war das hier ein Strandresort, und da hielten sich die meisten Urlauber nun mal am Strand auf – wo auch sonst? Als er damit begonnen hatte, Gedanken zu lesen und dabei nach den drei Vermissten zu suchen, war noch nicht allzu viel los gewesen, aber dann war es überall schnell voll geworden.

Offenbar frühstückten die Leute in aller Eile und machten sich gleich danach auf den Weg zum Strand, um an einem guten Fleckchen einen Liegestuhl zu ergattern. Nach allem zu urteilen, was Tomasso in den letzten Stunden hatte beobachten können, waren die Liegestühle im Schatten die beliebtesten, da sie alle schnell belegt waren.

»Du musst was trinken«, sagte Justin. Tomasso sah in dem Moment zu dem anderen Mann, der vor dem offenen Kühlschrank stand, als der ihm einen Blutbeutel zuwarf.

Tomasso fing ihn auf und drückte ihn sofort auf seine Zähne. Als er mit Abigail am Strand unterwegs gewesen war, hatte er versucht, sich möglichst im Schatten zu halten, doch heute war das völlig unmöglich gewesen. Die letzten drei Stunden hatte er fast ausschließlich in der prallen Sonne verbracht, um einen Verstand nach dem anderen zu lesen und nach einem Gedanken oder einer Erinnerung zu suchen, die einen Hinweis auf Abigail, Mary und Jet enthielt und die vielleicht auch verriet, was mit ihnen geschehen war. Tatsächlich hatte er vereinzelt Erinnerungen an das Trio entdecken können, aber die stammten in erster Linie von Männern, denen die Frauen aufgefallen waren, weil sie sie für attraktiv hielten, oder von Frauen, die Gefallen an Jet fanden. Aber diese Funde hatten bei ihm bewirkt, dass er ein paar der Männer am liebsten eine reingehauen hätte. Es gab keinerlei Hinweis darauf, wohin das Trio gegangen oder was ihm zugestoßen war.

»Die Entführer haben sich auch noch nicht gemeldet«, merkte Dante an, als Tomasso sich auf einen Hocker setzte, um darauf zu warten, dass sich der Beutel leerte.

»Ich schätze, wir können nur weiter warten«, warf Lucian ein.

Tomasso versteifte sich und warf dem Mann einen finsteren Blick zu. Mit dem Beutel vor dem Mund konnte er nichts erwidern, aber er würde auf keinen Fall einfach nur dasitzen und warten, bis sich die Entführer bei ihnen meldeten. Das konnte er unmöglich ertragen. Er musste etwas unternehmen, um sie zu finden, ganz egal, was.

»Und wenn sie nicht das tun, was du denkst?«, fragte Dante. »Was ist, wenn sie sich nicht bei uns melden, sondern mit den Frauen zu dieser Insel fliegen, von der Abigail den Mann hatte reden hören?«

»Dann werden wir eben diese Insel finden und die Frauen und alle anderen entführten Unsterblichen befreien«, knurrte Lucian.

Tomasso riss sich den leeren Beutel vom Mund und ging um die Kücheninsel herum zum Kühlschrank, um noch einen Beutel zu holen. Er hatte nicht vor, einfach nur dazusitzen und zu warten. Aber sein Körper brauchte mehr Blut, bevor er in den tropischen Sonnenschein zurückkehrte.

»Du vergeudest nur Zeit und Blut, wenn du dich auf eine sinnlose Suche begibst«, fuhr Lucian ihn an.

»Wenn du schon meine Gedanken liest, dann lies sie wenigstens gründlich«, gab Tomasso bissig zurück und drückte den nächsten Beutel gegen seinen Mund.

Lucian sah ihn schweigend an und kniff dabei die Augen zusammen, die er im nächsten Moment weit aufriss. Dabei zuckte sein Kopf ein klein wenig nach hinten, als hätten ihm Tomassos Gedanken einen Schlag ins Gesicht verpasst.

»Die Überwachungsbänder am Empfang?«, fragte Justin, der offenbar auch seine Gedanken gelesen hatte.

»Die Kameras könnten die Entführer gefilmt haben, falls sie zur Rezeption gegangen sind, um nach Tomasso zu fragen«, murmelte Dante.

»Wie soll uns das weiterhelfen?«, wollte Justin wissen.

»Es wird uns verraten, ob sie sich hier ein Zimmer genommen oder es zumindest versucht haben. Und es wird uns zeigen, in welche Richtung sie gegangen sind«, ergänzte Lucian.

»Es gibt auf dem Gelände noch andere Überwachungskameras«, warf Dante plötzlich ein. »Eine von ihnen könnte aufgenommen haben, was mit Mary, Abigail und Jet passiert ist.«

Tomasso hätte sich dafür ohrfeigen können, dass er nicht selbst auf diese Idee gekommen war. Die Sonne musste ihm zu sehr zugesetzt haben.

»Lass einen Wagen kommen, Justin«, befahl Lucian und faltete die Karte wieder auseinander, diesmal zweifellos um nachzusehen, wo der Sicherheitsdienst des Resorts sein Büro hatte.

Abigail atmete leise seufzend aus und ließ sich wieder gegen das Kopfende des Betts sinken. Voller Hoffnung hatte sie Jet in den letzten Minuten beobachtet, seit er das zweite Mal gestöhnt hatte. Aber so wie nach dem ersten Stöhnen hatte er auch jetzt weder die Augen aufgemacht, noch sich in irgendeiner Weise gerührt.

Abigail dachte kurz darüber nach, ob sie leise seinen Namen rufen oder irgendein Geräusch machen sollte, das ihn aufwecken konnte, falls er nur schlief. Tatsache war jedoch, dass es für ihn momentan besser war, wenn er weiterhin schlief. Zumindest bis sie sich überlegt hatte, was sie tun sollte. Ein Fluchtversuch war die naheliegendste Lösung, doch sobald sie nach Möglichkeiten suchte, wie sie am besten entkommen konnten, wurde ihr Blick wie aus eigenem Antrieb auf die offene Badezimmertür gelenkt. Die beiden Leute da hatten einen Fluchtversuch unternommen und waren deswegen umgebracht worden. Diese Erkenntnis machte sie vorsichtig. Mit ihr als Unsterblicher würden die beiden Typen kein so leichtes Spiel haben, wenn sie sie umbringen wollten. Was sie aber gar nicht erst wollen würden, wenn sie erst einmal wussten, dass sie eine Unsterbliche war. Allerdings war Jet sterblich. Er konnte sterben, und ein solches Risiko wollte sie unter keinen Umständen eingehen. Sie würde keine Sekunde und schon gar nicht eine Ewigkeit lang mit der Schuld leben können, die sie auf sich laden würde, sollte ihr Handeln indirekt oder direkt seinen Tod nach sich ziehen.

Sie wollte ja nicht mal darüber nachdenken, dass Jet sterben könnte. Sie drehte sich der Fensterfront mit den Glasschiebetüren zu und schaute nach draußen in den Sonnenschein. Sie könnte vom Schlafzimmer ihrer eigenen Villa aus diese Aussicht genießen, dachte sie, als sie die Terrasse mit Pool und Liegestühlen betrachtete, die von Palmen und dichten Büschen als Sichtschutz umgeben waren. Bei diesem Gedanken verspürte sie mit einem Mal einen Kloß im Hals, und sie wünschte, sie wäre jetzt dort in den Armen von Tomasso, der sie vor allem beschützte.

Abigail verzog den Mund angesichts eines solchen Gedankens. Ihre Mutter hatte sie ohne Hilfe von anderen großgezogen, sie war eine starke, unabhängige Frau gewesen, die ganz allein die Verantwortung für ihr Kind übernommen hatte. Und sie hatte sie ebenfalls zu einer starken, unabhängigen Frau erzogen, die auf sich selbst aufpassen konnte und die sich nie auf andere verließ. Und doch wollte Abigail jetzt nichts anderes, als dass Tomasso hereingestürmt kam, sie hier rausholte und sich mit ihr irgendwohin zurückzog, wo sie sich lieben konnten, bis sie ohnmächtig wurden.

Wie jämmerlich war das denn? Ihre Mutter würde sich im Grab umdrehen, wenn sie von diesem kläglichen Tagtraum erfahren könnte. Aber Abigail konnte einfach nicht anders. Der Gedanke an Tomasso genügte, dass sie die Augen zumachte und zu hoffen begann. Er war so stark und klug und sexy. Einem Mann wie ihm war sie noch nie begegnet. Die meisten Männer, mit denen sie auf dem College ausgegangen war, waren entweder schön und dumm, schlau und schwächlich oder gut aussehend und gemein gewesen. Tomasso war der erste Mann, den sie nicht nur als ausgesprochen attraktiv, sondern auch als genial bezeichnen konnte. Ganz ehrlich. Der Mann war wie ein Sechser im Lotto. Er war der erste Mann, den sie leiden konnte und auf den sie scharf war und den sie außerdem auch noch respektierte.

Nicht mal Jet als ihr seit Jahren bester Freund konnte alle drei Voraussetzungen erfüllen. Okay, er war nicht auf den Kopf gefallen, auch konnte sie ihn gut leiden, und Respekt hatte sie auch vor ihm. Doch fehlte es bei ihm an dem Knistern, das zwischen ihr und Tomasso herrschte, wenn sie ihn nur sah. Vielleicht lag es in Jets Fall auch daran, dass sie sich schon lange kannten und dass er zu viele Jahre einfach nur ihr bester Freund gewesen war.

Ihr Blick wanderte zu ihm zurück, aber soweit sie das erkennen konnte, hatte er bislang nicht mal mit einem Muskel gezuckt. Gleiches galt für Mary, überlegte sie, ehe sie wieder zum Fenster sah und erneut an Tomasso dachte. Anstatt sich Gedanken darüber zu machen, wie sie von hier wegkommen konnte, zogen vor ihrem geistigen Auge Szenen vorüber, die das Geschehen zeigten, seit sie vor über einer Woche im Frachtraum der Maschine die Plane von dem Käfig gezogen hatte, in dem Tomasso eingesperrt gewesen war. Sie musste lächeln, als sie daran dachte, wie sie ihn zunächst nur als einen nackten Wilden wahrgenommen hatte. Ebenso lächeln musste sie bei dem Gedanken an den Lendenschurz aus Blättern, den er ihr zuliebe am Strand getragen hatte. Es gab so viele gute Erinnerungen: wie er ihre Kopfverletzung versorgt hatte, wie er den mit einem Speer gefangenen Fisch für sie zubereitet hatte, wie er ihr Kokosnüsse brachte, damit sie etwas zu trinken hatte, wie er sich um sie gekümmert hatte, als sie schwerkrank war, wie er sie gewandelt hatte, als sie fast gestorben wäre. Und dann die Leidenschaft, die er immer erkennen ließ, wenn er mit ihr zusammen war.

Der Mann war etwas ganz Besonderes, denn er konnte stark und tapfer und gleichzeitig zärtlich und fürsorglich sein, dachte Abigail. Sie musste zugeben, dass sie im Begriff war, sich in diesen großen Italiener zu verlieben, der zudem auch noch ein verkappter Streber war. Vermutlich war sie bereits in ihn verliebt, doch sie wusste, dass es dafür eigentlich noch zu früh war. Deshalb versuchte sie ihren Eifer zu zügeln und es dabei zu belassen, dass sie im Begriff war, sich in ihn zu verlieben.

Sie machte die Augen wieder auf und erstarrte, als sie sah, dass Mary sie anschaute.

»Da«, rief Tomasso und zeigte auf den Bildschirm. »Das ist Dante, als er das Geschäft verlässt.«

Dante nickte. »Die Frauen und Jet waren zu der Zeit noch im Laden.«

Schweigend verfolgten sie, wie Dante die Einkaufsstraße in Richtung Villa entlangging und dabei aus dem Blickfeld der Kamera geriet. Es vergingen zwei oder drei Minuten, dann riefen Tomasso und Dante gleichzeitig: »Da!« Sie sahen, wie Abigail vor Mary und Jet das Geschäft verließ und die drei in Richtung Restaurant losgingen. Jet befand sich in der Mitte, sie redeten alle drei miteinander und lachten immer wieder, wie Tomasso auffiel. Keiner von ihnen ahnte auch nur, dass irgendwas nicht so laufen würde wie erwartet.

»Sie sind stehen geblieben«, sagte Justin und zeigte auf den Schirm.

Tomasso beugte sich vor und versuchte, Abigails Gesicht besser zu erkennen, da es so schien, als würde sie aus irgendeinem Grund den Mund verziehen. Mary wirkte besorgt, Jet ebenfalls.

»Sie kehren um«, stellte Dante fest.

»Vielleicht haben sie irgendwas im Geschäft vergessen«, überlegte Justin, als das Trio wieder zurückging.

»Nein, sie gehen zur Villa«, sagte Tomasso völlig überzeugt, noch bevor die drei den letzten Laden erreicht hatten.

»Woher hast du das gewusst?«, fragte Justin erstaunt, als die drei tatsächlich auch noch am letzten Geschäft vorbeigingen.

»Ganz einfach. Wenn keiner von euch ihr heute Morgen Blut gegeben hat, dann hat Abigail nichts getrunken, bevor sie die Villa verlassen hat«, führte Tomasso aus. »Gestern Abend hat sie die letzten vier Beutel bekommen, und die Kühlbox in unserem Zimmer ist jetzt leer.«

»Mary und ich waren schon gegangen, noch bevor sie auf war«, sagte Dante kleinlaut und gab zu, dass er nicht da gewesen war, um ihr zu sagen, sie solle noch ein paar Beutel Blut trinken.

»Als ich nach unten kam, hatte sie sich mit Jet längst auf den Weg gemacht«, sagte Lucian in die Runde und warf dann Justin einen fragenden Blick zu.

»Jet und ich waren in der Küche«, entgegnete Bricker nachdenklich. »Ich hielt mich in der Nähe des Kühlschranks auf, weil der voller Blutkonserven war und weil sich Jet dort aufhielt. Ich wollte verhindern, dass er einen Blick in den Kühlschrank wirft. Als Abigail dann auf war, habe ich telefoniert«, fügte er hinzu und schüttelte bedächtig den Kopf. »Als ich wieder reinkam, waren die beiden schon weg. Falls sie nicht vor dem Weggehen noch schnell einen Beutel getrunken hat ...«

»Sie hätte wohl kaum in Jets Gegenwart einen Beutel Blut getrunken«, stellte Dante klar.

»Richtig«, stimmte Tomasso ihm zu. Er kam jetzt nicht darauf zu sprechen, dass sie aus eigenem Antrieb ihre Zähne noch gar nicht ausfahren konnte. Allein schon deswegen wäre es ihr gar nicht möglich gewesen, eine Blutkonserve auszutrinken.

»Dann dürftest du mit deiner Vermutung richtig liegen, dass sie zur Villa zurückkehren wollten, damit sie etwas zu trinken bekommt«, sagte Lucian, der in der Zwischenzeit offenbar wieder Tomassos Gedanken gelesen hatte.

Tomasso nickte nur.

»Wer ist das?«, fragte Justin plötzlich.

Tomasso sah auf den Bildschirm. Abigail, Jet und Mary waren am Rand des Weges stehen geblieben, der zwischen den Bäumen hindurch zu den Villen führte. Sie drehten sich um, da ein Mann auf sie zugelaufen kam. Durch diese abrupte Aktion waren die beiden Männer dicht hinter ihnen gezwungen, links und rechts um die beiden herumzugehen.

»Das ist Dr. Cortez, der Arzt, der Abigail behandelt hat, als sie krank war«, sagte Tomasso, der den Mann auf Anhieb wiedererkannte. Sein Interesse galt jedoch den zwei Männern, die um Abigail, Jet und Mary herumgegangen waren. Die beiden folgten noch ein Stück weit dem Weg, bis sie ihn auf einmal verließen und zwischen den Bäumen verschwanden.

»Habt ihr das gesehen?«, fragte Dante und beugte sich so nach vorn wie vor ihm bereits Tomasso.

Der nickte nur.

»Die zwei Typen?«, wollte Justin wissen. »Wo sind sie hin? Und wer sind sie?«

»Meine Entführer. Jake und Sully«, verkündete Tomasso in düsterem Tonfall. »Ich glaube, die verstecken sich da im Gebüsch.«

»Einer versteckt sich, der andere geht. Da«, sagte Dante und zeigte erst auf Jake, der hinter dem blühenden Busch am Rand der Baumlinie kaum zu sehen war. Dann bewegte er den Finger weiter, bis er auf Sullys markante rote Jacke zeigte, die sich im Schutz der Bäume wieder in Richtung Kamera bewegte.

»Wohin will er denn?«, wunderte sich Lucian und sah ebenfalls noch etwas genauer hin.

Sie verfielen alle in Schweigen, als der Mann vom Bildschirm verschwand. Tomasso konzentrierte sich kurz auf Jake, dann achtete er wieder auf den Arzt, der Abigails Hand festhielt und zwischendurch schüttelte, als wolle er etwas von dem unterstreichen, was er auf eine überschäumende Art zu erzählen hatte.

»Was ist das? Ein Van?«, fragte Justin plötzlich. Tomasso sah sich sofort die fragliche Stelle an, wo sich etwas großes Weißes zwischen den Bäumen hindurchbewegte. Es war nur hier und

327

da ein bisschen von dem Ding zu sehen, aber es konnte durchaus ein Van sein.

»Und der Typ in Rot ist wieder da«, murmelte Dante.

»Sully«, sagte Tomasso nur, als er zwischen den Bäumen wieder die rote Jacke sah. Dann kauerte der zweite Mann sich zu Jake, und gemeinsam beobachteten sie, wie der Arzt sich von Abigail verabschiedete und davoneilte. Abigail, Mary und Jet gingen weiter in Richtung Villa und kamen an der Stelle vorbei, an der sich Jake und Sully versteckt hielten. Das Trio hatte schon fast den Kamerabereich verlassen, da kamen die beiden aus dem Gebüsch hervor. Tomasso verspürte den dringenden Wunsch, Abigail eine Warnung zuzurufen, aber was sie hier sahen, hatte sich vor Stunden zugetragen. Also konnte er nichts anderes tun als hilflos mitanzusehen, wie Jake eine Pistole aus der Tasche zog und Jet damit bewusstlos schlug.

»Oh verdammt, das wird wehtun, sobald er wieder aufwacht«, sagte Justin voraus, während die beiden Frauen erschrocken Jet auffingen, als der zwischen ihnen zu Boden ging.

Keiner von ihnen sagte etwas, als sie zusahen, wie die Männer Abigail und Mary zwangen, Jet durch das Gebüsch zu dem mutmaßlichen Van zu schleifen. Wenig später verließ das weiße Etwas – also der vermutliche Transporter – seinen Platz zwischen den Bäumen und folgte offenbar einem Versorgungsweg hinter der Baumreihe, der in Richtung der Villen führte.

»Wir müssen erfahren, wohin diese Straße führt«, sagte Tomasso und richtete sich wieder gerade auf, da es auf dem Bildschirm nichts Interessantes mehr zu sehen gab. Er ging zur Tür und wusste, dass die anderen ihm folgten.

»Oh! Hey, wartet mal!«, warf Justin ein, gerade als Tomasso die Tür aufmachte.

Der blieb stehen und drehte sich mit fragender Miene um, dann sah er, dass der Sicherheitchef und der Wachmann immer noch regungslos dasaßen und mit leerem Blick auf das Pult vor ihnen starrten.

»Geht ihr schon vor«, sagte Lucian und trieb sie mit einer Geste zur Eile an. »Ich erledige das hier und komme nach.«

Das ließ sich Tomasso nicht zweimal sagen und wandte sich schon zum Gehen, noch bevor Lucian zu Ende gesprochen hatte.

17

»Alles in Ordnung?«, fragte Abigail im Flüsterton, damit die beiden Männer sie hoffentlich nicht hören konnten, von denen sie nicht wusste, wo im Haus sie sich aufhielten.

Mary nickte stumm, sah dann aber auf die Ketten, in die sie vom Hals bis zu den Fußknöcheln eingewickelt worden war. Als ihr Blick zu Abigail zurückkehrte, war die Frage in ihren Augen nicht zu übersehen: *Was ist denn das?*

Abigail konnte nicht mehr für sie tun, als ihr einen mitfühlenden Blick zuzuwerfen. Ihre Entführer hatten es mit den Ketten wirklich maßlos übertrieben, denn …

Andererseits, überlegte sie dann aber, wenn das die Männer waren, die hinter all den Fällen steckten, in denen Unsterbliche spurlos verschwunden waren, dann wussten sie nur zu gut, wie stark Unsterbliche waren, nicht wahr?

Abigail sah zwischen Mary und Jet hin und her, während sich ihre Gedanken überschlugen. Wie stark war sie nach der Wandlung tatsächlich? Konnte sie die Seile zerreißen, mit denen man sie gefesselt hatte? War sie stark genug, um sich Mary über die Schulter zu werfen und mit ihr von hier zu verschwinden? Wenn Jet aufwachte und sich bewegen konnte, und wenn sie Mary trug, dann könnten sie es …

»Wo ist Jet?«

Abigail sah zu Mary und deutete mit einer Kopfbewegung nach links. Mary drehte den Kopf so weit herum, bis sie Jet endlich hinter sich liegen sah.

»Der Ärmste«, murmelte sie. »Er wird ordentliche Kopfschmerzen haben, wenn er aufwacht. Aber ich hoffe, es wird nur das sein«, fügte sie mit einem Stirnrunzeln hinzu und versuchte, den Kopf so weit herumzudrehen, damit sie die Beule an Jets Kopf besser betrachten konnte. Die Bewegung ließ sofort ihre Ketten rasseln, was Mary dazu veranlasste, wie erstarrt zu verharren. Erschrocken schaute sie Abigail an.

In der anschließenden Stille war das Geräusch des Türknaufs, als dieser herumgedreht wurde, so laut wie ein Donnerschlag. Schnell kniff Mary die Augen zu und ließ den Kopf sinken, als wäre sie noch gar nicht aufgewacht.

Abigail folgte dem Beispiel und nahm den Kopf runter, bis das Kinn auf ihrer Brust ruhte, um den Eindruck zu erwecken, sie sei inzwischen eingeschlafen. Sie hörte, wie die Tür aufging und jemand den Raum durchquerte, bis derjenige sich dicht vor ihr befand. Dennoch zuckte sie leicht zusammen, als etwas an ihrem Arm entlangstrich.

»Ich überprüfe bloß die Fesseln«, knurrte Jake missmutig, während sie den Kopf hob.

»Ich hab mich nur erschreckt«, sagte sie.

»M-hm.« Er zögerte, offenbar hatte er ihren empörten Gesichtsausdruck nicht vergessen. Gereizt griff er nach ihrer Sonnenbrille. »Warum trägst du eigentlich dieses hässliche Ding? Ich kann gar nicht sehen, ob du mich anguckst, wenn ich mit dir rede.«

Sie riss den Kopf nach hinten, schlug dabei aber mit dem Hinterkopf gegen das Kopfende des Betts. Seinen Händen konnte sie in dieser Haltung einfach nicht ausweichen, und als er ihr schließlich die Brille von der Nase nahm, kniff sie vor Verzweiflung die Augen fest zu.

»Hey, was soll das? Mach die Augen auf. Ich will deine Augen sehen«, fuhr Jake sie an.

»Das geht nicht. Ich war schwer krank. Ich war dehydriert, und meine Augen wurden dabei in Mitleidenschaft gezogen, und wenn ich jemals wieder normal sehen will, dann soll ich auf keinen Fall auf eine Sonnenbrille verzichten.« Sie war selbst erstaunt, wie sie so plötzlich auf eine solche Lüge gekommen war. Dabei war sie für gewöhnlich eine miserable Lügnerin, und doch war ihr innerhalb kürzester Zeit eine schlagfertige Reaktion gleich zweimal gelungen.

»Ach so, das Dengue-Fieber«, murmelte er und schob ihr die Brille zurück auf die Nase.

Zögerlich atmete sie aus, damit er nicht ihre Erleichterung bemerkte, und hielt dabei die Augen vorsichtshalber geschlossen, da sie nicht wusste, ob man bei genauem Hinsehen auch durch die getönten Brillengläser hindurch die silbernen Sprenkel in ihren Augen erkennen konnte.

»Danke«, murmelte sie.

Jake gab ein leises Brummen von sich. »Ein Freund von mir hat mal das hämorrhagische Dengue-Virus gehabt. Eine fiese Angelegenheit. Der Doc war nicht auf der Insel, als dieser Freund sich damit infizierte. Wir waren davon überzeugt, dass er uns einfach wegsterben würde. Er blutete überall, aus der Nase, aus dem Mund, aus den Augen ... er hat sogar Blut ausgeschwitzt ... eimerweise. Ich glaube, er war dicht vor seinem letzten Atemzug, als der Doc zurückkam. Der hat ihm einen Tropf gelegt, damit sein Körper Flüssigkeit bekam, und Bluttransfusionen bekam er ebenfalls. Ein paar Tage später war er dann wieder auf den Beinen. Aber solange der Doc nicht da war, dachte ich, da war nichts mehr zu retten«, berichtete er mit leiser Stimme. Abigail konnte spüren, dass er sie forschend ansah, als er fragte: »War das bei dir auch so?«

Abigail zögerte. Ihr Instinkt warnte sie, dass er sie auf die Probe stellen wollte, so als hätte die Sonnenbrille bei ihm den

Verdacht geweckt, dass sie vielleicht doch eine Vampirin war. Schließlich antwortete sie wahrheitsgemäß: »Ich kann mich an kaum etwas erinnern, nur daran, dass ich immer dann, wenn ich wach wurde, vor Fieber zu glühen schien und dass ich schreckliche Schmerzen hatte. Und ich weiß, dass ich Nasenbluten bekam, als man mir Wasser einflößen wollte. Dann sah ich auf meinen Arm und das sah so aus, als würde ich Blut schwitzen. Aber alles nur ganz winzige Tröpfchen. Und es lief auch nicht in Strömen.«

»Ja, ganz genau«, sagte Jake und strahlte spürbar Erleichterung aus. Wenn es ein Test gewesen war, hatte sie ihn offenbar bestanden. »Kleine Tröpfchen überall auf der Haut ... oh ja ... dich hat es wohl auch richtig erwischt.«

»Oh ja«, stimmte sie ihm zu.

Beide schwiegen einen Moment lang, bis Jake auf einmal erklärte: »Sully meint, wir sollten dich und deinen Schatz umbringen.«

Abigail versteifte sich und musste sich zwingen, nicht vor Entsetzen die Augen aufzureißen. Also bewahrte sie Ruhe und erwiderte leise: »Er ist nicht mein ›Schatz‹.«

»Nicht?« Das Wort klang etwas weiter entfernt, so als hätte er sich umgedreht, um nach Jet zu sehen. »Gehört er etwa zu denen?«

Vorsichtig machte sie die Augen einen Spaltbreit auf und sah, dass er tatsächlich zu Jet schaute. Da sie fürchtete, er könne in ihm den Piloten wiedererkennen, der sie hergebracht hatte, wenn er sich zu lange auf Jets Gesicht konzentrierte, überlegte sie, wie sie Jakes Aufmerksamkeit auf sich zurücklenken konnte. Ehe sie jedoch eine Idee hatte, drehte er sich schon wieder zu ihr um, und sie kniff rasch die Augen zu.

»Und?«, fragte Jake ungeduldig. »Gehört er zu den anderen oder nicht?«

Sie hatte mal darüber gelesen, dass man bei Entführungen und Geiselnahmen versuchen sollte, sich auf den Täter einzustellen und an dessen Familiensinn zu appellieren, weil das die Überlebenschancen erhöhte. Also behauptete sie: »Er ist mein Bruder. Wir sind mit unseren Eltern hier. Ein Familienurlaub, um seinen Abschluss zu feiern.«

»So?«, hakte Jake interessiert nach.

»Ja«, bestätigte sie und sah mit einem Mal eine Möglichkeit, Jet hier rauszubekommen, bevor sie einen Fluchtversuch unternahm. »Mein Bruder hat nichts von dem Ganzen mitgekriegt. Ihr habt ihn von hinten niedergeschlagen, er hat euch nicht mal von der Seite gesehen. Ihn müsst ihr nicht umbringen, also könnt ihr ihn auch gehen lassen. Warum legt ihr ihn nicht einfach an den Strand, bevor er aufwacht? Auf die Weise müssten meine Eltern wenigstens nicht gleich beide Kinder verlieren.«

Lange Zeit erwiderte Jake nichts, und sie fühlte sich fast schon versucht, die Augen aufzumachen, um zu sehen, was los war. Dann aber sagte er: »Das ist sehr mutig von dir. Richtig selbstlos.«

»Er ist nun mal mein Bruder, und ich liebe ihn«, murmelte sie und sagte im Wesentlichen die Wahrheit. Auch wenn Jet nicht mit ihr blutsverwandt war, nahm sie ihn trotzdem wie einen leiblichen Bruder wahr, und so wie einen Bruder liebte sie den großen Trottel auch.

»Wie sehr?«, fragte Jake.

Sie zog irritiert die Augenbrauen zusammen. Was war das für eine Frage? »Wie sehr … was?«, gab sie verständnislos zurück.

»Wie sehr liebst du ihn?«, stellte er klar.

Abigail rührte sich nicht, da sie spürte, wie er näher kam. Sie hatte eine Ahnung, worauf diese Frage hinauslaufen sollte.

»Liebst du ihn so sehr, dass wir beide ein bisschen Spaß haben können, damit du mich davon überzeugen kannst, ihn gehen zu lassen?«

Sie spürte, wie der Lauf seiner Pistole an ihrem Bein entlangstrich. Dabei musste sie die Lippen zusammenpressen, um nicht irgendeine Bemerkung zu machen, die ihr später noch leidtun würde. Eigentlich hätte sie so etwas von diesem Mann gleich erwarten müssen. Immerhin war er der Widerling, der eine »süße kleine Meerjungfrau mit straffen Titten« in ein großes Aquarium in seinem Wohnzimmer stecken wollte, um sich ihrer zu bedienen, wann immer ihm der Sinn danach stand. Warum sollte so einer nicht auch meinen, dass es in Ordnung war, für die Freilassung ihres »Bruders« Sex als Gegenleistung zu erwarten? Jake war Abschaum.

Abigail brauchte mittlerweile so dringend Blut, dass sich ihr Magen schmerzhaft zu verkrampfen begann. Das machte sie gereizter als an den üblichen Tagen im Monat, und dabei war sie an diesen schon unausstehlich, wie sie selbst zugeben musste.

»Da ist der Van«, sagte Justin.

Beim Anblick des weißen Fahrzeugs, das hinter einer leichten Kurve abgestellt war, nickte Tomasso zustimmend. Sie waren von der Stelle, an der die Entführer das Trio in ihre Gewalt gebracht hatte, der Straße gefolgt, die hinter den Bäumen verlief. Von der Straße bogen keine Wege ab, sie diente nur dazu, die Stelle zu erreichen, an der der Van jetzt geparkt war – eine Stelle gleich hinter den Villen.

»Das muss eine Zufahrt für das Reinigungspersonal sein«, überlegte Dante, als sie sich dem Wagen näherten.

»Ist das wirklich der richtige Van?«, fragte Justin auf einmal in zweifelndem Tonfall. »Der hat das Logo des Resorts drauf.

Ich kann mir nicht vorstellen, dass die ihre Wagen den Urlaubern überlassen.«

»Vielleicht haben sie ihn ja gestohlen«, hielt Tomasso dagegen, nachdem er stehen geblieben war, um durch eines der Fenster ins Innere zu sehen.

»Davon ist auszugehen«, sagte Lucian grimmig. Tomasso drehte sich um und sah den Mann im Gebüsch am Straßenrand stehen, das ihm bis zur Hüfte reichte und den Blick auf das nahm, was Lucian von seiner Position aus mühelos sehen konnte.

Neugierig ging Tomasso zu ihm und sah gerade noch, wie er einer Frau die dunklen Haare aus dem Gesicht strich. Sie schien eine Einheimische zu sein, und sie trug die einheitliche weiße Dienstkleidung des Resorts mit dem Logo auf der Brusttasche. Neben ihr lag ein Mann in ähnlicher Bekleidung, beide waren jung und gut aussehend – und beiden hatte man die Kehle aufgeschlitzt.

»Diese Entführer sind wie tollwütige Hunde, die man nur noch einschläfern kann«, knurrte Lucian und richtete sich auf.

Tomasso nickte und wandte den Blick ab, um zu der Villa zu schauen, die sich in unmittelbarer Nähe zu ihnen befand. Sie stand nur ein Stück weit von ihrer eigenen Villa entfernt, und zweifellos wurden Abigail, Mary und Jet dort festgehalten.

»Also? Was sagst du dazu, Kleine«, raunte Jake ihr mit rauer Stimme zu, während der Pistolenlauf über ihr Knie strich.

Abigail presste die Lippen zusammen. Sie würde mit diesem Ekelpaket ganz sicher nicht schlafen. So viel stand fest. Allein beim Gedanken daran verkrampfte sich ihr Magen ... oder das lag vielleicht auch daran, dass sie Blut trinken musste. Nein, überlegte sie, es lag sogar sehr wahrscheinlich daran, dass sie Blut brauchte. Die Krämpfe hatten sich seit dem Aufwachen immer ein bisschen mehr gesteigert, und als ihr jetzt klar wurde, womit sie es zu tun hatte, schienen die Schmerzen umso stärker zu werden. Ihr Geruchssinn war auch besser geworden. Je schlimmer das Verlangen nach Blut wurde, umso besser schien sie riechen zu können. Zu ihrem großen Entsetzen roch ausgerechnet dieser Abschaum so köstlich, als würde ihr jemand eine Portion gebratenen Speck hinhalten. Aber das lag vielleicht auch nur daran, dass sie ihn als riesiges Dreckschwein wahrnahm und daraus die Verbindung zum Speckgeruch entstanden war.

»Dein Bruder darf leben, und du trittst mit einer gewaltigen Nummer von der Bühne ab«, verkündete Jake und lachte über seinen tollen Spruch, während er den Pistolenlauf weiter über ihr Bein gleiten ließ und dabei den Saum ihres Kleids hochzuschieben begann.

Abigail hatte noch nie eine solche Wut empfunden wie die, die sie jetzt in sich hochkochen fühlte. Dabei ärgerte sie sich gar nicht mal so sehr darüber, dass der Kerl es wagte sie anzufassen, selbst wenn das nur indirekt über den Lauf seiner Pistole geschah. Was sie so richtig sauer machte, war seine Dreistigkeit zu glauben, dass er einfach dasitzen und eine junge wehrlose Frau zu so etwas zwingen konnte. Und darüber auch noch Witze machen konnte.

Sie versuchte, ihre Wut zu bändigen, damit sie in Ruhe überlegen konnte, was sie tun sollte. Dabei musste sie immer wieder daran denken, dass er nichts unversucht gelassen hatte, Mary als Ungeheuer hinzustellen, nur weil sie eine »Vampirin« war, während in Wahrheit er selbst das einzige Ungeheuer hier in diesem Raum war.

»Du musst mir aber schon zeigen, dass es dir auch Spaß macht, sonst werde ich deinen Bruder trotzdem umbringen. Aber erst nachdem ich ihn so gefoltert habe, dass er mich anflehen wird, endlich sterben zu dürfen«, fügte Jake hinzu, während er die Pistole weiter an ihrem Oberschenkel entlang nach oben schob.

Abigail machte die Augen auf und sah, dass sich der Pistolenlauf an der Innenseite ihres Schenkels befand, die Mündung zeigte nach unten aufs Bett. Der Wunsch, diesem Treiben ein Ende zu setzen, war mit einem Mal so übermächtig, dass sie versuchte, die Hände nach vorne zu nehmen und zuzupacken. Erst als sie den Widerstand durch das Seil um ihre Handgelenk spürte, erinnerte sie sich daran, dass sie ja gefesselt war. Bevor sie aber reagieren konnte, zerrissen mit einem Mal ihre Fesseln. Abigail war vermutlich mindestens so überrascht wie Jake, als ihre Hände förmlich nach vorne schossen. Sofort presste sie die Schenkel zusammen, damit er die Pistole nicht hochnehmen und auf sie schießen konnte, gleichzeitig schlossen sich ihre Hände um seine Hand und drückten seine Finger gegen das kalte Metall der Waffe.

Es knackte ein paarmal laut, aber erst mit leichter Verspätung wurde Abigail klar, dass es das Geräusch der Knochen in seiner Hand war, die unter dem enormen Druck zerbrachen. Erschrocken über sich selbst lockerte sie ihren Griff ein wenig, woraufhin Jake seine Hand wegriss, dabei aber die Pistole zwischen ihren Beinen zurückließ.

Er versuchte, vor ihr zurückweichen, doch Abigails rechte Hand schnellte vor, legte sich um seinen Hals und drückte zu. Mit der anderen Hand griff sie nach der Pistole, dann sprang sie vom Bett und landete mit einem so schwungvollen Satz mit beiden Füßen auf der Matratze, dass sie abermals über sich selbst erschrak. *Himmel!* Sie war noch nie sehr sportlich gewesen, sondern mehr der Typ Leseratte, aber das hier war fast eine medaillenverdächtige Leistung, überlegte sie. Doch bereits im nächsten Moment wurde sie von ihren Gedanken abgelenkt, als sie Jake röcheln hörte. Erst da wurde ihr klar, dass sie den Mann mühelos so hoch halten konnte, dass der gut zwanzig Zentimeter über dem Bett in der Luft hing und strampelte. Sein Gesicht lief rot an. Sie war im Begriff den Mann zu töten.

Fluchend schleuderte sie ihn von sich weg. Ihre Absicht war es gewesen, ihn ein Stück weiter so unsanft auf dem Fußboden landen zu lassen, dass er eine Weile benommen liegen blieb und sie Zeit genug hatte, einen der Pfeile abzufeuern, mit denen er Mary außer Gefecht gesetzt hatte. Damit würde er lange genug ausgeschaltet sein, damit sie alle entkommen konnten. Allerdings übertrafen ihre Kräfte bei Weitem ihre Erwartungen, denn Jake flog einmal quer durch das große Zimmer und knallte mit voller Wucht gegen die Wand.

Oh Mann, ich bin Herkules in einem Sommerkleid, dachte Abigail und hätte fast einen Lachanfall bekommen, als sie sah, wie der Mann an der Wand entlang nach unten rutschte und auf dem Boden liegen blieb.

Leises Kettenrasseln holte sie aus ihrer Fassungslosigkeit. Sie drehte sich um und sah, dass Mary versuchte, sich auf die andere Seite zu rollen, damit sie einen Blick auf Jake werfen konnte. Abigail sprang vom Bett und lief zu ihr.

»Nein«, sagte Mary, als Abigail sich die Pistole zwischen die Zähne klemmte und die zierliche blonde Frau vom Boden hochzog. »Geh lieber und hol Hilfe.«

Abigail nahm die Waffe weg. »Ich kann dich und Jet nicht hier zurücklassen«, murmelte sie, während sie nach dem Anfang der Kette suchte.

»Nein! Nimm Jake mit und geh!«, beharrte Mary aufgeregt.

»Nein, ich …« Sie gab die Suche auf und fasste einfach mit beiden Händen ein Stück Kette, dann begann sie daran zu ziehen, wie sie es mit dem Seil gemacht hatte. Zwar war es eine

339

verdammt lange Kette, aber die Glieder waren nicht allzu groß. Auch wenn sie die nicht so leicht zerreißen konnte wie das Seil, begann das Metall sich zu verbiegen, und nach einem weiteren kräftigen Ruck war die Kette zerrissen.

»Verdammt, Abigail«, sagte Mary verblüfft. »Was bist du? Herkules in einem Sommerkleid?«

Als Abigail ihren eigenen Gedanken ausgesprochen hörte, sah sie Mary verdutzt an und lachte nervös. »Ich glaube, wir beide werden gute Freundinnen sein, Mary«, erwiderte sie und ließ die beiden Enden der Kette fallen. Gerade wollte sie nach dem nächsten Stück greifen, da geriet die gesamte Kette ins Rutschen und landete um Marys Füße verteilt auf dem Boden.

Offenbar hatten die Entführer zwar in weiser Voraussicht nicht an der Länge der Kette gespart, aber sie hätten sich wohl eine Fesselung mit mehr Halt ausdenken sollen, anstatt die Kette einfach hundertmal um Mary zu wickeln.

Fast hätte Abigail die Pistole fallen lassen, als Mary plötzlich einen Entsetzensschrei ausstieß. Sie sah sie an und stellte fest, dass Marys Blick über ihre Schulter hinwegging. Erschrocken wirbelte sie herum und entdeckte Sully, der in der offenen Tür stand und eine Pistole auf sie gerichtet hielt.

Abigail sah, wie er den Abzug durchdrückte. Das war alles sehr eigenartig, da es ihr fast so vorkam, als würde sich das Ganze in Zeitlupe abspielen. Sein Finger zog den Abzug nach hinten, es gab eine kleine Explosion, und die Pistole machte einen Satz. Noch während etwas aus dem Lauf geschossen kam, drückte Sully ein weiteres Mal ab.

Noch bevor sie in die Brust getroffen wurde, wusste sie, dass das keine Betäubungspistole war. Als sie dann auch noch von einer dritten Kugel erwischt wurde, hatte sie die Betäubungspistole hochgerissen und drückte ihrerseits den Abzug durch.

Der Pfeil bohrte sich mitten in Sullys Brust. Der Mann zuckte zusammen, fiel nach hinten und schlug mit dem Kopf auf dem Fußboden auf.

»Abs?«

Abigail hörte Jets besorgte Stimme und drehte sich zu ihm um, als auf einmal der Schmerz einsetzte. Das Gefühl, in einer Zeitlupe festzuhängen, nahm ein jähes Ende, als die Schmerzen kamen. Sie war bewusstlos, noch bevor sie auf dem Boden aufschlug.

»Gentlemen.«

Tomasso und Dante hielten inne, als sie Lucian dieses eine Wort grollen hörten. Widerwillig drehten sie sich zu dem Mann um, der ihnen die leichte Steigung hinauffolgte, die sie soeben im Handumdrehen genommen hatten.

»Denkt nach, Leute«, forderte er sie auf, als er bei ihnen angekommen war. »Ihr könnt nicht einfach da reinstürmen.«

»Die haben Abigail und Mary«, knurrte Tomasso in einem ebenso leisen Tonfall wie Lucian, damit sie nicht von jemandem in der Villa bemerkt wurden.

»Die haben auch diese verdammten Betäubungspfeile«, hielt Lucian dagegen. »Wenn ihr also nicht schon wieder nackt in einem Käfig aufwachen wollt, um festzustellen, dass im Käfig daneben eure Frauen ebenfalls nackt gefangen gehalten werden, dann schlage ich vor, dass wir uns einen Plan überlegen.«

Tomasso lief ein eisiger Schauer über den Rücken, als er sich eine nackte und verängstigte Abigail in einem Käfig vorstellte. Gleich darauf traf ihn die Erkenntnis, dass sie sich längst in dieser Situation befinden könnte. Diese Möglichkeit war wie ein Schlag ins Gesicht. Er hatte sich geschworen, sie zu beschützen, und er hatte auf ganzer Linie versagt. Dieses Wissen war nur schwer zu ertragen.

Abigail hatte Besseres als das verdient. Sie war … sein Ein und Alles. Im Lauf der Jahre hatte Tomasso viele Frauen kennengelernt, manche hatte er gemocht, andere bewundert, manche waren attraktiv gewesen, aber Abigail war die erste Frau, die all diese Eigenschaften in sich vereinte. Sie war verdammt schlau und begriff Sachverhalte, die man anderen erst umständlich erklären musste. Ihre Art, ohne Punkt und Komma draufloszureden, wenn sie nervös war, weil sie eine Situation als unangenehm empfand, war etwas, was er an ihr mochte und was ihn zum Lächeln brachte. Ihre nette und fürsorgliche Art, ihre Sorge und die Loyalität, die sie ihrem Freund gegenüber empfand, das alles waren Eigenschaften, mit denen sie sich von allen anderen abhob.

Er wusste, sie hatte ein schlechtes Gewissen, weil sie sich während ihres gesamten Abenteuers nicht genügend Sorgen um Jet gemacht hatte. Dieser Frau war einfach jede Gefühlsregung anzusehen, und wenn die Rede auf Jet gekommen war, hatte er jedes Mal das schlechte Gewissen in ihrem Gesicht aufblitzen sehen. Dabei war es aus Tomassos Sicht eigentlich ein Wunder, dass sie überhaupt Zeit fand, um an diesen Mann zu denken, wenn sich die Ereignisse in ihrem eigenen Leben überschlugen.

Und sie war so stark, dachte Tomasso voller Bewunderung. Manch andere Frau hätte sich am Strand einfach der Länge nach hinfallen lassen und auf Rettung gewartet – oder darauf, dass er loszieht und Hilfe holt. Aber nicht Abigail. Sie war stark geblieben, sie hatte alles getan, um sich selbst aus dieser misslichen Lage zu befreien – und ihn noch dazu, als er wegen seiner Verletzung außer Gefecht gesetzt gewesen war. Und sie hatte immer gute Laune, zeigte stets ein Lächeln und fand nicht selten etwas, worüber sie lachen konnte. Darüber hinaus war sie immer bereit, das zu tun, was getan werden musste.

Für ihn war Abigail die hinreißendste Frau, der er jemals begegnet war. Tomasso wusste, sie glaubte ihm nicht, dass das auch schon vor ihrer Wandlung so gewesen war. Die Frau war wie ein kostbares Juwel, und er hatte sie verloren wie ein unachtsames Kind, das sein Spielzeug einfach irgendwo liegen gelassen hatte.

»Du glaubst doch nicht, dass das die Falle sein soll, in die sie uns locken wollen, oder?«, wollte Justin auf einmal wissen und lenkte Tomassos Aufmerksamkeit zurück auf das eigentliche Thema. »Meinst du, die warten da drinnen nur auf uns?«

Niemand reagierte darauf, da sie vermutlich so wie Tomasso überlegten, ob das jetzt wirklich die Falle sein konnte, mit der sie rechnen mussten. Vielleicht hatten Jake und Sully über die Kameras Bescheid gewusst und damit gerechnet, dass Lucian und der Rest die Aufnahmen auswerteten, um ihnen auf die Spur zu kommen. Vielleicht wurden sie in diesem Augenblick durch die Gardinen hindurch von ihnen beobachtet, weil sie nur darauf warteten, sie mit ihren Pfeilen niederzustrecken.

Noch während Tomasso darüber nachdachte, fielen in der Villa mehrere Schüsse. Er duckte sich nicht als Einziger, als er das hörte, und versuchte festzustellen, von wo die Schüsse gekommen waren. Aber dann wurde ihm bewusst, dass es sich um richtige Schüsse gehandelt hatte, nicht um das Abfeuern eines Betäubungspfeils. Außerdem war das Geräusch leicht gedämpft gewesen, so als hätte man die Waffe in einem geschlossenen Raum, aber nicht von einem offenen Fenster aus abgefeuert.

Fluchend machte Tomasso auf dem Absatz kehrt und stürmte zur Villa, da die Sorge um Abigail zu groß war. Er wusste, eine Pistolenkugel würde sie kaum umbringen können, aber sie war vielleicht verletzt. Außerdem konnte Jet sehr wohl einer Schussverletzung erliegen, und Tomasso wusste, Abigail würde sich in jedem Fall die Schuld geben, sollte ihrem Freund etwas zustoßen.

Die Schiebetüren, durch die man bei ihrer Villa ins Wohnzimmer gelangte, standen offen, wie er sehen konnte, als er über die hohe Hecke sprang und auf der Terrasse landete. Er rannte los und stürmte nach drinnen, um sich in einem bis ins Detail mit ihrem eigenen Wohnzimmer übereinstimmenden Duplikat wiederzufinden. Er sah sich um und entdeckte mit Schrecken ein Beinpaar, das aus der Tür ragte, die zum Schlafzimmer führte. Sofort lief er hin, dicht gefolgt von Dante, der soeben zur Terrassentür hereingestürmt kam. Tomasso erkannte schnell, dass es sich um die Beine eines Mannes handelte, weshalb da weder Abigail noch Mary liegen konnten. Der naheliegendste Gedanke war, dass es Jet erwischt hatte, doch an der Tür angekommen, stellte er zu seiner großen Erleichterung fest, dass da Sully vor ihm lag – was ihn wiederum erschreckte. Einen Moment lang starrte er den reglos daliegenden Mann an und wurde dann durch Kettenrasseln abgelenkt.

Ein paar Schritte weiter stand Mary in einem Meer aus Ketten und war damit beschäftigt, sich von Teilen der Kette zu befreien, die sich um ihre Hände gelegt hatten. Als er ihrem besorgten Blick nach unten folgte, entdeckte er Abigail und Jet. Der lag verschnürt wie ein Paket da und wand sich wie ein Wurm, weil er zu Abigail zu robben versuchte, die keine zwei Meter von ihm entfernt dalag.

»Dante!«, rief Mary erleichtert und so laut, dass Tomasso aus dem Schock geholt wurde, der ihn hatte erstarren lassen. Er machte gerade noch rechtzeitig einen Schritt nach vorn, um nicht von seinem Zwillingsbruder umgenietet zu werden, der zu seiner Lebensgefährtin rannte.

Tomasso betrachtete Abigail, die ein hübsches blaues Kleid mit Hunderten von weißen Punkten trug … und mit drei blutroten Punkten in Brusthöhe, die größer wurden, während er zusah.

»Er hat sie niedergeschossen!«, rief Jet aufgeregt, als sich Tomasso neben Abigail hinkniete. »Lebt sie noch?«

»Ja«, antwortete Tomasso, hob sie hoch und drückte sie an sich. Er wollte sich mit ihr umdrehen, als sein Blick auf die Toten im Badezimmer fiel.

»Bringt die Frauen rüber in die Villa«, brummte Lucian und ging an Tomasso vorbei, um Jets Fesseln zu lösen. Soeben hatte Dante Mary von den Ketten befreit und hob sie ebenfalls hoch. »Justin und ich werden hier alles regeln.«

»In die Villa?«, rief Jet aufgeregt. »Abigail muss ins Krankenhaus! Um Himmels willen, sie wurde niedergeschossen!«

Tomasso wartete nicht ab, bis sich Lucian den Mann vornahm, sondern wandte sich einfach ab und brachte Abigail aus der Villa. Er fühlte, dass Dante dicht hinter ihm war, als er nach draußen kam. Daher überraschte es ihn auch nicht, als er auf einmal Mary aus nächster Nähe sagen hörte: »Abigail wird doch wieder, nicht wahr? Er hat dreimal auf sie geschossen. Ich bin mir sicher, dass sie ins Herz getroffen wurde. Aber sie ist doch jetzt unsterblich, also wird sie sich davon erholen, nicht wahr?«

»*Sì, bella.* Sie wird sich erholen«, versicherte Dante ihr und fragte: »Wieso hatten sie Abigail nicht auch in Ketten gelegt?«

Das ließ Tomasso hellhörig werden, der unbewusst langsamer wurde, damit er die Antwort mitbekam. Das ermöglichte es Dante, ihn einzuholen und neben ihm herzugehen.

»Sie wussten gar nicht, dass Abigail eine Vampirin ist«, erklärte sie. »Sie hatte die Sonnenbrille auf, die Jet ihr gekauft hatte, und sie haben den Arzt vom Dengue-Fieber reden hören. Darum dachten sie, dass sie immer noch sterblich ist, so wie Jet. Deshalb haben sie sie nur mit einem Seil gefesselt.«

»Ah«, machte Dante.

345

Nach ein paar Schritten sagte Mary fast ehrfürchtig: »Sie war so unglaublich stark, Dante.«

Tomasso warf der blonden Frau einen Seitenblick zu, während sie voller Sorge zu Abigail sah. »Sie hat ihre Fesseln zerrissen, als wären es weich gekochte Spaghetti gewesen. Und dann hat sie den Mann in dem weißen T-Shirt einmal quer durchs Zimmer geschleudert, als der versuchte …«

Tomasso stutzte, als Mary mitten im Satz abbrach. Mit zusammengekniffenen Augen sah er sie an und knurrte: »Als er was versuchte?«

Mary zögerte, erzählte es ihm schließlich aber doch: »Er wollte sie dazu überreden, sich von ihm vergewaltigen zu lassen, wenn er im Gegenzug Jet mit dem Leben davonkommen lässt.«

»Sich von ihm vergewaltigen zu *lassen*?«, wiederholte Dante irritiert. »Ist das nicht ein Widerspruch in sich selbst?«

»Sie sollte so tun, als würde es ihr gefallen«, machte Mary ihm klar. »Wenn sie ihn davon nicht überzeugen konnte, würde er Jet qualvoll sterben lassen. Oder ihn dazu bringen, um den Tod zu betteln. So was in der Art«, murmelte sie und fügte wütend hinzu: »Und dabei schob er die ganze Zeit über die Betäubungspistole unter ihr Kleid. Mich wundert immer noch, dass er ihr nicht in den Unterleib geschossen hat, als sie das Seil zerriss.«

Tomasso spürte, wie Wut ihn überkam. Dass Abigail so etwas hatte über sich ergehen lassen müssen … Er schluckte, damit der gallebittere Geschmack nicht noch weiter nach oben steigen konnte, und ging zügigen Schritts weiter in Richtung Villa.

18

Abigail machte die Augen auf und fand sich in einem in Rosétönen gehaltenen Raum wieder, der im Kolonialstil eingerichtet
war. Sie kniff rasch die Augen wieder zu und öffnete sie erneut,
aber sie befand sich immer noch in einem in Rosétönen gehaltenen Raum, der im Kolonialstil eingerichtet war. Sofort sah sie
nach, ob man sie nicht womöglich angekettet oder anderweitig
gefesselt hatte. Zu ihrer großen Erleichterung war das nicht
der Fall, da war lediglich der Tropf, den man ihr gelegt hatte.
Der Schlauch verlief bis zu einem fast leeren Blutbeutel an
einem Infusionsständer neben dem Bett.

Bei diesem Anblick erinnerte sie sich mit einem Mal daran, dass auf sie geschossen worden war. Sie hob die Bettdecke
hoch und betrachtete sich, doch da war weiter nichts zu sehen.
Die Einschusslöcher hatten sich bereits komplett geschlossen,
geblieben war nur noch ein wenig Narbengewebe, aber sie
vermutete, dass sich auch das in nächster Zeit zurückbilden
würde.

Seufzend machte sie die Augen wieder zu und schüttelte
leicht den Kopf. Es kam ihr so vor, als würde sie ständig an anderen Orten aufwachen. Sogar in ihren Träumen ... *hey, Moment, war das hier etwa auch nur ein Traum,* fragte sie sich und
schaute sich erneut um, ohne allerdings eine Ahnung zu haben, wie sie das herausfinden sollte. Am besten wäre es, wenn
Träume mit Warnhinweisen versehen wären, damit man sofort
wusste, woran man war. Eine riesige Plakatwand mit der Auf-
schrift »Das hier ist ein Traum. Viel Spaß!« wäre genau richtig.

347

Sie bemerkte, dass die Zimmertür geöffnet wurde, und musste unwillkürlich lächeln, als sie Tomasso mit einem Tablett hereinkommen sah. Mit dem Fuß drückte er die Tür hinter sich zu, das Tablett trug er zum Fenster, wo ein kleiner Tisch mit zwei Stühlen stand. Während er das Tablett auf einer Hand balancierte, stellte er zwei abgedeckte Teller, zwei Becher, einen dampfenden Topf und zwei Gläser, in denen sich Wasser zu befinden schien, auf den Tisch. Es folgte das Besteck, außerdem eine kleine Vase mit einer einzelnen Rose darin. Nachdem das Tablett leer geräumt war, ging Tomasso einen Schritt nach hinten und betrachtete den Tisch, als würde er sein Werk erst einmal kritisch begutachten.

»Das ist wunderschön«, sagte Abigail, woraufhin Tomasso sich überrascht umdrehte.

»Du bist ja wach«, stellte er fest, legte das Tablett zur Seite und kam zu ihr, um sie anzusehen.

»Ja, ich bin wach. Und wieder mal wache ich an einem fremden Ort auf.«

Tomasso stutzte. »Es gab nur die Villa und das hier.«

»Nein«, widersprach sie amüsiert. »Seit ich dich kenne, bin ich im Frachtraum eines Flugzeugs, an einem Strand, unter der Dusche, im Schlafzimmer der Villa und nun hier aufgewacht.«

»Unter der Dusche?«, fragte er verwundert.

»Es war ein Traum«, erklärte sie. »Und der nahm unter der Dusche seinen Anfang.«

»Ah, ja. Ich erinnere mich wieder«, meinte Tomasso, bemerkte Abigails verständnislosen Blick und erklärte: »Den Traum haben wir uns geteilt.«

»Tatsächlich?« Erstaunt zog sie die Augenbrauen hoch. War so etwas überhaupt möglich?

»Geteilte Träume sind ein weiteres Indiz für Lebensgefährten«, machte er ihr klar.

348

»Ehrlich?«

»*Si*.«

»Oh.«

Abigail überlegte noch, was sie davon halten sollte, da fragte Tomasso auch schon: »Hast du Hunger? Ich dachte mir schon, dass du bald aufwachen würdest …« Er drehte sich zur Seite und deutete auf den mit so viel Sorgfalt gedeckten Tisch.

»Ja, ich glaube, da hast du richtig gedacht«, gab sie zu und setzte sich auf, blieb aber sitzen, weil ihr einfiel, dass sie völlig nackt unter der Bettdecke lag.

»Ein Morgenmantel«, sagte Tomasso geistesgegenwärtig, ging zum Schrank und holte einen Morgenmantel aus weißer Seide heraus. Er kehrte zum Bett zurück und hielt ihn ihr erwartungsvoll auf.

Abigail zögerte einen Moment lang, kam jedoch zu der Ansicht, dass es albern war, sich schüchtern zu geben – vor allem mit Blick auf all das, was sie schon gemeinsam erlebt hatten. Außerdem war er sehr wahrscheinlich derjenige gewesen, der sie ausgezogen hatte. Sie holte tief Luft, dann warf sie schnell die Bettdecke zur Seite, sprang aus dem Bett und schlüpfte in den Morgenmantel. Sie konnte aber nicht verhindern, dass sie bei dieser Aktion vom Kopf bis zu den Zehenspitzen leicht errötete.

Tomasso half ihr beim Anziehen und fasste sogar um sie herum, damit er ihr den Gürtel zumachen konnte. Abigail rechnete damit, dass er die Gelegenheit nutzen würde, um sie zu küssen und um die Hände über ihren Körper wandern zu lassen, so wie er das auch schon in ähnlichen Situationen gemacht hatte, doch dazu kam es diesmal nicht. Vielmehr ging er sehr verhalten ans Werk und gab sich so, als würde er einem Kind beim Anziehen helfen.

Etwas überrascht ging sie zum Tisch, als er sie dorthin dirigierte, und setzte sich auf den Stuhl, den er ihr nach hinten gezogen hatte. Ein wenig unschlüssig betrachtete sie ihn, als er die silbernen Abdeckungen von den Tellern nahm und zur Seite legte. Dann nahm er ihr gegenüber Platz.

»Wo sind wir?«, fragte sie schließlich, als Tomasso gar nicht erst in ihre Richtung sah, sondern nach seinem Wasserglas griff und einen Schluck trank.

Er schluckte runter und stellte das Glas wieder hin. »In Toronto.«

»Du meinst … Toronto in Kanada?«, hakte sie nach.

Er nickte und griff nach seiner Gabel, während sein Blick auf seinem Teller hängen blieb, der offenbar Interessantes zu bieten hatte. Tatsächlich türmten sich dort eine riesige Menge Spaghetti mit Fleischbällchen, ein Caesar's Salad und etliche Schreiben frisches Knoblauchbrot. Dann sah sie auf ihren Teller und musste feststellen, dass da nur eine kleine Schale mit irgendeiner Suppe stand. Das war Krankenhausessen. Sie fühlte sich aber nicht so, als bräuchte sie Schonkost. Sie fühlte sich ziemlich normal, und ihr wäre richtiges Essen lieber gewesen. Essen von der Sorte, die man noch kauen musste. Zum Beispiel sah alles auf seinem Teller zum Anbeißen aus, stellte sie fest, konzentrierte sich dann aber auf Tomasso selbst und fragte: »Warum?«

»Warum was?«, gab er verunsichert zurück.

»Warum sind wir in Kanada?«

»Oh.« Wieder sah er auf seinen Teller. »Weil …« Tomasso unterbrach sich und betrachtete nachdenklich seine Spaghetti.

»Weil?«, hakte sie nach.

Seufzend legte er die Gabel zurück auf den Tisch und starrte weiter auf sein Essen. »Weil ich dachte, du würdest nicht in der Villa aufwachen wollen, die so sehr derjenigen ähnelte, in der dir … Gewalt angetan wurde.«

Sie kniff die Augen zusammen, weil sie sich über seine Wortwahl wunderte, die so seltsam zweideutig war. Und warum sah er ihr nicht ins Gesicht? Nach kurzem Grübeln ging ihr ein Licht auf.

»Er hat mich nicht vergewaltigt«, sagte sie rasch.

»Das vielleicht nicht, aber sexuell belästigt«, erwiderte Tomasso mit finsterer Miene.

»Nein, das hat er nicht«, beharrte sie. »Er hat mich nicht ein einziges Mal angefasst.«

»Er hat seine Betäubungspistole benutzt«, hielt er dagegen.

»Er ist mit der Pistole ein bisschen über mein Bein gestrichen«, konterte sie aufgebracht und räumte ein: »Okay, das war nicht angenehm, aber mit einer Vergewaltigung hatte das nichts zu tun. Außerdem kam ich mir nicht erniedrigt oder gedemütigt vor, ich war nur stinksauer. Wäre das seine Hand gewesen ...« Sie schüttelte sich bei der Vorstellung, von dieser widerwärtigen Gestalt tatsächlich angefasst zu werden. »Aber das war nicht der Fall. Es geht mir bestens. Ganz ehrlich. Es wäre nicht nötig gewesen, das Resort zu verlassen.« Abigail ließ eine Pause folgen, machte eine finstere Miene und fügte hinzu: »Ich wünschte, du würdest mich mal ansehen. Dass du so hartnäckig woanders hinguckst, gibt mir das Gefühl, als wäre ich für dich jetzt irgendwie ... schmutzig.«

»Nein, niemals«, widersprach Tomasso mit Nachdruck und sah sie endlich an. »Du bist ein Engel. Daran würde sich auch nichts ändern, wenn Jake dich vergewaltigt hätte. Du wärst nach wie vor mein Engel. Ich habe nur versucht, dich nicht anzusehen, weil ...« Er unterbrach sich, zögerte, fluchte leise und stand auf. Dann stand er da und wartete, als wäre damit alles erklärt. Als Abigail ihn rätselnd anschaute, deutete er mit beiden Händen auf seinen Schritt und ging leicht in die Knie. »Weil du das bei mir bewirkst.«

Abigail zog verdutzt die Augenbrauen hoch, als sie endlich begriff. Seine Hose war ausgebeult, weil sein Penis versuchte, sich unter dem Stoff aufzurichten.

»Und ich hatte Angst«, fuhr er fort, »dass du nach allem, was dir zugestoßen war, nicht bereit sein würdest, um … dass du noch Zeit brauchen würdest …« Hilflos brach er mitten im Satz ab, während Abigail aufstand, um den Tisch herumkam und die Arme um Tomasso legte.

»Du bist der wundervollste Mann auf der ganzen Welt«, hauchte sie und drückte ihn fest an sich.

Tomasso legte so behutsam die Arme um sie, als fürchte er, dass sie bei jeder festeren Berührung zerbrechen könnte. Mit unsicher klingender Stimme fragte er: »Bin ich das wirklich?«

»Ja«, bestätigte sie und lehnte sich zurück, damit sie ihn mit ernster Miene ansehen konnte. »Es gibt nur wenige Männer, die so rücksichtsvoll und so lieb sind. Und wenige Männer, die so klug, so gut aussehend und so mutig sind. Ich mag dich, Tomasso. Ich finde dich in jeder Hinsicht unglaublich attraktiv und ich habe Respekt vor dir.«

Tomasso begann zu lächeln und erwiderte mit sanfter Stimme: »Ich liebe dich auch, Abigail.«

»Ich habe nicht …«, widersprach sie erschrocken, und bekam einen roten Kopf. Den Rest behielt sie für sich, denn was war Liebe anderes also die hinreißende Kombination aus Sympathie, Respekt und Anziehung? Nach ein paar Sekunden nickte sie. »Okay, ich liebe dich auch.« Sie hob den Kopf und fügte betrübt hinzu: »Aber ich weiß nicht, wie du mich lieben kannst.«

»Nicht?« Er lächelte schief. »Na, weil ich dich mag und respektiere und weil ich finde, dass du äußerst begehrenswert bist. Weil du wunderschön, intelligent, mutig, stark …«

»Das ist ja das Problem«, unterbrach Abigail ihn in einem fast verzweifelten Tonfall. »Ich bin nicht stark. Kein bisschen.

Meine Mutter hat mich so erzogen, dass ich genauso stark bin wie sie. Aber am Strand und später, als ich krank war, da ...« Sie hielt kurz inne und gestand beschämt: »Da hat es mir gefallen, dass du dich um mich gekümmert hast. Ich fühlte mich sicher und geborgen, und es hat mir *gefallen*.« Das war doch nun wirklich Grund genug, sich zu schämen.

»Abigail«, sagte Tomasso ungläubig. »Hältst du dich wirklich für schwach, nur weil dir meine Fürsorge gefallen hat, als du krank warst?« Er ließ ihr keine Gelegenheit für eine Antwort, sondern stellte klar: »Du hast dich um deine Mutter gekümmert, als sie krank war, aber sie würdest du deswegen auch nicht als schwach bezeichnen.«

»Das nicht, aber sie lag ja auch im Sterben«, konterte Abigail.

»*Du* hast auch im Sterben gelegen«, hielt er dagegen. »Deshalb habe ich dich gewandelt.«

»Okay, aber es hat mir auch gefallen, wie du dich am Strand um mich gekümmert hast. Wie du meine Wunde verbunden hast, wie du den Fisch gefangen und gegart hast, und Kokosnüsse gebracht, damit ich etwas zu trinken hatte.«

»*Bella*«, wandte er ein. »Wer hat sich um meinen *pene* gekümmert, als der geschwollen und wund war? Hm? Wer hat einen Fisch aufgespießt und über einem Lagerfeuer verkohl… gar werden lassen? Und wer hat *mir* Kokosnüsse gebracht, damit *ich* etwas zu trinken hatte?« Er schüttelte den Kopf und sagte mit sanfter Stimme: »Ich habe mich um dich gekümmert, als du bewusstlos und krank warst, aber das hast du auch für mich gemacht.« Er fasste nach ihren Händen und drückte sie leicht. »So was nennt man ein Team, so was nennt man eine gesunde Beziehung. Wir arbeiten zusammen. Manchmal bin ich stärker, manchmal du. Aber gemeinsam können wir alles durchstehen.«

Abigail nickte bedächtig, da sie einsah, dass er damit recht haben konnte. Dann jedoch schüttelte sie den Kopf und gestand ihm: »Aber, Tomasso, während der ganzen Zeit, als Jake und Sully uns in ihrer Gewalt hatten, da wünschte ich, du würdest hereingestürmt kommen und uns retten. Oder du wärst sogar bei uns, weil ich mir sicher war, dass du gewusst hättest, was zu tun war. Dich hätte die Angst nicht daran gehindert etwas zu unternehmen, so wie das bei mir der Fall war. Ich hätte schon früher einen Fluchtversuch wagen können, aber ich hatte Angst, sie könnten Jet etwas antun, und mir fehlte der Mut …«

»Du hast Mut«, unterbrach Tomasso sie eindringlich. »Du hast dir vielleicht gewünscht, dass ich da reingestürmt komme und euch rette, aber als ich nicht rechtzeitig da sein konnte, da hast du dich selbst gerettet. Und Mary und Jet gleich mit.« Er legte die Hände an ihr Gesicht und sagte: »Abigail, du bist die stärkste Frau, die ich kenne. Die stärkste, die gütigste, die wunderschönste …« Er schüttelte flüchtig den Kopf. »Ich wünschte, du könntest dich so sehen, wie ich dich sehe, denn für mich bist du mein Ein und Alles.«

»Eine Lebensgefährtin«, flüsterte sie, da sie daran denken musste, was er einmal gesagt hatte, als sie ihn nach diesem Begriff gefragt hatte.

»Sì.« Tomasso nickte bekräftigend. »Eine Lebensgefährtin ist das Ein und Alles. Sie ist der eine Mensch, den ein Unsterblicher weder lesen noch kontrollieren kann. Sie ist die eine Person, in deren Gegenwart er sich entspannen kann, ohne befürchten zu müssen, dass jemand seine Gedanken liest oder sein Handeln kontrolliert. Sie ist der eine Mensch, der in jeder Hinsicht zu ihm passt. Sie ist dieser eine Mensch, dessen Gegenwart die Einsamkeit eines Lebens verdrängt, das er sonst allein führen müsste. Sie ist alles. Und das bist du für mich,

354

Abigail. Du bist meine Lebensgefährtin, du bist mein Ein und Alles.«

»Oh.« Abigail kämpfte gegen die Tränen an, die ihr in die Augen stiegen. »Ich liebe dich so sehr, Tomasso Notte.«

Er legte die Arme um sie und erwiderte: »Und ich liebe dich, Abigail Forsythe, zukünftige Notte.«

Sie machte große Augen und fing an zu lachen. »Du könntest mir wenigstens einen Antrag machen. So gut wie jede andere Frau wäre sauer, wenn ein Mann einfach davon ausgehen würde, dass sie ihn schon heiraten wird.«

Einen Moment lang schaute er besorgt drein, dann stellte er fest: »Du scheinst nicht sauer zu sein.«

»Ich bin ja auch nicht wie andere Frauen«, konterte sie ironisch.

Tomasso nickte ernst. »Das weiß ich.«

Er drückte seine Lippen auf ihre, um sie zu küssen. Abigail stellte sich auf die Zehenspitzen und erwiderte den Kuss, wobei sie die Arme um seinen Hals schlang. Sie spürte, wie er den Gürtel ihres Morgenmantels aufzog, und musste leise stöhnen, als ihr Körper vor Lust kribbelte, da seine Hände besitzergreifend über ihre nackte Haut strichen. Als er den Kuss unterbrach und sie an der Taille packte, um sie hochzuheben, da schlang sie die Beine um seine Hüften. Als er sich dann mit ihr vom Tisch entfernte, sah sie über seine Schulter zu den beiden Tellern.

»Was ist mit dem Essen?«, fragte sie verwundert.

Tomasso blieb stehen und sah sie unschlüssig an. »Hast du Hunger?«

»Ein bisschen«, gab sie zu, fügte dann jedoch verlegen hinzu: »Aber ich schätze, das Essen kann auch noch eine Weile warten.«

Lächelnd trug Tomasso sie zum Bett, während Abigail weiter über seine Schulter schaute. Diesmal fiel ihr Blick auf das

355

Fenster. Beim Anblick der verschneiten Landschaft zog sie die Nase kraus und dachte daran, dass es jetzt in Punta Cara bestimmt sonnig und schön warm war. So wie auch in Caracas, was sie auf eine andere Frage brachte: »Warum sind wir nicht in Caracas? Da sind doch die entführten Unsterblichen, nicht wahr? Sollten wir nicht dabei helfen, sie zu finden und zu befreien?«

»Nein, du solltest da nicht sein«, sagte er entschieden. »Das ist zu gefährlich.« Als er ihren verärgerten Blick bemerkte, setzte er rasch hinzu: »Und das gilt nicht nur für dich und Mary. Ihr beide müsst erst noch lernen zu erkennen, wann euer Körper Blut braucht, und zwar rechtzeitig genug, bevor das zum Problem werden kann. Ihr müsst auch lernen, wozu ihr körperlich fähig seid und wozu nicht. Ihr müsst lernen, Gedanken zu lesen und Leute zu kontrollieren, und ihr müsst eure Fangzähne unter Kontrolle haben. Ansonsten stellt ihr eine Gefahr für Sterbliche dar.«

Abigail reagierte zwar mit einer finsteren Miene, aber sie konnte ihm nicht ernsthaft widersprechen. Wären sie und Mary in der Lage gewesen, Gedanken zu lesen und Leute zu kontrollieren, dann hätten sie sich im Handumdrehen aus den Fängen dieser schmierigen Kerle namens Jake und Sully befreien können. Sie hätte das zumindest tun können, da Mary ja schon früh durch einen Pfeil ausgeschaltet worden war. Vermutlich hatten sie Mary nicht sofort außer Gefecht gesetzt, weil sie damit gerechnet hatten, dass sie diese Fähigkeiten noch nicht besaß. Das legte die Schlussfolgerung nahe, dass sie verdammt viel über Unsterbliche und deren Fähigkeiten wussten. Und das wiederum ließ die Frage aufkommen, was man mit den beiden Kerlen machen würde. Aber zunächst wollte sie etwas anderes wissen: »Wieso Kanada?«

Tomasso hielt wieder inne und sah sie jetzt ernsthaft besorgt an. »Fühlst du dich wirklich gut?«

»Ja, wieso?«, fragte sie erstaunt.

»Weil ich dir bereits erklärt habe, dass ich es für das Beste hielt, wenn du nicht in der Villa aufwa…«

»Das weiß ich doch alles. Aber ich habe mich gefragt, warum wir in Kanada sind, nicht in Texas oder in Italien oder …« Sie zuckte mit den Schultern. »Wieso ausgerechnet Kanada?«

»Ah«, machte er und lächelte beruhigt. »Lucian hat den Flug organisiert. Jet muss für sein Training herkommen, und ich habe hier Verwandte, da schien das die beste Wahl zu sein.«

»Oh«, murmelte sie. »Und wo werden wir leben?«

Einen Moment lang zögerte Tomasso, dann ging er zum Bett, setzte sich auf die Bettkante und ließ Abigail auf seinem Schoß sitzen. »Wir können leben, wo immer du willst. Ich bin in Italien zu Hause, aber ich habe schon mit dem Gedanken gespielt, mir in Kalifornien und hier in Toronto je eine Wohnung zu kaufen, damit ich ein Quartier habe, wenn ich meine Verwandten besuche.«

»Mir ist nicht entgangen, dass du kein Wort von Texas gesagt hast«, hakte sie nach.

Er verzog den Mund. »Texas könnte ein Problem sein. Aber nur, weil du da Freunde und Bekannte hast, die auf kleine Veränderungen seit deiner Wandlung aufmerksam werden könnten. Beispielsweise auf das Silber in deinen Augen«, fügte er an. »Aber grundsätzlich können wir auch in Texas leben. Nur vielleicht nicht in der Gegend, in der du aufgewachsen bist. Es ist besser, diese Gegend zu meiden.«

Sie nickte verstehend und ließ sich seine Worte durch den Kopf gehen, als er anfügte: »Natürlich können wir auch ganz woanders leben, wenn das für dein Studium besser ist.«

»Studium?«, wiederholte sie und versteifte sich reflexartig.

»Du solltest dein Medizinstudium abschließen, Abigail. Danach zu urteilen, wie du mich rumkommandiert hast, als ich verletzt war, wärst du eine hervorragende Ärztin.«

Sie lachte leise über seine Worte und schüttelte abwehrend den Kopf. »Wenn ich einen Job finde, um das Studium zu finanzieren, werde ich damit weitermachen. Aber bis dahin können wir leben, wo immer du willst.«

»Du brauchst keinen Job, wir haben genug Geld«, versicherte er ihr. »Genug Geld, um nie wieder arbeiten zu müssen, wenn du das nicht möchtest.«

Abigail legte die Stirn in Falten. Er konnte noch so oft von *wir* reden, aber Tatsache war, dass sie nichts mehr hatte, nicht mal mehr die rund zweihundert Dollar, die sie noch in der Tasche gehabt hatte, als sie sich begegnet waren. Wo das Geld jetzt wohl war. Irgendwann während ihres Abenteuers war ihre Jeans abhandengekommen und damit auch ihr Geld, aber wann und wo das passiert war, wusste sie beim besten Willen nicht. Also sagte Tomasso eigentlich, dass *er* viel Geld besaß, das er mit ihr teilen wollte.

Das war sehr interessant. Nicht die Tatsache, dass er mit ihr teilen wollte, sondern dass er viel Geld besaß. Eine solche Möglichkeit war ihr nie in den Sinn gekommen, was vielleicht auch damit zu tun hatte, dass er nicht mal ein Stück Stoff am Leib getragen hatte, als sie sich zum ersten Mal begegnet waren. Der Mann war splitternackt gewesen, und Abigail war einfach davon ausgegangen, dass er ein völlig normaler, durchschnittlicher Typ war, der zufällig so sexy war, dass sie ihn am liebsten hatte anknabbern wollen.

Sie räusperte sich und erwiderte: »Danke, aber ich bezahle lieber für mich selbst. Also können wir leben, wo immer du willst, bis ich das Geld zusammenhabe, um das Studium fortzusetzen.«

»Hmm«, machte Tomasso mürrisch, entspannte sich dann

jedoch. »Wir haben ja noch Winter. Bis zum Herbst, wenn das nächste Studienjahr beginnen dürfte, sind es noch ein paar Monate. Das bedeutet, ich habe noch jede Menge Zeit, um dich davon zu überzeugen, dass du dann schon weiterstudieren solltest. Bis dahin werden wir erst noch eine Weile hier in Toronto bleiben, damit du meine Familie kennenlernst. Danach besuchen wir die anderen aus meiner Familie, die in Kalifornien leben. Dann machen wir uns auf den Weg nach Italien, damit ich dir mein Zuhause zeigen kann, wo ich aufgewachsen bin. Da werde ich dich dann auch meinen Eltern und meinen Brüdern, Schwestern, Nichten, Neffen, Großnichten …«

Weiter kam er nicht, da Abigail ihm einen Kuss gab, damit er endlich die Klappe hielt. Das tat sie vor allem, weil Tomasso ihr mit dieser Auflistung Angst machte. Jeder, dem er sie dort vorstellte, würde sie von oben bis unten mustern und darüber urteilen, ob sie als Frau für Tomasso überhaupt die Richtige war. Diese Aussicht war ziemlich beunruhigend.

Ihn schien es nicht zu stören, auf welche Weise sie ihm das Wort abgeschnitten hatte, vielmehr erwiderte er sogar den Kuss, während er ihr den Morgenmantel von den Schultern schob. Im nächsten Moment begann er ihre Brüste zu streicheln, bis sie anfing zu stöhnen und sich gegen seine Hände zu drücken. Dann nahm er eine Hand runter und schob sie an ihrem Oberschenkel langsam nach oben. Ganz gegen ihren Willen erinnerte sie das an Jake und die verfluchte Betäubungspistole. Das machte ihr allerdings gar nicht so viel aus, stattdessen erinnerte es sie an die Fragen, auf die sie Antworten haben wollte.

Sie griff nach seiner Hand, hielt sie fest, unterbrach den Kuss und beugte sich ein Stück weit nach hinten, um Tomasso anzusehen.

»Ist alles in Ordnung?«, fragte er irritiert. »Ist es doch noch zu früh?«

»Nein«, versicherte sie ihm. »Ich ... ich will nur wissen, was mit Jake und Sully geschehen wird.«

»Geschehen wird?«, fragte er verdutzt.

»Ja, ich meine, ihr könnt sie ja schlecht bei der Polizei abliefern. Da würden sie unweigerlich anfangen, von Vampiren zu reden und so weiter. Also was passiert stattdessen? Habt ihr eigene Gefängnisse für solche Leute oder ...« Sie zuckte flüchtig mit den Schultern, da sie keine Ahnung hatte, was man mit den Kerlen sonst anfangen sollte. »Ich gehe jedenfalls nicht davon aus, dass ihr sie laufen lasst, damit sie wieder Unsterbliche entführen und noch mehr Sterbliche umbringen können.«

»Nein, sie werden nicht freigelassen«, sagte Tomasso verhalten, räusperte sich und redete schließlich weiter: »Unter normalen Umständen hätte man ihre Erinnerung dauerhaft gelöscht und sie dann wahrscheinlich in einer Nervenheilanstalt untergebracht. Diese Art von Löschung kann den Verstand unwiderruflich schädigen. Falls keine solche Schädigung auftritt, hätte man sie ohne Erinnerung an die Geschehnisse wieder unter Leute geschickt und sie ganz von vorn anfangen lassen. Allerdings hätte man sie dann weiter unter Beobachtung gestellt, um sicherzugehen, dass sie nicht wieder irgendwelchen Ärger machen.«

Das klang eigentlich gnädiger als das, was die zwei verdient hatten, überlegte Abigail. »Du sagst immer *hätte*. Also ist das alles bei ihnen nicht gemacht worden?«

Tomasso schüttelte den Kopf und schaute finster drein.

»Und was ist stattdessen gemacht worden?«, wollte sie wissen.

»Nichts. Sie sind tot, *cara*«, antwortete er leise.

»Was?« Sie riss die Augen auf. »Hat Lucian sie umbringen lassen?«

»Nein, *bella*, sie waren bereits tot, als wir zu euch kamen«, erklärte er in besorgtem Tonfall. »Erinnerst du dich nicht, was passiert ist?«

»Doch, natürlich. Aber wer hat sie dann umgebracht?«, fragte sie und stutzte, als Tomasso sie nur schweigend ansah. Nur zögerlich begann sie den Kopf zu schütteln, als sie begriff, was geschehen war. »Nein. Jake ist mit mehr Wucht gegen die Wand geflogen, als ich gedacht hätte. Ich war nicht davon ausgegangen, dass ich ihn überhaupt so weit würde schleudern können. Aber bestimmt war das nicht …«

»Er hat sich das Genick gebrochen, entweder als er gegen die Wand prallte oder als er auf den Boden aufschlug«, sagte Tomasso.

»Tatsächlich?«, fragte sie mit schwacher Stimme. Ihr Magen wollte sich umdrehen, als ihr bewusst wurde, dass sie einen Menschen getötet hatte. Sie verdrängte den Gedanken und fragte: »Aber was ist mit Sully? Ich *weiß*, dass ich ihn nicht umgebracht habe. Ich habe ihm bloß einen von diesen Betäubungspfeilen verpasst. Der bringt ja keinen …« Sie unterbrach sich, als sie sah, wie Tomasso nickte. »Etwa doch?«

»Normale Beruhigungsmittel zeigen bei Unsterblichen keine Wirkung, weil die Nanos das Mittel so schnell aus dem Blut schaffen, dass überhaupt nichts passieren kann«, erklärte er. »Das Mittel in den Pfeilen ist so dosiert und konzentriert, dass es einen Unsterblichen außer Gefecht setzt. Für einen Sterblichen ist das deutlich zu viel.« Tomasso hob mitfühlend die Schultern an. »Sully hat eine Überdosis abbekommen. Sein Herz hat wahrscheinlich aufgehört zu schlagen, noch bevor er auf dem Boden aufschlug.«

Abigail sah ihn nur an.

»Alles in Ordnung?«, fragte er besorgt.

Sie nickte, schüttelte aber gleich darauf den Kopf. Sie hatte zwei Männer umgebracht. Beide waren wilde Bestien, Mörder und Schlimmeres gewesen, dennoch hatte sie zwei Leben ausgelöscht. Das Blut der beiden klebte jetzt an ihren Händen.

Tomasso drückte ihren Kopf an seine Brust und strich ihr besänftigend über den Rücken. »Es war ein Unfall. Du hast nur versucht, Jet und Mary und dich selbst zu retten. Jake und Sully hätten dir Schlimmeres angetan. Aber du wirst deswegen trotzdem ein schlechtes Gewissen haben, nicht wahr?«

»Ich fürchte, ja«, erwiderte sie seufzend.

»Dann werde ich mein Bestes geben müssen, um dich immer dann davon abzulenken, wenn du an die beiden denkst«, machte er ihr in ernstem Tonfall klar.

Sie hob den Kopf und sah ihn fragend an. »Wie …?«

In dieser Sekunde drückte er seine Lippen auf ihre und beantwortete ihre Frage, noch bevor sie sie hatte aussprechen können. Zuerst verhielt sich Abigail ganz passiv, doch als er ihre Leidenschaft weckte, die immer sofort bereit war, es mit seiner aufzunehmen, entspannte sie sich und erwiderte den Kuss. Das war der Augenblick, in dem Abigail erkannte, dass Tomasso sich gar nicht so sicher gewesen war, dass seine Methode tatsächlich wirken würde, denn erst nachdem sie sich entspannte, wurde auch er lockerer und küsste sie mit mehr Leidenschaft.

Als ihre Hand nach unten wanderte, um über die Beule in seiner Hose zu streicheln, knurrte Tomasso lustvoll, da die Erregung genauso durch seinen Körper jagte wie durch ihren. Der Kuss wurde schnell stürmischer und ungestümer, Abigail nahm die andere Hand zu Hilfe, um seine Hose aufzuknöpfen und den Reißverschluss herunterzuziehen. Unwillkürlich schnappte sie nach Luft, als Tomasso auf einmal mit ihr zusammen aufstand und sich zu ihrer völligen Verwirrung gleich darauf wieder hinsetzte. Erst als er sie an sich heranzog, wurde ihr klar, dass diese Übung allein dem Zweck gedient hatte, seine Hose herunterzuziehen, die ihm jetzt um die Füße schlenkerte. Eng an ihn gepresst konnte sie seine Erektion spüren, die zwischen ihnen praktisch eingeklemmt war.

»Oh«, hauchte Abigail, als er sie fester gegen seine Erektion drückte und seine Hände über ihren ganzen Körper wandern ließ. Sie legte ihre Hände auf seine und ließ den Kopf in den Nacken sinken, als er ihre Brüste zu massieren begann. Ihr blieb die Luft weg, als er beide Nippel gleichzeitig leicht zusammenkniff. Dann lachte sie und sagte: »Du bist sehr gut darin, mich von meinen Gedanken abzulenken.«

»Ist mir ein Vergnügen«, erwiderte Tomasso mit tiefer, rauer Stimme. Er sah ihr ins Gesicht, verharrte kurz regungslos und nahm dann eine Hand von ihrer Brust, um sie zur Seite zu strecken.

Neugierig drehte Abigail den Kopf zur Seite, weil sie wissen wollte, wodurch er abgelenkt worden war. Sie stutzte, als sie sah, dass hinter der Tür des Nachttischs ein kleiner Kühlschrank untergebracht war, aus dem er jetzt nacheinander vier Blutbeutel herauszog.

»Aber was …?«, begann sie verwundert und hielt inne, als sie sich die Zunge an einem ihrer Fangzähne aufritzte. Die waren zum Vorschein gekommen, ohne dass sie es überhaupt bemerkt hatte.

»Deine Verletzungen müssen noch weiter verheilen«, erklärte Tomasso, hielt einen Beutel hoch und fragte mit einem ironischen Grinsen auf den Lippen: »Was meinst du? Schaffen wir alle vier Beutel, bevor du ohnmächtig wirst?«

»Ich weiß nicht«, musste sie zugeben, grinste aber ebenfalls und fragte: »Hast du nicht vorhin davon gesprochen, dass wir zusammen alles schaffen werden?«

363

»*Si*, das habe ich gesagt. Aber das hier könnte die Ausnahme von der Regel sein.«

Abigail strahlte vor Freude über seine Antwort übers ganze Gesicht und schlug vor: »Was hältst du davon, wenn wir es einfach mal ausprobieren?«

Als sie dann den Mund aufmachte, zögerte Tomasso nur einen Herzschlag lang, ehe er ihr den Beutel auf die Fangzähne schob. Seine Hand kehrte zunächst zu ihrer Brust zurück, um mit dem empfindlichen, steil aufgerichteten Nippel zu spielen, dann ließ er seine Hand weiterwandern, bis sie zwischen Abigails Schenkeln angelangt war und sich anschickte, wahre Wunder zu wirken. Abigail drückte sich leise keuchend nur einmal kurz hoch und krallte sich in seine Schultern. Womöglich hatte Tomasso recht. Gemeinsam konnten sie alles erreichen, wonach auch immer ihnen der Sinn stand, doch das hier war womöglich eine von nur sehr wenigen Ausnahmen von der Regel … und sie würde jede Minute auskosten, die sie damit verbrachte, es zu versuchen.

Epilog

»Dr. Dressler?«

»Hmm?« Ian Dressler machte sich nicht die Mühe hochzusehen, als er die Stimme seiner Assistentin hörte. Seine Aufmerksamkeit galt weiterhin dem bewusstlosen Mann auf dem Stahltisch, dem er sorgfältig und fast schon qualvoll langsam eine Nadel in den Arm schob.

»Ramirez hat angerufen. Er sagt, es ist wichtig, dass ich Ihnen seine Nachricht sofort überbringe.«

Dressler versteifte sich, zog die Nadel aus dem Arm und richtete sich auf. Sekundenlang sah er seine Assistenten erwartungsvoll an, dann herrschte er sie an: »Jetzt spucken Sie's schon aus, Asherah. Wie lautet die Nachricht?«

»Er sprach davon, dass Sie ihm gesagt haben, er soll aufpassen, ob auf einem der Flughäfen jemand namens Argeneau landet.«

»Ja. Ja, und?«, fragte er ungeduldig.

»Drei Maschinen von Argeneau Enterprises sind in den letzten vierundzwanzig Stunden gelandet. An Bord waren jeweils mindestens vier Personen. Und es sind zwei weitere Flüge vorgesehen, einer heute und einer morgen.«

»Schon zwölf oder mehr?«, murmelte er erstaunt vor sich hin. »Und es kommen noch mehr?«

»Nein, Sir, drei«, berichtigte Asherah ihn freundlich. »Drei Maschinen sind gelandet.«

Dressler schüttelte ungehalten den Kopf. »Ich sprach davon, wie viele Unsterbliche eingetroffen sind. Vier oder mehr in jeder der drei Maschinen macht mindestens zwölf«, rechnete er ihr betont langsam vor.

»Oh. Ja, natürlich«, murmelte sie und schaute finster drein.

Beide schwiegen sie eine Weile, schließlich nickte Dressler. »Rufen Sie Ramirez zurück, und sagen Sie ihm, er soll sich melden, sobald die anderen gelandet sind und er weiß, wie viele von ihnen sich an Bord befinden. Und schicken Sie Männer aufs Festland, damit sie herausfinden, wo diese Unsterblichen sich einquartieren. Sie werden bestimmt für so viele Leute eine Villa mieten oder sogar zwei oder drei Villen. Ich will, dass sie beobachtet werden, und ich will über jeden einzelnen Schritt informiert sein, den diese Unsterblichen unternehmen. Aber sagen Sie den Männern, sie sollen auf Abstand bleiben und sehr genau darauf achten, dass sie nicht gesehen werden.«

»Ja, Sir.« Nickend zog sich Asherah schnell zurück.

Dressler sah zur Tür, als Asherah sie hinter sich zuzog, aber er nahm das eigentlich gar nicht wahr. Seine Gedanken überschlugen sich, da noch so viel erledigt werden musste und ihm dafür nur noch so wenig Zeit blieb. Er stand immer noch grübelnd da, als er auf einmal den Mann auf dem Stahltisch stöhnen hörte. Der Mann wachte langsam auf.

Von einem Tablett nahm er eine Spritze und hielt sie vor sich hoch, um durch leichtes Antippen erst einmal alle Luftblasen in der Flüssigkeit nach oben steigen zu lassen, wo er sie durch die Kanüle herausdrücken konnte. Der Vorgang war mehr Routine als alles andere, weil eine solche Vorsichtsmaßnahme bei diesen Unsterblichen gar nicht nötig war. Während das Herz eines Sterblichen stehen bleiben konnte, wenn Luftblasen in den Kreislauf gelangten, mussten schon schwerere Geschütze aufgefahren werden, um das Gleiche bei einem Unsterblichen zu erreichen. Das wusste er mit absoluter Gewissheit. Er hatte es sich zur Aufgabe gemacht, alles über diese

Kreaturen in Erfahrung zu bringen, und er war davon überzeugt, so gut wie alles auch schon herausgefunden zu haben – ausgenommen die eine Sache, die ihn von allem am meisten interessierte.

Nachdenklich betrachtete er den Mann vor sich auf dem Tisch und schürzte die Lippen. Diese Unsterblichen waren verdammt sture Mistkerle. Nicht einer von ihnen hatte ihm verraten wollen, was sie machten, um Sterbliche zu wandeln. Er wusste, dass das möglich war, er hatte nur keine Ahnung, wie es vonstattenging. Genau das musste er aber wissen, und das so bald wie möglich. Denn auch wenn die Möglichkeit bestand, dass alles nach Plan verlief und er in Kürze Dutzende von Unsterblichen zur Verfügung hatte, die er verhören und an denen er herumexperimentieren konnte, gab es doch immer noch die Möglichkeit, dass es eben nicht nach Plan lief. Sollte Letzteres der Fall sein, dann lief ihm die Zeit davon.

Wieder stöhnte der Mann auf dem Stahltisch, in rascher Folge machte er mehrere Male die Augen auf und wieder zu. Sein Gesichtsausdruck war eine Mischung aus Verwirrung und Schmerzen.

»Ganz ruhig, mein Freund«, redete Dr. Dressler besänftigend auf ihn ein, während er sich vorbeugte, um ihm die vorbereitete Spritze zu injizieren. »Das Spiel wird in Kürze beginnen.«

ENDE

Zum Glück braucht man nur Liebe und Törtchen

Julia Simon
TRAUMTÖRTCHEN
320 Seiten
ISBN 978-3-7363-0340-9

Nina kündigt ihren Job als Unternehmensberaterin und erfüllt sich ihren großen Traum vom eigenen Törtchenladen. Kaum scheint es für sie beruflich wieder bergauf zu gehen, stellt ihr neuer Nachbar, der Kinderarzt Matthias, ihr Liebesleben auf den Kopf. Je öfter sie sich begegnen, desto interessanter findet sie ihn. Dabei hat Nina einen Freund, mit dem sie den Rest ihres Lebens verbringen will. Dachte sie zumindest ...